Edition
Renumero

Im Fürstenkeller der Veste Oberhaus bricht ein Mann zusammen und verblutet hinter einer verschlossenen Tür. Er wurde mit einer mittelalterlichen Partisane erstochen. Doch nicht nur vom Täter fehlt jede Spur. Auch in der Wohnung des Toten weist nichts auf dessen wahre Identität hin. Das Passauer Ermittler-Duo Steinbacher und Hollermann tappt im Dunkeln.
Und plötzlich tauchen Frauen auf, die alle behaupten, mit dem Toten zusammen gewesen zu sein. Die Ermittlungen werden eine echte Herausforderung für die Mordkommission Passau, die Licht in das düstere Konstrukt, das der Tote um sich herum aufgebaut hat, bringen muss.
Was sie herausfindet, ist eine schmierige Inszenierung, die vor nichts und niemandem Halt gemacht hat, und die noch über den Tod hinaus weitere Opfer fordert.

Über die Autorin

Dagmar Isabell Schmidbauer lebt und arbeitet als Journalistin und Krimiautorin im Bayerischen Wald. Vor rund dreißig Jahren zog sie aus dem Rhein-Main-Gebiet in eine der schönsten Gegenden Deutschlands, wo sie inzwischen mit ihrem Mann und den sechs gemeinsamen Kindern eine Heimat gefunden hat.

Dagmar Isabell Schmidbauer

DER TOTE VOM OBERHAUS

Kriminalroman

Von Dagmar Isabell Schmidbauer erschien in der Edition Renumero außerdem:

Marionette des Teufels	ISBN 978-3-943395-00-6
Tote Engel	ISBN 978-3-943395-10-5
Dann stirb doch selber	ISBN 978-3-943395-11-2

Originalausgabe 2012

www.renumero.de

Lektorat: Lisa Bitzer
Umschlaggestaltung: Christine Fuchs, Freyung
unter Verwendung von Fotos von Zeit4men/fotolia und Hendrik Schwartz/fotolia
Satz: Christine Fuchs, Freyung
Gesetzt aus der Rotis Serif
Gesamtherstellung: Erhardi Druck, Regensburg
Gedruckt in Deutschland

ISBN 978-3-943395-01-3

Prolog

Nach dem Tod der geliebten Großmutter hatte Sunny das kleine Häuschen am Anger kaum verändert. Es gab ihr das Gefühl von Geborgenheit und Liebe. Gefühle, die nur in ihrer Erinnerung existierten. Nach Jahren des Schmerzes symbolisierte die hölzerne Eingangstür mit ihrem blauen Farbanstrich, der an vielen Stellen bereits abblätterte, das Versprechen auf ein besseres Leben. Daran konnte nicht einmal die Feuchtigkeit, die von der Donau heraufstieg, um sich in allen Winkeln des Hauses auszubreiten und die verblichenen Tapeten von den Wänden zu lösen, etwas ändern. Sie hätte mehr aus dem Häuschen und seiner wunderbaren Lage, mit Blick direkt auf den Fluss und allem, was sich darauf bewegte, machen können. Aber für Sunny war es gut, so wie es war.

Ihr reichte der wackelige Küchenstuhl, auf dem sie saß, während sie mit den Händen zärtlich über ihren runden Bauch streichelte. Sie mochte es, wenn er sich soweit vorwölbte, und genoss es immer wieder, wenn die winzigen Fäustchen in ihrem Inneren sanft gegen die Bauchdecke drückten und die kleinen Füßchen strampelten, als könnten sie das Leben kaum erwarten. Beinahe schade, dass es schon bald vorbei sein sollte.

Während an diesem kalten Februartag im Garten der Schnee von einem eisigen Wind erfasst und durch die Luft gewirbelt wurde, sah sie sich in der aus Kindertagen vertrauten Küche um. Auf dem Tisch standen noch die Cornflakesschüsseln und die halb vollen Kakaobecher ihrer Kinder, an ihrer eigenen Tasse hatte sie bisher nur genippt. Die letzte Nacht sei die kälteste in diesem Jahr gewesen, hatte der Nachrichtensprecher am Morgen verkündet, und Sunny hatte sich gefragt, wie er das hatte wissen können. Schließlich war der Winter ja noch nicht vorbei, und man konnte den bevorstehenden Frühling wirklich nur erahnen. Dabei liebte Sunny nichts so sehr wie den Sommer und die Zeit, die sie mit ihren Buben im Garten verbringen konnte. Die Kinder spielten auf der alten verrosteten Schaukel oder in dem kleinen Sandkasten, in dem sie ständig alle möglichen Schätze fanden, während sie selbst zwischen Gemüse und Kräutern nach Unkraut suchte.

Über ihr Gesicht huschte ein zufriedenes Lächeln. Es gab nichts Wichtigeres in ihrem Leben. Das dachte sie jeden Abend, wenn sie im Kinderzimmer stand, die Kleinen im Schlaf betrachtete und den unschuldigen Geruch einer glücklichen Kindheit einatmete. Einer Kindheit, die sie nie erlebt hatte. Sunny hatte nicht viel zum Leben, aber ihr größter Reichtum war ohnehin das fröhliche Lachen, das schon am Morgen durch das kleine Häuschen schallte, und auch die vielen Fragen, die ihre Kinder an sie und das Leben stellten.

Sie bemühte sich, nicht an die Vergangenheit zu denken, und doch lag sie wie ein dunkler Schatten über ihrem Leben. Was passiert war, kam Sunny wie ein Film vor, der immer wieder zurückgespult und abgespielt wurde, und den sie einfach nicht löschen konnte.

Für einen Moment schloss sie die Augen. Ihre Wünsche waren so einfach, kitschig, rosarot. Nur hin und wieder erlaubte sie sich, an diesen Traum zu denken. Er war wie eine Droge: ohne Gestern, ohne Gewalt und ohne Schuld. Und während ihre Hände weiterhin beschützend auf ihrem Bauch lagen, begann Sunny zufrieden zu lächeln. Sie musste sich beruhigen – und das Kind. Sie musste ihm sagen, dass sie beide nichts dafür konnten.

Aber ihr fehlten die Worte, die ihr ungeborenes Kind glauben konnte. Ihr fehlten die Worte, die es am Ende verzeihen ließ.

Urplötzlich erstarb ihr Lächeln.

Die Wehen kamen jetzt alle drei Minuten.

Und sie taten weh. Sehr weh!

Doch letztlich war der Schmerz, der gerade so heftig ihren Bauch durchzuckte, nichts. Viel schlimmer waren das Gefühl der Hilflosigkeit und die Angst, ob sie es am Ende wirklich schaffen würde.

Dann, wenn es kein Zurück mehr gab.

Sunny begann, sich auf ihre Atmung zu konzentrieren.

Sie hatte gelernt, richtig zu atmen, und sie wusste, dass es ihr helfen würde. Zumindest gegen den Schmerz, den sie gerade fühlte. Tief und immer tiefer einatmen. Den Bauch ganz groß aufblasen. Den Schmerz von ihrem Ungeborenen wegführen, um ihm zu zeigen, dass sie es ihm leicht machen wollte.

Doch gegen ihre Angst half das alles wenig.

Als die Wehen ihr eine kurze Pause gönnten, erhob sich Sunny schwerfällig von ihrem Stuhl. Sie hatte noch so viel zu erledigen, und doch war sie froh, dass es so schnell voranging. Bis die nächste Wehe kam, blieben ihr nicht mehr als zwei Minuten. Entschlossen schob sie den Stuhl an seinen Platz.

Dann musste sie sich eben beeilen.

Das Kind kam früher als erwartet. Aber was hatte sie denn *überhaupt* erwartet? Jeden Tag hatte sie gehofft und gebangt. Und jetzt sah es so aus, als ob sie es wirklich geschafft hatte. Aber sie durfte sich nicht zu früh freuen, das Schlimmste lag ja noch vor ihr. Wer wusste schon, was noch passieren würde, nach allem, was sie zugelassen hatte?

Immer wieder ...

Mit schweren Schritten schleppte sie sich die Treppe hinauf ins Badezimmer. Auf dem Flur lagen die Schlafanzüge der Kinder, Hausschuhe und Spielsachen.

Es war eine schwere Entscheidung, aber sie hatte keine andere Wahl.

Schwerfällig sammelte sie die Wäsche ein und schob die Schuhe zur Seite.

Als sie sich wieder aufrichtete, spürte sie, dass es ernst wurde. Sunny suchte Halt am Treppengeländer, das unter ihrem Gewicht leise knarzte. Nach vorn gebeugt begann sie einzuatmen. Tief und immer tiefer, bis es nicht mehr ging. Sie musste die Luft wieder aus ihren Lungen hinaus lassen und den Schmerz empfangen. Und wirklich, als sie ausatmete, griff er augenblicklich und grob nach ihrem prallen Leib, als wollte er die Mitte ihres Körpers einfach in zwei Teile reißen. Mühsam unterdrückte sie einen Schrei. Zwar würde sie ohnehin niemand hören, aber Sunny verbot sich diese Schwäche.

Sie hatte noch nie geschrien. Egal, was passiert war.

Als alle Luft aus ihrem Körper gewichen war, begann sie, wieder tief einzuatmen, sog die Luft in ihre Lungen, bis in ihren Bauch, bis sie meinte, sie müsste zerplatzen. Sie hielt den Atem an, wollte den Moment hinauszögern. Sie dachte, sie hätte alles im Griff.

Und dann schrie sie doch auf. Vor Schreck, vor Scham und vor Angst. Sie war einfach nicht so stark, wie sie es sich wünschte.

Das Wasser, das plötzlich an ihren Beinen hinunterlief, zeigte ihr, dass die Zeit gekommen war. Sunny betrachtete die kleine Pfütze zu ihren Füßen, sie war hell und klar. Es gab überhaupt keinen Grund zur Sorge.

Wie in Trance riss sie ein paar Handtücher aus dem Regal und zog die nasse Unterhose aus. Dann kniete sie sich hin, und als die nächste Wehe kam, gab sie dem Druck einfach nach, öffnete sich und entließ mit ihrer ganzen Kraft ihr Kind ins Leben.

Als er schließlich vor ihr lag, blutverschmiert und rosig, lächelte sie matt und nahm den Kleinen in ihre Arme. Er war ein bisschen zerknautscht, und die Strapazen der Geburt hatten seinen Gesichtszügen zugesetzt. Trotzdem konnte sie jetzt schon erahnen, wie er später einmal aussehen würde.

Wochen später

Das Gefühl, dass ihm jemand folgte, hatte ihn zum ersten Mal ergriffen, als er den letzten steinernen Torbogen passiert hatte und in den Burghof der Veste Oberhaus schritt. Natürlich war das blanker Unsinn, warum sollte ihn ausgerechnet hier jemand verfolgen? Und wenn doch, dann hätte er es sicher nicht bemerkt, schließlich wuselten hier oben, auf dem Oberhausberg, Hunderte von Menschen herum. Es war Mitte Juni, und um diese Jahreszeit war die Stadt voller Touristen. Die meisten Besucher, die auf die Burg kamen und in die Welt der Fürstbischöfe eintauchten, wollten in die Vergangenheit reisen, dem Mythos Mittelalter und allem, was davor und danach kam, begegnen. Natürlich gab es auch einige, die einfach nur einen besonders schönen Blick auf die Stadt werfen wollten. Doch die meisten, ob bewusst oder unbewusst, wollten von den Vorfahren lernen, um es in der Gegenwart vielleicht ein bisschen besser zu machen.

Auch Xaver Mautzenbacher suchte nach der Vergangenheit, oder besser gesagt: Sie suchte ihn.

Typisch für ihn war allerdings, dass er nichts davon ahnte. Vielleicht wollte er aber auch gar nicht begreifen, was er falsch gemacht hatte und warum er dafür leiden würde.

Es war früher Montagnachmittag. Mautzenbacher hatte eine Verabredung. Es ging um eine Angelegenheit, für die ihm dieser Ort hoch über der Stadt Passau zwar geeignet, aber höchst ungewöhnlich schien. In der Regel lag es an ihm, den richtigen Treffpunkt auszuwählen, aber in diesem Fall hatte er nicht kleinlich sein wollen.

Es stand zu viel auf dem Spiel.

Während er über den mit Kies bedeckten Hof schritt, warf er einen raschen Blick auf seine Uhr. Es war erst kurz vor zwei. Bis zu seiner Verabredung um drei hatte er noch viel Zeit. Er würde sich in aller Ruhe umsehen können.

Doch als er die Tür zum Empfang öffnete, sah er im Spiegel des Glases ein bekanntes Gesicht und wusste endlich, warum er das Gefühl, verfolgt zu werden, die ganze Zeit über nicht hatte abschütteln können.

Er löste sein Eintrittsticket, erkundigte sich nach dem Weg zum Rittersaal und stieg dann die Treppe hinauf. Mautzenbacher hatte nicht vor, sich die ganze Ausstellung anzusehen, es genügte, wenn er in der Mitte begann. Im ersten Stock angekommen wandte er sich nach links und blieb vor einer Installation stehen, die wiedergab, wie Passau und sein regierender Fürstbischof infolge der Napoleonischen Kriege ihre Selbstständigkeit verloren hatten und fortan zu Bayern gehörten. Im Grunde interessierte ihn das alles nicht. Er war ein Mann, dem es auf andere Sachen ankam. Wissen bedeutete für ihn nicht, die geschichtlichen Zahlen einer Stadt zu kennen. Er wollte nur sicher sein, dass ihn sein Verfolger nicht aus den Augen verlor.

Nichts liebte Mautzenbacher so sehr wie das Spiel, welches er in diesem Moment zu spielen begann. Es begeisterte ihn, dass ihn jemand beschattete – nein: Es erregte ihn. Er genoss, dass er sowohl den Weg als auch das Ziel selbst bestimmte. Er war Herr der Lage, der Gejagte, der zum Jäger wurde. Er fühlte sich nie besser als in diesen Situationen. Und er freute sich schon jetzt auf den Augenblick, in dem sein Verfolger bemerkte, dass er zum Opfer geworden war. So betrachtet waren die Ausstellungsräume also Nebensache. Für Mautzenbacher ging es ausschließlich darum, seinen Verfolger, ohne dass dieser es merkte, hinter sich herzulocken und den geeignetsten Ort für sein Vorhaben zu finden.

Er schlenderte durch den Arkadengang hinein in den Raum mit dem Wohnturm und den Werkzeugen vergangener Zeiten, durch die Kältekammer, die für seine Zwecke leider nicht infrage kam, und durch alle möglichen bunten Aufbauten. Schließlich erreichte er schon den Burghof und hatte noch immer nicht gefunden, was er suchte. Doch dann, er sah das Gesicht seines Verfolgers schon erhitzt um die Ecke schauen, entdeckte er die Glastür, die ihn in den Fürstenkeller führte.

Dort, wo niemand die Schreie hören würde.

Durch die vergitterten Fenster wurde der Raum nur spärlich ausgeleuchtet, und seine Augen mussten sich erst an das Zwielicht gewöhnen. Doch rasch erkannte er, welch gute Wahl er getroffen hatte. Mit zwei schnellen Schritten verschwand er hinter der Tür, in voller Spannung auf den nächsten Moment. Nicht einmal sein Atem hatte sich beschleunigt. Er war ein Mann, der Überraschungen liebte. Natürlich nur, wenn er sie selbst bestimmte, wenn seinem Gegenüber der Schock in die Glieder fuhr.

Schreckensschreie liebte er über alles.

Zögernd, wie nur ängstliche Menschen gehen, wenn sie nicht wissen, was auf sie zukommt, kamen die Schritte näher und tasteten sich schließlich in den Raum hinein. Xaver Mautzenbacher erwartete jeden Moment ein schüchternes „Hallo? Ist da jemand?".

Als sein Verfolger den Raum betreten hatte, schloss Mautzenbacher leise die Tür und baute sich in voller Körpergröße vor dem einzigen Fluchtweg auf. Dann begrüßte er seinen Gast, und als er den unterdrückten Schrei vernahm, begann sein ganzer Körper vor Erregung zu kribbeln.

Er musste lächeln. Ach, war das schön, wenn man sich auf etwas freuen konnte!

Zufrieden beobachtete er das Zurückweichen seines Verfolgers, und mit Genugtuung setzte er sich Schritt für Schritt in Bewegung, vorwärts, direkt auf seinen verängstigen Gast zu.

Jetzt. Jetzt war es gleich so weit.

Andächtig beugte sich Samantha Halmgaard über ihre fast fertige Skizze und erschrak, als die alte Uhr, die neben dem Fenster hing, zur vollen Stunde schlug. Sie hatte sich von ihren Ideen in andere Welten tragen lassen und dabei vollkommen die Zeit vergessen. Hastig schob sie die Papiere zusammen und legte sie in eine Arbeitsmappe. Dann streckte sie sich, schob den schweren Stuhl zurück und stand auf. Dabei fiel ihr Blick erneut auf die Mappe, und ein zufriedenes Lächeln huschte über ihr Gesicht. Es war der Entwurf für eine Installation zur Kaiserhochzeit von Leopold I. und Eleonore von Pfalz-Neuburg. Nachdem das Museum dieses Jahr an den großen Stadtbrand von 1662 erinnert hatte, wollte Samantha als Nächstes das zweite große Ereignis, das Passau berühmt gemacht hatte, in den Mittelpunkt der Dauerausstellung rücken.

Neues zu ersinnen und Visionen in die Tat umzusetzen, das war es, was ihren Beruf als Direktorin des Oberhausmuseums für sie so einzigartig machte. In ihrer Fantasie war alles möglich. Sie konnte Pläne schmieden, ohne zu fragen, ob sie sich später wirklich realisieren ließen. Damit musste sie sich erst herumschlagen, wenn es ums leidige Geld ging.

Wenn sie mitten in den Planungen steckte, war ihr alles andere lästig. Jeder Anruf, jede Störung. Und so war sie durchaus froh darüber, dass ein überraschender Besucher, der sich für die Mittagszeit angekündigt hatte, nicht gekommen war.

Natürlich sprach sie wie alle Künstler gern über ihre Arbeit, und im Grunde liebte sie Abwechslung und kleine Überraschungen. Aber sie hatte gelernt, Privatangelegenheiten außerhalb des Museums zu lassen. Da war sie sehr streng mit sich, und letztlich hatte sich das ausgezahlt.

Mit einem wohligen Stöhnen dehnte sie ihre verspannten Muskeln und gähnte herzhaft. Seit drei Jahren war sie hier die Museumsdirektorin, und seither hatte sie nicht nur ihren Kleidungsstil verändert. Als sie ihren Kopf in den Nacken legte, wanderte ihr Blick über die hohe Decke und an den Wänden ihres großzügigen Büros entlang. Es war ein wunderschöner Raum, alt und geschichtsträchtig, untergebracht im ehemaligen Gästehaus – was von Unkundigen oft mit einem Lächeln quittiert wurde. Von einem der Fenster aus konnte man über ganz Passau blicken. Genau so wie einst die regierenden Fürstbischöfe.

Die zierliche Frau fuhr zusammen. Sie sah zur alten Biedermeieruhr, und erkannte erschrocken, dass es bereits kurz vor halb fünf war. In Kürze schloss das Museum, und sie wollte unbedingt noch eine Runde durch die Ausstellungsräume drehen und sich bei dieser Gelegenheit den ausgeräumten Raum im Fürstenkeller ansehen. Sie hatte es versprochen und es dann beinahe vergessen, vor lauter Kaiser Leopold I. und seiner jungen Frau, Eleonore Magdalena Theresia.

Samantha Halmgaard lächelte. Sie hatte viel vor mit den beiden. Kaiserglanz stand hoch im Kurs bei den Besuchern, und wenn Passau schon etwas so Einzigartiges zu bieten hatte, was ja letztlich auch nur dem besonderen Vertrauensverhältnis zu Fürstbischof Sebastian von Pötting geschuldet war, dann durfte sie diesem Umstand ruhig in einer Ausstellung huldigen.

Nur unwillig löste sie sich von ihren Plänen, holte den Schlüssel aus der Schublade ihres Schreibtisches und verließ das Büro. Sie schenkte sich den ganzen Rundgang durch die Ausstellung und überquerte den Hof, um in den gegenüberliegenden Keller hinunterzusteigen. Im Vorbeigehen grüßte sie wie immer die Bruderschaft der Salzhändler, zog den Kopf ein, als sie die fünf Stufen hinunterging, wandte sich nach links und studierte kurz den Zettel, der an der Tür angebracht worden war und darauf hinwies, dass hier umgebaut wurde. Dann streckte sie die Hand aus, um die Tür zu öffnen – doch im selben Moment fiel ihr Blick auf den Spalt unter der Tür. Verärgert bückte sie sich. Verdammt, was war denn das wieder? Warum begriffen manche Leute nicht, dass es Dinge gab, die so alt waren, dass man sie einfach schützen musste!

Kriminalhauptkommissar Schneidlinger saß an seinem Schreibtisch und massierte sich mit zwei Fingern die Nasenwurzel. Das konzentrierte Lesen von Akten strengte ihn zunehmend an, und der Stapel vor ihm auf dem Schreibtisch verriet, dass Schneidlinger damit so schnell noch nicht fertig sein würde. Dabei konnte er sich noch nicht einmal bei jemandem beschweren. Josef Schneidlinger war der neue Chef im K1, zuständig für Kapitalverbrechen: Mord und Totschlag. Vier Wochen war es her, dass man ihn ins neue Amt eingeführt hatte, und doch war ihm das Bild vor dem Fenster seines Büros noch immer fremd.

Darum hatte er am frühen Nachmittag jeden, der nicht zwingend im Dezernat gebraucht wurde, nach Hause geschickt. „Zeit um Überstunden abzubauen!", hatte er gesagt und auf seine ganz eigene Art gelächelt, denn das war natürlich nicht der wirkliche Grund.

Er brauchte endlich eine Gelegenheit, um sich einzugewöhnen. Er wollte wissen, wie die neuen Kollegen tickten, und er hatte keine Lust, mit jedem deswegen erst einmal einen trinken zu gehen!

In den ersten Tagen hatte man ihn herumgereicht, hatte von ihm wissen wollen, wie er seinen Job in der Mordkommission angehen wolle und, ja, man hatte ihn sogar gefragt, was ihm eigentlich die Ehre verschaffte, den alten Chef zu beerben. Natürlich waren diese Fragen durchaus berechtigt, zumindest aus Sicht der Kollegen. Denn Schneidlinger war in Passau ein unbeschriebenes Blatt, und alles, was man von ihm wusste, war, dass er verheiratet war, vier Kinder hatte und zurzeit wieder auf dem großen Bauernhof im Rottal lebte, auf dem er geboren worden war. Hinzu kam seine Leidenschaft für seinen Porsche Boxster, den er sommers wie winters fuhr.

In München hatte er sich den respektablen Ruf erarbeitet, ein harter Hund zu sein. Einer, der nicht nur seine Nase überall hineinsteckte, sondern, wenn es sein musste, auch tief graben konnte. Diese Eigenschaft und ein effektives Netzwerk wollte er jetzt einsetzen, um seine Position in Passau zu stärken, um zu beweisen, dass er die richtige Wahl für den freien Posten gewesen war.

Daher hatte er in den vergangenen Tagen, wann immer es seine Zeit erlaubte und er sich unbeobachtet fühlte, die alten Fälle gewälzt. Akten, die ihn Tag für Tag mehr gelangweilt hatten, bis er, vor zwei Stunden, auf den Fall der getöteten Sopranistin Sophia Weberknecht gestoßen war. Sofort hatte er erkannt, dass hier etwas nicht stimmte.

Sein Vorgänger, Kriminalhauptkommissar Berthold Brauser, hatte die junge Frau schon vor ihrem Tod gekannt und sich heimlich mit ihr getroffen. Natürlich stand das nicht so direkt in den Akten, und Brauser selbst war inzwischen in Pension und konnte zum derzeitigen Stand der Recherche nicht dazu befragt werden. Fest stand aber: Nachdem die junge Frau tot aufgefunden worden war, hatte Brauser den Fall an seine jungen Kollegen abgegeben.
Allerdings nicht, und das ging aus den Akten eindeutig hervor, aus Befangenheit, sondern weil er sich in Kombination mit dem zum damaligen Zeitpunkt ebenfalls ungeklärten Mord an Klaus Wallenstein überfordert gefühlt hatte.

Während Schneidlinger die Zusammenhänge erfasste, stellten sich ihm die Nackenhaare auf – ein sicheres Vorzeichen für eine neue Fährte. Solchen Märchen hatte er noch nie Glauben geschenkt. Dafür hatte er selbst schon zu viel erlebt, und als er weiterlas, huschte ein kaum wahrnehmbares sardonisches Lächeln über sein Gesicht. Das also war das Geheimnis, das die Kollegen mit sich herumtrugen!

Jetzt war er nicht mehr zu halten. Seite für Seite las er die Berichte und fand schließlich den Hinweis auf eine Tonaufnahme, in welcher der Dreifachmörder Joachim Herlau den Kollegen Brauser des Mordes an Sophia Weberknecht bezichtigte.

Schneidlinger lächelte zufrieden, um im nächsten Moment irritiert festzustellen, dass dieses Band auf geheimnisvolle Weise verschwunden und Joachim Herlau tot war, und seine Beschuldigung somit auch nicht mehr wiederholen konnte.

Energisch klappte der Hauptkommissar die Akten zu und schob sie auf seinem Schreibtisch zusammen. Schluss für heute, dachte er und schüttelte über sich selbst den Kopf.

„Man könnte meinen, du hast nichts Besseres zu tun", lästerte er über seine eigene Beflissenheit und griff nach seinem Handy. Schon als er dem Freizeichen lauschte, entspannten sich seine Züge, und als er die vertraute Stimme hörte, breitete sich ein zufriedenes Lächeln auf seinem Gesicht aus.

„Hallo Paulina, hier ist Josef!"

Mit einem scheuen Blick in den Rückspiegel überprüfte Franziska Steinbacher ihr Gesicht. Ihre Wangen glühten, was nicht nur an der Hitze lag, die seit Tagen die Passauer Bevölkerung zum Schwitzen brachte. Seit dem Mittag fuhren ihre Gefühle Karussell, schürten in ihr gleichermaßen Zweifel und sinnliches Verlangen und ließen ihr Gesicht von einem geheimnisvollen Lächeln erstrahlen. Heute war sie zu allem bereit. Verträumt zupfte sie sich eine Strähne ihrer langen Haare aus dem Gesicht, um ungehindert ihre Lippen mit Lipgloss bemalen zu können, bis ihr auffiel, dass man sie von der Straße und den Häusern rundum sehen konnte. Hastig riss sie sich von ihrem Spiegelbild los und stieg aus. Sie war ohnehin ein bisschen spät dran, was heute aber nicht an ihrem Job bei der Passauer Mordkommission, sondern nur an einer einzigen Frage lag: Was ziehe ich an?

Normalerweise hatte es Franziska nicht nötig, sich mit solchen Problemchen zu beschäftigen, schließlich gehörte sie zu den beneidenswerten Frauen, die es sich leisten konnten, fast alles zu tragen. Am heutigen Tag jedoch war nichts normal. Denn letztlich ging es nicht nur um die Auswahl der richtigen Garderobe, sondern vor allem um die Frage: Wie ziehe ich es nachher möglichst eindrucksvoll wieder aus?

Mit schnellen Schritten lief sie die Treppe zur Künstlerwerkstatt des städtischen Theaters im Maierhof hinauf und drückte zaghaft auf die Klingel. Sie hatte sich für ein leichtes Sommerkleid entschieden, und obwohl es nur aus einem Hauch von Stoff bestand, begann sie zu schwitzen.

Als endlich jemand die Tür öffnete, war es ausgerechnet Carlos Rodriguez, der junge Tenor mit dem weichen Gesicht und den wunderbaren Locken, bei dem sie nie wusste, ob er mit ihr flirtete oder einfach nur nett war. Ihn zu treffen war auf jeden Fall ein Vergnügen, wobei sein anzügliches Lächeln weniger ihrer gemeinsamen Vergangenheit galt, als vielmehr dem Grund, warum sie heute hier war.

„Ist Walter da?“, fragte Franziska nach einem Räuspern und spürte, wie eine leichte Hitze ihr Gesicht überzog.

„Ja, er ist oben.“ Mit dem Kopf zeigte Carlos die hinter ihm liegende Treppe hinauf und ließ sie dann, ohne ein weiteres Wort zu verlieren, einfach stehen. Gleich darauf vernahm sie seine eindrucksvolle Stimme aus dem großen Malsaal, in dem die Ensembleproben stattfanden. Einen Moment blieb Franziska vor der Tür stehen und lauschte. Sie mochte ihn, würde seine Stimme unter tausend Sängern heraushören, aber in diesem Moment verzückte es sie nicht, ihn singen zu hören. Sie wollte Zeit schinden, denn sie war sich auf einmal nicht mehr sicher, ob sie das Richtige tat.

Als sie schließlich das obere Stockwerk betrat, schlug ihr stickige Luft entgegen, und ihre Schritte hallten leise von den weißen Wänden wider, an denen hier und da einige Regale mit Bühnenbildmodellen vergangener Aufführungen standen. Zu beiden Seiten gingen Türen zu kleineren Proberäumen für die Musiker ab.

Endlich hatte Franziska die Wohnungstür am Ende des Flurs erreicht und wollte gerade auf den Klingelknopf drücken, als Walter öffnete und sie mit einem breiten Lächeln begrüßte.

„Hallo Frau Kommissarin! Schön, dass du gekommen bist."

Bei seinem Anblick biss sich Franziska auf die Lippen. Walter sah so gut aus! Groß, durchtrainiert, gut gebaut und braun gebrannt. Die vollen dunklen Haare, die schon vereinzelt von einem silbernen Grau durchzogen wurden, hatte er im Nacken zu einem Pferdeschwanz zusammengebunden. Seine Haut glänzte feucht, ob vom Duschen oder der Hitze, wagte Franziska sich nicht auszumalen. Er trug bunte Boxershorts, sonst nichts. Kein T-Shirt, keine Schuhe. Einfach nichts.

„Entschuldige, ich hab mich verspätet", entfuhr es Franziska aufgeregt, und gleich darauf ärgerte sie sich, weil sie nichts Originelleres gesagt hatte, wie zum Beispiel: „Du siehst aber lecker aus!", oder „Ganz schön heiß in deiner Gegenwart."

„Auf schöne Frauen warte ich gern auch ein bisschen länger", wiegelte Walter lächelnd ab, trat aus der Wohnung und zog sie an sich, um sie auf beide Wangen zu küssen.

Franziska spürte die Wärme seiner Haut, die Geborgenheit seiner Umarmung und schloss die Augen. Sie schnupperte an seinem Hals, bis ihr vor lauter Aftershave ganz schwindelig wurde, und sie wusste: Diesem Mann würde sie heute nichts abschlagen können.

„Wollen wir?“

Ohne auf ihre Antwort zu warten, schloss er hinter sich die Wohnungstür und nahm Franziska an der Hand. Er führte sie vorbei an den Proberäumen und zwei Praktikanten, die gerade über die verschiedenen Möglichkeiten, ein Modell zu bauen, philosophierten, die Treppe hinunter und bis in den kleinen Malsaal, in dem, im Vergleich zum großen Pendant, noch handwerklich gearbeitet wurde.

Franziska fand weder Zeit zum Luftholen noch um zu fragen, warum er sie ausgerechnet hierher brachte. Als sie aus dem Nebenraum die Stimme von Carlos hörte, der seine Partie jetzt in Begleitung des Klaviers sang, war sie erleichtert, dass Walter die Tür hinter ihnen schloss. Nie würde sie sich an die Freizügigkeit des Theaters gewöhnen, und bestimmt sah man ihr das in diesem Moment mal wieder an.

Doch Walter zeigte sich unbeeindruckt, wies mit einem Kopfnicken auf ein Podest, das mitten im Raum stand, und lud Franziska mit einer schwungvollen Geste ein näherzutreten. Als sie auf das kleine Treppchen steigen wollte, schüttelte er allerdings den Kopf. Sein Lächeln war breiter geworden, und mit sanfter Stimme sagte er: „Erst ausziehen.“

„Was?“

„Alles.“

„Walter, bitte!“, flüsterte Franziska und sah schnell zur Tür. „Was ist, wenn jemand hereinkommt?“

„Was machst du dir nur wieder für Gedanken? Jeder weiß, dass du dich ausziehen wirst!“

Franziska wurde rot. Dass das *jeder* wusste, hätte er nicht unbedingt sagen müssen.

Im Rahmen ihrer Ermittlungen im Fall Sophia Weberknecht hatte Franziska den Bühnenkünstler des Städtischen Theaters im vergangenen Herbst kennengelernt. Tatsächlich hatte es eine Weile so ausgesehen, als sei Walter Froschhammer in diesem Mordfall der Hauptverdächtige. Doch während Franziska damit beschäftigt gewesen war, ihm seine Tat nachzuweisen, waren sie sich näher gekommen – allerdings nicht zu nah, denn die Oberkommissarin hatte die Bekanntschaft mit Walter immer als einen Teil ihrer Ermittlungen betrachtet. Als dann der wahre Täter gefasst und der Fall abgeschlossen wurde, hatte Walter ihr eine SMS geschickt und sie gebeten, sich von ihm malen zu lassen. Monatelang hatte Franziska gezögert, ihn hingehalten und vertröstet. Und Walter hatte nicht lockergelassen, bis sie endlich zugesagt hatte. Doch das war nicht der einzige Grund, warum sie heute hier war.

Viel zu schnell hatte Franziska sich in den Bühnenkünstler verliebt, und eigentlich wäre Walter auch der Richtige für sie gewesen, wenn, ja wenn er nicht diesen speziellen Ruf gehabt hätte. In Theaterkreisen tuschelte man, dass er jede Frau, die er malen wollte, zuvor verführte. In diesem delikaten Umstand begründet lägen das Mysterium seiner wunderbaren Bilder und das Schönheitsgeheimnis einer jeden Frau, die er auf der Leinwand festhielt. Natürlich hätte Franziska das Ganze für ein Gerücht halten können. Verwirrend daran war nur, dass Walter sich nie davon distanzierte, nie das Gegenteil behauptet hatte.

Mit diesen Gedanken im Kopf öffnete Franziska der Reihe nach die Knöpfe ihres Sommerkleides, streifte die Träger über die Schultern und ließ den Stoff an ihrem Körper entlang zu Boden gleiten. Sie spürte seinen Blick auf ihrer Haut und sah auf.

„Weiter." Er schien völlig unbeeindruckt.

Franziska löste den Verschluss ihres Büstenhalters und

streifte die Träger über die Schultern, um ihn dann, versucht gleichgültig, neben ihr Kleid fallen zu lassen. Während sie noch zögerte, trat Walter auf sie zu und schob ihr den Slip über die Hüften.

Als er sich wieder aufgerichtet hatte, ließ er seinen Blick prüfend von oben nach unten und wieder zurück wandern.

„Weißt du eigentlich, wie schön du bist?“, fragte er und hob mit einer zarten Geste das Kinn in die Höhe, sodass sie ihn ansehen musste. Seine Augen fixierten die ihren, und Franziska wollte nur noch darin versinken, wollte vergessen, dass jeden Moment einer der Sänger hereinkommen konnte.

So standen sie dicht beieinander, die Sekunden zogen sich in die Länge, aber nichts geschah. Franziska wünschte sich, er würde endlich seinem Ruf gerecht werden, sie umarmen und küssen und was auch immer mit ihr tun, doch er sah sie nur an, mit diesem Blick, dem sie nichts entgegenzusetzen hatte. Wie ein hungriger Löwe, der beschlossen hatte, künftig als Vegetarier zu leben.

Mühsam versuchte sie, sich zu beruhigen, nahm ihren Blick von dem Mann, den sie so sehr begehrte, und ließ ihn stattdessen durch den Raum schweifen. Sie registrierte den großen Tisch, auf dem neben unzähligen Malutensilien Skizzenbücher lagen. Unter Tüchern entdeckte sie einen Stuhl, in der Ecke einen Kleiderständer und an der Wand unter dem Fenster eine Werkbank mit allerlei Gerätschaften darauf. Daneben lehnten Bilder in unterschiedlichen Entwicklungsstadien und Größen, und in einem Regal lagerten Papiere, Pappe, Dosen und Schachteln. Am auffälligsten aber waren die großen Holzplatten, die im hinteren Teil der Werkstatt darauf warteten, bearbeitet zu werden.

Während sie sich noch überlegte, was er wohl daraus bauen wollte, umfasste Walter auf einmal ihre Taille und hob sie wie eine Schaufensterpuppe auf das Podest.

„Entspann dich, du siehst wirklich ganz bezaubernd aus", schnurrte er und ließ seine Hände auf ihrer Hüfte ruhen. Franziska stand ganz still, versuchte zu nicken, doch ihre Gedanken überschlugen sich, und ihr sonst so vernünftig denkendes Gehirn versagte seinen Dienst.

„Mit deinen Armen müssen wir allerdings noch etwas machen."

Franziska sah ihn an und musste lachen. Die ganze Situation war einfach zu verrückt! Da stand sie nun, nackt und erregt vor einem Mann, der vorgab, sie zu begehren, und über dessen Verführungskünste die halbe Stadt sprach, und alles, was ihm wichtig schien, waren ihre Arme!

Walter deutete ihr Lachen falsch.

„Du brauchst keine Angst zu haben. Es kommt bestimmt niemand rein. Die sind doch alle mit ihrer Probe beschäftigt."

Beim letzten Satz war seine Stimme zu einem sanften Flüstern geworden, das ihr wie ein sommerlicher Regenschauer über den nackten Körper lief.

Franziska nickte, genoss seine Worte, die langsam über ihre Haut perlten, und fühlte sich sehr sexy, als Walter seine Hände in einer sanften Bewegung so weit nach oben schob, dass sie ganz automatisch ihre Arme hob und eine weitere Welle der Erregung Franziskas Körper überflutete.

Sie schloss die Augen. Gleich würde er sie küssen. Ihre Lippen bebten in heißem Verlangen. Sie konnte sich nicht rühren, war betört von seinem Duft, dieser berauschenden Komposition aus männlichem Aftershave und seinem eigenen Körpergeruch. Sie wusste, dass er ganz nah vor ihr stand, konnte seinen Atem spüren. Sie beugte sich ein wenig vor und verging dabei fast vor Sehnsucht.

Als sie die Augen schließlich öffnete, sah er sie zufrieden an. „Das ist perfekt, bleib so, wie du bist."

Er drehte sich von ihr weg und ging zu einem Stuhl, auf dem ein Stapel zusammengefalteter Tücher lag.

„Ich hab noch was für dich“, rief Walter, und als er zurückkam, hielt er ein großes, helles Seidentuch in der Hand und lächelte geheimnisvoll. „Sonst fühlst du dich vielleicht ein bisschen nackt ...“

„Oh, ich fühle mich großartig!“, log Franziska und versuchte, wieder Herrin der Lage zu werden.

„Dann lass auch schön die Arme oben“, forderte er, und sie gehorchte.

„Ich habe heute etwas ganz Besonderes mit dir vor. Eine neue Kunstrichtung sozusagen. Es wird dir gefallen!“

„Okay“, antwortete Franziska zögerlich, und für einen Moment beschlich sie der Verdacht, es ginge ihm wirklich nur um Kunst. Doch dann wanderten seine Hände mit dem Tuch über ihren nackten Körper und brachten mit seinen Berührungen ihre Haut erneut zum Brennen. Während er den Stoff in Falten legte und mit einer Spange an der Schulter zusammenhielt, stöhnte sie leise auf und biss sich gleich darauf auf die Lippen, bis sie zu kichern begann. Sie wusste selbst nicht warum, aber auf einmal fand sie alles überhaupt nicht mehr peinlich, sondern einfach nur schön und erregend. Wenn es nach ihr gegangen wäre, hätte er nie wieder von ihr lassen dürfen.

Entsprechend enttäuscht war sie, als er sie plötzlich stehen ließ und zu seinem Arbeitstisch ging, um einen dicken Pinsel, ein Glas mit Wasser und eine Farbpalette zu holen.

Ohne ein Wort zu verlieren, stellte er das Wasser auf einen kleinen Tisch, der neben ihrem Podest stand, tunkte den Pinsel hinein und blickte auf die Farben, als gäbe es in diesem Augenblick nichts Wichtigeres zu entscheiden.

Dann sah er sie an und murmelte: „Rot. Rot wie die Liebe.“ Mit dem Pinsel nahm er Farbe auf, hob die rechte Hand und hielt einen Moment inne, bevor er sehr konzentriert begann, den Seidenstoff direkt über ihren Brustwarzen damit zu betupfen. Überrascht von der Kälte der Farbe wich Franziska ein wenig zurück, musste lachen und nahm dabei die Arme etwas herunter.

Mit einem unschuldigen Blick fragte Walter: „Warum lachst du?“

Franziska zuckte mit den Schultern, sie wusste es selbst nicht, konnte aber auch nicht aufhören. Die ganze Situation war so unwirklich. So ganz anders, als sie es erwartet hatte.

„Du musst schon stillhalten, sonst wird das nichts“, ermahnte er sie streng.

„Ja“, seufzte sie und richtete sich erneut auf. Aber auf ihrem Gesicht lag jetzt ein laszives Lächeln. Sie hatte sein verräterisches Grinsen gesehen, nur ganz kurz, aber es reichte, um seine Masche zu durchschauen.

Als Walter beim nächsten Mal den Pinsel hob, klebte ein sattes Orange an den Borsten. Damit zeichnete er die Erhebung ihrer Brüste, die Konturen der Taille und den Venushügel nach.

Von Bodypainting hatte Franziska schon gehört. Dass man ein Seidentuch direkt auf dem Körper seines Models bemalte, war ihr jedoch nicht geläufig gewesen.

„Ich hatte mir das heute irgendwie anders vorgestellt“, gestand sie kleinlaut, vielleicht, um einfach etwas zu sagen.

„So? Wie denn?“

„Na ja, ich dachte mehr an Papier oder eine Leinwand.“

„Würde dich das anmachen?“

Bei dieser Frage sah Walter sie an, doch keine Regung verriet seine Gedanken.

Franziska schüttelte fast unmerklich den Kopf. „Nein. Aber du scheinst ja auch nicht erregt zu sein.“

Das war jetzt wieder ein typischer Franziskaspruch! Immer, wenn es am schönsten war, musste sie so etwas sagen. Trotzdem war sie gespannt, wie er darauf reagieren würde.

„Woher willst du das wissen?“, fragte er lässig, aber das Grinsen, das in diesem Moment über sein Gesicht huschte, verriet ihn. Franziska konnte nicht antworten. Noch nie hatte ein Mann mit einem einzigen Blick ihren ganzen Körper so in Aufruhr versetzt.

„Na, siehst du! Und jetzt lass schön die Arme oben und sei ein braves Mädchen.“

Doch sie wollte kein braves Mädchen sein und sie wollte schon gar nicht länger die Arme über dem Kopf halten, sie wollte ...

„Fertig!“ Walter legte Palette und Pinsel zur Seite und stieg zu ihr auf das Podest. Dann nahm er ihre Arme, die langsam taub wurden, und bettete sie auf seine Schultern. „Das muss jetzt noch ein bisschen trocknen, aber gleich hast du es geschafft.“ Er lächelte, beugte sich nach vorn und streifte mit seinen Lippen ihren Mund. Einmal, zweimal.

Jetzt hielt es Franziska nicht mehr aus. Stürmisch schlang sie ihre Arme um seinen Nacken, Farbe hin oder her, und zog ihn an sich. Sie wollte sich nicht länger mit diesem flüchtigen Darüberhuschen, diesem lustvollen Knabbern zufriedengeben! Es war so schön mit ihm. Nie wieder wollte sie etwas anderes, als ihn zu riechen, zu schmecken und seine Haut auf ihrer zu fühlen. Endlich ließ sie sich fallen, in ein Spiel, das nur aus Lust und Nacktheit, aus Begehren und dem Wunsch bestand, es möge niemals zu Ende gehen.

Doch schon beim ersten Klingelton wusste sie, dass es vorbei war. Für besondere Anrufer hatte sie besondere Anrufsignale, und dieses hier gehörte eindeutig zu ihrem Kollegen Hannes Hollermann.

Auch Walter ahnte, dass das Liebesspiel urplötzlich ein unerwartetes Ende fand, und ließ Franziska los, um ihre Tasche zu holen und sie ihr zu reichen. Wenn Walter sie auch noch nie so nah gespürt hatte wie an diesem Abend, so kannte er sie doch lange genug, um zu wissen, dass jetzt nicht der Moment für Verhandlungen war.

„Was gibt's?", fragte Franziska in ihr Handy, und ihrer Stimme haftete noch immer etwas von dem vorangegangenen Zauber an.

„Wir haben einen Toten im Oberhaus", erklärte Hannes nüchtern. „Kommst du?"

Franziska zögerte. Was, wenn sie nicht kommen würde? Was, wenn sie einfach hier bliebe und mit Walter weitermachte? Wenn sie einfach so tat, als gäbe es kein Oberhaus, keinen Toten, keine Polizei, keine Kollegen – keine anderen?

„Ähm ..."

„Wo bist du?", fragte Hannes, weil es bei Franziska eigentlich nie ein Zögern gab.

„Wo ich bin?" Franziska schaute sich suchend um. Wo sie war, wollte sie Hannes nicht sagen. Das ging einfach nicht.

„In einer Ausstellung", soufflierte Walter leise.

„In einer Ausstellung", erklärte Franziska.

„Und wo?"

„Wo?", wiederholte Franziska verzweifelt, weil ihr Gehirn offensichtlich noch immer von zu vielen Hormonen am korrekten Arbeiten gehindert wurde.

„Auf dem Mond", kam es diesmal von Walter.

„Auf dem Mo ... Moderne Kunst. Museum für Moderne Kunst", stotterte Franziska, verdrehte die Augen und war doch froh, dass sie noch einmal die Kurve bekommen hatte. Walter grinste und löste vorsichtig die Spange an ihrer Schulter, um sie von dem feuchten Seidentuch zu befreien.

„Na, dann hast du es ja nicht weit. Bis gleich also!"

Hannes hatte aufgelegt.

„Was sollte denn das eben mit dem Mond?", fragte sie und schaute an sich hinunter.

„Du schienst mir so weit weg, als wärst du auf dem Mond. Das ist alles."

Ja, dachte Franziska, aber dieser Moment musste Lichtjahre her sein. Walter brachte ihr ein Handtuch und begann, sie damit von den Farbresten zu säubern.

Doch Franziska wandte sich ab. „Ich hab keine Zeit mehr, sonst fällt es auf.“ Während sie hastig Slip, Büstenhalter und Kleid anzog, versuchte Walter immer wieder, den einen oder anderen Fleck zu erwischen. Schließlich gab er auf, stellte sich vor sie hin und zog sie ohne zu fragen in seine Arme, und bevor sie protestieren konnte, küsste er sie mit einer solchen Leidenschaft, dass ihre Knie so weich wurden wie Butter in der Sonne. Genauso plötzlich ließ er sie wieder los, reichte ihr die Tasche und drehte sie in Richtung Tür. Dann gab er ihr einen kleinen Schubs, als wollte er nicht, dass sie sich noch einmal umsah.

„So, und jetzt erledigst du brav deinen Job, und wenn du fertig bist, machen wir genau hier weiter!“

Als Franziska auf der Straße stand und in ihrer Tasche nach dem Autoschlüssel kramte, war sie aufgewühlt von Walters Berührungen, verärgert über die Störung durch den Anruf, aber auch neugierig auf den neuen Fall.

Jahrelang hatte sie geglaubt, berufliches Fortkommen und der Mann fürs Leben ließen sich einfach nicht miteinander vereinbaren. Doch dann war der Bühnenbildner in ihr Leben getreten, hatte sie umworben und nicht mehr locker gelassen, bis sie endlich einem Treffen zugestimmt hatte.

Per SMS hatte er ihr damals eine gute Nacht gewünscht und dann mit seiner Schilderung aller möglichen Liebesszenen dafür gesorgt, dass sie nicht einschlafen konnte. Er hatte sich nach ihrem Beruf erkundigt, um lakonisch festzustellen, dass sie viel zu schade für diesen Job war und doch endlich seine Muse werden sollte. Als mögliche Treffpunkte hatte er die verrücktesten Orte vorgeschlagen, und wenn sie dann absagen musste, hatte er geseufzt und gemeint, er würde, wenn das so weiter ginge, noch impotent werden. Franziska hatte diese Zeit genossen und langsam eingesehen, dass sie für ihn keine schnelle Eroberung war, sondern eine Frau, für die er sich etwas einfallen ließ. Schließlich hatte sie ihr Herz in die Hände genommen und sich weich und voller Hormone auf das Abenteuer Walter Froschhammer eingelassen.

Und dann musste, ausgerechnet im allerschönsten Moment, dieses verdammte Handy klingeln. Als ob man ihr diesen Abend nicht gönnen wollte. Als ob das alles, verdammt noch mal, nicht warten konnte!

Aber natürlich konnte sie sich nicht drücken. Sie liebte ihren Job und sie musste sich beeilen, denn Hannes dachte ja, sie sei im Museum für Moderne Kunst. Von der Veste Oberhaus, die weit über der Stadt Passau emporragte, war das Museum praktisch einsehbar, und dieser Umstand sorgte dafür, dass Franziska noch einen Zahn zulegte. Versuchte sie selbst auch das Gerede der Leute zu ignorieren, so wollte sie auf gar keinen Fall, dass Hannes erfuhr, wo sie bei seinem Anruf gewesen war. Er war mehr als nur ihr Kollege. Aber das mit Walter war privat, und Privates ging Hannes nun mal nichts an, beschloss sie, während sie auf der Angerstraße an der Donau entlang fuhr. Zum Glück hatte sich der Berufsverkehr bereits beruhigt, und so kam sie relativ schnell voran, bog nach dem Tunnel zweimal links, dann scharf rechts in die Ferdinand-Wagner-Straße ein und gelangte über die Versorgungsstraße auf den Burghof, wo sie hinter dem Fahrzeug der Kriminaltechnik parkte. Der Porsche vom Chef war noch nirgends zu sehen.

Erst als sie über den Burghof ging, erkannte sie, dass sie, nach allem, was sie für diesen Abend geplant hatte, nicht für die Begehung eines Tatortes angezogen war. Das musste auch der Streifenbeamte am Eingangstor bemerkt haben, denn er musterte sie ungeniert und schenkte ihr dann ein süffisantes Lächeln.

„Durch das nächste Tor in den inneren Burghof und dann am Brunnen vorbei. Dort wartet Ihr Kollege Obermüller."

Franziska nickte und ging in die Richtung, in die sein Finger zeigte. Im Burghof parkten ein weiteres Fahrzeug der Kriminaltechnik und ein Rettungswagen. Als sie durch die Fensterscheibe ins Fahrzeuginnere des Kriminaltechnikwagens blickte, erkannte sie an ihrem Spiegelbild, dass ihr Kleid nicht richtig geschlossen war.

„Tut mir leid, aber Sie können nicht ..." Obermüller tat, als habe er sie nicht gleich erkannt, und grinste anzüglich. „Wird in deinem Kleid vielleicht ein bisschen kalt da unten", gab er schließlich zu bedenken und reichte Franziska die Hand.

„Danke für den Tipp!" Franziska versuchte es mit einem Lächeln. „Wo liegt er?"

„Komm mit, ich zeig's dir." Mit schnellen Schritten stürmte Obermüller die Stufen hinunter, und Franziska hatte Mühe, ihm zu folgen.

„Franziska ist da", rief Obermüller übertrieben geschäftig, woraufhin Hannes im Türrahmen erschien und sie abschätzend betrachtete.

„Du hast da was", sagte der statt einer Begrüßung trocken und wischte mit dem Finger über einen Punkt unterhalb ihres Schlüsselbeines.

Franziska versuchte seinem Blick zu folgen.

„Farbe", entschied Hannes, nachdem er seinen Finger inspiziert hatte. „Hast du nicht gesagt, du warst bei einer Ausstellung?"

„Ja. War ich auch."

„Komisch. Ich dachte immer, bei einer Ausstellung sind die Bilder bereits fertig.“ Der junge Kommissar machte ein nachdenkliches Gesicht.

„Nicht immer“, wich Franziska aus und versuchte es mit einem gewinnenden Lächeln. „Bist du schon lange hier?“

„Seit einer dreiviertel Stunde.“

„Aha. Dann kannst du mir doch bestimmt schon etwas über den Toten sagen?“

„Ähm, ja.“ Hannes schaute ein letztes Mal irritiert auf ihr Schlüsselbein und wandte sich dann abrupt ab, um mit einem großen Schritt über die Blutlache zu steigen, die sich von der Mitte des Raums bis zum Türrahmen gebildet hatte. Franziska betrachtete den bereits geronnenen, dunkel verfärbten Fleck, der sich auf dem Eichenholzparkett gebildet hatte, und tat es Hannes gleich.

An einer Wand des Raums stand ein Gerüst für die bereits anskizzierten Malerarbeiten, auf dem Boden lagen einige verpackte Gegenstände, die Franziska nicht gleich erkannte. Das kann warten, dachte sie, denn erst wollte sie die Kollegen begrüßen und Näheres von ihnen erfahren. Sie schickte eine Begrüßung in den Raum und drehte sich dann zu Hannes um, der vor dem Toten stehen geblieben war.

„Der Mann heißt Xaver Mautzenbacher und ist zweiundvierzig Jahre alt. Als er gefunden wurde, hatte er seinen Ausweis, eine Kreditkarte, zwanzigtausend Euro Bargeld sowie eine Rolex und einen Schlüsselbund bei sich“, begann Hannes die wichtigsten Fakten aufzuzählen, während Franziska erstmals in das bleiche Gesicht des toten Mannes blickte.

Seine Augen waren geschlossen, der Mund dagegen geöffnet, wie bei jemandem, der auf einer langen Busfahrt eingeschlafen ist. Die Haut schien bereits ein wenig wächsern. Er lag in einer embryonalähnlichen Stellung ein Stück von der Wand entfernt, wobei die Blutspur zeigte, dass er nicht von Anfang an dort gelegen haben konnte. Neben ihm auf dem Boden lag ein zur Hose passendes dunkles Jackett. Der Tote trug ein Hemd, das einmal weiß gewesen war, eine Krawatte und schwarze Schuhe. Das Hemd war vom Blut getränkt und so weit aufgerissen, dass Franziska die klaffende Wunde am Bauch mühelos sehen konnte.

„Er muss halb sitzend hinter der Tür gekauert haben", erklärte Hannes die Position und Lage der Leiche und fing Franziskas fragenden Blick auf. „Die Kollegen mussten ihn zur Seite schieben, um die Tür zu öffnen. Anni hat auch schon eine Theorie."

Als Annemarie Michl, die Chefin der Kriminaltechnik, ihren Namen hörte, sah sie vom Boden auf, und als sie Franziska erkannte, ließ sie von ihren Fundstücken ab, erhob sich und kam auf sie zu.

„Den Blutspuren zufolge muss er sich an der Tür angelehnt haben, daraus schließe ich, dass er ursprünglich davor saß." Franziska fixierte die Blutlache, über die sie beim Eintreten gestiegen war, anschließend den Toten. So wie er jetzt dalag, hätte sie sich nie bilden können.

„Hast du schon eine Vorstellung davon, wie es passiert ist?", fragte sie die Kollegin und sah sich weiter im Raum um.

„Mit dieser Prunkpartisane." Annemarie ging zurück zu der Stelle, an der sie gerade gearbeitet hatte, bückte sich und hob eine in Plastikfolie gewickelte altertümliche Waffe in die Höhe. „Hier!" Sie reichte Franziska eine Lanze, die diese an der langen dunklen Holzstange, an der eine Blattklinge befestigt war, ergriff. „Er muss sie sich aus dem Bauch gerissen haben und ist dann auf allen Vieren zur Tür gekrochen, konnte sie aber nicht öffnen."

Franziska betrachtete die Waffe näher und blickte dann fragend Annemarie an.

„Wie sagtest du, heißt das Ding?"

„Prunkpartisane. Stammt aus dem Jahre 1689. Im Mittelalter nannte man die Dinger auch Stoßlanze, und als solche muss sie der Täter auch verwendet haben. Geführt wurden sie von der Leibgarde des Fürstbischofs."

Die Kommissarin nickte anerkennend. „Was du alles weißt, Anni!"

„Da drüben hängt noch eine alte Tafel mit einer Abbildung der Partisane und einer Beschreibung", gab Annemarie unumwunden zu. Mit der Waffe in der Hand beugte sich Franziska über den Toten. Sein Gesicht war entspannt, und wenn sie nicht besser über diesen Umstand Bescheid gewusst hätte, hätte sie gedacht, er habe im Sterben noch genug Zeit gefunden, um einen letzten zufriedenen Blick auf sein Leben zu werfen.

Als sie wieder aufsah, stand der Notarzt neben ihr. Er hatte seinen Koffer gepackt, seine Arbeit war getan.

„Ah, Dr. Buchner. Sagen sie, woran ist der Mann Ihrer Meinung nach gestorben?" Konzentriert fokussierte sie den Mediziner. Buchner war ein routinierter Notarzt, der schon viel gesehen und erlebt hatte. Manches hatte Spuren in seinem gütigen Gesicht hinterlassen. Ihr gefiel seine bedachtsame, freundliche Art, die er niemals ablegte, auch dann nicht, wenn es richtig schlimm wurde. Die Kommissarin vertraute ihm und seinem Urteil vollkommen.

„Ich denke, er ist verblutet. Zumindest sieht es danach aus. Aber Näheres können ..."

„... die Kollegen in der Rechtsmedizin in München besser beurteilen. Ich weiß." Franziska nickte. „Trotzdem wüsste ich gern, was Sie darüber denken. Sie wissen doch, ich schätze Ihre Meinung." Sie schenkte ihm ein aufforderndes Lächeln und fügte verschwörerisch hinzu: „Bis die in München fertig sind ..." Sie beendete den Satz absichtlich nicht. Mit Erfolg: Geschmeichelt erwiderte Buchner ihr Lächeln und setzte zu einer Erklärung an.

„Ich würde Folgendes vermuten: Die Blattspitze ist oberhalb des Nabels in den Bauch eingedrungen und hat spätestens beim Herausziehen die Aorta aufgerissen."

„Was soll das heißen, die Lanze ist in den Bauch eingedrungen? War es vielleicht Suizid?"

In Franziskas Stimme lag die Hoffnung auf ein schnelles Ende der Ermittlungen.

„Also, das will ich jetzt wirklich nicht entscheiden", druckste er herum und sah Hilfe suchend zu Annemarie.

„Zumindest weist nichts auf einen Kampf hin. Die Unordnung hier scheint von den bevorstehenden Umbaumaßnahmen zu kommen. So wie der Staub, in dem sich zahlreiche Fußabdrücke verewigt haben." Annemarie kratzte sich müde am Kopf und stöhnte. „Nichts Eindeutiges, und vor morgen läuft da gar nichts."

„Na, das ist doch prima", fiel Franziska ein. „Dann können wir alle so schnell wie möglich wieder nach Hause auf unser gemütliches Sofa."

„Ich dachte, du warst in einer Ausstellung?", wunderte sich Hannes.

„Äh, ja, das sagt man doch so, oder?", Franziska war genervt. Sie wollte nichts weiter als einen freien Abend für alle herausschlagen.

„Wie auch immer, vergiss deinen freien Abend!" Annemaries Stimme duldete keinen Widerspruch.

Ohne auf Hannes und Franziska zu achten, beugte sie sich über eine Asservatenkiste und holte ein in Folie gewickeltes Handy heraus. „Sein Telefon lag direkt neben ihm, und die letzte gespeicherte Nummer ist die 110. Das war übrigens um 14 Uhr 33."

„Er könnte es sich anders überlegt haben und wollte Hilfe holen", spekulierte Franziska, bis ihr langsam dämmerte, dass etwas nicht stimmte. „Um 14 Uhr 33, sagst du. Und warum sind wir erst jetzt hier?"

„Er hatte keinen Empfang." Annemarie zeigte mit dem Kopf zur Wand. „Wir sind im Keller."

„Trotzdem, das spricht noch nicht für einen Mord", beharrte Franziska. Sie beugte sich über die Körpermitte des Toten, um sich dessen Bauchwunde genauer ansehen zu können. „Was ist mit dem Gürtel? War der schon offen, oder habt ihr ihn geöffnet?"

Annemarie zuckte die Schultern und schaute Buchner an, der nach der Streife als Erster am Tatort angekommen war. Er nickte. „Das Hemd musste ich aufreißen. Der Gürtel dagegen war offen", sagte er, ohne darüber zu spekulieren, welchen Sinn das machen könnte.

Franziska stöhnte resigniert und hielt die eingepackte Partisane dicht vor die klaffende Wunde. Sie versuchte sich vorzustellen, wie sie in den Bauch des Toten eingedrungen war, und bat Mona, die Szene mit der Kamera festzuhalten.

„Möchtest du mit drauf sein?", fragte Mona und hob die Kamera weit über ihren Kopf. Mithilfe des drehbaren Displays richtete sie das Objektiv aus.

„Nein, natürlich nicht", antwortete Franziska verwundert und sah die Kriminaltechnikerin, die gut einen Kopf kleiner als sie war, streng an.

„Gut, du hast da nämlich was." Mona lächelte verschmitzt und deutete auf die Stelle unterhalb von Franziskas Schlüsselbein, die Hannes schon zuvor bemerkt hatte.

Als Mona mit dem Fotografieren fertig war, sah Franziska in die Runde und fragte erneut: „Also, was ist jetzt? Mord oder Suizid?"

Als niemand reagierte, mutmaßte sie weiter und merkte gar nicht, dass sie sich dabei immer weiter vom gewünschten Resultat entfernte. „Wenn ich mich töten will, indem ich mir diese Blattklinge in den Bauch stoße, dann muss ich die Holzstange ganz nah an der Metallklinge greifen." Sie zeigte mit leeren Händen, was sie meinte. „Und sie mir dann mit voller Wucht durch das Hemd in den Bauch stoßen." Sie hielt kurz inne, weil das passende Bild vor ihrem inneren Auge nicht entstehen wollte. „Wir wissen, dass Suizidenten oft davor zurückschrecken, die eigene Kleidung zu ruinieren. Warum aber öffnete er die Hose und nicht das Hemd?"

Sie sah sich um, doch keiner hatte eine Erklärung dafür.

„Und ich frage mich, wie du das machen willst. Die Holzstange ist fast zwei Meter lang und so schwer, dass du die Waffe kaum waagrecht halten kannst." Annemarie grinste sie frech an.

Franziska warf einen Blick auf die Statur des Toten und meinte lapidar: „Er hatte sicher mehr Kraft als ich."

„Vielleicht hat er sie zwischen Boden und Wand geklemmt und sich dann hineingestürzt", versuchte Hannes, eine Erklärung zu liefern. Man spürte aber, dass ihm bei dieser Überlegung nicht wohl war.

„Ja, das könnte sein", nickte Franziska. „Aber, ob ein Mensch so kaltblütig sein kann?"

„Letztendlich wird uns diese Frage die Rechtsmedizin beantworten müssen. Nur die können anhand des Winkels sagen, ob die Spitze von unten oder von vorn eingedrungen ist. Wobei", Anni wog die Tatwaffe erneut abschätzend in der Hand und sah sie prüfend an, „wenn er sich hineingestürzt hätte, dann müsste sich viel mehr Blut am Schaft befinden. Und", sie zögerte, bevor sie ihre Einsicht kundtat, „wäre er dann mit der Waffe im Bauch bis zur Mitte des Raumes gegangen, hätte sie sich dort herausgerissen, auf den Boden geworfen, wäre zusammengebrochen und schließlich auf allen Vieren bis zur Tür gekrochen, nur um festzustellen, dass die verschlossen war?"

Es lag nicht unbedingt an der Schilderung, die allen den Atem verschlug. Vielmehr war es die Tatsache, dass die Tür verschlossen war. Von außen verschlossen.

Vom Täter verschlossen?

„Warum sagst du das nicht gleich?“, fragte Franziska nicht unfreundlich.

Entschuldigend hob Annemarie die Hände.

„Abwehrspuren gibt es jedenfalls nicht“, ergänzte Dr. Buchner, der mit seiner Tasche in der Hand das Gespräch verfolgt hatte.

Franziska überlegte, was diese zwei neuen Erkenntnisse zu bedeuten haben könnten. „Er hat den Täter gekannt und ist von dessen Angriff wahrscheinlich völlig überrumpelt worden.“ Sie hielt einen Moment inne. „Es könnte sogar sein, dass er sich arglos mit ihm hier getroffen hat, während der Täter alles geplant hatte und die Kaltblütigkeit besaß, sein blutendes Opfer eingesperrt zurückzulassen.“

„Vielleicht ging der Täter davon aus, dass sein Opfer Hilfe holen könnte“, versuchte es Hannes mit einer anderen Version, bis ihm auffiel, dass es noch viel perfider gewesen sein musste. „Der Täter wusste, dass es hier keinen Empfang gab. Er kannte sich aus, schließlich hatte er einen Schlüssel.“

„Wer hat ihn eigentlich gefunden?“, fragte Franziska. Sie wollte herausfinden, ob derjenige auch als Täter infrage kam.

„Die Direktorin des Museums entdeckte Blut auf dem Boden unter der Tür und rief uns an, weil sie sie nicht öffnen konnte“, wusste Hannes von den Streifenbeamten.

„Und wo ist sie jetzt?“

„In ihrem Büro. Im Gästehaus. Sie war dabei, als unsere Kollegen die Tür aufgeschoben und den Toten gefunden haben, und das ging ihr ziemlich nah.“

„Wo ist das Gästehaus?“

„Wenn du die Treppe raufgehst rechts, und dann gleich gegenüber.“

„Dann werde ich sie dort mal besuchen, vielleicht ist ihr ja sonst noch was aufgefallen“, entschied Franziska und sah Hannes an. „Wo bleibt eigentlich der Chef?“

Hannes schaute auf seine Uhr. „Er wollte so gegen acht kommen." Franziska versuchte, auf seine Uhr zu schielen. „Noch gut fünfzehn Minuten", ergänzte Hannes.

Super, dachte Franziska und vergaß für einen Moment den Tatort, ich lass alles stehen und liegen und der Chef sagt einfach: Ich komme gegen acht.

„Was ist eigentlich mit dem Geld?"

Hannes nickte Annemarie zu, die den Beutel mit den zwanzigtausend Euro aus der Asservatenkiste holte und ihn in die Höhe hob. „Alles da!"

Franziska schmunzelte, als sie den überkorrekten Eifer der beiden sah. „Mich interessiert lediglich, wo ihr den gefunden habt." Kopfschüttelnd grinste Franziska die beiden an.

„Es war in seinem Sakko, in der Innentasche", sagte Hannes.

Franziska blickte auf das Jackett, das in einem Plastikbeutel neben dem Toten lag, und Annemarie beeilte sich zu versichern, dass das bei ihrem Eintreffen an der Stelle gelegen habe, wo die Blutspur begann, und dass Mona alles im Originalzustand fotografiert habe.

Franziska schüttelte den Kopf und stöhnte. Sie hätte gern tief durchgeatmet, doch die Luft in diesem Raum war einfach zu stickig. Es roch nach süßem, schwerem Tod. Nichts, was sie besonders verlockend fand.

„Mir schwirrt schon der Kopf." Zum Zeichen, dass sie es ernst meinte, verdrehte sie die Augen.

„Wie sagtest du, heißt die Direktorin?"

„Halmgaard, Samantha Halmgaard", las Hannes von seinen Notizen ab. Zum Dank klopfte Franziska ihm auf die Schulter und verließ den Tatort.

Kaum hatte die Kommissarin den Burghof überquert, stand sie auch schon vor einer der hölzernen Eingangstüren, die zum ehemaligen Gästehaus führten. Die Tür war versperrt, weshalb Franziska klingelte, und die Zeit, in der sie auf die Museumsdirektorin wartete, dazu nutzte, um den viel beachteten Farbfleck unterhalb ihres Schlüsselbeines zu entfernen. Dann hörte sie auch schon das leise Knarzen der Tür, die sich nur schwerfällig in den Angeln bewegte, und erblickte schließlich eine zierliche Frau, die sie mit großen Augen fragend ansah.

„Ja, bitte?"

„Oberkommissarin Franziska Steinbacher von der Mordkommission Passau." Sie zückte ihren Ausweis. „Sie sind Frau Halmgaard?"

Die Museumsdirektorin nickte, während sie Franziskas Papiere studierte, und gab der Kommissarin damit Gelegenheit, sie näher zu betrachten. Ihr Kostüm saß perfekt, die braunen Haare waren zu einer raffinierten Hochsteckfrisur arrangiert, das Make-up war dezent.

„Ich würde Ihnen gern ein paar Fragen stellen."

„Ja, natürlich. Kommen Sie doch rein." Samantha Halmgaards Stimme war angenehm, der Händedruck fest.

Während sie nacheinander die ausgetretenen Steinstufen hinaufstiegen, fiel hinter ihnen die Eingangstür geräuschvoll ins Schloss. Franziska erschrak ein wenig, weil sie gerade fasziniert die hohen zweifarbigen Lackpumps Samantha Halmgaards inspiziert hatte. Solche Schuhe trugen nur wenige Frauen, vor allem, wenn sie tagtäglich über Pflaster und Kies gehen mussten.

„Wissen Sie denn schon, wie es passiert ist?", fragte Samantha Halmgaard, nachdem sie die Tür zu ihrem Büro geschlossen hatte.

„Allem Anschein nach wurde der Mann erstochen", erklärte Franziska und beobachtete das Gesicht der Direktorin.

„Erstochen, sagen Sie?“ Die zierliche Frau erschauderte.

„Ja, mit einer Partisane.“

„Doch nicht mit einer der historischen Prunkpartisanen?“

Die Kommissarin nickte.

„Oh, mein Gott, das ist ja furchtbar!“ Samantha Halmgaards Gesicht zeigte blankes Entsetzen. Franziska sah ihr an, dass sie wusste, von welcher Waffe die Kommissarin sprach. Doch eine Sekunde später hatte die Direktorin ihre Emotionen wieder unter Kontrolle. Mit einer einladenden Handbewegung zeigte sie zu einer kleinen Tischgruppe. „Bitte, nehmen Sie doch Platz.“

Franziska wählte den Sessel, von dem aus sie den ganzen Raum im Blick hatte, und setzte sich. Ungefragt schenkte die Hausherrin Wasser in zwei Gläser ein und setzte sich ebenfalls.

„Wer tut so etwas?“

„Ich hoffe, dass Sie mir bei der Beantwortung dieser Frage helfen können.“ Franziska lächelte kurz und konzentrierte sich auf das Gesicht ihres Gegenübers.

„Ja, natürlich. Wenn Sie mir sagen, wie ...“

„Zunächst einmal müsste ich wissen, wer alles einen Schlüssel zu der Tür hatte, hinter welcher der Tote gefunden wurde.“

Die Direktorin nickte, als habe sie schon die ganze Zeit auf diese Frage gewartet. „Normalerweise ist dieser Raum ja nicht abgeschlossen. Aber soweit ich weiß, gibt es zwei Schlüssel.“ Sie hielt kurz inne, schloss die Augen und massierte sich mit den Fingerspitzen beider Hände die Schläfen. Dabei blitzte ein funkelnder Diamantring im Licht der Deckenlampe auf. Fasziniert sah Franziska dem Lichtspiel zu.

„Bitte entschuldigen Sie, aber das war heute alles ein bisschen viel. Wie war noch einmal Ihre Frage?“

Franziska lächelte nachsichtig. „Ich wollte wissen, wer alles einen Schlüssel hatte.“

„Ah ja, natürlich.“ Samantha Halmgaard ließ die Hände in den Schoß sinken und richtete sich auf. „Einen Schlüssel habe natürlich ich, er liegt immer in meinem Schreibtisch, und den zweiten habe ich dem Maler gegeben, der den Raum gerade umgestaltet.“

„Das heißt nur Sie und der Maler hatten Zugang zu dem Raum?“, kombinierte die Kommissarin.

„Im Moment. Ja, das ist richtig.“

Franziska gab sich mit dieser Antwort zufrieden und wechselte das Thema. „Wie kam es eigentlich, dass Sie den Toten gefunden haben?“

„Ich ... Es war purer Zufall. Ich wollte mir die Skizzen des Malers ansehen, bevor morgen die Ausmalarbeiten beginnen.“ Samantha Halmgaard rückte ihre Brille zurecht und versuchte, sich zu konzentrieren. „Als ich auf die Tür zuging, sah ich die Blutlache. Das heißt, zunächst dachte ich, es sei verschüttete Farbe, und ich ärgerte mich, weil ich fürchtete, dass das schöne Parkett ruiniert war.“

„Und?“

„Ich schloss die Tür auf und stellte fest, dass sie sich nicht öffnen ließ. Es war ganz merkwürdig. Ich spürte ja, dass sie offen war, aber sie wollte einfach nicht nachgeben. Da bückte ich mich noch einmal, um mir die Flüssigkeit genauer anzusehen, und stellte fest, dass es Blut war.“ Samantha Halmgaard schaute auf den Zeigefinger ihrer rechten Hand, als haftete noch immer das Blut des Toten daran.

„Sie können sich bestimmt vorstellen, wie entsetzt ich war, als die Polizei die Tür schließlich aufdrückte und wir diesen Mann auf dem Boden entdeckten.“

„Haben Sie den Mann schon einmal hier gesehen?“

Die Direktorin schüttelte gedankenverloren den Kopf und schloss erschöpft die Augen. „Es war einfach grotesk, er sah so friedlich aus, und dann das viele Blut auf dem Boden. Ich glaube, das war alles ein bisschen viel für meine Nerven.“

Müde öffnete sie die Augen und sah die Kommissarin an. „Aber wissen Sie, was wirklich seltsam war? Mir ist erst später aufgefallen, dass ich gar nicht mit meinem Schlüssel aufgeschlossen habe, sondern mit dem, der die ganze Zeit über im Schloss steckte."

Zur Bekräftigung ging sie zu ihrem Schreibtisch und holte einen weiteren großen Schlüssel heraus, der genau wie der aussah, der bereits am Tatort sichergestellt worden war.

„Gut, dann spreche ich mit dem Mann, der den zweiten Schlüssel hatte. Wenn Sie mir bitte seinen Namen und die Adresse geben, unter der ich ihn erreichen kann."

„Sie glauben doch nicht, dass Froschhammer ..." Die Direktorin schien zu überlegen und zuckte dann unentschieden mit den Schultern, was Franziska jedoch kaum noch beachtete.

„Froschhammer", wiederholte sie tonlos und dachte für einen Moment, der Boden gäbe unter ihren Füßen nach. Soweit sie wusste, gab es nur einen Maler, der Froschhammer hieß. Walter Froschhammer.

„Ja", bestätigte die Direktorin inzwischen überzeugter und sprach weiter. „Ich suche Ihnen die Adresse heraus, sie muss hier irgendwo stehen."

Erleichtert registrierte Franziska, dass die Direktorin aufstand, zu ihrem Schreibtisch ging und in einem Adressbuch blätterte. Bestimmt war ihr Gesicht so bleich wie das blutleere Antlitz des Toten! Sie stand auf und ging zum Fenster, als interessierte sie sich urplötzlich für das Altstadt-Panorama, das sich dem Betrachter von hier aus bot.

Dabei schien die Direktorin ihre Nervosität gar nicht zu bemerken. „Hier ist die Adresse, es ist eigentlich ganz einfach zu finden, Sie müssen nur ..."

„Kann es denn sein, dass jemand diesen Schlüssel ohne Ihr Wissen nachmachen ließ?", fiel Franziska ihr ins Wort. Alles, nur nicht Walter, dachte sie und bemerkte selbst, dass sie bereits auf der Suche nach einer Entschuldigung für Walter war.

„Ich wüsste offen gestanden nicht, welchen Grund es dafür geben sollte. Der Raum ist ja normalerweise immer zugänglich."

„Und seit wann hatte Froschhammer den Schlüssel?", überging Franziska ihre Erklärung und spürte, wie ihr die Stimme entglitt.

„Seit Freitag."

Die Kommissarin wandte sich vom Fenster ab. „War Froschhammer heute im Haus?" Sie hielt die Luft an und schickte ein Stoßgebet zum Himmel.

„Ja. Das weiß ich zufällig, weil er kurz bei mir vorbeischaute." Samantha Halmgaard lächelte, als sei sie mit dem Verlauf des Gespräches sehr zufrieden, während Franziska verzweifelt versuchte, ihre Betroffenheit nicht allzu offensichtlich zu zeigen.

„Und wissen Sie auch noch, wann das war?"

„Es muss so gegen zwei gewesen sein. Er sagte, er wäre mit den Vorarbeiten fertig und fange morgen mit dem Ausmalen an. Wenn ich wollte, könnten wir es uns gemeinsam ansehen. Ich sagte, jetzt wäre es schlecht, aber ich würde es mir auf jeden Fall heute noch anschauen. Dann ist er gegangen."

„Und wie lange blieb er bei Ihnen?"

„Nicht lange. Er schien es eilig zu haben."

„Eilig wegzukommen?"

„Also, das ist jetzt nur eine Vermutung von mir, aber ich denke, er hatte noch etwas vor. Er schien irgendwie ... aufgeregt zu sein."

„Hat er Ihnen etwas erzählt?"

Samantha Halmgaard überlegte, schüttelte aber den Kopf und fragte dann mit aufgebrachter Stimme: „Sie glauben doch nicht ernsthaft, dass Walter Froschhammer den Mann getötet hat?"

Franziska zuckte die Schultern. Was sie glaubte, war in diesem Fall völlig unwichtig.

„Wir müssen alles in Betracht ziehen", antwortete sie schließlich. Es war ein Automatismus. Sie hatte diesen Satz schon hunderte Male, in hunderten von Situationen gesagt, aber nie, nie vorher, war er ihr so grausam vorgekommen, wie in diesem Moment.

Kaum hatte er sich am Telefon gemeldet, da blaffte ihn auch schon eine wütende Stimme an. „Hey, du kleiner Wichser, was sollte die Scheiße heute?"

„Was?" Er musste sich verhört haben. Seit Stunden wartete er auf eine Nachricht. Hoffte, dass alles gut gegangen war. Und jetzt dieser bizarre Satz.

„Sie müssen sich verwählt haben!", sagte er schließlich mit fester Stimme und hoffte, dass das eine angemessene Reaktion war. Während er sich krampfhaft überlegte, wie er das Gespräch zügig beenden konnte, versuchte er gleichzeitig, die auflodernde Erinnerung zurückzudrängen. Als er gerade auflegen wollte, begann der Anrufer zu schreien. „Verarsch mich nicht, du weißt genau, wer ich bin und was ich will!"

„Nein", antwortete er gedehnt, und es fiel ihm endlich wie Schuppen von den Augen, zu wem die Stimme gehörte.

„Wir waren verabredet. Du wolltest mir etwas geben!", mahnte der Anrufer. Der Satz klang nach einer weiteren Chance. Und auf einmal, von einer Sekunde auf die andere, kamen ihm die Bilder seiner schlimmsten Erfahrung in den Sinn. Niemals würde er diesen Abend vergessen.

„Aber ... aber ich dachte ..." Er fühlte sich auf einmal so hilflos. Was war nur schief gegangen?

„Du *dachtest*? Sieh einmal an, und ich dachte, du *nimmst* immer nur!"

Ein höhnisches Lachen löste die Beschimpfung ab, woraufhin er den Hörer in die andere Hand nahm, um sich die verschwitzte Hand an seiner Hose abzuwischen. Er war sich jetzt ganz sicher. Die Stimme gehörte zu Samstagabend. Angst floss wie schwarzer Teer durch seine Brust. Er brauchte Zeit. Er musste nachdenken! Aber Zeit gab ihm der andere nicht.

„Wenn du also denken kannst, dann solltest du dir ganz schnell einfallen lassen, wie du deinen Kopf retten willst. Oder hast du *gedacht*", er spuckte das Wort förmlich in den Hörer, „du könntest mich hintergehen? Seit heute Nachmittag bist du vogelfrei! Hörst du? Jeder, der Bock darauf hat, kann dich jetzt abknallen. Gefällt dir die Aussicht?"

„Wie?", fragte er kleinlaut und schwitzte noch mehr. Er war sich jetzt ganz sicher, dass etwas schief gegangen war.

„Dich zu finden wird eine Kleinigkeit sein. Was sie mit dir machen? Keine Ahnung! Aber es sind ziemlich viele, und sie sind ziemlich sauer auf dich. Denen wird schon was einfallen. Wut ist die Tochter der Enttäuschung, und deren Kind heißt Vergeltung", erklärte der Mann und fügte fast mitleidig hinzu: „Wie bist du nur auf die Idee gekommen, bei einer so beschissenen Nummer mitzumachen?"

Angestrengt lauschte er in den Hörer, aber es klang tatsächlich so, als wolle der andere seine Erklärung hören. Erneut schöpfte er Hoffnung.

„Das verstehe ich auch nicht", versuchte er den Anrufer zu beschwichtigen.

„Wie bitte?!", schrie der Mann am anderen Ende der Leitung, und es klang jetzt überhaupt nicht mehr freundlich.

„Ich weiß es doch auch nicht ...", antwortete er mit weinerlicher Stimme.

„Du willst mich tatsächlich verarschen!"

„Nein. Nein!“

„Nein, was?“

„Nein, ich will dich nicht verarschen.“

„Das würde ich dir auch nicht raten ...“ Die Stimme des Anrufers war jetzt wieder zuckersüß. „Du hast exakt noch eine Chance: Du lieferst, und zwar mit Zins und Zinseszins, weil sonst ...“ Sein Lachen klang hämisch. „Wir sehen uns wieder!“

Vor Schreck fiel dem Mann der Telefonhörer aus der Hand. Rasch bückte er sich, konnte aber nur noch die letzten Worte des Anderen hören: „Ich melde mich!“

Apathisch blieb er sitzen und starrte auf den Hörer, bevor er ihn vorsichtig auf die Station zurücklegte und sich vergewisserte, dass die Verbindung auch wirklich unterbrochen war. Seine Hände zitterten. Sein Körper bebte. Er war noch nie mutig gewesen. Er hatte sich einfach darauf verlassen, dass alles gut gehen würde! Dabei hätte er doch wissen müssen, dass es in jedem Spiel Gewinner und Verlierer gab. Geben musste. Wann war er eigentlich auf die Idee gekommen, von jetzt an zu den Gewinnern zu zählen?

Als er aufsah, hatte er das Gefühl, draußen einen Schatten vorbeihuschen zu sehen. Hastig sprang er auf und ließ die Rollos herunter. Aber sicher fühlte er sich deshalb noch lange nicht. Er wusste ja noch nicht einmal, wie viele es waren.

„Machen Sie sich schon mal ein Bild von der Lage“, hatte der Chef am Telefon zu Hannes gesagt, nachdem ihn dieser über den Leichenfund im Oberhaus informiert hatte. „Ich übernehme dann.“

Zuerst hatte Hannes sich darüber geärgert, wie sein Chef ihn behandelte. Frei nach dem Motto: Der kleine Hannes macht die Vorarbeit, und der große Schneidlinger übernimmt, wenn es interessant wird. Doch dann hatte er die Chance erkannt und Franziska angerufen, um sie mit ins Boot zu holen. Wenn Schneidlinger später kam, könnten sie beide, als eingespieltes Team, zeigen, dass auf sie Verlass war.

Doch Franziska war an diesem Abend eine große Enttäuschung. Und sie hatte ihn angelogen. Nichts Dramatisches, aber es hatte ihn geärgert. Was sollte das mit der Ausstellung und der ganzen Farbe an ihrem Dekolleté? Sie hatte ein Date gehabt und wollte nicht darüber reden. Nun, sollte sie doch, aber musste sie ihn deshalb mit so einer billigen Ausrede abspeisen?

„Kommissar Johannes Hollermann", so hatte er sich schon als kleiner Bub beim Spielen mit seinen Freunden vorgestellt und gewusst, wenn er erst einmal groß war, dann würde er zur Polizei gehen. Und groß war er geworden, fast ein bisschen lang, und dank seiner Gene und dem ständigen Radeln sehr schlank. Beruflich gesehen hatte in seinem Leben bisher alles ganz gut geklappt. Nur der Tod seiner Freundin Mira hing ihm noch immer nach. Wegen ihr war er vor einem guten Jahr zur Mordkommission gewechselt. Den Grund hatte er niemandem genannt, und inzwischen war es auch egal. Er mochte den Job und seine Kollegin Franziska, und so war er auch an diesem Abend voll bei der Sache. Trotz oder vielleicht gerade weil sie so taten, als sei er noch immer der kleine Bub, der davon träumte, ein großer Held zu sein.

In der letzten halben Stunde hatte sich Hannes um die wenigen Besucher gekümmert, die zum Zeitpunkt des Leichenfundes noch auf dem weitläufigen Burggelände gewesen waren und vielleicht etwas von der Tat mitbekommen hatten. Wie zu erwarten, war seine magere Ausbeute nicht dazu geeignet, um seine Stimmung zu heben.

Das änderte sich erst, als er zurück zum Tatort kam. Schon von draußen hörte er Schneidlingers Stimme, und als er durch die alte Eichenholztür in den Kellerraum trat, sah er ihn mit der Chefin der Kriminaltechnik neben dem Toten stehen. Der ‚neue' Chef, wie er von den Kollegen betitelt wurde, bis er sich seinen endgültigen Spitznamen verdient hatte, trug auch an diesem heißen Juniabend einen tadellos sitzenden Anzug, eine Krawatte und schwarze Lackschuhe, und Hannes musste zugeben, dass ihm dieser Aufzug sehr gut stand.

Als Annemarie ihn sah, lächelte sie ihn an und rief ihm zu: „Ah, Hannes, gut, dass du kommst, der Chef ist jetzt auch endlich da!"

So eine Spitze konnte sich nur Annemarie leisten. Sie hatte weder Mann noch Kind und war es nicht gewohnt, sich von irgendjemandem Vorschriften machen zu lassen.

Ohne auf den verbalen Seitenhieb einzugehen, beendete Schneidlinger das Gespräch mit Annemarie. „Na, wie ist es gelaufen?", raunte er Hannes zu und sah ihn komplizenhaft an. Fehlte nur noch, dass er ihm vertrauensvoll den Arm um die Schultern legte, dachte Hannes.

„Der Mann heißt Xaver Mautzenbacher, ist zweiundvierzig Jahre alt ..." Gewissenhaft zählte Hannes erst die Fakten und dann ihre Schlussfolgerungen auf.

Schneidlinger, der seine Hände so aneinandergelegt hatte, dass sich die Fingerspitzen berührten, wippte, während er seinem Mitarbeiter aufmerksam zuhörte, mit dem Oberkörper sanft vor und zurück.

„Gute Arbeit, Kollege", sagte er, als Hannes seinen Bericht beendet hatte und aus dem Augenwinkel heraus Franziska kommen sah.

„Ach, Frau Steinbacher, wie schön!"

Franziska nickte zum Gruß, und Hannes sah den Ärger in ihrem Gesicht. Schneidlingers Begrüßung hörte sich an, als habe er eine Stunde auf sie gewartet und nicht sie auf ihn.

„Der Tote wurde übrigens von der Museumdirektorin gefunden“, verkündete Hannes, um seinen Bericht zu beenden und an Franziska abzugeben.

„Ja“, bestätigte diese und nahm den Faden auf, „und Frau Halmgaard sagt, es gibt zwei Schlüssel, einen hat sie und einen ...“

„Samantha Halmgaard?“

„Ja“, bestätigte Franziska irritiert und verstand offensichtlich nicht, was daran so wichtig war.

„Das gibt's ja nicht! Wie klein ist denn diese Welt?“ Schneidlinger beugte sich ein wenig vor und fügte erklärend hinzu: „Wir haben während des Studiums zusammengewohnt. Also, in einer WG natürlich. Sie studierte Geschichte. Eine sehr ehrgeizige Frau. Ich wusste schon damals: Sie wird es einmal zu etwas bringen.“ Er legte die Fingerspitzen aneinander und begann wieder zu wippen, bis er grinsend hervorstieß: „Direktorin des Oberhausmuseums. Nicht schlecht!“

„Könnte man sagen“, ging auch die Kommissarin auf seinen Ton ein und erklärte dann etwas sachlicher: „Ich habe gerade mit ihr gesprochen.“

„Und? Wie sieht sie aus? Immer noch sehr hübsch?“

Franziska sah ihn ungläubig an, dann nickte sie. „Äh ... ja!“

„Das dachte ich mir.“ Mit einem kurzen Kopfschütteln schloss Schneidlinger das Thema ab. „Sie sagten, es gibt zwei Schlüssel zu diesem Raum. Dann müssen wir natürlich mit denen reden, die den Schlüssel haben.“

Schneidlinger sah Hannes an, doch bevor der etwas sagen konnte, stimmte Franziska zu. „Natürlich. Allerdings würde ich mir vorher gern die Wohnung des Toten ansehen und abklären, in welchem Umfeld er lebte.“

„Ja, machen Sie das, und nehmen Sie Herrn Hollermann mit.“ Er schenkte Franziska und Hannes ein joviales Lächeln und entließ sie mit einer entschlossenen Kehrtwende aus dem Gespräch.

Es war kurz nach halb neun Uhr abends, als Franziska mit ihrem Auto direkt auf dem niedergetrampelten Grünstreifen vor der Eingangstür von Wohnblock Nr. 7 der Böhmerwaldsiedlung parkte. Seit sie den inneren Burghof der Veste Oberhaus verlassen hatten, war kein Wort mehr zwischen ihr und Hannes gefallen.

Franziska hatte beschlossen, die Tatsache, dass Hannes auf einmal so dick mit Schneidlinger war, zu ignorieren. Bestimmt hatte er seine Gründe. Dennoch wunderte sie sich, wie schnell sich das Verhalten zwischen zwei Menschen verändern konnte.

„Wir sind da“, erklärte sie mit aufgesetzter Munterkeit, riss die Autotür auf und wäre um ein Haar mit ihren Riemchensandalen in einem Haufen Hundekot gelandet.

Scheiße, fluchte sie innerlich und wusste, dass sie sich besser konzentrieren musste. Aber es war ja nicht nur Hannes, der sich so anders benahm. Wirklich zu schaffen machte ihr die Tatsache, dass Walter allem Anschein nach in den Fall verwickelt war und sie nicht wusste, wie sie, nach allem, was zwischen ihnen vorgefallen war, damit umgehen sollte.

Als sie endlich auf dem geteerten Eingangsweg stand, wanderte ihr Blick zur Haustür, wo Fahrräder und ein paar Mofas, bei deren Anblick sie bezweifelte, ob die eine Verkehrsüberprüfung überstanden hätten, aufgereiht waren. Weiter drüben, bei einer Baumgruppe, lümmelten ein paar

Jugendliche und schauten neugierig zu ihnen herüber. Zwei Mädchen trugen kurze Hosen, die lediglich den Po bedeckten und knappe Shirts. Die Jungs schien das nicht zu beeindrucken, und Franziska sah keinen Grund, das Grüppchen mit den Ereignissen zu behelligen.

Die Klingelschilder verrieten, dass Mautzenbacher im obersten Stock wohnte, und da die Haustür nur angelehnt war, gingen die beiden Kommissare zügig zum Aufzug, der sich, sobald sie eingestiegen waren, rumpelnd in Bewegung setzte.

Auf dem Weg nach oben mutmaßte Franziska insgeheim, dass so ein Haus vielleicht ein besonders schönes Penthouse hatte, ein Schmuckstück, das man von unten nicht erahnen konnte, aber der Grund dafür war, warum ein Mann wie Mautzenbacher, der eine Rolex trug und an dessen Schlüsselbund sich ein BMW-Schlüssel befunden hatte, in so eine Wohnanlage zog. Doch schon die Wohnungstür belehrte sie eines Besseren, und als die Kommissare das schäbige Appartement betreten hatten, staunten sie nicht schlecht.

„Kaputt!", meinte Hannes, nachdem er mehrmals vergeblich den Lichtschalter betätigt hatte, und blickte skeptisch zu Franziska hinüber, doch die zuckte nur mit den Schultern.

„Warum suchen wir eigentlich, seit wir wissen, dass er in dieser Siedlung wohnt, nach Gründen, warum das alles nicht so sein kann, wie es aussieht?" Ohne auf eine Antwort zu warten, ging Franziska den kurzen Flur entlang bis ins Wohnzimmer, drückte auf den Lichtschalter und blieb im abendlichen Dämmerlicht stehen.

„Weil wir uns von seinem feinen Anzug und zwanzigtausend Euro täuschen ließen", vervollständigte Hannes, der der Kollegin gefolgt war und zusah, wie diese angewidert vor der fleckigen Couch zurückwich. „Dabei hatte er noch nicht einmal Geld, um sich neue Glühbirnen zu kaufen."

Mit aufgerissenen Augen inspizierte Franziska die kleine Bücherreihe, die in einem wackeligen Regal stand, während Hannes den Uraltfernseher begutachtete. „Der braucht vielleicht gar keinen Strom, sondern läuft noch mit Holzkohle“, amüsierte er sich gerade, als mit einem Schlag Licht und Fernseher angingen.

„Was hast du gemacht?“, rief Franziska erschrocken und fixierte entsetzt das Buch, das sie gerade aus dem Regal genommen hatte. Es war falsch herum einsortiert gewesen, und Franziska musste es drehen, um den Titel lesen zu können.

„Nichts“, entgegnete Hannes, schaute aber vorsichtshalber auf seine Hände.

Nachdem die Lampen auch nach mehrmaligem Ein- und Ausschalten konstant leuchteten, machten sich die beiden Kommissare mit geübtem Griff an die Durchsuchung des Wohnzimmers.

„Immerhin liest er“, bemerkte Franziska, schüttelte ein Buch nach dem anderen aus und stellte sie dann wieder ins Regal zurück.

„Wonach genau suchen wir?“, fragte Hannes und hob die Kissen an, um anschließend unter der vergilbten Wolldecke nachzusehen.

Ein wenig hilflos blickte Franziska in den kleinen Raum. „Keine Ahnung. Nach etwas, was uns von dem Mann erzählen kann, den wir heute tot im Oberhaus gesehen haben.“

Hannes öffnete die Balkontür und ließ frische Luft herein. Dann zeigte er mit der rechten Hand auf die Jugendlichen, die immer noch vor dem Wohnblock lümmelten. „Vielleicht können die uns etwas über Mautzenbacher erzählen.“

Franziska folgte seinem Blick, sah ein paar Zigaretten aufglimmen und spürte selbst über die große Distanz, wie die Musik, mit der sich die Clique aus einem unsichtbaren Gerät beschallen ließ, in ihrem Inneren vibrierte. „Hartz IV als Zukunftsperspektive“, murmelte sie, ging in die Wohnung zurück und schloss die Balkontür, um mit der frischen Luft auch den Lärm wieder auszusperren. „Nein, glaub mir, die interessieren sich nicht für einen wie den Mautzenbacher.“

Allerdings gab auch seine Wohnung praktisch nichts über seinen Mieter preis. Es gab keine Fotos, keine Rechnungen und keine Urlaubserinnerungen. Nichts.

„Sieht so aus, als hätte er kein Leben gehabt“, stellte die Kommissarin fest, bevor sie aus der Schublade einer Kommode doch noch ein Foto von ihm herausfischte. Sie zeigte es Hannes.

„Der Mann auf dem Bild sieht tatsächlich aus wie die Leiche.“

Franziska wechselte ins Schlafzimmer. Als sie den Kleiderschrank öffnete, hatte sie Angst, er würde jeden Moment auseinanderfallen. Vorsichtshalber hielt sie die Türen fest und sah erst dann genauer hin. Es gab zwei Anzüge, vier Hemden und eine Krawatte. Auf einem Regalbrett lagen eine einfache Trainingshose, zwei ausgeblichene T-Shirts, Unterhosen und Socken, auf dem Boden stand eine Sporttasche mit Werbeaufschrift. Nichts von Wert. Skeptisch sah sie auf die Sachen im Schrank. Etwas fehlte. Sie schloss die Türen und blickte zum Bett. Es war schmal und mit einer fadenscheinigen Bettwäsche bezogen. Auf dem Nachttischchen standen ein Wecker und eine kleine Lampe. Sie zog die einzige Schublade des Möbels auf und stellte fest, dass sie leer war.

Sie wollte gerade nach Hannes rufen, als ihr dieser im Schlafzimmer entgegenkam.

„Schau dir das mal an! Der hat doch tatsächlich den Sicherungskasten mit einer Zeitschaltuhr versehen.“

„Was?“ Franziska verließ das Schlafzimmer und folgte Hannes. „Wie kommt man auf so was?“

Statt zu antworten, las Hannes die Einstellungen ab. „Von sieben Uhr morgens bis um halb neun, und dann wieder von neun bis elf Uhr abends."

„Vielleicht hat er öfter mal vergessen, das Licht auszuschalten, und wollte auf Nummer sicher gehen", versuchte es Franziska mit einer möglichen Erklärung. Dann wusste sie, was ihr im Schlafzimmer gefehlt hatte. Es gab weder Bettwäsche zum Wechseln noch Handtücher. „Hier stimmt was nicht", entschied sie und setzte ihre Suche in Küche und Bad fort.

„Ja, fragt sich nur was ..."

Franziska öffnete den Kühlschrank. „Schlecht geworden wäre zumindest nichts", berichtete sie Hannes, der noch immer vor dem Sicherungskasten stand. „Er hat nur Bier, H-Milch und Fischdosen gelagert."

„Er sparte halt, wo er konnte." Hannes stand jetzt hinter ihr, zeigte aber mit dem Kopf in Richtung Flur und Sicherungskasten.

„An Bettzeug und Handtüchern? Ich weiß nicht. Und stattdessen leistet er sich teure Anzüge und läuft mit zwanzigtausend Euro in der Tasche in der Gegend herum?"

„Vielleicht hat er geklaut."

„Weißt du, was mich wundert?", fragte Franziska, ohne auf Hannes einzugehen. „Hier gibt es nichts, was auch nur im Entferntesten an einen Beruf erinnert. Noch nicht einmal einen Hartz IV-Bescheid."

„Was schlägst du vor?"

„Wir befragen die Nachbarn. Irgendjemand muss doch was über den Mann wissen. Der war einfach zu jung, um sich so konsequent vor dem Leben zu verstecken!"

Als Hannes auf den Klingelknopf der Nachbarwohnung drückte, erklärte ihm Franziska betont beiläufig: „Machst du hier bitte alleine weiter? Ich hab noch was zu erledigen.“

Dann ließ sie ihn stehen und verschwand, ohne auf seine Zustimmung zu warten, im Aufzug. Hannes rief ihr gerade nach, was das zu bedeuten habe, als die Wohnungstür aufging und er von einem Mann in Feinrippunterhemd und mit einer Flasche Bier in der Hand argwöhnisch gemustert wurde. Das Alter des Mannes war schwer zu schätzen. Die besten Jahre lagen aber eindeutig hinter ihm.

„Willi Geiler?“, fragte Hannes, holte seinen Ausweis aus der Hemdtasche und stellte sich und sein Anliegen kurz vor. Er hatte Mühe, seinen Unmut über Franziskas Verhalten zu verbergen.

„Kennen? Den Mautzenbacher? Na ja. Ich war mal oben. Auf ein Bier halt. Weiß gar nicht mehr, warum.“

Geiler hatte den jungen Kommissar in seine Wohnung gebeten, sich aufs Sofa gesetzt und es Hannes überlassen, sich ebenfalls einen Platz zu suchen. Jetzt kratzte er sich nachdenklich an der Stelle auf seiner Brust, wo die langen grauen Haare aus dem Unterhemd hervorlugten. Ohne etwas zu sagen, nahm er einen tiefen Schluck aus seiner Flasche, den Kommissar schien er vergessen zu haben.

„Wann waren Sie denn bei ihm oben?“

Obwohl die Balkontür weit offen stand, war es im Zimmer ziemlich warm. Abgestanden, geradezu ekelhaft, wie Hannes fand. Bierdunst mischte sich mit Schweiß und altem Bratenfett, und er überlegte, ob er dem Nachbarn nicht lieber die Bierflasche wegnehmen sollte. Immerhin stand auf dem Tisch schon eine ganze Reihe geleerter Flaschen, und man wusste ja nie, wann der eine Schluck zu viel jede Aussage unmöglich machte.

Schließlich verkündete Geiler, der noch immer seine Brust bearbeitete: „Der Xaver war ‘ne richtig arme Sau. Der hatte ja gar nix mehr. Der hatte noch nicht mal ’ne Alte, die was von ihm wollte.“

Hannes konnte nicht sagen, ob der Blick des Mannes ausdruckslos war oder einfach durch ihn hindurchging.

„Der Xaver, der war dauernd auf Jobsuche. Aber der hat ja nichts gekriegt! Den wollte einfach keiner“, fügte der Nachbar hinzu und hob erneut seine Flasche. „Unqualifiziert war der Xaver! Ja, das hat der gesagt.“

„Was war er denn eigentlich von Beruf?“, fragte Hannes schnell, und tatsächlich ließ Geiler die Flasche im letzten Moment sinken. Dann sah er ihn überrascht an.

„Keine Ahnung!“ Geiler schüttelte den Kopf. „Aber der Xaver, der hatte so’n Auto, rot und rostig.“ Geiler lachte kurz auf. „Wir haben uns mal darüber gekabbelt, weil ich sagte: Ist das deine Firma, Rot & Rostig? Das war lustig.“ Geiler trank und stellte nach zwei Schlucken fest, dass seine Flasche leer war.

„Wollen Sie auch eins?“, fragte er Hannes, der tatsächlich Lust auf ein Bier hatte. Vor allem auf ein kaltes.

„Danke“, antwortete er und schüttelte höflich den Kopf. „Wir haben es ohnehin gleich, vielleicht könnten Sie so lange ...“

„Na klar, Herr Kommissar. Sie müssen ja weiter, stimmt’s? Immer im Einsatz!“ Seine Sprache wurde zunehmend schleppender.

„Ja, genau. Aber vorher müsste ich noch wissen, was das für ein Auto war?“

„Na, so ein kleiner Flitzer halt. Ein Fiat? Keine Ahnung. Irgendwas Billiges.“

„Kein BMW?“

Geiler wieherte vor Lachen. „Naa, wo denken Sie hin? Wie soll sich denn unsereins einen BMW leisten, Herr Kommissar?“

Er griff wieder nach der Bierflasche und merkte, dass sie noch immer leer war. Dann tippte er sich auf einmal an die

Stirn. Er beugte sich so weit nach vorn, dass Hannes schon fürchtete, mit ihm und einem der Kaffeeflecken auf seinem Unterhemd zusammenzustoßen.

„Ich weiß schon, was Sie meinen. Sie haben den Schlüssel gefunden." Den letzten Satz flüsterte Geiler mit verschwörerischer Stimme. „Und haben Sie auch die Uhr gefunden? Eine echte Rolex. Oder? Sie haben es geglaubt, stimmt's?" Er lehnte sich wieder zurück, stellte die Bierflasche auf den Tisch zu den anderen und kratzte sich weiter sein Brusthaar. „Der Xaver, der wusste, wie es geht. Meinte: Mehr Sein als Schein, darauf käme es an. Oder war das jetzt anders herum? Ach, egal! Ich hab mich ja nur gefragt, warum der keinen Job kriegt, wo der doch so schlau ist." Geiler klang nachdenklich.

„Und was sollte das mit dem Schlüssel?" Hannes wurde aus dem ganzen Gefasel nicht schlau, vielleicht fehlte ihm einfach der Alkoholpegel von Geiler, um das alles zu verstehen.

„Na, ist doch klar", setzte der prompt zu einer Erklärung an. „Der Xaver, der gab damit an. Der tat so, als könne der sich eine echte Rolex und einen echten BMW leisten. Vielleicht haben ihm die Weiber das ja sogar geglaubt!" Wieder beugte er sich bedenklich weit nach vorn, sodass Hannes seinen abgestandenen Bieratem roch. „Die glauben nämlich viel, wenn du es ihnen erzählst. Ich würd so was allerdings nich machen. Weil dann wollen die nämlich immer, dass du bezahlst. Und wenn sie nicht selber zahlen müssen, dann saufen die Weiber wie die Löcher!" Geiler schlug sich mit der flachen Hand auf den nackten Oberschenkel und freute sich wie ein kleines Kind über seinen Witz.

Hannes stand auf. Er wusste noch nicht, ob ihn das alles wirklich weiter gebracht hatte, auf jeden Fall verstand er jetzt die Sache mit den Anzügen und der Wohnung. Xaver Mautzenbacher war ein Blender gewesen. Das erklärte allerdings noch nicht, woher er zwanzigtausend Euro hatte und warum die Handtücher fehlten.

„Kennen Sie zufällig das Kennzeichen von dem roten Flitzer?“

„Nee! Tut mir leid, Herr Kommissar. Das müssen Sie schon selber herausfinden. Ha, haha!“ Wieder schlug sich der Nachbar auf den nackten Oberschenkel, dann stand er auf und ging zur Küche. Als er die Tür erreicht hatte, drehte er sich noch einmal um und zwinkerte Hannes verschwörerisch zu. „Sie entschuldigen mich, aber ich habe eine Verabredung! Mit einer kühlen Blonden“, erklärte er mit schwerer Zunge und zwinkerte Hannes zu, bevor er in der Küche verschwand.

„Ist Walter noch da?“, fragte Franziska und hoffte dass Carlos sie auch zum zweiten Mal an diesem Tag kommentarlos einlassen würde. Doch die Proben waren beendet, und Carlos war in Plauderstimmung.

„Schon wieder Walter! Warum besuchst du nicht mal mich?“

Er nahm eine Pose ein, die Franziska beeindrucken sollte, und bedachte sie dann mit einem zweideutigen Blick.

Franziska verkniff sich zu sagen: Es ist nicht so, wie du denkst. Denn dieser Satz war absolut verbraucht. Sie selbst konnte sich an Dutzende Situationen erinnern, in denen ein Zeuge zu ihr gesagt hatte: „Es war nicht so, wie Sie denken, Frau Kommissarin!“

„Ich muss ihn sprechen. Es ist wichtig“, gab Franziska patziger als beabsichtigt zurück.

„Na klar, war ja auch nur ein Versuch. Komm rein!“ Carlos schenkte ihr ein beschwichtigendes Lächeln und gab die

Tür frei. Mit dem Kopf zeigte er nach nebenan. „Er ist in der Werkstatt, zumindest hab ich ihn dort noch vor ein paar Minuten gesehen.“

Franziska ging den kurzen Gang entlang, blieb vor den beiden Türen stehen und lauschte. Hinter der rechten glaubte sie den Mezzosopran der Katharina Eschenbacher zu hören, war sich aber nicht ganz sicher. Die linke Tür stand einen Spalt offen. Ohne zu zögern, drückte sie die Tür zur Werkstatt auf, schlüpfte hinein und schloss sie sorgfältig hinter sich.

„Das ging aber schnell.“

Walter kam auf sie zu, lächelte erfreut und wollte sie gerade umarmen, als Franziska ihn anfauchte: „Warum hast du mir nichts davon gesagt?“

Verwirrt zog er seine Hände zurück und schaute sie fragend an. „Von was hab ich dir nichts gesagt?“

„Dass du im Oberhausmuseum arbeitest!“

„Hätte es dich interessiert?“ Walter wich einen Schritt zurück. Er lächelte unsicher.

„Ja!“

„Warum?“ Der Bühnenkünstler schüttelte verwirrt den Kopf.

„Weil dort heute ein Mann erstochen wurde und du in den Fall verwickelt bist!“

„Spinnst du?“, keuchte Walter und sah Franziska ungläubig an.

Dann drehte er sich weg und begann, einige Dinge auf der Werkbank hin und her zu rücken. Franziska beobachtete ihn bei dieser nutzlosen Tätigkeit, wartete aber, bis er sich wieder zu ihr umdrehte.

„Ein Toter im Oberhaus. Und du glaubst, dass ich etwas damit zu tun habe?“, fragte er schließlich.

„Du hattest einen Schlüssel zu der Tür, hinter der er gefunden wurde“, erklärte sie und versuchte, ihre Emotionen herauszuhalten.

Walter nickte, schob seine Hände in die Taschen seiner Shorts und holte sie verwundert wieder heraus – sie waren leer.

„Und was soll das beweisen?"

„Erst einmal nichts", lenkte Franziska ein. „Aber nur, wenn du ein Alibi hast!"

„Dich." Walter lächelte unsicher.

„Hast du vielleicht noch ein besseres?" Franziska fand das alles überhaupt nicht spaßig.

„Ein besseres als dich? Die Oberkommissarin?" Walter grinste anzüglich, gerade so, als habe sie nur einen Spaß gemacht. Dennoch lehnte er sich unsicher an der Werkbank an.

„Ganze zwei Stunden nach der Tat", fuhr sie ihn genervt an, weil jetzt einfach nicht die richtige Zeit für seine Spielchen war.

„Du hast mich in der Hand." Er lächelte bitter, und als sie noch immer nichts sagte, fragte er: „Macht dir das wenigstens Spaß?"

„Nein, es macht mir überhaupt keinen Spaß!", rief Franziska enttäuscht. „Aber vielleicht machst du das ja mit Absicht! Vielleicht ist es dir gar nicht ernst, und du bist heilfroh, wenn du dich nicht auf mich einlassen musst!"

Walter löste sich von der Werkbank und kam auf Franziska zu. Er nahm ihre Hände in die seinen und schaute sie ruhig an. „Also gut. Ja, ich habe ein Alibi. Ich war hier."

Er schenkte ihr eines seiner bezaubernden Lächeln und wartete darauf, dass sie sich damit zufriedengab.

„Kann das jemand bezeugen?" Franziska schluckte schwer an ihren Gefühlen für ihn.

„Carlos, Katharina, Nina ... Ich weiß nicht, wer noch alles bei der Probe war."

„Und haben die dich auch alle gesehen?"

„Das musst du sie schon selber fragen." Er ließ ihre Hände so plötzlich los, dass sie wie bei einer Marionette, der man die Fäden abgeschnitten hatte, nach unten fielen. „Aber sag mir eines: Warum hätte ich so etwas tun sollen? Warum sollte ich jemanden erstechen? Und womit überhaupt – mit meinem Langhaarpinsel?!“

„Mit einer Partisane!“

„Mit einer was?“

„Er wurde mit einer Art Stoßlanze getötet.“ Franziska wusste, dass sie Walter mit Informationen versorgte, die sie ihm in dieser Situation nie hätte geben dürfen.

„Das ist doch vollkommen absurd“, begehrte Walter auf.

„Sie lag in dem Raum, in dem du die Skizze gemacht hast. Vielleicht hat dich das Opfer bei deiner Arbeit gestört? Du bist erschrocken, hast die Waffe ergriffen und ihn aus Versehen getötet.“

„Aus Versehen?“, fragte Walter höhnisch.

„Ja“, bestätigte Franziska und hoffte inbrünstig, dass alles nur ein Missverständnis war, dass der Mann, der sie noch vor ein paar Stunden auf so wunderbare Weise verführt hatte, nichts, aber auch gar nichts mit dem Mord an Xaver Mautzenbacher zu tun hatte.

„Nein!“, schrie Walter so laut in ihre Gedanken hinein, dass Franziska zusammenzuckte. Für einen Moment fürchtete sie, die ganze Sängerschar würde zur Tür herein kommen, um nachzusehen, was hier los war.

„Schrei doch bitte nicht so“, bat sie flüsternd und schaute ihn hilflos an. „Ich kann doch auch nichts dafür. Warum musst auch ausgerechnet du einen der beiden Schlüssel haben? Und warum hast du ihn überhaupt stecken lassen? Es ist doch deiner, oder?“

Sie dachte an die leeren Hosentaschen, die Walter ihr vor wenigen Minuten noch gezeigt hatte.

„Ja, es ist meiner. Ich habe ihn stecken lassen, weil ich es eilig hatte, ob du es glaubst oder nicht! Ich habe mich auf den Nachmittag mit dir gefreut. Da kann man schon mal vergessen, einen Schlüssel abzuziehen!"

Franziska wollte ihn sanft am Arm streicheln, aber Walter schüttelte ihre Hand ab.

„Auf was wollen wir uns denn jetzt einigen?", fragte sie und unterbrach damit das eisige Schweigen.

„Einigen?", fragte Walter mit ausdruckslosem Blick, bis sich sein Gesicht plötzlich erhellte. „Ach, ich verstehe. Du willst nicht, dass dein Kollege weiß, dass du hier warst!" Sein gequältes Lächeln klang bitter. „Du fürchtest dich vor seiner Eifersucht."

„Hannes ist doch nicht eifersüchtig!"

Überrascht lachte Walter auf. „Ach, Franziska, ich hab doch gesehen, wie er dich anschaut!"

„So ein Quatsch!" Franziska schüttelte kurz den Kopf. „Hannes ist mein Kollege, mehr nicht."

Walter nickte resigniert. „Franziska, du würdest es doch gar nicht merken, wenn sich ein Mann nach dir verzehrt."

In diesem Moment kam Franziska ihr ehemaliger Chef in den Sinn. Der war von einer schönen Frau angebaggert worden, weil sie von ihm wissen wollte, wie seine Ermittlungen liefen.

Was, wenn Walter sie auch nur benutzte?

Was, wenn ihr das Gleiche passierte, wie Berthold Brauser?

„Willst du unsere Freundschaft beenden?", fragte Walter in die Stille hinein.

Franziska schloss die Augen. Es fiel ihr sehr schwer zu sagen, was sie sagen musste. Aber Walter hatte ein Recht darauf, dass sie ehrlich zu ihm war.

„Nein, natürlich nicht. Aber wir sollten uns nicht mehr treffen, bis ich weiß ..." Sie brach mitten im Satz ab, um die richtigen Worte zu finden.

„Bis meine Unschuld erwiesen ist?"

„Ja. Nein. So ein Blödsinn. Aber versteh mich doch!“

„Ich versteh schon. Du willst deine Karriere nicht ruinieren.“ Walter nickte. Und sah dabei unheimlich traurig aus.

Franziska gab sich einen Ruck und wandte sich zur Tür. Kurz davor blieb sie noch einmal stehen und sah sich um.

„Ich will das alles nicht. Aber ich muss es einfach tun. Verstehst du das?“

Dann ging sie, ohne Walter Gelegenheit zu geben, sich noch irgendwie von ihr zu verabschieden.

Das Gespräch mit Walter setzte Franziska schwer zu. Wie hatte sie ihm nur sagen können, dass sie ihn nicht mehr sehen wollte? Wo sie doch schon jetzt unter dieser übereilten Entscheidung litt ... Wütend schlug sie auf ihr Lenkrad ein und kämpfte die aufsteigenden Tränen nieder. Sie hatte einen Fall zu klären, den Tod eines Menschen, und sie war es Hannes schuldig, ganz bei der Sache zu sein. Sie musste ihre Gefühle in den Griff bekommen! Doch die kurze Fahrt von der Künstlerwerkstatt bis zur Böhmerwaldsiedlung reichte dafür kaum aus.

Als sie den Kollegen vor der Eingangstür entdeckte, das aufgeschlagene Notizbuch in der Hand und hoch konzentriert am Lesen, überkam sie eine Welle der Zuneigung. Sie mochte Hannes, er hatte immer zu ihr gestanden und ihr bei einer Schießerei sogar einmal das Leben gerettet. Aber sie hatte sich noch nie Gedanken darüber gemacht, ob er vielleicht mehr in ihr sah, als nur eine Kollegin. Ob Walter am Ende doch recht hatte?

„Und, hat es sich gelohnt?“, fragte sie und schob alle Bedenken beiseite, kaum dass Hannes auf dem Beifahrersitz Platz genommen hatte.

Er verstaute sein Notizbuch und schaute sie prüfend an. Dann erhellte ein Lächeln sein Gesicht. „Erzähl mir lieber, was mit Froschhammer ist!"

Franziska verschluckte sich beinahe an ihrem künstlichen Getue. „Wie kommst du jetzt auf den?"

„Ich weiß ja nicht, was zwischen dir und dem Typ läuft. Und das geht mich auch nichts an. Aber ich weiß, dass er etwas mit dem Mord zu tun hat, und deshalb will ich wissen, was er gesagt hat. Sonst frag ich ihn nämlich selbst!"

Auf einmal fand Franziska sein Grinsen widerlich.

„Nichts", erwiderte sie daher scharf.

„Wie, nichts?" Nur mühsam beherrscht stöhnte Hannes auf. „Er war in dem Raum, das weiß ich zufällig, also erzähl mir nichts von *Nichts*!"

Franziska räusperte sich. „Woher weißt du das?"

„Hast du vergessen, dass ich eine Dreiviertelstunde vor dir am Tatort war?"

„Samantha Halmgaard?"

„Richtig."

„Okay. Ja, ich war bei ihm und habe ihn genau danach gefragt."

„Und?"

Unwillkürlich ließ sie den Blick auf ihre Hände sinken. „Er war in Maierhof bei den Proben."

„Franziska, du bist so eine schlechte Lügnerin!"

„Ich lüge nicht, er war wirklich da."

„Ja, klar! Bist du in ihn verknallt?"

„Wie kommst du denn jetzt darauf?"

„Der Kerl ist verdächtig."

„Denkst du, das weiß ich nicht?"

„Er könnte der Mörder sein. Er hatte einen Schlüssel."

„Und hat ihn stecken lassen!"

„Um von sich abzulenken."

„Oder weil er es eilig hatte!"

„Das hätte ich auch, wenn ich gerade einen Mann erstochen hätte."

„Er hatte was vor!"

„Ach! Und was?"

„Er hatte einen Termin. Du weißt schon, es ging um ein Gemälde."

„Na, da bin ich ja mal gespannt, wer diesmal sein Alibi ist ..." Der junge Kommissar warf seiner Kollegin einen skeptischen Blick zu.

„Hör mal, Hannes. Ich möchte wirklich erst dann mit solchen Verdächtigungen anfangen, wenn die Beweise das auch rechtfertigen. Zudem hat Froschhammer kein Motiv."

„Sagst du."

„Sagt er."

„Na gut. Aber wenn wir irgendwo seine Fingerabdrücke finden, dann hol ich ihn mir." Hannes grinste noch breiter.

„Hannes, wir werden seine Fingerabdrücke überall finden. Er hatte den Schlüssel, und er hat vielleicht sogar die Lanze angefasst. Immerhin hat er bei den Umräumarbeiten mitgeholfen", fasste Franziska mit sanfter Stimme zusammen.

„Wie willst du ihn dann entlasten?"

„Mit einem Zeugen für sein Alibi."

„Und der wäre?"

„Jetzt warte halt einfach mal ab!", gab Franziska schnippisch zurück. Und um sich nicht länger rechtfertigen zu müssen, konzentrierte sie sich aufs Autofahren.

„Bedeutet dein Schweigen, dass wir für heute Nacht aufhören?" Hannes warf einen Blick auf seine Uhr und gähnte ausgiebig.

„Nein, natürlich nicht. Wir fahren jetzt ins Präsidium und lesen uns in die Geschichte der Veste Oberhaus ein", antwortete Franziska lachend. „Vielleicht hat die Tat ja Symbolcharakter."

„Okay, das kannst du ja gern machen, aber mich lässt du bitte am Gampertsteig raus, da steht nämlich mein Fahrrad."

Franziska nickte und setzte den Blinker, um in den Anger einzubiegen. „Gut. Und jetzt erzähl mir endlich, was du von den Nachbarn erfahren hast."

Als Franziska am Dienstagmorgen die Glastür zum Flur der Mordkommission aufstieß, trug sie eine enge Jeans, bequeme Sandalen und ein ärmelloses Shirt. Über der linken Schulter hing ihre braune Wildledertasche, in der sie stets alles bereithielt, was sie während ihrer Ermittlungsarbeiten brauchte. Zusätzlich hatte sie eine Tasche mit zwei Flaschen Mineralwasser und einem Vorrat an Müsliriegeln dabei. Am gestrigen Abend hatte sie alle wesentlichen Informationen im Fall Mautzenbacher in ihr grünes Notizbuch eingetragen und war nun bereit, sich in die Ermittlungen zu stürzen.

„Guten Morgen Ramona!", rief sie der Sekretärin zu, als sie gerade an deren Schreibtisch vorbeilief. „Na, womit beschäftigst du dich denn schon in aller Herrgottsfrühe?"

„Das sind die Zeugen, die ich vorladen soll", erklärte sie und sah von ihrer Liste auf. „Der Chef ist auch schon da."

„Und Hannes?"

„Stell dir vor, sogar Hannes war heute pünktlich!"

Franziska nickte verschwörerisch und ging in ihr Büro. An der Tür drehte sie sich noch einmal um. „Steht eigentlich schon was in der Zeitung?"

„Nein."

„Sehr schön."

Als sie gerade die Bürotür öffnen wollte, hörte sie, wie jemand ihren Namen rief.

„Ach, Frau Steinbacher, kommen Sie doch bitte mal in mein Büro!"

Franziska drehte sich um, sah den neuen Chef im Flur stehen, lächelte und versprach: „Ja, natürlich. Sofort."

Gleich darauf schloss Franziska die Tür zum Chefzimmer und nahm auf dem angebotenen Stuhl Platz. Während sie darauf wartete, dass Schneidlinger das Gespräch eröffnete, schaute sie sich kurz um. Es war Berthold Brausers ehemaliges Büro, auch wenn nichts mehr an den alten Chef erinnerte. Statt der schäbigen Möbel, wie sie im ganzen Haus als Einrichtung dienten, gab es einen modernen Schreibtisch aus Buchenholz und Edelstahl. In einer Ecke des Raumes stand ein Tischchen mit zwei zierlichen Sesseln, neben dem Waschbecken ein moderner Kaffeeautomat. Schneidlinger hatte eine Tasse vor sich stehen, der Kaffee darin roch köstlich. Trotzdem lehnte Franziska sein Angebot ab. Er würde irgendwann schon noch begreifen, dass sie nur Tee trank.

„Sie haben sich bereits in den Fall eingearbeitet?", begann Schneidlinger endlich.

Franziska nickte, ohne weiter darauf einzugehen.

„Gut. Ich möchte eine Sache von Anfang an klarstellen."

Schneidlinger rührte eine Weile in seinem Kaffee, und Franziska befürchtete schon, er habe den Faden verloren.

„Egal, worauf Sie in diesem Fall stoßen, egal, welche Zeugen Sie vernehmen und egal, welche Beweise Sie sichern", ohne auch nur einen Gesichtsmuskel zu bewegen, blickte er Franziska fest in die Augen, „ich will über alles genauestens informiert werden. Ich erwarte von Ihnen ausführliche Berichte. Ist das klar?"

Franziska nickte. Und fühlte sich ertappt. Hatte Hannes ihm von Walter Froschhammer erzählt? Vielleicht die Kollegen oder Samantha Halmgaard? Franziska rutschte auf ihrem Stuhl nach vorn, wollte gerade zu einer Beichte ansetzen, als Schneidlinger zu lächeln begann und hinzufügte: „Ja, dann - fangen Sie an! Man muss die Spuren auswerten, solange sie frisch sind.“

„Ja, natürlich“, antwortete Franziska verunsichert und erhob sich. Sie hielt das Gespräch für beendet.

„Ist ja wirklich zu schade, dass Sie keinen Kaffee mögen. Ich könnte ohne meinen Koffeinkick überhaupt nicht mehr arbeiten.“ Dann warf er einen Blick auf die Uhr. „Wir treffen uns um zehn zu einer Besprechung. Ich möchte, dass Sie und Hollermann die Kollegen mit allen Fakten vertraut machen.“

Franziska stand auf und verließ den Raum, ohne sich noch einmal umzudrehen. Sie spürte seinen Blick in ihrem Rücken und fühlte sich durchschaut. Hatte Hannes etwas mit dieser Belehrung zu tun? Egal, mit diesem Gespräch hatte sich Schneidlinger bei ihr viele Sympathiepunkte verspielt, und sie beschloss, dass dieser neue Chef von ihr immer nur hieb- und stichfeste Beweise und ausnahmslos Dienstliches erfahren würde.

Die kleine Sunny war in eine übersättigte Welt hineingeboren worden. Der letzte Weltkrieg war lange her, und die Bedrohungen kamen jetzt aus ganz anderen Ecken. Es reichte nicht mehr, satt zu werden, man musste sich auch gesund ernähren und die Umwelt im Auge behalten. Es genügte nicht, ein warmes Haus zu haben, jetzt musste man sich damit auseinandersetzen, wo Strom und Heizöl herkamen. Eine neue Generation Mensch war herangewachsen und hatte gelernt, Fragen zu stellen, ohne Angst vor den Antworten zu haben. Sie fragten, weil die Folgen für andere unbequem waren. Damit machten sie denen das Leben schwer, die dafür sorgten, dass sie so bequem leben konnten. Sie fragten und nahmen sich das Recht, selbst die Antworten zu hinterfragen.

Ausdauernd trugen sie ihre Fragen auf die Straße. Sie demonstrierten und waren erst einmal gegen alles. Doch sie warfen nicht mehr mit Steinen, trugen keine Waffen, sie schmückten sich mit Sonnenblumen und erfanden eine neue Maßeinheit für Liebe.

Sunnys Eltern gehörten zu den besonders Berufenen. Sie waren gegen alles, was ihnen nicht richtig erschien, und das war eine ganze Menge und der Grund, warum sie fast das ganze Jahr über in irgendwelchen Camps lebten, die verhindern sollten, dass an dieser Stelle etwas gebaut wurde, was die Gesellschaft ihrer Meinung nach nicht brauchte. Nebenbei studierten sie ein wenig und vergaßen dabei völlig, ihre kleine Tochter auf das Leben vorzubereiten.

Sunny war ein auffallend hübsches Kind mit ihren langen dunklen Haaren und den großen Augen, die alles so unschuldig betrachteten. Alle liebten das kleine Mädchen, das jeder nur Sunny nannte, und schon bald hatte sie viele Mütter und Väter. Es war eine treue Gemeinschaft, die da zusammenlebte und in gewisser Weise auch auf Gott baute. Denn sie säten nicht, und sie ernteten nicht, und der himmlische Vater Staat ernährte sie doch. So viele Träume hatten sie im Kopf, so viele Parolen und Ideale im Herzen. Und auch in Sunnys Kopf war kaum Platz für die Schule, die sie nur sehr nachlässig besuchte, weil es niemandem wirklich wichtig schien.

Sie war ein so glücklicher Mensch, was gab es Schöneres auf dieser Welt?

Eines Tages fand man ihre Eltern friedlich nebeneinander liegend in einem Zelt. Sie hatten gekifft und wer weiß was eingeworfen. Niemand wusste etwas Genaues, und nachdem sie tot waren, wollte es auch niemand genauer wissen.

Die anderen sagten, es wäre doch schön für die beiden, weil sie gemeinsam gestorben wären, und Sunny solle sich doch für sie freuen. Aber Sunny konnte sich nicht freuen. Sie hatten sie im Stich gelassen, waren ohne ein Wort, ohne einen Abschied gegangen. Im Grunde waren sie einfach nur feige gewesen, denn sie hatten sich davor gedrückt, Sunny durchs Leben zu begleiten. Das musste jetzt die Gesellschaft übernehmen, die Sunnys Eltern so verabscheut hatten, und die hatte wenig übrig für die Lebensphilosophie der Dauerdemonstranten und steckte Sunny in ein Heim.

Hatte das Mädchen bis dahin nur miterlebt, was aus einem Menschen werden konnte, wenn er nicht mehr Herr seiner Sinne war, so musste sie diese Erfahrung nun schmerzlich am eigenen Körper erleiden. Sie musste lernen, die Zähne zusammenzubeißen und hinzunehmen, was nicht zu ändern war. Von jetzt an wurde Protest nicht mehr geduldet. Protest machte alles nur noch schlimmer.

Als sie in dem kleinen Häuschen am Anger ankam, hatte sie schon fast vergessen, dass es die Großmutter gab. Doch die nahm sie auf und fütterte sie von ihrer bescheidenen Rente durch. Ob sie sich darüber freute, Sunny bei sich zu haben, das Kind ihrer Tochter, das so wenig Ähnlichkeit mit ihr hatte und wohl absichtlich diesen Namen trug, erfuhr Sunny nie.

Noch lange nach dem Tod der Großmutter baute Sunny das Gemüse im Garten an und erntete Erdbeeren, so wie die Großmutter ihr das beigebracht hatte. Für einen kurzen Moment war das Haus ein Ort des ungetrübten Glücks.

Als die Großmutter starb, war Sunny achtzehn Jahre alt und ganz allein. Niemand stand ihr bei, und sie erstickte fast an der Einsamkeit, die sich in ihrem schmalen Körper breitmachte. Die Beerdigung war schlicht, denn die alte Frau hatte keine Zeit gehabt, um Freundschaften zu pflegen, hatte ihr ganzes Leben lang gearbeitet, und als sie ging, war nur

Sunny bei ihr. Sie versprach, gut auf das Häuschen und den Garten aufzupassen. Über ihr eigenes Schicksal verlor sie aber kein Wort.

Als sie sich einige Wochen später wieder aus dem Haus traute, traf sie ganz zufällig einen Mann, den sie, wenn er auch viel älter als sie war, in ihrer jugendlichen Verliebtheit bald schon anhimmelte. Von jetzt an schlug ihr Herz nur noch für ihn. Für die Nächte, die sie mit ihm verbrachte, und für die Tage, an denen sie sich nach ihm verzehrte.

Nach einiger Zeit zog er bei ihr ein und zeigte ihr, was Liebe wirklich bedeutete, wie sie sich anfühlte und wie sie wuchs und immer größer wurde. Bald darauf war Sunny zum ersten Mal schwanger. Jetzt schien ihr Glück perfekt, und sie dachte, es gäbe keine Möglichkeit mehr, um ihre Freude noch einmal zu vergrößern. Sie brauchte lange, bis sie erkannte, dass die Welt nicht besser war, nur weil man als Kind an die Kraft der Sonnenblume geglaubt hatte.

„Du hast mich bei Schneidlinger verpetzt!“, keifte Franziska, endlich im Büro angekommen.

„Was hab ich?“ Hannes sah von seinem Notizbuch auf.

„Die Sache mit Froschhammer!“ Franziska stand jetzt neben seinem Schreibtisch. Musste ja nicht jeder mitbekommen, was sie mit dem Maler zu schaffen hatte.

„Traust du mir das wirklich zu?“, entgegnete Hannes und sah zu ihr auf. Sein Blick spiegelte eher Trauer denn Entrüstung wider.

Franziska wurde unsicher. Doch dann dachte sie an Walters Vermutung, dass Hannes eifersüchtig sei, und begann zu nicken, bevor sie energisch den Kopf schüttelte. „Sag du es mir!“

„Franziska, wir sind ein Team."

Abschätzig verzog Franziska den Mund. Das konnte alles heißen.

„Also gut", versicherte er. „Nein, ich habe natürlich nichts gesagt. Wie kommst du überhaupt darauf?"

„Ich war beim Chef. Und der meinte: Er wolle über alles, was wir ermitteln, Bescheid wissen, alle Fakten kennen und saubere Berichte erhalten!" Franziska schob einige Unterlagen zur Seite und setzte sich mit der halben Pobacke auf den Schreibtisch. Nachdenklich atmete sie mehrmals tief ein und aus und zog dann einen Schmollmund. Hannes beobachtete die Kollegin amüsiert.

„Was ist dein Problem?" Nachdenklich kratzte er sich am Kopf. „So arbeitet man halt bei der Kripo."

„Für mich hat sich das nicht nach Arbeitsmoral angehört", entgegnete Franziska. „Ich glaube, er wollte auf etwas hinaus."

„Vielleicht will er uns ja tatsächlich etwas unterstellen." Hannes stand auf und setzte sich neben Franziska auf die Schreibtischkante. Dann erklärte er ihr in verschwörerischem Ton: „Ramona hat mir heute Morgen erzählt, dass er die alten Berichte liest."

„Du meinst, daher weht der Wind?" Franziska passte ihre Stimme an.

Hannes zuckte mit den Schultern und schwieg. Franziska wusste, dass es ihm letztendlich egal sein konnte, wenn sie Ärger mit dem Chef bekam, und dass er sich ohnehin lieber an die Vorschriften hielt. Wenn, dann war sie es, die ihn zu unkonventionellen Praktiken anstiftete.

Auf einmal rutschte Franziska vom Schreibtisch, stellte sich vor ihn und legte ihm die Hände auf die mageren Schultern, so als wollte sie gleich seinen Kopf zu sich herunter ziehen. „Tut mir leid", lächelte sie ihn entschuldigend an. „Ich weiß, dass ich mich auf dich verlassen kann. Es ist ja nur wegen ..."

Hannes löste ihre Hände von seinen Schultern und stand ebenfalls auf. „Kein Wort mehr über deinen Nacktmaler, hörst du! Außer, du willst dich beim nächsten Mal hier in unserem Büro malen lassen. Bildunterschrift: Die Kommissarin nackt bei ihren Ermittlungen!“

Hannes stand auf und holte sich ein frisches Glas vom Regal, dann nahm er eine von Franziskas Flaschen und schenkte sich ungefragt ein. Franziska sah ihm verunsichert zu. „Wie kommst du jetzt darauf?“

Hannes trank einen großen Schluck Mineralwasser, zog die Augenbrauen hoch und lächelte. „Wir sind ein Team. Denkst du, ich merke es nicht, wenn du was vorhast? So, und jetzt lass uns unser Wissen teilen. Je schneller wir den Fall Mautzenbacher aufgeklärt haben, desto schneller kannst du zu deinem Lover zurück.“

Franziska verzog das Gesicht. Genau das hatte sie vermeiden wollen, und jetzt steckte sie mitten in einer Kollegenkampagne! ‚Wisst ihr schon das Neuste über Franziska und ihren Nacktmaler?‘ Und am schlimmsten würde es werden, wenn Gruber und Obermüller dahinter kamen.

Die vergrößerten Fotos von Xaver Mautzenbacher, einmal freundlich in die Kamera blickend, und ein anderes Mal als Leiche mit fahlem Gesicht, Bilder von seiner Bauchwunde sowie von der Partisane waren bisher das Einzige, was an der großen Tafel befestigt worden war. Die Kriminaltechnik hatte etliche Fußabdrücke aus dem Bereich gesichert, wo der Kampf stattgefunden haben musste, saß aber noch an der Auswertung der Spuren. Und das würde, wie Annemarie gleich festgestellt hatte, auch noch ein paar Tage dauern.

„Wir sind ja hier nicht beim Fernsehen, wo die Auswertung der DNA-Spuren nach ein paar Stunden vorliegt", verkündete sie, und Franziska schmunzelte, weil sie wusste, wie sehr Annemarie diese Filme mit der Alles-ist-möglich-Aufklärung liebte.

Hannes begann, Schneidlingers Wunsch entsprechend, für alle, die nicht am Tatort gewesen waren, die Fakten zusammenzufassen. „Xaver Mautzenbacher, zweiundvierzig Jahre alt, Beruf unbekannt, wohnhaft in der Böhmerwaldsiedlung. In einer sehr bescheidenen Wohnung." Er zeigte auf die vor ihm liegenden Päckchen auf dem Tisch. „Er hatte zwanzigtausend Euro, einen Ausweis und eine Kreditkarte bei sich, außerdem eine Uhr und einen Schlüsselbund." Hannes gab die Schale herum. Die Beweisstücke waren alle sauber eingetütet.

Franziska ergriff das Wort. „Der Mann trug einen teuren Anzug ..."

„Hey, das ist ja eine echte Rolex!", rief Obermüller auf einmal dazwischen und drehte die Uhr aus der Schale, die gerade bei ihm Station machte, hin und her.

Hannes lachte amüsiert auf. „Tja, Obermüller, da bist du wohl auf einen Betrug hereingefallen. Diese Uhr ist nur ein billiges Imitat."

Doch Obermüller ließ nicht locker. „Das hier ist doch kein Imitat! Das ist eine echte Rolex."

„Nein", lächelte Hannes noch immer. „Mautzenbacher selbst hat seinem Nachbarn gegenüber behauptet, dass es ein Fake ist. Vielleicht ist sie ja einfach nur gut gemacht."

„Kennst du dich damit aus?", fragte Obermüller seinen Nachbarn Gruber und reichte ihm die Uhr, ohne auf Hannes einzugehen. Aber der schüttelte nur den Kopf und gab sie Schneidlinger. Dieser drehte sie hin und her und verkündete siegessicher: „Liebe Kollegen, da gibt es überhaupt keinen Zweifel, die Uhr ist echt!"

Hannes wollte schon aufbegehren, als Hauptkommissar Schneidlinger mit der Uhr in der Hand aufstand und zu ihm nach vorne, an die Kopfseite des Tisches kam. Mit einem Stift zeigte er auf eine Stelle auf der Rückseite der Uhr, genau zwischen den Bandanstößen.

„Herr Hollermann, sehen Sie die Rolexkrone über der schwarzen Referenznummer? Sie ist immer mit einem 3-D-Hologramm versehen. Und sehen Sie auch, wie sich das Muster darunter verändert, wenn ich die Uhr hin und her bewege und damit den Blickwinkel verändere?“

Hannes nickte stumm, woraufhin Schneidlinger die Uhr wieder umdrehte.

„So wie bei diesem Modell wird bei jeder Rolex die Identifikationsnummer im Gehäuse auf sechs Uhr eingraviert, und zwar kreisförmig und mit sauber abgegrenzten Ziffern. Fälscher können heutzutage viel, aber nicht die Nummern sauber eingravieren“, erklärte der Chef weiter, bevor er hinzufügte: „Das ist übrigens eine Datejust 36 MM. Ein wunderbares Stück aus Edelstahl und Everose-Gold.“

Ohne ein Wort der Bewunderung über das Wissen seines Chefs abzugeben, stammelte Hannes: „Dann verstehe ich aber nicht, warum er seinem Nachbarn erzählt hat, es handle sich dabei nur um ein Imitat.“

„Vielleicht hat er sie geklaut und wollte keine Begehrlichkeit wecken“, gab Obermüller zu bedenken. „Wobei, wenn sie eine Identifikationsnummer hat, ist das ja leicht rauszukriegen.“

Gruber nickte seinem Kollegen zu. Bei solchen Angelegenheiten waren die beiden Ermittler Spezialisten.

„Findet das mal für mich heraus“, forderte Franziska Obermüller auf und schenkte ihm ein Lächeln. Sie mochte den Kollegen. Denn der war zwar ein Kerl wie ein Schrank, aber trotzdem nicht auf den Kopf gefallen. „Ich habe ohnehin das Gefühl, dass bei diesem Mautzenbacher etwas nicht stimmt.

Die Wohnung ist billig eingerichtet: Fernseher, Schränke, Sofa. Sogar die Bücher sind alt und abgegriffen. Man könnte meinen, er habe alles zusammengetragen, was nichts kostet. Und dann hängen im Kleiderschrank teure Anzüge."

Franziska zuckte mit den Schultern. Sie wollte es jedem Einzelnen überlassen, das Geschilderte zu bewerten.

Als niemand etwas einwandte, fuhr sie fort: „Dass die Uhr echt ist, ändert natürlich einiges. Das heißt, wir müssen auch das gefundene Bargeld neu bewerten. Mautzenbacher lebte wie jemand, der nur vollkommen wertlose Dinge besitzt. Doch als er gefunden wurde, hatte er zwanzigtausend Euro bei sich. In druckfrischen Fünfhundertern. Also sicher nicht zusammengespart." Wieder machte sie eine Pause. „Ich denke, wir müssen klären, woher er das Geld hatte beziehungsweise wofür es bestimmt war. Auf der Suche nach dem Täter müssen wir beachten, warum er das Geld, das in der Innentasche seines Sakkos steckte, nicht gefunden beziehungsweise nicht an sich genommen hat. Wenn er davon überhaupt wusste ..."

„Wir gehen davon aus, dass es im Keller der Burg zu einem Streit kam und Mautzenbacher dabei getötet wurde", warf Schneidlinger ein.

„Bei der gegebenen Fundsituation drängte sich auch dieser Verdacht auf. Trotzdem muss es ja nicht ums Geld gegangen sein", überlegte Franziska laut.

Der Chef nickte. „Ja, ja das stimmt. Gibt es denn schon Zeugen, die einen möglichen Täter gesehen oder etwas von einem Streit mitbekommen haben?"

„Nein." Franziska lächelte nachsichtig. „Aber wir werden uns heute noch einmal im Oberhaus umhören."

„Gut, dann werden Sie", er blickte abwechselnd zu Gruber und zu Obermüller, „alles über Xaver Mautzenbacher herausfinden. Drehen Sie in seiner Wohnung jedes Blatt Papier um, fragen Sie die Nachbarn, Arbeitskollegen ..."

„Laut seinem Nachbarn Willi Geiler war er ständig auf Jobsuche“, warf Hannes ein und wartete, bis der Chef ihn ansah.

„Ein guter Hinweis. Haben Sie sonst noch etwas?“

„Ja. Das Auto. Es soll rot und rostig gewesen sein. Vielleicht ein Fiat.“

„In der Wohnung gab es absolut nichts Aussagekräftiges über Mautzenbacher. Am Ende fuhr er sein Leben im Auto spazieren“, gab nun auch Franziska zu bedenken.

„Sehr guter Ansatz“, lobte Schneidlinger. „Wäre doch gelacht, wenn wir nicht ein bisschen Licht in die alten Gemäuer der Burg bringen würden.“

Unsicher sahen sich alle am Tisch des Besprechungszimmers an. Noch wussten sie nicht viel über den neuen Chef. Doch eines war allen klar: Bei diesem Fall würde er sich bewähren müssen, und das mussten sie alle mittragen.

„Glaubst du mir jetzt, dass du nur Gespenster gesehen hast?“

Franziska und Hannes hatten ihren Wagen auf dem Besucherparkplatz abgestellt und gingen zu Fuß durch die weitläufige Burganlage.

„Immerhin passen die gut zu diesen alten Gemäuern.“ Franziska zeigte auf das erste Burgtor und den dahinter liegenden Durchgang.

„Ja, aber irgendwie nicht zu Schneidlinger. Er ist bemüht. Er will ein gutes Klima. Ich kann eigentlich nichts an ihm aussetzen.“

„Schon gut, schon gut“, wiegelte Franziska ab und konzentrierte sich auf das kommende Gespräch. Sie hatten den Eingangsbereich und mit ihm den Kassentresen erreicht.

„Frau Meisel?“, sprach die Kommissarin eine schlanke ältere Dame an, die trotz der Hitze in einem dunklen Leinenkostüm hinter der Kasse saß. Franziska zeigte ihren Ausweis. „Franziska Steinbacher von der Mordkommission Passau. Ich hätte ein paar Fragen an Sie.“

„Oh, ja, natürlich. Einen Moment bitte, ich muss nur noch schnell die nächste Gruppe abkassieren!“

Franziska nickte und stellte sich, um Platz zu machen, zu einem Tisch, auf dem Prospekte ausgelegt waren. Hannes folgte ihr. „Wahnsinn, was man in Passau alles anschauen kann. Wusste gar nicht, dass wir in einer so interessanten Stadt leben.“

Franziska sah Hannes prüfend an. Doch er schien es ernst zu meinen.

„Man nimmt sich einfach zu wenig Zeit ...“

„So, ich wäre jetzt so weit.“ Mit federnden Schritten kam Petra Meisel zu ihnen herüber. „Heute ist hier die Hölle los.“ Franziska nickte. Obwohl noch nichts in der Zeitung stand, hatte sich die Nachricht von einem Toten in der Burg natürlich blitzschnell herumgesprochen.

„Sie saßen gestern Nachmittag an der Kasse?“, begann Franziska mit ihren Fragen.

„Ja, von eins bis fünf!“

„Und erinnern Sie sich auch an diesen Mann?“ Franziska hielt der Kassiererin das Foto aus Mautzenbachers Wohnung entgegen.

„Ja, sicher“, bestätigte die Frau. „Sehr gut sogar. Ein ganz außergewöhnlicher Mann.“

Franziska straffte die Schultern. Es wurde spannend. „Wie meinen Sie das?“

„Nun, es war ein Mann ohne Seele!“

Die beiden Kommissare wechselten einen schnellen Blick und sahen dann wieder zu Petra Meisel.

„Ist Ihnen das noch nie aufgefallen?“, fragte diese ganz

selbstbewusst und lieferte gleich darauf die Erklärung. „Wenn Sie einen Menschen anschauen, ich meine so richtig anschauen – nicht nur ins Gesicht, sondern in die Augen und durch die Augen hindurch, bis in die Seele … dann erst wissen Sie, wen Sie vor sich haben!"

Sie ließ den Kommissaren Zeit, um ihre Ansicht zu verinnerlichen.

„Nicht jeder Mensch ist gleich. Es gibt Menschen, die haben eine junge", sie lächelte, „beinahe verspielte Seele. Die müssen noch viel durchmachen, um zu reifen. Und dann gibt es Menschen, die haben eine alte Seele, eine, die schon viele Leben hinter sich hat. Sie ist voller Weisheit und Erfahrung, und man merkt das den Menschen mit so einer alten Seele auch an. Ja, und dann gibt es noch die ohne Seele, ohne Gewissen. Die sind zu allem fähig. Wenn ich solche Leute treffe, dann schaudert es mich, aber es ist auch sehr interessant, sie zu beobachten."

„Gibt es viele solcher … Seelenlosen?", fragte Franziska und merkte zu spät, worauf sie sich da gerade eingelassen hatte.

„Oh ja! Aber es ist mir selten so sehr aufgefallen wie bei diesem Mann!" Petra Meisel zeigte auf das Foto, das Franziska noch immer in der Hand hielt. Sie sah nun selbst darauf, suchte in seinem Blick nach einem Merkmal, um künftig Menschen ohne Seele erkennen zu können, als Hannes sich räusperte.

„War der Mann allein, oder war er in Begleitung?", fragte er, um wieder auf ihr eigentliches Anliegen zurückzukommen. Im Vergleich zu seiner Kollegin hatte sich Hannes nämlich überlegt, wie sich die Exkursion in die Seelenvariationen der Menschheit in ihrem späteren Bericht machen würde.

„Er war allein. Zumindest kaufte er sich nur ein Einzelticket."

„Ihnen ist also niemand aufgefallen, der sich für Herrn Mautzenbacher interessiert hätte?“, fragte Hannes eindringlicher.

„Nein, offen gestanden nicht.“

„Dann eine andere Frage: Kennen Sie diesen Mann?“ Hannes zog ein Foto von Walter Froschhammer aus seinem Notizbuch, und als Franziska erkannte, um wen es sich handelte, sog sie hörbar die Luft ein. Hannes stieß sie mit dem Ellenbogen unauffällig in die Seite.

„Aber das ist doch der Künstler, der die neuen Räume gestaltet, dieser ...“, sie überlegte, schien aber nicht auf seinen Namen zu kommen. Dann huschte ein feines Lächeln über ihr Gesicht. „Dieser Mann hat zum Beispiel eine alte Seele, sehen sie!“ Sie zeigte auf seine Augen.

„Können Sie das auf einem Foto erkennen?“, fragte Franziska ungläubig.

Petra Meisel lachte. „Nein, natürlich nicht. Aber ich habe mich schon ein paar Mal mit ihm unterhalten. Er geht ja hier ein und aus. Und er ist einfach faszinierend, wenn ich das so sagen darf.“

Um ein Haar hätte Franziska sie gefragt, ob der Künstler sie am Ende schon gemalt hatte, als Hannes die beiden Frauen wieder auf Kurs brachte.

„Walter Froschhammer war gestern Nachmittag in der Burg. Haben Sie ihn gesehen?“

„Walter Froschhammer, genau, so heißt er.“ Frau Meisel sah Hannes an und nickte. „Ja. Er kam, als ich gerade anfing.“

Hannes ließ nicht locker. „Und wann ging er wieder?“

„Hm, lassen Sie mich mal überlegen. Vielleicht so gegen zwei? Zumindest glaube ich, dass ich ihn da gesehen habe. Da kam ein Geschichtskurs aus dem Adalbert-Stifter-Gymnasium, die hatten sich für die Führung ‚Von der mittelalterlichen Burg zur barocken Festung‘ angemeldet.

Gestern war ganz schön was los“, fügte sie erklärend hinzu.

„Das heißt, Sie wissen nicht mit Sicherheit, ob Walter Froschhammer um zwei Uhr das Oberhaus verlassen hat?“, versuchte Hannes die Aussage von Petra Meisel zu präzisieren.

„Nein. Sicher bin ich mir nicht.“

Hauptkommissar Josef Schneidlinger saß an seinem neuen Schreibtisch und kratzte mit dem Löffel den letzten Rest Milchschaum aus seiner Tasse. Dann stand er auf, ging zur Spüle und begann, das Geschirr sorgsam abzuwaschen. Er liebte diese Art der Beschäftigung, gab sich voller Eifer dem Bürsten und Durchspülen hin. Für ihn war Abwasch keine Arbeit, sondern eine Möglichkeit, um in Ruhe nachzudenken.

Nachdem Obermüller und Gruber gerade alle sozialen Netzwerke und Internetforen durchforsteten, um vielleicht auf diesem Wege etwas über Xaver Mautzenbacher herauszufinden, hatte es Schneidlinger auf dem altmodischen Weg versucht und seine Kontakte spielen lassen. Einer seiner Informanten war Acarbay Özdemir. Der kleine korpulente Mann mit dem großen Namen betrieb im Münchner Bahnhofsviertel ein florierendes Import-Exportgeschäft, wobei die meisten seiner Geschäfte legal waren. Er holte Früchte und Textilien aus der Türkei und lieferte Elektrogeräte und Computer nach Istanbul. Nebenbei, um seine lauteren Geschäfte finanziell abzusichern, war er Teil eines großen illegalen Netzwerkes. Eine Sache, der Schneidlinger einst auf die Schliche gekommen war, sie nicht weiter verfolgt hatte und dafür immer noch ausnutzen konnte. So wie jetzt im Fall Mautzenbacher, als es darum ging, die Herkunft der Rolex zu überprüfen, die, wie Obermüller herausgefunden hatte, nirgends gestohlen gemeldet war.

Vor einer Stunde hatte Schneidlinger mit Acarbay telefoniert, und der hatte ihm versichert, er werde sich umhören.

Mit einem selbstgefälligen Lächeln auf den Lippen räumte der Hauptkommissar sein Geschirr zurück in den kleinen Schrank unter dem Kaffeeautomaten und bemerkte nicht, dass seine Gedanken sich nicht mit dem Fall Mautzenbacher beschäftigten, sondern von seinem Freund Acarbay zu einer anderen Münchner Bekanntschaft gewandert waren.

Denn auch Paulina hatte er während Ermittlungen kennengelernt, allerdings auf eine ganz andere Art als Acarbay.

Die junge Frau jobbte neben ihrem Studium für einen Escortservice, und im Rahmen dieser Tätigkeit wurde sie zum Alibi eines Hauptverdächtigen, der in einen großen Wirtschaftsbetrug verwickelt war. Als alles vorbei war, trafen sich Schneidlinger und Paulina zufällig in der Stadt, und nachdem Paulina ihr Studium beendet und ihren verruchten Job an den Nagel gehängt hatte, entstand eine solide Freundschaft zwischen den beiden.

Ein weiterer Zufall wollte es, dass erst Paulina und nun auch Schneidlinger in Passau landeten und er somit eine vertraute Ratgeberin in seiner Nähe hatte. Natürlich war ihm bewusst, dass niemand, der die Vorgeschichte zu dieser Freundschaft kannte, ihm glauben würde, dass sie wirklich nur gute Freunde waren.

Darum war Schneidlinger immer besonders vorsichtig, wenn er zu Paulina ging, um Fragen nach der Art ihrer Beziehung gar nicht erst aufkommen zu lassen.

Nachdem er am gestrigen Abend mit ihr telefoniert hatte, hatte er seinen Porsche Boxster wenig später in der Heilig-Geist-Gasse geparkt und war zu Fuß zu ihrer Altbauwohnung hoch über der Passauer Fußgängerzone gegangen, wo sie ihn schon vor der Wohnungstür erwartete.

Barfuß, in einem weißen Sommerkleid, die Haut sanft gebräunt, die langen schwarzen Haare zu einem lockeren Zopf geflochten, die Fußnägel rot lackiert. Wie immer war Schneidlinger von ihrer Schönheit fasziniert, und wie immer stellte er sich vor, was wäre, wenn es nicht bei einer freundschaftlichen Umarmung bliebe.

Doch dann hatten sie über seine Entdeckung im Fall Sophia Weberknecht gesprochen, Wein getrunken und überlegt, was Schneidlinger in dieser Sache unternehmen sollte und konnte, ohne sich unbeliebt zu machen.

„Gib dem Hollermann eine Chance“, hatte Paulina schließlich vorgeschlagen, weil sie wusste, wozu Männer um ihrer Karriere willen imstande waren.

Schneidlinger hatte sich die Möglichkeit bei einem Schluck Wein durch den Kopf gehen lassen, und als kurz darauf die Meldung kam, dass im Oberhaus ein toter Mann gefunden worden war, hatte er es als Zeichen des Himmels gedeutet, gelächelt und beschlossen: Hollermann würde seine Chance bekommen.

Ein letztes Mal wischte Schneidlinger mit dem Spüllappen das Becken aus und ging dann zu seinem Schreibtisch. Er hatte einen Termin im Heinrichsbau bei Oberstaatsanwalt Schwertfeger, weil der am Vormittag wegen einer Gerichtsverhandlung nicht an der Besprechung hatte teilnehmen können und jetzt einen mündlichen Bericht einforderte. Eine gute Gelegenheit, wie Schneidlinger fand, um mal über das eine oder andere zu sprechen.

Kurze Zeit später klaubte der neue Chef des K1 seine Wagenschlüssel vom Schreibtisch, zog sein Jackett über und ging mit einem knappen Nicken an Ramona vorbei. Auf dem Gang stieß er auf den Kollegen Gruber, der sich gerade seine langen Haare zu einem Zopf band und in der Spiegelung der Glastür seinen eingezogenen Bauch bewunderte. Als er Schneidlinger entdeckte, ließ er verlegen von Bauch und Mähne ab und rief freudig: „Ah, Chef! Wir haben das Kennzeichen von Mautzenbachers Auto. Ich habe es zur Fahndung rausgegeben."

Schneidlinger nickte anerkennend. „Gut. Sehr gut." Dabei klopfte er Gruber auf die Schulter.

Gruber warf seine Haare nach hinten und lächelte dann unsicher. „Ja, dann will ich mal wieder." Er schob das Gummiband in die Hosentasche und sah zu Schneidlinger, doch der steuerte schon die Tür an. Er hatte es eilig. Er legte Wert auf Pünktlichkeit, bei anderen und natürlich auch bei sich selbst.

Als er mit seinem Auto vom Polizeiparkplatz rollte und sich in Richtung Haitzinger Brücke in den allabendlichen Berufsverkehr einreihte, sah er auf seinem Display den eingehenden Anruf von Franziska Steinbacher. Na, bitte, da geht doch was, dachte er und nahm ab.

„Tut mir leid, Chef, aber wir kommen hier nicht weiter. Von den Mitarbeitern hat niemand etwas gesehen, und ohne Zeugen können wir weder einen Täter finden noch einen Unschuldigen entlasten", keuchte sie etwas kurzatmig, und Schneidlinger hatte das Gefühl, als habe sie das Ganze auswendig gelernt.

„Immer mit der Ruhe, Frau Steinbacher. Ich habe bereits mit der Journalistin Kathrin Selig gesprochen. Sie wird einen Artikel über unseren Mord schreiben. Sie arbeitet sehr professionell, ich glaube das wird uns weiterhelfen." Schneidlinger lauschte in sein Handy und versuchte gleichzeitig, sich auf den Verkehr zu konzentrieren. „Sind Sie noch dran?"

„Ja, aber der Empfang ist hier oben sehr schlecht", sagte Franziska, was ihr Schneidlinger aber nicht glaubte. Er hatte gehört, dass sie eine Hand auf die Sprechmuschel gelegt und mit jemandem gedämpft gesprochen hatte. Wahrscheinlich Kollege Hollermann, dachte Schneidlinger.

„Kathrin Selig", fuhr er unbeirrt fort, „die kennen Sie doch vom Fall Weberknecht. Das ist die Journalistin, die Sie nach dem Tod von Hajo Felbermann über dessen Arbeit für die Zeitung befragt haben."

„Das ist gut!", erklärte Franziska aufs Geratewohl und fügte hinzu, dass man in so einem Fall auf die Mithilfe der Bevölkerung angewiesen sei.

Schneidlinger passierte die Zufahrt zum Innenhof der Staatsanwaltschaft und fuhr auf einen der wenigen freien Parkplätze zu. Kurz berichtete er der jüngeren Kollegin von Grubers Entdeckung und beendete das Gespräch mit den Worten: „Ich muss jetzt aufhören, ich habe einen Termin."

Ohne Hast stieg der Hauptkommissar die breite Steintreppe empor und gelangte schließlich zum Büro des leitenden Oberstaatsanwalts, der ihn bereits erwartete. Nach einem Blick auf die Uhr ließ der den Single Malt stehen und bat stattdessen bei seiner Sekretärin um Kaffee. Schneidlinger nickte zustimmend und setzte sich auf den angebotenen Platz dem Oberstaatsanwalt gegenüber.

„Was können Sie mir denn über den neuen Fall berichten?" Schwertfeger beugte sich ein wenig über seine gefalteten Hände und lächelte den Hauptkommissar auffordernd an.

„Nun", eröffnete Schneidlinger, las von seinem vorläufigen Bericht die wichtigsten Informationen ab und ergänzte dann: „Interessant ist die Wohnsituation, die völlig gegensätzlich zu der Art und Weise steht, wie sich der Tote am späteren Tatort präsentierte."

Der Oberstaatsanwalt legte nachdenklich die Stirn in Falten.

„Mautzenbacher trug zum Beispiel eine echte Rolex, sagte dem Nachbarn aber, sie sei nur ein Imitat. Warum? Ebenso rätselhaft sind die gefundenen zwanzigtausend Euro.

Woher hatte Mautzenbacher die, und warum trug er sie bei einem Besuch der Veste Oberhaus bei sich? Weil er mit dem Täter verabredet war und sie dem geben wollte? Oder musste? Aber warum nahm sie der Täter dann nicht an sich? Oder ahnte der Täter nicht, dass er sein Opfer treffen würde, und wusste somit auch nichts von dem Geld? Sie sehen, der Fall wirft viele Fragen auf."

Schneidlinger sah Schwertfeger erwartungsvoll an, dann zur Tür, die sich gerade öffnete. Die Sekretärin des Oberstaatsanwalts betrat mit einem Tablett in der Hand den Raum.

„Was werden Sie also unternehmen?", fragte Schwertfeger.

„Nach der Pleite in der Wohnung haben wir Mautzenbachers Auto zur Fahndung ausgeschrieben, und ich habe einen Zeugenaufruf an die Presse rausgegeben. Vielleicht kann uns ja bald schon jemand etwas zu diesen Widersprüchen sagen."

Der Oberstaatsanwalt nickte und schwieg, bis seine Sekretärin die Kaffeetassen verteilt hatte. „Und bei Facebook sind Sie auch nicht fündig geworden?"

Der Hauptkommissar lachte kurz auf. Zuhause erklärte er seinen Kindern, sie sollten sich genau überlegen, was sie in dieser Community von sich preisgaben, und im Beruf griff er immer wieder gern und erfolgreich auf genau diese kostenlose Datensammlung zurück. „Nein, zumindest nicht unter seinem richtigen Namen."

„Was sagt die Gerichtsmedizin?"

Schwertfeger dachte an alles. Doch damit hatte Schneidlinger gerechnet und wiegelte dessen Erwartung sofort ab.

„Oh, das kann dauern. Die Ärzteschaft streikt doch mal wieder, und diesmal machen sie noch nicht einmal vor den Toten halt."

Schwertfeger rührte in seiner Kaffeetasse und blieb stumm. Er überlegte, was sein ehemaliger Studienfreund und früherer Hauptkommissar Berthold Brauser in diesem Fall getan hätte.

„Ich habe ein paar meiner früheren Kontakte genutzt und versucht, auf diesem Weg etwas über die Rolex in Erfahrung zu bringen“, erklärte Schneidlinger mit Stolz in der Stimme. „Vielleicht gibt es ja eine Verbindung zwischen der Herkunft der Uhr und dem Täter.“

„Letzten Endes müssen Sie jedes Mittel nutzen, solange es legal ist“, erklärte Schwertfeger.

„Natürlich“, gab Schneidlinger zurück und lächelte provozierend. Er trank seinen Kaffee aus und erhob sich, während Schwertfeger ihm für seinen Besuch dankte.

„Und halten Sie mich bitte auf dem Laufenden!“

„Ja, das mache ich doch gern. Aber was ich Sie noch fragen wollte ...“, Schneidlinger trat einen Schritt auf Schwertfeger zu und senkte seine Stimme. „Im vergangenen Herbst hatten Sie doch in diesem spektakulären Fall zu ermitteln.“

Der Oberstaatsanwalt wich ein wenig zurück. „Was meinen Sie?“

„Na, den Fall Weberknecht. Die Zeitungen waren damals voll davon, selbst in München, und ich ...“

„Was bitte haben Sie mit dem Fall Weberknecht zu tun? Der Fall ist abgeschlossen“ Schwertfeger straffte die Schultern.

„Nun ja. Um mich einzuarbeiten, habe ich mir die alten Akten angesehen und dabei ist mir aufgefallen, dass ... Also gut, ich glaube, es wurde etwas übersehen!“

Schwertfeger sah den Hauptkommissar so lange schweigend an, dass dieser schon dachte, er würde gar nichts mehr sagen.

„Herr Schneidlinger, es ist durchaus bewundernswert, dass Sie sich trotz des neuen Falles – dem Sie im Übrigen Ihre gesamte Energie widmen sollten – für die alten Berichte interessieren. Trotzdem möchte ich Sie daran erinnert, dass in diesem Fall eingehend ermittelt wurde. Es gibt wirklich keinen weiteren Handlungsbedarf."

Beim letzten Satz hatte Schwertfeger jedes einzelne Wort betont, fast als wolle er dem Hauptkommissar ein für alle Mal eintrichtern, sich aus der Sache rauszuhalten.

Mit einem Korb voller Einkäufe betrat Franziska ihre Wohnung, stellte ihn in der Küche auf die Anrichte und ging ins Bad, um sich ihre verschwitze Jeans und das Shirt auszuziehen. Nur noch in Unterwäsche gekleidet kam sie zurück, schenkte sich ein großes Glas Eistee ein und trank gierig, bevor sie begann, die Lebensmittel in Kühl- und Vorratsschrank zu räumen. Als sie fertig war, öffnete sie ihre Balkontür, die direkt auf eine kleine Dachterrasse führte, und ließ sich auf den Liegestuhl fallen. Seufzend blinzelte sie in die Abendsonne und schloss die Augen, bis ihr knurrender Magen sie daran erinnerte, dass sie noch nichts gegessen hatte. Es gab Tage, da konnte sie nach dem Dienst stundenlang in der Küche stehen, Gemüse schnippeln und Fleisch anbraten. Heute jedoch hatte sie sich eine Fertiglasagne mitgebracht. Sie nahm ihr Glas mit hinein, schob die Lasagne in die Mikrowelle, schaltete den Laptop ein und stellte sich unter die Dusche. Als sie zurückkam und das Essen noch immer nicht fertig war, überprüfte sie ihr Handy und seufzte: kein Wort von Walter.

Franziska klickte auf die Startseite seiner Homepage, und zumindest von dort aus lächelte er sie genauso an, wie sie sich das von ihm wünschte. Mit einem weiteren Klick wechselte sie zu seinem Blog und wusste im selben Moment nicht, ob sie sich freuen oder ärgern sollte.

Er hatte ihr Bild eingestellt. Nicht ihr Gesicht, das nicht! Zu sehen war das Seidentuch mit ihrem Körper darauf. Die Dokumentation ihrer Lust. *Ungebändigte Schöne* lautete der Titel, und nachdem Franziska den kurzen Text über die genaue Herstellung des einzigartigen Werks gelesen hatte, war sie froh, dass ihr Name darin nicht auftauchte. Unfähig ihren Blick zu lösen, starrte sie auf die Farben, bis sie vor ihrem Auge verschwammen, bis sie nur noch rote, gelbe und orangefarbene Kreise und Striche sah. Bis sie die Augen schloss, sich zurücklehnte und an den Abend dachte, an dem das Werk entstanden war. In Gedanken stellte sie sich vor, wie das Treffen hätte verlaufen können, wenn nicht dieser alberne Mord dazwischengekommen wäre ...

Sie parkte ihr Auto vor der Künstlerwerkstatt. Kaum hatte sie die erste Stufe der Metalltreppe erklommen, da öffnete ihr Walter auch schon die Tür.

„Hallo, Frau Kommissarin, wie schön, dass du endlich kommst!" Mit seinem hinreißenden Lächeln und nichts auf dem Leib, außer den Boxershorts, kam er ihr entgegen und küsste sie voller Verlangen auf den Mund.

„Bist du allein?", fragte sie.

Walter antwortete mit schmeichelnder Stimme:

„Ja. Die anderen haben heute Generalprobe im Theater. Wir sind ganz für uns." Seine linke Augenbraue zuckte kurz nach oben und ließ Franziska erschaudern.

Er nahm ihre Hand und zog sie die Stufen hinauf, an verschiedenen Türen vorbei, bis zum kleinen Malsaal. Während Walter die Tür schloss, begann Franziska, die Knöpfe ihres Sommerkleides zu öffnen, und als er sich zu ihr umdrehte, stand sie nur noch in Slip und Büstenhalter vor ihm.

„Wow!", kommentierte er anerkennend, und Franziska sah, dass auch dem Inneren seiner Boxershorts ihr Auftritt

gefiel. Verführerisch fuhr sie sich mit der Zunge über die Lippen, öffnete den Verschluss ihres BHs und schob dann langsam und ohne ihren Blick von ihm und seiner Lust zu wenden, die Träger über die Schulter nach unten.

„Warte, lass mich das machen", rief Walter und kam auf sie zu, um sich an dem wenigen Stoff, den sie jetzt noch auf dem Leib trug, zu schaffen zu machen. Als er niederkniete, um ihren Slip über die Hüften nach unten zu schieben, küsste er ihren Bauchnabel, und als er sich noch weiter nach unten bewegte, fröstelte Franziska trotz der Hitze im Raum. Doch dann schloss sie die Augen, um sich ganz diesem herrlichen Gefühl, diesem weiteren Auflodern ihrer Lust hinzugeben. Beim Aufrichten wischte er sich mit dem Handrücken über den Mund, als habe er gerade ein köstliches Mahl verspeist und freue sich nun auf den Nachtisch.

„Bist du so weit?", fragte er und reichte ihr die Hand.

Franziska lächelte. „Oh ja!"

Walter führte sie zu dem Podest, das mitten im Raum stand, und hob sie vorsichtig hinauf. Dann holte er ein Seidentuch und legte es um ihren Körper. Während er die Falten drapierte und versuchte, sie gleichmäßig auf ihrem Körper zu verteilen, schlang er immer wieder seine Arme um sie, was Franziska zusehends erregte.

„Das gefällt dir, was?"

Franziska nickte. „Ja."

Es war mehr ein Hauch, als eine Antwort.

„Dann warte mal ab, wie dir das gefällt." In der einen Hand hielt er jetzt ein großes Glas Wasser, in der anderen einen dicken Pinsel. „Ist ein bisschen kalt, aber ich glaube, du kannst eine Abkühlung vertragen."

„Ja", hauchte Franziska erneut und nahm die Arme nach oben, zum Zeichen, dass er alles mit ihr tun konnte. Zuerst fuhr er ihr mit dem Pinsel über die leicht geöffneten Lippen, dann den Hals hinunter, und schließlich die Arminnensei-

ten wieder hinauf. Franziska musste lachen, weil es schrecklich kitzelte, aber sie blieb in ihrer Position.

„Hältst du das aus?", fragte Walter, und Franziska nickte. Da tauchte er den Pinsel erneut in das Wasserglas ein und fuhr damit ihren anderen Arm entlang, bis er auf dem Seidenstoff, direkt über ihren Brustwarzen landete. Sie waren hart und aufgerichtet und ausgesprochen begeistert. So bemalte er ihren Körper mit kaltem Wasser, bis das Seidentuch durchnässt war und Franziska hörbar aufstöhnte.

„Ich halt es nicht mehr aus", gestand sie ihm, und sofort stellte er das Glas beiseite.

„Aber du warst sehr tapfer", lobte Walter und zog sie in seine Arme. Das Seidentuch klebte nun an ihrem und seinem Körper, und Franziska spürte die Hitze seiner Haut und das Verlangen, dem er bisher nicht nachgegeben hatte. Hastig löste Walter die Spange, mit der er das Seidentuch auf Franziskas Schulter zusammengehalten hatte, zerrte den Stoff von ihrer Haut und schob sie dann, nackt wie sie war, durch den Raum bis zur Werkbank. Dort wischte er mit einer Handbewegung alles, was im Weg war, zur Seite, drehte sie um und drückte ihren Oberkörper mit sanfter Gewalt auf die Arbeitsfläche. Während sie sich mit ihren Armen abstützte, küsste er ihren Rücken vom Nacken bis zum Po, drückte ihre Beine auseinander und drang mit einem kräftigen Stoß tief in sie ein. Franziska schrie so laut auf, dass ihr die Luft wegblieb. Dann jedoch drückte sie den Rücken durch und sich ihm entgegen. Sie stöhnte und schrie vor Erregung und sehnte jeden weiteren Stoß herbei. Ihr Körper wurde von einer einzigen Welle heißer Lust durchströmt.

Als sie den Kopf drehte, um ihn anzuschauen, umfasste er ihre Brüste und drehte sie zu sich, um sie zu küssen. Während seine Lippen immer gieriger wurden, wanderten seine Hände an ihrem Körper entlang, streichelten und liebkosten sie und ließen erst von ihr ab, als sie erneut aufschrie. Als die Lust sie aufbäumte und die Erlösung sie zusammensinken ließ. Als auch er, mit wenigen Stößen, zum Ziel und zur Ruhe kam.

„Hörn'S, Herr Kommissar! Das Ganze war eine delikate Sache. Da müssen'S doch verstehn, dass ich da nicht mit jedem drüber reden kann!"

Hauptkommissar Schneidlinger beugte sich ein wenig vor und musterte Franz Matussek mit einem schnellen Blick. Der Österreicher war etwa so groß wie er, insgesamt eher unscheinbar, doch unter dem T-Shirt, das über der Brust spannte, zeichneten sich deutlich ausgeprägte Muskeln ab, die man sicher nicht unterschätzen durfte. Die Haare trug er sehr kurz geschnitten, und wenn er lachte, konnte man den Spott in seinen Augen sehen. Doch Matussek war der erste Zeuge, der sich auf den Aufruf in der Presse gemeldet hatte, und er hatte darauf bestanden, mit dem Chef persönlich zu sprechen. Drunter täte er es nicht, hatte er zu Gruber gesagt.

„Sie sind also am Sonntagabend noch spazieren gegangen und dann wie zufällig auf dem Hochsitz an der Schlögener Schlinge gelandet", fasste Schneidlinger zusammen und hoffte, der Zeuge würde dadurch schneller auf den Punkt kommen.

„Das ist korrekt, Herr Kommissar!"

„Und was passierte dann?"

„Dazu, Herr Kommissar, muss ich sagen, dass man auf dem Hochsitz wirklich sehr gut nachdenken kann", fuhr Matussek mit seiner umständlichen Erklärung fort.

„Ja, das glaube ich Ihnen gern", lockte Schneidlinger ihn, und Hannes, der die Befragung verfolgte, dachte: Nie und nimmer!, hielt sich aber zurück.

Matussek schien die Skepsis zu bemerken, verzog sein Gesicht zu einem Grinsen und führte mit verschwörerischer Stimme seinen Bericht fort. „Ich sitz also so da und sinniere ein bisserl vor mich hin, und auf einmal sehe ich, wie die beiden durch das Unterholz auf mich zukommen. Also ich meine natürlich, auf den Hochsitz zukommen."

Matussek blickte zu Schneidlinger hinüber, doch der nickte nur.

„Die hatten es ganz schön eilig. Kaum hatte er die Decke ausgebreitet, da machte er sich auch schon über sie her, und, was soll ich sagen, es schien ihr zu gefallen!"

„Waren die beiden ein Paar?", fragte Schneidlinger nüchtern.

„Das kann ich nicht sagen, aber ganz scharf aufeinander waren's, wenn'S wissen, was ich meine, Herr Kommissar." Matussek grinste anzüglich. „Ich halt mich also ganz ruhig." Der Zeuge blickte von einem Kommissar zum anderen. „Versuch mich nicht zu rühren. Und denk mir: Warum haben die sich gerade die Stelle unter meinem Hochsitz aussuchen müssen? Können'S sich vorstelln, wie schlimm das für mich war, denen zuzuschaun?"

Diesmal verzog keiner der beiden Kommissare die Miene. Auf solche Fragen antwortete man besser nicht.

„Ich meine, ich wollt das ja nicht sehen, aber ich konnte ja gar nicht anders. Und hören tat ich sie ja auch! Oh, oh, oh!" Matussek imitierte ein weibliches Stöhnen und starrte dabei auf die Tischplatte.

„Und Sie sind sich sicher, dass es sich um diesen Mann gehandelt hat?", hakte Schneidlinger nach und schob ein Foto von Mautzenbacher zu Franz Matussek hinüber.

„Na, also das Stöhnen, das war jetzt sie. Aber", Matussek sah auf das Foto und nickte, „ja Herr Kommissar, genau so sah der aus. Nur der hat sich jetzt ein bisschen anders angehört, eher so: ..."

„Ja schon gut, wir können es uns lebhaft vorstellen“, unterbrach ihn der Hauptkommissar. „Beschreiben Sie mir lieber, wie die Frau aussah.“

Der Österreicher kratzte sich kurz am Kopf und fuhr sich dann mit der Zunge über die Lippen. „Ein herrliches Weib. Eine, bei der man einfach schwach werden muss.“ Matussek malte mit den Händen die Silhouette eines weiblichen Körpers in die Luft und schaute dann Beifall heischend Schneidlinger an.

„Wenn Sie die Frau so genau betrachtet haben, dann können Sie sie doch sicher auch gut beschreiben?“, schlussfolgerte Schneidlinger.

„Beschreiben? A Schnoin wars! A richtig's ausg'fuchstes Luder!“

Perplex sah Schneidlinger den Zeugen an, woraufhin dieser seine Aussage zu verdeutlichen versuchte.

„Na, eine Schlam-pen!“ Matussek betonte jede Silbe des letzten Wortes.

Noch immer blickte der Hauptkommissar den Zeugen fassungslos an. Seit einer dreiviertel Stunde hörte er jetzt dessen Geschwafel zu, nur um zu erfahren, dass die Frau eine Schlampe war.

„Er meint, es war eine Frau, die es mit jedem ...“, versuchte Hannes zu helfen, weil er sich nicht sicher war, ob diese Wörter im Vokabular seines neuen Chefs vorkamen.

„Nicht mit jedem“, muckte Matussek vehement auf und grinste dann unverschämt. „Aber mit mir schon!“

„Also, was jetzt?“ Schneidlinger war kurz davor, die Beherrschung zu verlieren. „Haben sie diesen Mann“, Schneidlinger deutete auf das Foto von Mautzenbacher, „mit einer Frau gesehen oder nicht?“

„Ja, natürlich!“, antwortete Matussek beleidigt. „Aber was glauben'S, wie's mir dabei ging? Muss die ganze Zeit dem

G'vögel zuschauen und zuhören. Sollte ich das einfach ignorieren?"

Der Österreicher versuchte, ruhig zu bleiben. Und auch Schneidlinger gab sich Mühe, mit kontrollierten Atemzügen seine Stimme wieder unter Kontrolle zu bekommen.

„Haben die beiden irgendetwas gesagt? Etwas, was uns dabei helfen kann, die Frau zu finden?", fragte der Hauptkommissar und hoffte, sich klar genug ausgedrückt zu haben.

„Na ja", überlegte Matussek. „Sie hat ja dann nur noch auf die Bäume gestarrt, weil er doch so streng gesagt hat: Du bleibst hier. Wenn die Luft rein ist, pfeif ich dir!"

„Wie? Er ging, und sie blieb sitzen?", mischte sich Hannes ungläubig ein.

„Ganz genau. Aber gepfiffen hat er nicht, zumindest hat sie es nicht mehr gehört. Weil ich nämlich runter bin und mich neben sie hingestellt habe und zu ihr gesagt hab: Geh Schatzerl, magst mi a a bisserl?" Matussek schaute Schneidlinger an, der mit seinen Atemübungen fortfuhr, und grinste anzüglich. „Wissen'S, die war ganz fertig vor lauter Angst. Schaut, als sei ich ein Gespenst. Ich also streichel ihr beruhigend über den Kopf, lass die Hose runter, und sie nimmt ihn. Sie hat gar net lang gefragt, wo ich herkomm. Sie war einfach froh, dass ich da war. A richtige Schnoin eben!"

„Und wie sah die Frau jetzt aus?"

„Blond! Glaub i. Na ja, des sieht man im Dunkeln ja ned. Bei Nacht sind alle Katzen grau, sagt man doch! A Kloane wars, aber schon was dran, also echt üppig." Wieder zeigte er mit den Händen, was er meinte.

„Würden Sie die Frau wiedererkennen?"

„Bestimmt! Also meine Händ bestimmt."

„Wir brauchen eine Zeichnung von ihr."

„Sagen'S, Herr Kommissar, was ist denn mit der Belohnung?"

„Aber die haben Sie doch schon bekommen", entfuhr es Hannes, und Schneidlinger nickte abwesend.

„Ja, schon. Obwohl ich es ihr auch ganz schön besorgt hab", überlegte Matussek und fuhr sich mit der Hand über die kurzen Haare.

„Was ist jetzt mit der Beschreibung?" Schneidlinger ließ nicht locker.

„Ja, geht schon!", maulte Matussek, bevor Hannes hinzufügte: „Sie müssen uns die Stelle zeigen, wo Sie die beiden gesehen haben."

„Wollen'S auch mal schauen, Herr Kommissar? Also ich könnt Ihnen bei uns im Sauwald noch ganz andere Stellen zeigen, wo es sich wirklich lohnt, wenn ..."

„Sie gehen jetzt sofort zu einem Kollegen und beschreiben dem ganz genau, wie das Gesicht der Frau aussah", entschied Schneidlinger. „Weil sonst ..."

„Aber Herr Kommissar, ich hab doch nur meine Pflicht tun woll'n!", begehrte Matussek auf, bevor ihn Hannes am Arm nahm, aus dem Zimmer und hinüber zu Gruber führte, der den beiden mit einem Grinsen im Gesicht einen Platz in seinem Büro anbot.

„Das ist das Verrückteste, was ich je gehört habe", erklärte Hannes mit Nachdruck, nachdem er Franziska die Zeugenvernehmung in Kurzform wiedergegeben hatte.

„Ja", bestätigte Franziska und schüttelt lachend den Kopf. „Sagt, er pfeift, wenn die Luft rein ist, und geht. Typisch Mann!"

Hannes schaute entrüstet, doch Franziska ignorierte seinen Blick und fügt mit ernstem Gesicht hinzu: „Was wäre denn gewesen, wenn ein anderer auf dem Hochsitz gelauert hätte? Und was, wenn sie nicht gewollt hätte?"

„Dann wäre sie jetzt vielleicht tot", resümierte Hannes.

„Ja. Aber wenn das stimmt, was der Zeuge ausgesagt hat, dann hat es den Mautzenbacher nicht wirklich interessiert, was mit der Frau wurde." Franziska schaute Hannes zweifelnd an. „Ich könnte es ja noch verstehen, wenn er ihr vorher ein bisschen Angst gemacht hätte, dann zurückkam und für seine Rettung eine Belohnung eingefordert hätte", versuchte Franziska dem Ganzen einen Sinn zu geben.

Hannes grinste. „Sind das die Spiele, die du mit deinem Bühnenkünstler spielst?"

Franziska überhörte die Frage geflissentlich und fuhr in ihrer Spekulation fort. „Er konnte also nicht wissen, dass Matussek in der Nähe war. Trotzdem hat er sich nicht mehr blicken lassen, und jetzt ist er tot. Erstochen mit einer altertümlichen Waffe. Unsere Frage lautet demnach: Gibt es zwischen diesem Treffen und dem Tod Mautzenbachers einen Zusammenhang?"

„Vielleicht hat der Spanner ja auch gelogen", warf Hannes ein.

„Ja, und vielleicht ist es auch genau umgekehrt. Er hatte selbst etwas mit der Frau, hat sie mit dem Nebenbuhler erwischt, am nächsten Tag verfolgt und im Oberhaus erstochen."

„Aber warum sollte der dann zu uns kommen und uns diese verrückte Geschichte erzählen?", fragte Hannes.

„Weil er der Frau zuvorkommen will? Er fürchtet, dass sie das Ganze meldet, und da will er sie unglaubwürdig machen, sie zu einer Schnoin degradieren!"

„Also mal ganz ehrlich. Das glaub ich nicht. Dafür ist der doch nicht intelligent genug", entschied Hannes.

„Am Ende gab es diese Hochsitzgeschichte überhaupt nicht, und er wollte uns nur einen Grund liefern, warum er die Frau kennt", fuhr Franziska fort. „Ist denn bei dem Bild was rausgekommen?"

„Nicht wirklich", gab Hannes zu.

„Na, siehst du." Franziska begann ihre Sachen einzupacken und schaute dann fragend zu Hannes, der aber nichts sagte. Sie hielt inne. „Also was ist jetzt? Suchen wir die Frau, oder warten wir, bis sie sich meldet?"

„Der Chef meint, wir warten."

Franziska nickte und schloss ihre Tasche.

„Schneidlinger war ziemlich bedient mit dem Typ. Ich glaube, er hat ihm auch nicht geglaubt", fügte Hannes hinzu und sah Franziska dann herausfordernd an. „Wohin gehst du eigentlich?"

„Ich will mich noch einmal mit Samantha Halmgaard treffen."

Hannes nickte.

„Und du?"

„Wir machen mit den Anrufern weiter." Er schien nicht begeistert.

„Vielleicht meldet sich die Frau aus dem Wald ja schon bald", versuchte Franziska, ihm Mut zu machen, und ging zur Tür.

Für Hannes war es ein Fall wie viele andere, für sie ging es darum, Walter zu entlasten. Denn je länger die Suche nach dem Täter dauerte, desto länger würde sie sich von ihm fernhalten müssen. Am gestrigen Abend hatte sie ihren Frust mit Lasagne, Schokopudding und Chips zu betäuben versucht. Ein Versuch, der natürlich fehlgeschlagen war. Das Einzige, was ihr wirklich helfen konnte, war, Walter von der Verdächtigenliste streichen zu können, und zwar ein für alle Mal.

Eine halbe Stunde später ging Franziska an einer alten Frau vorbei, deren Hals und Hände in einer Schandgeige steckten, und die mit ihren strohigen Haaren und dem zerlumpten Kleid sehr unglücklich aussah. Es war nur eine Puppe, aber ihr Flehen wirkte echt. Hastig wandte die Kommissarin den Blick von diesem wenig erbaulichen Objekt Passauer Stadtgeschichte und folgte dem Rundgang, bis sie drei Räume weiter Samantha Halmgaard vor einer Vitrine entdeckte. Versunken betrachtete sie eine Votivkrone in Goldfiligranarbeit, die mit Edelsteinen und Süßwasserperlen verziert war. Neugierig ging Franziska näher, doch genau in diesem Moment begann ihr Handy zu klingeln, und die Museumsdirektorin drehte sich zu ihr um.

Es war Hannes. Er habe gute Nachrichten, leitete er das Gespräch ein, doch dann verstand Franziska nur noch etwas von einem roten Auto, das sie entdeckt hätten – und dann wurde auch schon die Verbindung unterbrochen.

„Schön“, sagte Franziska, als sie ihr Handy wieder in ihrer Tasche verstaut hatte, und nickte in Richtung Vitrine.

„Das ist die berühmte Brautkrone der Herzogin Hedwig aus dem Jahr 1475. Sie ist gerade erst aus Berlin zurückgekommen.“

„Aus Berlin. Was macht sie dann hier in Passau?“

„Haben Sie noch nie von der berühmten Landshuter Hochzeit gehört?“

Franziska schüttelte den Kopf.

„Hedwig war die Tochter des polnischen Königs Kasimir und heiratete 1475 Georg den Reichen in Landshut. Es war eine sehr prunkvolle Hochzeit, an die noch heute alle vier Jahre in Landshut erinnert wird. Ebenfalls sehr feierlich. Und weil diese Brautkrone noch heute ein Symbol für die Beziehung zwischen Polen und Deutschland ist, wird sie immer wieder an Ausstellungen verliehen.“

„Und darum ist sie jetzt hier.“

„Nein, sie gehört dem Oberhausmuseum. Ein Passauer Juwelier hat sie erworben und uns geschenkt“, erklärte die Direktorin und lächelte die Kommissarin an. „Aber deshalb sind Sie ja sicher nicht gekommen.“

„Nein. Ich möchte mit Ihnen noch einmal den Tatort besichtigen.“

„Wenn es sich nicht vermeiden lässt“, willigte die Direktorin ein, doch als sie den Blick von der Vitrine nahm, wirkte ihr Lächeln bereits bekümmert.

Auf dem Weg zurück durch die Anfänge der Stadt, vorbei am Eingang und durch das Tor, das in den inneren Burghof führte, blieb sie schweigsam, bis sie fragte. „Haben Sie schon etwas herausgefunden?“

„Nein, leider“, gab Franziska nicht ganz ehrlich zurück. „Ich hatte gehofft, Ihnen wäre vielleicht noch etwas eingefallen.“

Samantha Halmgaard zuckte mit den Schultern. „Tut mir wirklich leid.“

Nachdem sie die Stufen hinuntergegangen waren, standen sie vor dem rot-weiß-gestreiften Polizeiband, das den Zugang zum Tatort weiträumig absperrte. Franziska hob das Band an, holte den Schlüssel aus ihrer Tasche, öffnete das Siegel und sperrte auf. „Kommen Sie!“, forderte sie Samantha Halmgaard auf, die in einiger Entfernung stehen geblieben war, und ging durch die alte Eichenholztür. Statt der Strahler der KTU brannte an diesem Tag nur die normale Beleuchtung, was den Raum ein wenig dämmrig machte. Franziska trat auf das Wandgerüst zu, und während sie die Skizze für das künftige Gemälde studierte, versuchte sie sich nicht vorzustellen, wie Walter dort oben stand und wie sich seine Muskeln bewegten, während er sich konzentriert seiner Arbeit hingab. Fröstelnd verschränkte sie die Arme vor dem Körper. Immerhin musste er sich hier vernünftig anziehen.

Als Franziska sich endlich nach Samantha Halmgaard umsah, stand die noch immer im Türrahmen und starrte auf die Kreideumrisse, die die Lage des Toten dokumentierten. Sie war sehr blass.

„Geht es Ihnen nicht gut?", fragte Franziska besorgt, woraufhin die Direktorin abwiegelte.

„Nein, nein, es geht schon!"

Doch ihr Gesicht strafte ihre Worte Lügen. Franziska musterte sie einen Moment, beschloss aber, kein Recht dazu zu haben, noch weiter auf sie einzudringen. Daher wandte sie sich wieder der Wand zu.

„Was wird das werden?"

„In diesem Raum möchten wir dem Besucher künftig einen Blick in eine mittelalterliche Klingenschmiede gewähren. Die Wolfsklingen waren damals ja *der* Passauer Exportschlager schlechthin", erklärte Samantha Halmgaard der Kommissarin, nachdem diese einmal um die Kreideumrisse herumgegangen war. „Die Passauer haben ihre Klingen bis nach England geliefert", fügte die Museumsdirektorin stolz hinzu und zeigte dann auf die Skizze an der Wand. „Wenn das Gemälde fertig ist, sehen Sie hier, wie die Wolfsklingen in der Schlacht eingesetzt wurden. Der Einsatz von Wolfsklinge und Partisane liegen zwar mehrere hundert Jahre auseinander, aber beide waren Stangenwaffen für das Fußvolk, erst später wurden dann Schutzwaffen daraus."

„Für den Fürstbischof?", hakte Franziska nach.

„Genau." Die Museumsdirektorin versuchte sich in einem Lächeln. „Walter Froschhammer war übrigens von Anfang an in die Planung dieser Inszenierung eingebunden", erklärte sie, und ihre Augen begannen ein wenig zu leuchten. „Dieser Mann hat einfach ganz ungewöhnliche Ideen."

„Wie kam es eigentlich, dass Walter Froschhammer für Sie arbeitet?"

„Er wurde mir empfohlen“, antwortete die Direktorin ein bisschen zu schnell. „Ich habe ihn angerufen, und er war sofort begeistert und hat dann auch wirklich sehr schöne Skizzen angefertigt. Ein toller Mann!“

Franziska sah auf die Wandskizze und versuchte nicht, den sich ihr aufdrängenden Gedanken zu verfolgen. „Ja, da haben Sie wohl recht. Ein ganz außergewöhnlicher Künstler ...“

Samantha Halmgaard sah sie für einen Moment irritiert an. „Sie kennen seine Kunst?“

„Ja. Ich war im vergangenen Jahr mit meinem Kollegen in seiner Ausstellung im Museum für Moderne Kunst.“

„Ach, da war ich auch. Allerdings allein.“ Gedankenversunken drehte sie sich wieder zu den Kreideumrissen auf dem Parkett um und fragte dann leise: „Wer kümmert sich denn um die Beerdigung?“

Franziska stellte sich neben die Direktorin und folgte ihrem Blick. Sie wollte gerade erklären, dass es ohnehin noch eine Weile dauern würde, bis der Leichnam freigegeben werde, als ihr bewusst wurde, wie deplatziert dieses Interesse von der Direktorin des Oberhauses für den Toten auf sie wirkte. Es sei denn ...

Die Kommissarin blickte auf und sah in zwei tieftraurige Augen. „Sie haben ihn gekannt?“

Samantha Halmgaard nickte und starrte gleich wieder zu Boden. Es war, als zwänge sie der aufgemalte Umriss dazu, die Wahrheit zu sagen. Als hörte sie seine Stimme, die sie aufforderte, ehrlich zu sein. Franziska starrte gebannt auf die zierliche Frau. Sie konnte nicht verstehen, was in ihr vorging, aber sie spürte, dass es etwas Gewaltiges war. Obwohl Xaver Mautzenbacher schon lange nicht mehr dort lag, schien die Verbindung zu ihm zu bestehen. Franziska erschauderte, denn im Grunde glaubte sie nicht an Geister.

„Waren Sie ein Paar?"

„Nein, schon lange nicht mehr, aber ..."

„Können Sie mir etwas über ihn erzählen?"

„Na ja." Der Versuch zu lächeln misslang, aber sie sah danach etwas entspannter aus. „Im Grunde weiß ich wirklich nicht viel von ihm."

„Gar nichts?"

„Sein Auto steht oben auf dem Parkplatz."

Na toll, dachte Franziska, doch dann fand sie es vor allem merkwürdig, dass die Direktorin ausgerechnet bei seinem Auto angefangen hatte! Aber vielleicht war es im Moment einfach das Naheliegendste.

„Wann haben Sie Xaver Mautzenbacher zuletzt lebend gesehen?"

„Ziemlich genau vor einem Jahr." Samantha Halmgaard nickte. „Montagfrüh rief er aus heiterem Himmel an und meinte, wir könnten uns doch mal wieder treffen. Ich war tatsächlich perplex. Fragte ihn, welchen Grund es dafür gebe. Aber er sagte, er müsste ohnehin ins Oberhaus, und da käme er dann einfach bei mir vorbei."

„Und?"

„Er kam nicht. Und, ehrlich gesagt, habe ich ihn dann auch vergessen, weil ich so in die Pläne vertieft war." Ein Lächeln huschte über ihr Gesicht.

„Aber dann sind Sie doch noch auf die Suche nach ihm gegangen?"

„Nein. Ich hatte ihn wirklich vergessen." Die Direktorin sah noch einmal auf den Umriss am Boden und dann zu Franziska. „Die Beziehung zu ihm war nicht so, wie man es sich wünscht, und als es aus war, war ich einfach nur froh darüber. Danach wollte ich ihn nicht mehr sehen. Ich weiß nicht, ob Sie das verstehen können, aber am liebsten wäre es mir gewesen, wenn er für immer aus meinem Leben verschwunden wäre." Sie sah die Kommissarin an, aber die zuckte nur mit den Schultern. „Während ich mit ihm zusammen war, habe ich immer darauf gewartet, dass etwas passiert. Gehofft, dass er sich festlegt. Aber wir traten die ganze Zeit über nur auf der Stelle, und eigentlich ging es immer nur um ihn. Verstehen Sie? Wenn er Zeit und Lust hatte, dann haben wir uns getroffen, und wenn ihm etwas dazwischen kam, dann hat er abgesagt, gerade so, wie er es brauchte."

„Warum haben Sie das mitgemacht?", fragte Franziska, bis ihr einfiel, dass Walter vielleicht genauso über sie sprach.

„Ach, Frau Steinbacher, wie soll ich Ihnen das erklären? Vielleicht dachte ich, wenn ich ihm nur genug Zeit lasse, dann sieht er, was er an mir hat, und ändert sich. Für mich. Verstehen Sie, was ich meine?"

Franziska nickte. „Wann haben Sie Xaver Mautzenbacher kennengelernt?"

„Im Januar vor zwei Jahren." Erneut huschte ein scheues Lächeln über ihr Gesicht und zeigte, dass die Beziehung irgendwann einmal schön gewesen sein musste. „Können Sie sich vorstellen, was das für ein Schock für mich war, als ich ihn tot auf dem Boden liegen sah? Ausgerechnet hier im Oberhaus!"

Franziska nickte ehrlich betroffen. „Ja, das kann ich!"

Die Kommissarin wartete einen Moment, und als die Direktorin nichts mehr hinzufügte, nahm sie sie behutsam am Arm und führte sie aus dem Raum. „Wollen Sie mir zeigen, wo sein Auto steht?"

„Ja." Samantha Halmgaard sah Franziska an und lächelte schwach. „Lassen Sie uns gehen! Ich kann das da ohnehin nicht mehr sehen."

Mit einer unbestimmten Kopfbewegung in Richtung Kreidezeichnung verabschiedete sie sich von einem Mann, den sie nie mehr sehen wollte und jetzt auch nicht mehr sehen würde, und folgte Franziska zum Ausgang.

Zehn Minuten später erreichten sie den oberen Besucherparkplatz, und Samantha Halmgaard zeigte auf einen großen silbernen Wagen. „Da. Das ist Xavers Auto."

„Das da?" Franziska konnte ihre Verwunderung nicht verbergen. Hatten Sie nicht nach einem roten, rostigen Wagen gesucht? Dieser herrliche BMW sollte Mautzenbacher gehören?

Die beiden Frauen gingen ein paar Schritte näher an das Auto heran, dann schaute die Direktorin auf die Uhr und fragte: „Brauchen Sie mich noch?"

„Nein", entschied die Kommissarin, woraufhin ihr Samantha Halmgaard die Hand reichte, sich verabschiedete und mit zügigen Schritten davonging. Fast sah es so aus, als wäre sie auf der Flucht.

Als sich Franziska endlich dem Auto zuwandte, ging ihr zweierlei durch den Kopf: Dem Nachbar zufolge hatte Xaver Mautzenbacher ein kleines rotes Auto, und der BMW-Schlüssel an seinem Bund, genau wie die ‚unechte' Rolex, diente nur der Aufschneiderei, was angesichts der spärlich eingerichteten Wohnung auch plausibel erschien. Aber wie kam Mautzenbacher dann zu diesem Auto, das vor ihr in der Sonne stand und dessen makellose Lackierung sie keck anfunkelte?

Mit verschiedenen Überlegungen beschäftigt zog Franziska ihr Handy aus der Tasche, sah, dass sie wieder Empfang hatte, und rief die Kollegen an, um sich den Halter nennen zu lassen. Es dauerte keine zwei Minuten, dann war ihr Verdacht bestätigt.

Der BMW gehörte gar nicht Mautzenbacher. Zugelassen war er auf einen gewissen Günther Meistersänger, wohnhaft in Tittling.

Stellte sich die Frage, wie Mautzenbacher zu Schlüssel und Wagen gekommen war ...

Franziska wählte Hannes Nummer, und während sie darauf wartete, dass er sich meldete, umrundete sie noch einmal das Fahrzeug.

„Hey, grüß dich Hannes“, rief sie gut gelaunt ins Handy, als ihr Kollege endlich abnahm. „Ich hab eine Überraschung für dich: Mautzenbacher fuhr wirklich einen BMW!“

Da Hannes nicht antwortete, überprüfte sie ihr Handy, sah im Display drei Balken für den Empfang und rief etwas lauter: „Bist du noch dran?“

„Woher hast du das?“, fragte er endlich.

„Er steht hier auf dem Besucherparkplatz der Veste Oberhaus.“

„Merkwürdig, das wollte ich dir eigentlich sagen“, begann Hannes zögernd.

„Du wusstest, dass er hier ist?“, fragte Franziska. „Woher?“

„Ich wusste nicht, dass er am Oberhaus steht, aber ich habe mit einer Zeugin gesprochen, die gesehen hat, wie Mautzenbacher am Montag den roten Fiat gegen einen silbernen BMW getauscht hat. Direkt neben der Garagenanlage, die zu ihrem Mietshaus gehört. Sie sagte, er kam mit einem alten Roten und fuhr mit einem neuen Silbernen wieder weg.“

„Kennt sie Mautzenbacher?“

„Sie sagte nein. Er wäre ihr nur aufgefallen, weil er in seinem Anzug so gar nicht zu dem alten Auto gepasst hat.“

„Da geht es ihr wie uns. Und wahrscheinlich hat er sich in diesem Umfeld auch nicht wohlgefühlt und darum alles getan, um zumindest nach außen den Schein zu wahren.“

„Und wie kam er dann zu dem Auto?“

„Das werden wir als Nächstes herausbekommen. Das Auto gehört ihm nämlich gar nicht.“

„Und weißt du schon ...?“

„Ja! Es gehört einem Günther Meistersänger aus Tittling. Und der soll uns jetzt mal erklären, warum Xaver Mautzenbacher mit seinem Auto herumfährt. Ich hol dich ab. Ach, und sag der KTU Bescheid, die sollen den BMW abholen!“

Hannes nickte, das konnte Franziska zwar nicht sehen, aber für sie war das ohnehin beschlossene Sache.

„Zumindest wissen wir jetzt, wofür er die Rolex und den BMW gebraucht hat."

Hannes sprach aus, was beide Kommissare dachten, nachdem Franziska ihm vom Verhältnis der Direktorin zu Xaver Mautzenbacher berichtet hatte.

„So ist das also! Wenn man sich eine besondere Frau angeln will, muss man ihr mit irgendetwas imponieren", ereiferte sich Hannes, woraufhin ihm Franziska einen kritischen Blick zuwarf.

„Sprichst du da aus eigener Erfahrung?"

Hannes ignorierte die Frage. „Jammert, er habe keine Frau, und in Wirklichkeit trifft er sich mit Samantha Halmgaard!"

„Wer sagt denn, dass er keine Frau hatte?"

„Na, der Nachbar. Willi Geiler."

Franziska nickte und sah Hannes dabei musternd an. Der fing ihren Blick auf. „Was denkst du?"

„Ich überlege gerade, ob sie die richtige Frau für dich wäre", antwortete Franziska wahrheitsgemäß und grinste.

„Wer?"

„Samantha Halmgaard!"

„Hast du sonst keine Sorgen?"

„Nun sag schon!"

„Willst du das wirklich wissen?"

Franziska nickte eifrig.

„Na gut, dann: eher nicht!" Hannes lachte befreiend und schüttelte dann den Kopf, weil nur Franziska solche Gedankensprünge zustande brachte.

Gleich darauf überraschte sie ihn erneut.

„Verdammt, jetzt habe ich ganz vergessen, sie danach zu fragen!“

„Nach mir?“

„Quatsch! Ob sie schon mal in Mautzenbachers Wohnung war.“ Sie schaute Hannes lauernd an. „Hättest du sie an seiner Stelle in deine Wohnung eingeladen?“

„Na, hör mal! Ich wohne doch nicht in so einer Sperrmüllbude wie der Mautzenbacher!“ Hannes war entrüstet.

„So hab ich das ja auch nicht gemeint.“ Franziska grinste ihn schief an. „Obwohl, woher soll ich das wissen, ich war ja noch nie bei dir zu Hause!“

„Lässt sich ändern“, meinte Hannes, sah aus dem Fenster und stellte fest: „Schicke Wohngegend.“

„Ja“, bestätigte Franziska und konzentrierte sich auf die Hausnummern, bis ihr etwas auffiel: „Die sehen irgendwie alle gleich aus.“

Das Haus von Günther Meistersänger lag in einem Neubaugebiet. Die Häuser waren alle frisch gestrichen oder verputzt. Die Haustüren glänzten, Büsche und Sträucher waren noch klein, und immer wieder durchbrach ein Erdhaufen vom Aushub der nächsten Baugrube die Familienidylle mit Schaukel und Kinderspielsachen. Hannes folgte Franziskas Blick, interessierte sich aber mehr für den großen schwarzen Audi, der in der geöffneten Garage gleich neben dem Haus von Günther Meistersänger stand.

Als der Hausbesitzer nach wiederholtem Klingeln endlich die Tür öffnete, fiel den beiden Kommissaren zuerst sein geschwollenes Gesicht, dann das münzgroße Veilchen unter dem linken Auge auf.

„Was ist denn mit Ihnen passiert?“, fragt Franziska noch vor der Begrüßung und zeigte ihren Ausweis. Während Meistersänger ihn studierte, konnte sie ihn in aller Ruhe betrachten. Er war Mitte bis Ende dreißig, groß und schlank, hatte dünne blonde Haare und wirkte ziemlich nervös.

„Ach, das!“ Seine Hand befühlte jetzt sein Gesicht, als wäre es eine Maske und er habe Angst, sie könnte ihm herunterfallen. Doch dann winkte er munter ab. „Halb so schlimm. Ich bin nur gestolpert.“

Franziska nickte und warf dabei einen kurzen Blick in den Eingangsbereich.

„Gestolpert?“, hakte Hannes nach. „In eine Faust?“

Meistersänger ignorierte die Frage. „Was kann ich für Sie tun?“

„Wir kommen wegen Ihrem BMW. Er wurde heute an der Veste Oberhaus sichergestellt. Dürfen wir vielleicht reinkommen?“

„Der BMW?“ Meistersänger blickte Franziska ratlos an, woraufhin sie überlegte, ob ihm beim Sturz nicht doch mehr passiert war als die Schwellung im Gesicht.

Hannes nannte das Kennzeichen und fragte dann: „Der gehört Ihnen doch?“

Meistersänger warf einen langen Blick auf die Straße, als müsse er sichergehen, dass nicht noch mehr von ihrer Sorte kämen, und ließ die beiden dann in den Hausflur treten.

„Der BMW. Ja. Ein tolles Auto. Dreihundertfünfzig PS, Sportfahrwerk und 19-Zoll-Chromfelgen.“ Seine Miene erhellte sich. „Sind Sie schon mal so einen Schlitten gefahren?“

„Ist alles in Ordnung mit Ihnen?“ Franziska warf ihm einen skeptischen Blick zu.

„Klar doch“, bestätigte Meistersänger erneut, lächelte gequält und kratzte sich dann unsicher am Hinterkopf.

„Kommen Sie rein!“ Er trat einen Schritt zur Seite und gab damit den Weg ins Haus frei. Als er die Tür hinter ihnen geschlossen hatte, drehte er den Schlüssel zweimal um. „Nur zur Sicherheit“, erklärte er verlegen. „Ich würde mir gern ein Glas Wasser holen. Haben Sie was dagegen?“

„Nein, tun Sie das.“ Franziska lächelte verständnisvoll, doch als Meistersänger außer Hörweite war, raunte sie Hannes zu: „Der hat doch irgendwas!“

Hannes zuckte mit den Schultern, warf aber einen abschätzenden Blick in Richtung Küche, während Franziska die Zeit nutzte, um sich im Wohnzimmer umzusehen.

Die Rollläden waren bis zum Anschlag heruntergelassen, sodass kein Sonnenstrahl eindringen konnte. Stattdessen verbreitete eine einzelne Lampe neben dem Sofa ein diffuses Licht im Raum. Soweit Franziska es beurteilen konnte, hatte Meistersänger an der Einrichtung nicht gespart. Die Sofas waren aus Leder, die Regalwand massiv, die Teppiche dick und groß. Der Flachbildschirm nahm fast die komplette Wand ein. Alles lag und stand an seinem Platz, trotzdem war die Luft stickig und verbraucht, als sei seit Tagen nicht mehr gelüftet worden. Auf dem Tisch stand eine Kaffeetasse. Franziska ging näher und berührte das Porzellan. Sie war noch warm. Also hatte Meistersänger hier gesessen und Kaffee getrunken, als sie klingelten. Aber warum saß er im Dunkeln? Warum öffnete er nicht eine der Balkontüren, um frische Luft und Licht hereinzulassen? Bei diesem Wetter ...

Unschlüssig ließ Franziska vom Sofa ab und sah sich auf dem Schreibtisch, der gleich neben der Tür stand, um. Auch hier sah es nicht nach Arbeit aus. Einzig die Hochglanzprospekte eines Immobilienfonds, Prognosen für dessen künftige Entwicklung und eine aktuelle Zeitung verbreiteten das Gefühl von Leben. Franziska wollte sich die Sachen gerade genauer ansehen, als sich vom Flur her Schritte näherten. Meistersänger war so schnell gekommen, dass sie keine Zeit gefunden hatten, ihren Platz neben der Tür zu verlassen.

„Ach, herrje, warum stehen Sie denn noch? Sie hätten doch einfach Platz nehmen können“, wies der Hausbesitzer sie freundlich zurecht und zeigte einladend auf ein Sofa. „So. Was kann ich denn jetzt für Sie tun?“

Kaum saßen alle, schon kam sein Lächeln auf Knopfdruck.

„Es geht noch immer um den BMW“, half Franziska seinem Gedächtnis nach und beobachtete ihn dabei genau.

„Den Sie gefunden haben.“ Meistersänger zeigte mit dem Finger irgendwo auf eine Stelle zwischen Hannes und Franziska. „Ja, was soll ich sagen? Das freut mich natürlich sehr. Ich hatte ihn ja praktisch schon abgeschrieben.“

„Das müssen Sie uns erklären“, entschied die Kommissarin und behielt Meistersänger weiter im Blick.

„Der BMW wurde mir am Samstag gestohlen.“

„Waren Sie dabei?“ Sie zeigte auf sein lädiertes Gesicht, woraufhin Meistersänger gequält lächelte.

„Ja, das war auch am Samstag. Ähm, man hat mich niedergeschlagen und mir dann den Schlüssel abgenommen. Als ich wieder zu mir kam, war der Wagen weg.“ Beinahe gleichgültig nahm Meistersänger einen großen Schluck aus seinem Wasserglas und musterte über den Rand die beiden Kommissare. „Ach, entschuldigen Sie bitte, wie unhöflich von mir“, hastig stellte er sein Glas auf den Tisch und war im Begriff aufzuspringen. „Ich habe Ihnen noch nicht einmal etwas zu trinken angeboten. Wie wäre es mit einem Cappuccino?“

„Vielen Dank, aber das ist nicht nötig“, sagte Franziska.

„Aber es geht ganz schnell. Ich habe eine supertolle Maschine, da geht alles vollautomatisch!“

Die Kommissarin schüttelte den Kopf. „Beschreiben Sie mir lieber den oder die Täter.“

„Ist das denn wichtig? Ich meine, das Auto ist doch wieder da.“

„Ja“, antwortete Franziska knapp und fixierte die geschwollene Gesichtshälfte.

Meistersänger zuckte mit der linken Schulter. „Er war vielleicht einsfünfundachtzig groß, breite Schultern, dunkelblonde, eher kurze Haare.“ Er überlegte kurz. „Und er war rasiert und hatte ein leichtes Doppelkinn. Anfang vierzig.

Schätze ich."

Während er seine Beschreibung abgab, sahen sich Franziska und Hannes verwundert an. Besser hätte man Xaver Mautzenbacher nicht beschreiben können. Und präziser auch nicht ...

„Haben Sie den Mann vorher schon einmal getroffen? Kennen Sie ihn?"

„Nein. Sollte ich?"

„Nun, Ihre Beschreibung ist sehr genau, das hat man selten", erklärte Franziska und bemerkte selbst, dass sich ihre Erklärung wie das Lob für einen guten Schüler anhörte.

Meistersänger lächelte geehrt. „Ich war schon immer ein guter Beobachter."

„War es dieser Mann?" Franziska schob ihm das Foto von Mautzenbacher über den Tisch zu.

Günther Meistersänger warf einen kurzen Blick darauf und nickte. „Also, es ging ja alles ziemlich schnell, aber ich denke, er könnte es gewesen sein. Ja."

Damit stand fest, dass Mautzenbacher den BMW gestohlen hatte, vielleicht sogar mit der Absicht, Samantha Halmgaard damit zu imponieren. Zufrieden blickte Franziska zu ihrem Kollegen. „Ja, dann würde ich sagen, wir haben es fürs Erste." Sie lächelte Meistersänger entspannt an.

Der sprang sofort auf. „Prima!"

„Sie müssten den Diebstahl dann nur noch zu Protokoll geben." Franziska erhob sich ebenfalls, machte einige Schritte in Richtung Tür und blieb dann wie zufällig vor dem Schreibtisch stehen. „Haben Sie heute schon Zeitung gelesen?"

Meistersänger nickte unsicher.

„Dann frage ich mich, warum Sie ihn nicht wiedererkannt haben. Bei Ihrer guten Beobachtungsgabe ..." Sie schlug die Zeitung auf und hielt ihm das Bild des Toten vors Gesicht.

„Ich, äh, war mir nicht sicher ..."

Die Kommissarin lächelte nicht. „Ich muss Sie bitten, uns aufs Präsidium zu begleiten."

„Aber warum?" Meistersänger wurde blass.

„Wir müssen die Anzeige aufnehmen, damit Sie Ihren Wagen später wiederbekommen."

Meistersänger lachte erleichtert auf, und zum ersten Mal, seit sie ihn kennengelernt hatten, schien sein Lachen echt zu sein. „Na, klar doch! Ich hol nur schnell meine Jacke."

Was in diesem Moment weder der Zeuge noch die Kommissare ahnen konnten, war, dass kurze Zeit später ein Auto an Meistersängers Haus vorbeifuhr, um ihn schmerzlich daran zu erinnern, dass das, was er für abgeschlossen hielt, gerade erst seinen Anfang genommen hatte.

Franziska stand neben ihrem Dienstwagen, das Handy am Ohr, und beobachtete, wie Hannes auf der gegenüberliegenden Straßenseite mit Meistersänger wartete. Sie war gerade dabei, den Chef zu informieren, dass sie Günther Meistersänger aufs Präsidium bringen ließen und zu diesem Zweck einen Streifenwagen angefordert hatten, als dieser schon um die Ecke bog und neben dem Haus anhielt. Seit sie die Wohnung verlassen hatten, war Meistersänger auffallend unruhig, sah mit weit aufgerissenen Augen die Straße entlang, mal zur einen, mal zur anderen Seite. Beinahe, als erwarte er jeden Moment ein Unglück.

Die Kommissarin beendete ihr Telefonat und überquerte die Straße, als sich Meistersänger darüber mokierte, dass er mit einem gewöhnlichen Streifenwagen abtransportiert wurde.

„Sie machen einen Fehler", schleuderte er Franziska entgegen, bevor er auf dem Rücksitz platziert wurde. „Ich bin doch kein Verbrecher!"

„Wir müssen nur sicherstellen, dass Ihnen auf dem Weg ins Präsidium nichts zustößt", beruhigte ihn die Kommissarin und gab dem Fahrer zu verstehen, dass er nicht länger warten müsse.

„Und jetzt?", fragte Hannes, nachdem sie allein in der Einfahrt des Einfamilienhauses zurückgeblieben waren.

„Ich fahre ins Oberhaus zu Samantha Halmgaard", antwortete Franziska gedehnt und blickte dabei auf das Nachbargrundstück.

Hannes stellte sich neben sie und versuchte zu ergründen, was sie so faszinierte.

„Ist da irgendwas?"

„Ja, ich muss sie unbedingt noch ein bisschen über Xaver Mautzenbacher ausfragen."

„Nein, ich meine da drüben. Warum schaust du so?"

„Ach, ich schau mir nur die Häuser an, sind ja alle noch recht neu. Manche sind noch nicht einmal fertig."

„Stimmt."

„Aber das sind alles Familienhäuser. Was macht einer wie der Meistersänger allein hier?", überlegte Franziska laut.

„Ja, und wozu braucht er zwei so teure Autos?", fügte Hannes ihrer Überlegung an.

„Auch eine gute Frage." Franziska knuffte Hannes anerkennend in die Seite. „Komm, lass uns fahren. Ich habe das Gefühl, dass das heute noch ein richtig aufregender Tag wird."

Zwanzig Minuten später bog Franziska auf den Parkplatz der Veste Oberhaus ein. „Er stand da drüben", erklärte sie Hannes, als sie sah, dass der BMW bereits abtransportiert worden war. Doch statt auf das Auto einzugehen, fragte Hannes: „Glaubst du, der Chef und Samantha Halmgaard hatten mal was miteinander?"

„Keine Ahnung. Als ich ihm am Telefon von ihrer Beziehung zu Mautzenbacher erzählt habe und fragte, ob er ihr einen Mord aus Eifersucht zutraue, sagte er: Ach, Frau Steinbacher, das ist lange her, und nur weil man zusammengewohnt hat, kennt man einen Menschen noch lange nicht."

„Könnte gut sein, dass zwischen denen mal was lief ..."

„Ja." Franziska stieg aus und schlug den Weg in Richtung Oberhaus ein. „Wenn Günther Meistersänger die Wahrheit gesagt hat, dann macht das Samantha Halmgaard auf jeden Fall verdächtig."

Hannes, der gerade noch überlegt hatte, was für ein Typ Mann sein neuer Chef war, nickte. „Dir wäre jeder als Verdächtiger recht, oder?"

„Na, hör mal! Sie könnte doch die Frau sein, die der geile Österreicher mit Mautzenbacher im Wald beobachtet hat!"

„Die, die es ihm so gut besorgt hat?" Hannes legte zweifelnd die Stirn in Falten.

„Sie ist eine Kloane", sagte Franziska energisch und fügte mit geheimnisvoller Stimme hinzu: „Und außerdem sagt man doch: Stille Wasser sind tief. Und wer weiß, ob das, was Matussek euch erzählt hat, auch wirklich stimmt."

„Wenn er nicht *alles* erfunden hat ...", entgegnete Hannes und blieb stehen.

„Irgendetwas stimmt immer", wusste Franziska. „Also nehmen wir mal an, der wichtigste Teil seiner Aussage stimmt. Dann könnte Mautzenbacher am Samstagabend das Auto von Meistersänger geklaut haben und Sonntag damit zu der Frau gefahren sein, mit der er im Wald beobachtet wurde."

„Und weil Samantha Halmgaard diese Frau ist, kennt sie das Auto", warf Hannes ein.

„Richtig. Mir hat sie erzählt, sie hätte sich schon ewig nicht mehr mit Xaver Mautzenbacher getroffen."

„Was sie verdächtig macht, weil sie offensichtlich gelogen hat. Wie hätte sie sonst sein Auto erkennen können?" Hannes nickte und war zufrieden. Es war immer schön, wenn man falsche Aussagen so schnell widerlegen konnte.

„Das stimmt." Franziska klopfte Hannes auf die Schulter und lächelte zufrieden. Den wahren Grund dafür, warum sie froh war, endlich einen Verdächtigen zu haben, musste sie Hannes ja nicht offenbaren.

„Oh, Sie schon wieder!", rief Samantha Halmgaard nicht unfreundlich, aber doch überrascht aus, als Franziska bereits zum zweiten Mal an diesem Tag vor ihr stand. „Kommen Sie doch herein. Ich mache gerade Tee. Vielleicht möchten Sie eine Tasse mittrinken?" Sie reichte Hannes zur Begrüßung die Hand und führte die Kommissare die wenigen Steinstufen in ihr Büro hinauf.

„Ja, gern", antwortete Franziska und blickte zu der Biedermeierkommode, auf der ein heftig blubbernder Wasserkocher stand.

„Nehmen Sie Platz, ich bin gleich so weit."

Mit eingespielten Bewegungen goss sie Wasser in eine silberne Teekanne, stellte Gedecke aus feinem Porzellan, Milchkännchen und Zuckerdose auf den Tisch und begann, nachdem sie den Teefilter entfernt hatte, reihum einzuschenken.

Franziska nahm sich Zucker und beobachtete Hannes, der bei den angebotenen Gebäckstücken beherzt zulangte. Erst als alle versorgt waren, stellte die Kommissarin ihre erste Frage.

„Als ich Sie heute Vormittag nach Xaver Mautzenbacher gefragt habe, sagten Sie, Sie hätten ihn seit einem Jahr nicht mehr gesehen. Wie kommt es dann, dass Sie den BMW erkannt haben?"

„Aber den hatte Xaver doch schon, als wir uns kennenlernten."

„Ach ...“ Franziska war überrascht. „Sind Sie sich ganz sicher?“

„Hundertprozentig! Wir haben uns in München, bei einem Kongress kennengelernt.“ Samantha Halmgaard hob ihre Tasse an den Mund und trank in kleinen konzentrierten Schlückchen. Nach einer Weile sah sie auf und fügte mit einem verschmitzten Lächeln hinzu. „Er war sehr nett, und weil ich mit dem Zug nach München gekommen war, hat mich Xaver nach dem Kongress mit nach Passau genommen.“

Die Kommissarin warf ihrem Kollegen einen flüchtigen Blick zu. Jetzt stand es Aussage gegen Aussage. Wem sollte sie glauben? Wer hatte mehr Grund zum Lügen? Denn eines stand fest: Einer von beiden sagte nicht die Wahrheit.

„Der BMW gehörte aber nicht Xaver Mautzenbacher. Er hat ihn am Samstag gestohlen.“

„Wie bitte?“ Fassungslos zog die Museumsdirektorin ihre fein gezupften Augenbrauen zusammen und sah die Kommissarin fragend an. Auf einmal begann sie, hell und befreiend zu lachen. „Nein, auf keinen Fall. Also wirklich!“ Dann plötzlich hielt sie inne, strich sich in Gedanken eine Haarsträhne aus dem Gesicht. „Es sei denn ...“

„Es sei denn was?“

„Na ja, die einzige Möglichkeit wäre, dass das jetzt ein Neuer ist, also das gleiche Modell wie früher, aber eine neuere Version. Das Nummernschild ist auf jeden Fall dasselbe. In der Mitte stehen seine Initialen.“

XM, erinnerte sich Franziska, das hatte sie total übersehen! Sie war gespannt darauf, was Meistersänger dazu sagen würde.

„Sie glauben, er hat seinen alten BMW weggegeben und sich einen neuen geklaut?“ Hannes hatte aufgehört zu essen und schaute jetzt fragend von einer zur anderen.

„Nein. Ich glaube, dass Xaver seit mindestens zweieinhalb Jahren einen BMW fährt. Und der, der Ihnen erzählt hat, er hätte ihn geklaut, der hat Sie angelogen."

Für einen Moment widmeten sich alle drei ihrem Tee. Franziska wollte Samantha Halmgaard zu diesem Zeitpunkt nicht sagen, wer der angeblich Bestohlene war, und die Direktorin war so klug, nicht danach zu fragen.

„Waren Sie eigentlich jemals in Xaver Mautzenbachers Wohnung?"

„Nein. Wir haben uns immer bei mir getroffen."

„Warum?"

„Tja ... Heute würde ich sagen, das ist eine gute Frage! Xaver war beruflich viel unterwegs und sagte, er könne unsere Verabredungen vielleicht nicht immer einhalten. Daher meinte er, es wäre besser, wenn wir uns bei mir treffen. Damit ich, falls er es nicht rechtzeitig schaffte, nicht warten musste." Ihre Stimme hatte einen ironischen Zug angenommen, etwas, das ihren Zuhörern sagte, dass sie ihrem Ex-Geliebten schon lange nicht mehr glaubte.

Nach einem kurzen Blickwechsel mit Hannes fragte Franziska: „Was hat Xaver Mautzenbacher eigentlich beruflich gemacht, wenn er so viel unterwegs war?"

„Xaver war Vertreter. Der reinste Knochenjob, hat er immer gesagt. Aber er hat auch gut verdient. Doch, ich glaube, genau das hat ihn gereizt. Er war ein Mann, der es liebte, viel Geld zu haben."

„Hat er das gesagt?"

„Ja." Samantha Halmgaard sah die beiden nacheinander an. „Er hat gern auf großem Fuß gelebt. Und er zeigte es: mit dem Auto, seiner Kleidung, seinen Geschäftsreisen." Sie kicherte belustigt. „Selbst mit seinem Weingeschmack. Aber daran gibt es ja auch nichts auszusetzen, oder?"

Franziska zuckte mit den Schultern. Er trug teure Anzüge, fuhr einen BMW und er hatte zwanzigtausend Euro in der Tasche. Die perfekte Tarnung für einen Arbeitslosen, der sich eine betuchte Frau angeln will. Nur wo hatte er das alles her?

„Können Sie sich vorstellen, warum Xaver Mautzenbacher zwanzigtausend Euro in seiner Tasche hatte?"

„Nein, tut mir leid, das weiß ich wirklich nicht, aber wie ich schon sagte: Xaver und ich haben uns ja auch seit einem Jahr nicht mehr gesehen."

„Haben Sie Xaver Mautzenbacher jemals Geld gegeben?"

„Ich?" Sie lachte belustigt. „Nein. Ganz bestimmt nicht."

Samantha Halmgaard stand auf, schlenderte zu dem Fenster, an dem Franziska erst kürzlich gestanden war, und sah hinunter auf die Bürgerstadt und den daran vorbeifließenden Fluss. Nach einer Weile drehte sie sich zu den beiden Kommissaren um.

„Sie denken, ich hätte Xaver ausgehalten, nicht wahr?" Ungläubig schüttelte sie den Kopf. „Glauben Sie wirklich, ich hätte das nötig?"

„Franziska, wo bleibst du denn?", rief Gruber ins Telefon und konnte seinen Unmut kaum zügeln.

„Wir fahren gerade an der Schlögener Schlinge vorbei", antwortete Franziska ruhig. „Ist was Dringendes?"

„Na, du hast vielleicht Nerven. Dieser Meistersänger macht uns alle ganz verrückt!"

Gruber hatte sich ein bisschen beruhigt, weshalb Franziska mit lieblicher Stimme fragte: „Was tut er denn?"

„Er will unser Geld!"

„Was? Wie kommt er denn dazu?"

„Er schwallt uns mit seinem X-Treme-Fonds voll. Behauptet, er habe eine super Rendite. Mindestens zwanzig Prozent im Jahr!"

„Du, Gruber, mit so was kenne ich mich nicht aus. Ich lass mein Geld lieber auf dem Sparbuch. Ist ohnehin nicht viel, aber wenn du es genauer wissen willst, dann frag doch Schneidlinger, der …“

„Ich will es ja nicht genauer wissen“, gab Gruber ungehalten zurück und fügte dann leiser hinzu: „Lass gut sein, Franziska. Also, wann kommst du?“

Statt einer Antwort fragte Franziska: „Hat er seine Anzeige aufgegeben?“

„Ja, hat er“, antwortete Gruber lahm.

„Ich glaube, er hat uns belogen. Aber sag bitte noch nichts, ich will nicht, dass er sich schon jetzt eine Antwort überlegen kann.“

Gruber schwieg.

„Sonst noch was?“, hakte Franziska nach, die das Gefühl nicht loswurde, dass ihrem Kollegen noch etwas auf der Zunge lag.

„Ja“, antwortete er, „wir haben im Kofferraum des BMWs einen Rucksack und eine Decke gefunden. Und es kommt noch besser: An der Decke klebt Waldboden.“

Franziska war begeistert. „Das ist ja super! Kannst du die Decke und den Rucksack fotografieren und mir das Foto aufs Handy schicken?“

Der Ermittler murrte, stimmte aber zu.

„Danke, Gruber! Wir beeilen uns, ja?“

Franziska grinste und legte auf.

„Als Verkäufer scheint dieser Meistersänger die reinste Schmeißfliege zu sein“, erklärte Franziska und wollte Hannes gerade die Details ihres Telefonats erzählen, als der kopfschüttelnd meinte: „Es war nicht zu überhören!“

„Seltsam, dieser Meistersänger“, fing Franziska erneut an, als sie die B130 verlassen hatten und auf einer serpentinenartigen Landstraße ins österreichische Hinterland vordrangen. „Aber da kannst du mal sehen, wie schnell man sich hinters Licht führen lässt. Genau genommen dürfen wir Samantha Halmgaard gar nicht dafür verurteilen, dass sie dem Mautzenbacher seine ganze Geschichte geglaubt hat. Noch dazu, wo sie in ihn verliebt war, da glaubt man vieles!"

Hannes warf ihr einen kurzen Blick zu, und sofort wusste Franziska, was er dachte.

„Ich bin nicht verliebt, falls du das meinst."

„Na, dann ist ja gut."

„Ja, ist es auch!"

„Dann frag ich mich nur, warum du die ganze Zeit auf dein Handy schaust."

„Die, äh, Kollegen könnten doch was Neues melden?"

„Ach."

„Ja!"

Sie fuhr durch ein Waldstück und bog dann in eine Hofeinfahrt ein, die sie zu einem alten Bauernhaus führte. Argwöhnisch sah Franziska sich um. Das Anwesen lag idyllisch, aber die Bausubstanz war alles andere als einladend. Vorsichtig stieg sie aus dem Auto, weil der Boden neben dem Platz, auf dem sie parkte, von allem möglichen Unrat übersät war. Kaum hatte sie die Autotür geschlossen, stürmte auch schon eine Schar Hühner um den eingezäunten Gemüsegarten herum. Mit wackelndem Gang und schlagenden Flügeln sah Franziska die Tiere auf sich zukommen, bis sie vor ihr stehen blieben, erkannten, dass sie kein Futter brachte und wieder von dannen zogen. Die Kommissarin lächelte gerührt und freute sich über das freie Leben, das die Tiere auf dem Hof genießen durften.

„Wer sind jetzt Sie?", rief da eine Stimme vom Haus her und ließ Franziska zusammenzucken, weil sie weder gehört noch gesehen hatte, dass dort jemand stand. Franziska warf einen kurzen Blick zu Hannes, der noch immer im Wagen saß und telefonierte.

„Mordkommission Passau“, rief sie zurück und musterte den Mann, der sich mit aufgekrempelten Armeehosen, Pantoffeln und einem verschwitzten Hemd neben dem Haus aufgebaut hatte und in aller Ruhe eine Zigarette drehte.

„Ham die da so fesche Weiber?“, entgegnete er etwas freundlicher und steckte sich die Zigarette in den Mund, ohne sie jedoch anzuzünden. Vor ihm auf dem Boden stand ein gewaltiger Klotz aus massivem Holz, daneben lag ein großer Haufen gespaltener Scheite.

Ohne auf den anzüglichen Kommentar einzugehen, machte Franziska einen Schritt auf ihn zu. „Sind Sie Franz Matussek?“

„Wer will das wissen?“

„Franziska Steinbacher. Ich ermittle im Fall Xaver Mautzenbacher, und Sie haben sich als Zeuge bei uns gemeldet. Ist das richtig?“

„Mei, die Franzi! Grüß di. Und weil du des wissen magst, bist du jetzt extra da zu mir herausg'fahrn? Des gibt bestimmt a Fleißsterndl!“ Unverhohlen musterte er die Kommissarin von unten bis oben und blieb schließlich an ihren Brüsten hängen.

„Gar net übel“, kommentierte er, grinste und spuckte einen Tabakkrümel auf den Boden. Dann schob er sich die Zigarette wieder in den Mund, um sie endlich anzuzünden. Nach dem ersten Zug wurde sein Grinsen breiter. „Ach, und der Herr Kommissar ist auch dabei!“

Franziska wandte sich um und wurde rot. Oh, wie sie dieses Machogehabe hasste! Aber noch mehr hasste sie ihre eigene kindische Reaktion darauf, die sie sich einfach nicht verkneifen konnte. „Dirndl, nimms mir net übel, aber i hab zum tun!“

„Erst würde meine Chefin aber gern von Ihnen persönlich hören, was Sie am Sonntagabend auf dem Hochsitz beobachtet haben“, schaltete sich Hannes ein.

Chefin nannte er sie sonst nie, aber in diesem Fall zeigte es eine erstaunliche Wirkung.

„Ja, na ja, dann gehen'S mit hinein. Mögen'S vielleicht an Kaffee?"

Franziska warf einen Blick auf Haus und Grundstück und schüttelte den Kopf. „Nein, danke, nur ein paar Fragen, und dann sind wir schon wieder weg."

Gleich darauf scheuchte Matussek in der großen Wohnküche zwei Katzen von der Bank und bot den beiden Kommissaren den frei gewordenen Platz an. Franziska setzte sich auf die vordere Kante der Sitzfläche und versuchte, den stechenden Ammoniakgeruch, den die Katzenpisse hinterlassen hatte, zu ignorieren, während Hannes sich interessiert im Raum umschaute.

„So, dann erzählen Sie mal, wie sich das am Sonntagabend abgespielt hat", forderte sie den Mann auf und konnte sich kaum vorstellen, wie er in die Geschichte, die sie ja bereits von Hannes kannte, hineinpassen sollte.

Als der Zeuge erneut an dem Punkt ankam, an dem Xaver Mautzenbacher angeblich gesagt hatte: ‚Ich pfeif, wenn die Luft rein ist', und Matussek im Folgenden von seiner Nächstenliebe und davon sprach, wie die Frau es ihm besorgt haben sollte, musste sich Franziska ein Grinsen und einen bösen Kommentar verkneifen.

„Ihren Namen wissen Sie aber nicht zufällig?"

„Wissen'S, gesprochen haben wir nicht so viel!" Er lachte schallend los, woraufhin Franziska innerlich das Gesicht verzog.

„Könnte es sich bei Ihren Erzählungen vielleicht um diese Frau gehandelt haben?" Hannes hatte das Foto von Samantha Halmgaard aus einem mitgenommenen Museumskatalog herausgerissen und legte es nun auf den Tisch.

Matussek zog es zu sich heran, warf einen Blick darauf

und polterte los. „Hörn Sie mir überhaupt zu, Herr Kommissar?“ Verständnislos sah er von einem zum anderen. „A Schnoin, hab ich gesagt! Sieht so a Schnoin aus?“

„Keinerlei Ähnlichkeit?“

„Na ja, vielleicht der Typ. Das könnte scho sein. Aber sonst? Tut mir leid, Herr Kommissar. Gnädige Frau.“ Matussek tat so, als zöge er seinen Hut und stand auf. „Also, wenn ich sonst nichts mehr für Sie tun kann, dann würde ich Sie bitten ...“

Franziska nickte, „Ja, ja, schon gut. Wir haben es ja.“

Als sie sich verabschiedet hatte, floh sie geradezu aus dem Haus, lief den unangenehmen Gerüchen davon, bis ihr einfiel, dass sie etwas vergessen hatte.

„Einen Moment noch!“, rief sie dem Zeugen zu, der sich gerade wieder über seinen Holzhaufen hermachen wollte. Aus der Jackentasche zog sie ihr Handy, drückte auf ein paar Knöpfe und hielt es dann Matussek hin. „Kommt Ihnen die Decke auf dem Foto bekannt vor?“

Neugierig war Matussek näher gekommen. „Na. So eine hab ich bestimmt nicht!“

„Könnte das die Decke aus dem Wald sein?“, fragte Franziska eindringlicher.

„Naaa! Die hat der Typ ja mitg‘nommen!“ Trotzdem nahm Matussek Franziskas Handy in die Hand, drehte es hin und her, als ob ihm das beim Erinnern helfen könnte, und entschied schließlich. „Ja, vielleicht! Ist ja scho a bisserl markant, net!“

„Also?“

„Jaaa. I glab‘scho!“

„Gut.“ Franziska holte sich ihr Handy zurück und verabschiedete sich von Matussek, wobei sie ihm bewusst nicht die Hand reichte.

Als beide wieder im Auto saßen, meinte Hannes: „Hinter der Tür lag die Wäsche der letzten zwei Wochen und obendrauf das T-Shirt, das er bei seinem Besuch im Präsidium anhatte!"

Franziska nickte abwesend, denn sie konnte den Blick nicht von Matussek wenden, der mit einem Beil in der Hand, das er vom Hackklotz genommen hatte, am Haus vorbeiging.

„Immerhin ist er nicht faul, hackt bei der Hitze Holz." Sie warf Hannes einen kurzen Blick zu, doch der zuckte nur mit den Schultern. „Wenn du auf so was stehst ..."

Franziska verzog angewidert das Gesicht. „Ganz bestimmt nicht! Und ich kann mir auch nicht vorstellen, dass andere Frauen auf so jemanden stehen."

„Er wird schon nicht grundlos allein leben", resümierte Hannes.

„Einem wie dem würde ich alles zutrauen", antwortete Franziska und nahm ihr Handy aus der Tasche. Während sie wählte, beobachtete sie gespannt, was auf dem Anwesen vor sich ging. Matussek war am Gemüsegarten vorbeigegangen und kam jetzt mit einem Huhn in der Hand zurück. Er hielt es an den Füßen, sodass es kopfüber hing und sich kaum bewegen konnte. Franziska bekam Mitleid mit dem armen Tier und wollte schon fragen, was er nur vorhaben könnte, als Matussek das Huhn auf den Klotz neben dem Holzhaufen legte und ihm mit einer schnellen Bewegung den Kopf abschlug. Ohne auf das spritzende Blut zu achten, steckte er das kopflose Tier in einen Eimer und wischte das blutverschmierte Beil an seiner Hose ab. Entsetzt schob Franziska ihr Handy in die Tasche zurück. Die Hinrichtung hatte ihr die Sprache verschlagen.

Triumphierend sah Matussek in ihre Richtung, und als sie noch immer keine Anstalt machte loszufahren, kam er zum Auto herüber und bedeutete Franziska mit einer Handbewegung, die Scheibe herunter zu lassen. Franziska zögerte einen Moment, immerhin hielt Matussek noch immer das blutige Beil in der Hand. Doch der sah sie nur spöttisch an, grinste und holte aus einer seiner aufgesetzten Hosentaschen drei Eier.

„Die hamm's ganz frisch gelegt. A bisserl Eiweiß wird Ihnen gut tun! Sie san ja ganz blass."

Er reichte ihr die Eier, und als Franziska sie aus seinen blutverschmierten Händen entgegennahm, spürte sie die Wärme, die noch von ihnen ausging. Mechanisch reichte sie die Eier an Hannes weiter und nickte zum Dank. Dann startete sie den Wagen und fuhr ohne ein Wort vom Hof.

Hannes sah seine Kollegin fragend an. „Also, wenn du sie nicht willst, ich nehme sie gern."

Franziska sah ihn vorwurfsvoll an. „Wie konnte er nur?", fragte sie und wollte gar nicht wissen, was Matussek darauf geantwortet hätte.

„Ich weiß gar nicht, was du hast", sagte Hannes kopfschüttelnd. „Das ist doch voll bio!"

Zurück im Dezernat stürmte Franziska in den Waschraum, um sich, bevor sie irgendetwas anfasste, gründlich die Hände zu waschen. Dann erst ging sie in ihr Büro, schenkte sich ein großes Glas Wasser ein und suchte in ihrer Schublade nach schnell verfügbaren Kohlenhydraten. Sie fand eine Packung mit Müsliriegeln, riss zwei gleichzeitig auf und stopfte sie hastig in sich hinein.

„Du siehst aus, als würdest du gleich verhungern", stellte Hannes belustigt fest. „Wenn wir eine Pfanne hätten, würde ich dir glatt Spiegeleier braten."

Franziska sah ihn ungläubig an. „Du bist widerlich! Die sind doch noch gar nicht richtig abgenabelt."

Belustigt über den Ausbruch der Kollegin legte Hannes die Eier in die Schale mit den Büroklammern und griff über seinen Schreibtisch, um sich ebenfalls an Franziskas Wasser zu bedienen. Die hatte sich inzwischen beruhigt und fragte: „Willst du auch einen?“

Doch Hannes schüttelte nur den Kopf. „Von Müsliriegeln krieg ich immer Bauchweh.“

Franziska warf den Riegel zurück, schubste die Schublade wieder zu und wählte Ramonas Nummer. „Du, sag mal, ist Schneidlinger da? Dann sag ihm bitte, dass ich ihn sprechen muss. Ich komme gleich rüber!“

Hannes grinste und stand auf, um seine Kollegin zu begleiten. Er wollte unbedingt wissen, was Franziska in ihrem Bericht unerwähnt ließ.

„Wie kommen Sie eigentlich dazu, uns zu erzählen, Xaver Mautzenbacher hätte Ihr Auto am Samstag gestohlen, wo er es in Wirklichkeit seit mindestens zweieinhalb Jahren fährt?“, raunzte Franziska eine halbe Stunde später den Zeugen an.

Günther Meistersänger verschlug es die Sprache, und als er sich endlich wieder fing, konnte er seiner Verwunderung nur zögerlich Luft machen. „Was ... meinen Sie damit?“

„Wir haben die Aussage einer Zeugin“, erklärte Franziska ruhig und beobachtete, genau wie Schneidlinger, jede Regung im Gesicht des Zeugen.

Nachdem Franziska dem Hauptkommissar alles berichtet hatte, hatte der beschlossen, bei der Zeugenvernehmung anwesend zu sein. Bisher hielt er sich raus.

„Ich hatte Mitleid mit ihm“, erklärte Meistersäger etwas leiser.

„Wie bitte?", polterte Schneidlinger jetzt dazwischen, nahm sich aber zurück, als Franziska ihm einen irritierten Blick zuwarf.

„Sie haben ihm also aus Mitleid für mehr als zwei Jahre lang ihren BMW geliehen", fasste Franziska zusammen.

Meistersänger nickte. „Ja. Xaver war in einer dummen Situation ..."

Franziska hatte schon viel gehört, aber diese Aussage schlug dem Fass wirklich den Boden aus. Doch bevor sie nachhaken konnte, klopfte es, und Gruber steckte den Kopf zur Tür herein. „T'schuldigung. Franziska, kommst du bitte mal kurz raus?"

Die Oberkommissarin schaute Schneidlinger an, der entließ sie mit einem kurzen Nicken.

Kollege Gruber schien unter der Hitze mehr als alle anderen im Haus zu leiden. Sein T-Shirt war am Ausschnitt und unter den Armen stark verschwitzt, die Haare hatte er am Hinterkopf zu einem lockeren Knoten gebunden. Als Franziska die Tür zum Verhörraum hinter sich geschlossen hatte, fand sie ihn am offenen Fenster am Ende des Flures.

„Ich habe die Kreditkarte gecheckt", erklärte er und wischte sich mit einem Zipfel seine T-Shirts übers Gesicht, wobei ein gutes Stück seines nackten Bauchs zum Vorschein kam, den er aber gleich wieder bedeckte. Franziska versuchte, nicht zu grinsen. „Stell dir vor, die Karte gehört gar nicht Mautzenbacher, sondern ..."

„Günther Meistersänger?"

„Ja. Woher weißt du das?"

„Du weißt doch, ich kann Gedanken lesen", behauptete Franziska und kicherte.

„Dann lies mal die nächsten", forderte Gruber sie ein wenig verschnupft auf, und als Franziska nichts sagte, rief er: „Erde an Franziska!"

„Also, das ist jetzt irgendwie zu klein geschrieben ..."

Zufrieden sah Gruber die Kollegin an. „So ein Talent würde mich ja auch glatt wegrationalisieren!“ Er nickte der Kreditkarte in seiner Hand zu. „Von diesem Konto wurden Montagfrüh zwanzigtausend Euro abgehoben.“

„Das ist ein Ding! Danke, Gruber.“

„Gern. Hast du dir eigentlich mal die Kreditkarte genauer angesehen?“

„Nein. Sollte ich?“

Gruber reichte ihr die Karte. „Ich meine die Unterschrift! Meinst du nicht auch, dass das sowohl Mautzenbacher als auch Meistersänger heißen könnte?“

„Ich würde es zumindest nicht ausschließen.“

„So, Herr Meistersänger, jetzt sind Sie in einer wirklich dummen Situation“, nahm Franziska nach ihrer Rückkehr das Gespräch wieder auf, nachdem Hannes ihr mit einem Kopfschütteln signalisiert hatte, dass er inzwischen nicht mit der Befragung weitergemacht hatte.

Meistersänger war nicht anzusehen, was in ihm vorging, dafür sah Schneidlinger sie umso erwartungsvoller an.

„Von Ihrem Konto, für das Mautzenbacher eine Kreditkarte besaß, wurden Montagmorgen zwanzigtausend Euro abgehoben. Ist das auch Ihre Art, einem Mann aus der Patsche zu helfen?“

Günther Meistersänger schwieg beharrlich.

„Sie haben vorhin bei den Kollegen zu Protokoll gegeben, dass Sie am Samstag überfallen und bestohlen wurden.“ Franziska sah erst auf den Bericht, den Hannes ihr über den Tisch schob, dann auf das Veilchen unter dem linken Auge des Zeugen. „Demnach war das alles gelogen?“

„Nein!“

„Nein? Ich dachte, Sie hätten Mautzenbacher das Geld und das Auto freiwillig gegeben.“

„Ja, das habe ich auch. Er tat mir leid, und ich verdiene

wirklich sehr gut. Da wollte ich ihm ein bisschen helfen."

Es schien, als habe Meistersänger sich sein weiteres Vorgehen überlegt, denn er argumentierte jetzt mit sicherer Stimme.

„Und zum Dank dafür hat er Sie dann überfallen?"

„Nein, das war nicht er!"

„Aber der, der Sie überfallen hat, sah genau wie Mautzenbacher aus?" Franziska wedelte mit dem Bericht, in dem die Beschreibung von Xaver Mautzenbacher nachzulesen war.

„Nein ... Ja! Also, ich hab ihn nicht so genau gesehen. Es ging alles ziemlich schnell, und dann lag ich am Boden, und als ich wieder zu mir kam, da war der Angreifer weg."

„Haben Sie ihn provoziert?"

„Wie, bin jetzt ich schuld?" Meistersänger warf den drei Kommissaren einen wutentbrannten Blick zu.

„Keine Ahnung", erklärte Franziska ungerührt. „Das müssen Sie doch am besten wissen! Ich denke mir nur, dass der Mann ja vielleicht einen Grund hatte, Sie zu überfallen, und wenn es nicht um einen Wertgegenstand wie den BMW ging, um was ging es dann?"

„Hören Sie, ich weiß nicht, warum man mich überfallen hat! Man hat mir keine Erklärung dafür gegeben."

„Und weil man Sie ohnehin überfallen hatte, beschlossen Sie, uns glaubhaft zu machen, Xaver Mautzenbacher wäre der Täter gewesen und auf diese Weise an ihren BMW gekommen?"

„Na ja ..." Meistersänger blickte Franziska zerknirscht an. „Es schien mir die beste Lösung, und Xaver war ja ohnehin tot."

„Das Ganze macht für mich irgendwie keinen Sinn. Warum haben Sie uns nicht einfach gesagt, dass sie Ihren Freund aus Mitleid unterstützt haben?"

„Ich wollte nicht damit prahlen", erklärte Meistersänger selbstgefällig.

Franziska beugte sich vor und sah dem Mann so lange in die Augen, bis dieser den Blick senkte. „Und jetzt sage ich Ihnen, was wirklich passiert ist.“ Die Oberkommissarin hatte die Stimme gesenkt, doch die Eindringlichkeit, mit der sie sprach, ließ Meistersänger aufhorchen.

„Xaver Mautzenbacher hatte Sie in der Hand, warum auch immer. Dazu kommen wir noch. Sie gaben ihm ein Auto, und zwar nicht irgendeines, sondern ein richtig teures, und dachten, damit hätten Sie Ruhe. Doch er wurde gierig. Vielleicht hatte er ja noch mehr über Sie herausgefunden? Also richteten Sie ihm ein Konto ein. Doch Mautzenbacher war damit immer noch nicht zufrieden, und Sie waren es langsam leid. Als er am Montag dann die zwanzigtausend Euro abhob, bestellten Sie ihn ins Oberhausmuseum, um ihn zur Rede zu stellen. Dort kam es zum Streit. Weil er Ihnen drohte? Weil er Ihnen *mal wieder* drohte?“

Franziska sah Meistersänger herausfordernd an, aber der Mann sagte nichts.

„Sie ergriffen die Waffe, um ihn einzuschüchtern, um ihm zu zeigen, dass er von Ihnen nichts mehr zu erwarten hatte, und dabei ist es dann passiert. War es so? Stießen Sie zu, oder ist er Ihnen in die Waffe gelaufen? Womit hat er Sie gereizt?“

Meistersänger schüttelte stumm den Kopf. Doch Franziska ließ nicht locker. „Was ging in Ihnen vor, als Sie sahen, wie der Mann, mit dem Sie angeblich so viel Mitleid hatten, blutend zusammenbrach? Waren Sie froh, ihn los zu sein? War es das, was Sie wollten? Ihn ein für alle Mal loswerden? Damit er Ihnen nicht mehr drohen, Sie nicht mehr erpressen konnte?“

Wieder schüttelte Meistersänger nur stumm mit dem Kopf.

„Sie hätten ihn retten können, aber Sie schlossen die Tür ab und hofften, dass er sterben würde. Doch Sie haben etwas übersehen! Sie hätten das Geld und die Kreditkarte mitnehmen müssen. Und Sie hätten den BMW wegfahren müssen. Als Sie diesen Fehler erkannten, war es zu spät, und darum tischten Sie uns die Geschichte mit dem Diebstahl auf!"

Franziska machte eine Pause.

„Günther Meistersänger, ich mache Sie darauf aufmerksam, dass Sie von nun an nicht mehr als Zeuge befragt werden, sondern verdächtigt werden, Xaver Mautzenbacher getötet zu haben."

Meistersänger sah Franziska entsetzt an. „Nein! Nein, so war das nicht!"

„Dann sagen Sie mir endlich, wie es war!"

„Ich weiß nicht, wer ihn umgebracht hat! Ich war es auf jeden Fall nicht. Das müssen Sie mir glauben!"

Franziska zuckte nur mit den Schultern. Sie musste gar nichts.

„Ich bin am Samstag wirklich überfallen worden", erklärte Meistersänger und betonte dabei jedes einzelne Wort.

„Das mag sein", beharrte Franziska, „trotzdem haben Sie kein Alibi für den Montagnachmittag. Dafür aber jede Menge Gründe, Xaver Mautzenbacher zu töten."

Meistersänger sah von Franziska zu Schneidlinger, und als der nickte, schaute er auf seine Hände, als könnten sie ihm sagen, was er als Nächstes sagen sollte.

„Ich möchte jetzt bitte mit meinem Anwalt sprechen."

„Papa! Papa, bist du wach?"

„Bist du das, Sammy?", antwortete die brüchige, weil selten benutzte Stimme ihres Vaters aus dem Wohnzimmer.

Samantha hatte geklingelt und, als niemand geöffnet hatte, ihren Schlüssel benutzt. Nun stand sie im dämmrigen

Hausflur, die Türklinke noch in der Hand, und wappnete sich für das, was vor ihr lag. Im gesamten Erdgeschoss waren die Rollos heruntergelassen, keine Lampe brannte und der Treppenaufgang ins Obergeschoss wirkte wie ein schwarzes Loch. Diesen Teil des Hauses betrat ihr Vater nie.

Samantha schloss die Tür mit einem Seufzer und ging langsam den Flur entlang. Sie kannte hier jede Schwelle, jede Ecke, jeden Geruch. Es war das Haus ihrer Kindheit.

Im Wohnzimmer fand sie ihren Vater, auf dem großen Sofa sitzend. Als sie näher kam, machte er keinerlei Anstalten sich zu erheben. Samantha ging zu dem kleinen Tisch in der Ecke und schaltete die Lampe ein. Dann sah sie sich im Raum um. Seit sie vor vielen Jahren zum Studieren weggegangen war, hatte sich hier nichts verändert. Die gleichen dunklen Möbel – Eiche rustikal –, die gleichen nie gelesenen Bücher, die er irgendwann einmal geschenkt bekommen hatte, die gleichen Kissen, deren Bezüge einmal im Jahr abgezogen und gewaschen wurden. Das gleiche weiße Bettzeug, das immer griffbereit auf einem Teil des Sofas lag. Die gleichen traurigen Topfpflanzen, die immer mehr die Köpfe hängen ließen, weil ihnen, genau wie ihrem Vater, das Licht fehlte.

Nachdem ihre Mutter, langsam und qualvoll, an Gebärmutterhalskrebs gestorben war, hatte ihr Vater keine Nacht mehr im ehelichen Bett verbracht. Seit dieser Zeit schlief er hier unten auf dem Sofa. Die oberen Räume überließ er der Erinnerung an sie und den Geistern der Vergangenheit.

Samantha schob die Decke ein wenig zur Seite und setzte sich zu ihm. Auf dem Couchtisch vor ihm lag ein Heft mit Kreuzworträtseln und Sudokus. Es war die einzige Beschäftigung, die er noch mit Eifer betrieb. Scheinbar interessiert blätterte Samantha das Heft durch.

„Du warst ja ganz schön fleißig in den letzten Tagen", lobte sie ihn wie ein kleines Kind.

„Ja", sagte er nur tonlos und starrte eine Weile vor sich hin, bis er auf die Zeitung deutend murmelte: „Xaver ist tot."

Endlich schaute er zu Samantha auf, die mit einem flüchtigen Lächeln antwortete. Ihrem Vater musste sie nichts vormachen. Er würde nicht um ihn trauern, er hatte Xaver noch nie leiden können.

„Sie haben ihn bei dir im Museum gefunden."

Unschlüssig zuckte Samantha mit den Schultern.

„Hast du etwas damit zu tun?", fragte er eindringlicher, doch Samantha schüttelte den Kopf.

„Nein, Papa, du weißt doch, dass wir uns seit letztem Sommer nicht mehr gesehen haben."

Dieses Mal lächelte ihr Vater. Nur schwach, so als würden die Muskeln in seinem alten Gesicht nicht mehr lachen wollen. Trotzdem schien er zufrieden zu sein. „Ich hatte es mir so gewünscht ..."

Nachdem sie noch eine Weile geredet und dann gemeinsam ein Kreuzworträtsel gelöst hatten, erklärte der Vater, er sei müde und müsse jetzt schlafen. Samantha gab ihm einen Kuss, deckte ihn zu und fragte, ob er etwas brauche.

„Nein, nichts mein Kind." Doch als sie schon fast zur Tür hinaus war, murmelte er noch: „Ich wünschte mir nur, du wärst glücklich."

„Aber das bin ich doch", log Samantha und zog die Tür hinter sich zu.

Sie hatte nicht vor, schon zu gehen, aber das musste ihr Vater nun wirklich nicht wissen.

Bevor sie die Treppe hinaufstieg, schaltete sie das Licht an. Dann wählte sie die Stufen so aus, dass sie, ohne ein Geräusch zu machen, oben ankam. Einmal hatte ihr Vater sie auf dem Weg nach oben erwischt. Er hatte nichts gesagt, aber er hatte sie sehr lange und sehr vorwurfsvoll angesehen. Dabei sollte ihm doch klar sein, dass sie ab und zu nach dem Rechten sehen musste. Dass man seine Vergangenheit nicht einfach, nicht ungestraft wegschließen konnte.

Das erste Zimmer war das ehemalige Schlafzimmer ihrer Eltern, das ließ sie an diesem Tag aus. Ihr genügten ihre eigenen Probleme. Im zweiten befand sich das Badezimmer. Ganz hinten im Gang war ihr ehemaliges Mädchenzimmer. Als sie Xaver damals kennengelernt hatte, und er so gar kein Verständnis für ihre Hobbys und Erinnerungen aufbringen wollte, hatte sie alles zusammengepackt und in diesem Zimmer verstaut. Xaver hatte nie verstanden, wie sie sich mit all dem Plunder, wie er es nannte, umgeben konnte. Aber für Samantha gehörten diese Dinge seit dem Tod der Mutter zu ihrem Leben. Sie drückte auf den Lichtschalter neben der Tür, und sofort wurde ihr Zimmer in ein sattes, sanftes Rot getaucht.

Als es der Mutter schon sehr schlecht ging, hatte sie die Tochter zu sich gerufen und ihr von ihrem Traum, die ganze Welt zu bereisen, erzählt. „Ich hätte mir so gern die Wiege der Menschheit angesehen. Afrika ... Ich fand diesen Teil der Welt immer so faszinierend!"

Mit einem dicken Kloß im Hals hatte Samantha genickt.

„Ich werde es nicht mehr schaffen, aber du mein Kind, du kannst all das tun, was mir nicht möglich war."

Ihre Mutter wusste, wie es um sie stand, auch wenn die Ärzte versuchten, ihr Hoffnung zu machen. Noch immer kämpfte Samantha, wenn sie an diesen Tag zurückdachte, mit den Tränen.

„Tu immer, was dein Herz dir rät", hatte die Mutter ein paar Tage später mit so dünner Stimme geflüstert, als habe sie noch immer Angst. Wo sie doch schon bald vor einem gütigeren Richter stehen sollte. Dann hatte sie ihr das Sparbuch in die Hand gedrückt und gesagt, sie solle es niemand sehen lassen. Als Samantha später hineinschaute und die

Summe sah, die ihr zur Verfügung stand, wurde ihr erst bewusst, wie lange die Mutter für ihren Traum gespart hatte. Wie mühsam sie das ganze Geld zusammengetragen hatte, und dass sie es eigentlich hätte schaffen können. Zur Wiege der Menschheit.

Ihre Mutter starb als Samantha im sechsten Semester war. Leise und ohne noch einmal darüber zu sprechen. Aber für Samantha war die Sache abgemacht, und kaum hatte sie ihr Studium beendet, machte sie sich Anfang Januar auf den Weg. Mit Fotos ihrer Mutter, einem Tagebuch und wenig Ballast in den Taschen, reiste sie auf den schwarzen Kontinent. Es war reiner Zufall, dass sie gerade dieses eine Land, Benin, an der Westküste Afrikas ausgewählt hatte, doch wie es der Zufall wollte, sollte diese intuitive Entscheidung ihr künftiges Leben beeinflussen wie nur wenig anderes sonst.

Hinter den Lagunen der Küste stieg das Land zu einer fruchtbaren Ebene an, und voller Begeisterung schrieb Samantha die schönsten Erlebnisse und Eindrücke in das Tagebuch, das sie für ihre Mutter verfasste, auch wenn die es nie würde lesen können. Doch sie wollte, dass ihre Mutter an dieser Reise teilnahm, und so hinterließ sie überall, wo sie Station machte, ein Foto der Mutter.

Als sie in der Hafenstadt Ouidah ankam, wurde dort gerade alles für eine große Feierlichkeit vorbereitet. Im Hotel fragte sie eine Angestellte danach, und die schlug vor, Samantha solle doch einfach mit ihr kommen, dann werde sie ihr alles zeigen und erklären. Präsident Nicephono Soglo habe dem Volk diesen Feiertag aus Dankbarkeit geschenkt, weil der Voodoo sein Leben gerettet habe, schwärmte sie und meinte, dass ihr Glaube bestimmt auch etwas für die junge Lady aus Germany tun könne.

Samantha hatte höflich gelächelt, dann aber dankend abgelehnt. Sie werde sich allein ein bisschen umsehen, sagte sie. Daraufhin erhob die Einheimische den Zeigefinger und sprach mit beschwörender Stimme eindringlich auf sie ein. „Das ist keine Touristenattraktion. Du musst auf dich aufpassen. Und wenn du an einem Altar stehst, auf dem Tiere geopfert werden und Blut fließt, dann hüte dich vor jedem, der dir ins Ohr flüstern will. Und wenn es doch jemand tut, dann frage auf keinen Fall nach, was er damit gemeint hat!"

Belustigt hatte Samantha genickt. Sie war nicht abergläubisch. Doch noch während sie die Einheimische anlächelte, verwandelte sich deren Gesicht für einen Sekundenbruchteil zu einer Fratze. Ein eiskaltes Frösteln überlief Samanthas Körper, und damit war ihre Neugierde erst richtig geweckt.

Am nächsten Tag besuchte sie den Voodooschrein im Dangbe-Tempel der Heiligen Python und kam schließlich zu einem der Opferaltäre. Dort gähnte ein tiefes schwarzes Loch in einer großen Steinplatte. Sie ging näher heran und sah, wie eine alte Frau mit einem Huhn in der Hand den Raum betrat und zielstrebig auf den Voodoomeister zuging, der sich zuvor im Hintergrund gehalten hatte. Huldvoll nahm er das Tier entgegen und übergab es an einen Jungen, der ihm mit geübter Hand die Kehle aufschnitt, sodass das Blut über den Opferstein und in die Öffnung spritzte. Samantha bemerkte, dass sich immer mehr Menschen in den Raum drängten, und der Kreis, in dem sie sich befand, um den Opferstein herum immer enger wurde. Sie roch die fremden Körpergerüche, spürte die zunehmende Hitze im Raum und hatte das Gefühl, kaum noch atmen zu können. Doch als ihr ein junger Mann mit dunkler Haut und geschorenem Kopf die Sicht versperrte, drängte sie sich energisch nach vorn. Sie sah, wie sich die alte Frau, die das Huhn gebracht hatte, über den Opferstein beugte und mit den Lippen einen stummen Wunsch formte. Als sie sich wieder aufgerichtet hatte, drückte der Junge das Tier noch einmal kräftig aus, und als kein Tropfen Blut mehr floss, warf er es in die Luft, zum Zeichen, dass sein Lebenszweck erfüllt war. Während Samantha noch auf das Loch und das Blut starrte, spürte sie auf einmal einen warmen Atem in ihrem Haar, und gleich darauf flüsterte ihr der Mann, der sich kurz zuvor vor sie gestellt hatte, mit heiserer Stimme einige unverständliche Sätze ins Ohr. Erschrocken sah Samantha ihn an. Sein Gesicht schien wirr, und aus seinen Augen sprachen Spott und Bosheit.

Was er gesagt hatte, sollte sie erst viele Jahre später erfahren. Aber da war es bereits zu spät, um umzukehren, denn zu diesem Zeitpunkt war sie längst mit Xaver zusammen.

Genau an diese Szene musste Samantha denken, als sie jetzt in ihrem Zimmer stand und ihre Mitbringsel betrachtete. Nachdem sie Ouidah verlassen hatte und weiter ins Hinterland und in die Savanne gereist war, war der erste Schock überwunden, und sie hatte beschlossen, die ganze Sache zu vergessen. Natürlich hatte es sie bei der Erinnerung an das Opferritual geschaudert, sie gehörte jedoch nicht zu den Frauen, die sich davon den Schlaf rauben ließen. Erst als sie zu einem Fetischmarkt kam und sich wie besessen auf die angebotene Ware stürzte, getrocknete Tierhäute, Holzpuppen mit Perlenketten um den Hals und in den Ohren, ausgestopfte Eulen, und sogar einen schwarzen Totenschädel mit nach Hause nehmen wollte, bemerkte sie, dass sie dabei war, sich zu verändern.

Rund zehn Jahre waren seitdem vergangen, und sie war langsam aber stetig die Karriereleiter nach oben geklettert. Nur mit den Männern wollte es nicht klappen, bis sie im Januar vor mehr als zwei Jahren Xaver kennen und lieben gelernt hatte. Und es war genauso gewesen, wie sie der Polizei erzählt hatte: Er war sehr eloquent, zuvorkommend, ein Gentleman der alten Schule. Als sie durch die Flure zu ihrem Seminarraum gingen, hielt er ihr die Türen auf. In der Pause lud er sie zum Essen ein und bot ihr später an, sie nach Hause zu fahren. Dabei erzählte er kleine Anekdoten, hörte aber auch sehr interessiert zu. Bis er sie in Passau in ihrer Wohnung abgesetzt hatte, war sie schon in den Klang seiner Stimme und den Duft seiner Haut verliebt. Am meisten aber gefiel ihr, dass er ein Mann war, dem es überhaupt nichts ausmachte, wenn eine Frau beruflichen Erfolg hatte. Im Gegenteil, er schätzte ihre Unabhängigkeit und die Tatsache, dass sie ihr eigenes Geld verdiente. Als sie sich verabschiedeten, küsste er sie auf jede Wange und stieg in seinen silbernen BMW, und das Letzte, was sie sah, war sein Kennzeichen. PA-XM-888.

Zwei Tage später rief er an und fragte, ob sie Lust habe, am Wochenende mit ihm essen zu gehen. Wenn ja, würde er einen Tisch bestellen und sie abholen. Samantha antwortete, dass sie erst noch ihrem Vater, dem sie versprochen hatte, zu kommen, Bescheid geben müsse. Xaver versprach, pünktlich zu sein, und sagte dann eine halbe Stunde vor der vereinbarten Zeit ab. Ihm sei etwas Wichtiges dazwischengekommen, sie würde das doch verstehen, und er wisse nicht, wie lange der Termin dauern würde. Worum es sich handelte, sagte er nicht. Samantha war enttäuscht, aber damals glaubte sie ihm noch. Und so antwortete sie, sie bleibe dann eben zu Hause. Drei Stunden später stand er mit zwei Flaschen Rotwein vor der Tür, lächelte und küsste sie ungefragt auf den Mund. Samantha war wie verzaubert, und als sie bei der zweiten Flasche angekommen waren, lag sie willenlos in seinen Armen. Er war ein Mann, der wusste, was eine Frau wollte und brauchte, und so hatte sie ihm bald nichts mehr entgegenzusetzen. Es hätte alles so schön sein können – aber Xaver kam und ging, wie es ihm passte. Mal wartete er vor ihrer Tür, kaum dass sie müde und hungrig aus dem Museum nach Hause kam, und sagte, er habe keine Lust zu essen, er wolle lieber mit ihr Tango tanzen. Dann wieder sagte er Verabredungen ab oder meldete sich tagelang gar nicht.

Weil sie ihrem Vater immer öfter absagen musste, fragte der irgendwann nach, und Samantha begann, ihm von Xaver zu erzählen.

„Er ist ein wunderbarer Mann“, sagte sie verliebt.

„Er ist nicht ehrlich zu dir“, antwortete der Vater nüchtern, und die beiden begannen zu streiten.

Das ging solange, bis Samantha selbst misstrauisch wurde und sich schließlich von Xaver trennte.

Erst da fielen ihr erneut die Worte der jungen Frau aus dem Hotel in Benin ein: „Wenn du an einem Altar stehst, auf dem Tiere geopfert werden und Blut fließt, dann hüte dich vor jedem, der dir ins Ohr flüstern will. Und wenn es doch jemand tut, dann frage auf keinen Fall nach, was er damit gemeint hat!“

Und da wusste sie plötzlich, wovor die Frau sie gewarnt hatte. Samantha hatte seinem Blick standgehalten, hatte ihn angesehen, obwohl sich seine Miene mehr und mehr verfinsterte, und dann hatte sie es nicht mehr ausgehalten und ihn angeschrien: „Was soll das? Was wollen Sie von mir?“

Samantha begann im Internet zu recherchieren und stieß schließlich auf eine Voodoopriesterin. Sie hieß Domenika, lebte in Haiti und versprach, nachdem Samantha ihr den Vorfall geschildert hatte, den bösen Blick des Mannes von ihr zu nehmen. „Lassen Sie mich für Sie ein Voodooritual vollziehen, das Sie in dieser schwierigen Situation unterstützen kann“, hatte sie ihr angeboten, womit sie vor allem ihre Schwierigkeiten mit Xaver meinte. „Sie wurden verwünscht, daher haben Sie kein Glück mit den Männern“, schrieb sie, und auch: „Sie brauchen sich nicht zu fürchten, Ihnen kann nichts passieren!“

Wieder hielt Samantha den Brief in der Hand. Sie suchte nach einem Ansatz, sie wollte wissen, ob sie einen Fehler gemacht hatte.

„Der Umgang mit Voodoo ist kraftvoll und äußerst effektiv. Was Sie beachten und wie Sie sich während des Rituals verhalten sollten, teile ich Ihnen schriftlich mit.“

Zur Durchführung hatte sie lediglich den vollen Namen, Geburtsdaten und Fotos der beteiligten Personen angefordert. Samantha hatte sich alles genau angesehen und den Brief dann unbeantwortet in die Kommode gelegt. Letztlich glaubte sie einfach nicht, dass der junge Mann in Benin für ihr Unglück verantwortlich war.

Xaver war das Problem, und daher hatte sie ein Foto von ihm auf den Kopf einer der mitgebrachten Voodoopuppen geklebt. Sein Verhalten hatte sie verletzt und für das Ritual zugänglich gemacht. So hatte sie mehrere Nadeln in den mit Stoff überzogenen Körper gestoßen, und bei jedem Stich, den sie setzte, einen Fluch ausgesprochen. Das war einige Monate her, und sie hatte schon lange nicht mehr an dieses Ereignis gedacht. Erfolgreich hatte sie Xaver in der Zwischenzeit vergessen. Bis zu dem Tag, an dem er sie anrief, um sich mit ihr zu treffen.

Langsam zog Samantha jetzt Nadel für Nadel aus der Puppe. Es musste ein Zufall gewesen sein, dass er ausgerechnet mit einer Partisane erstochen wurde, hoffte sie, und zögerte, bevor sie auch die letzte Nadel entfernte. Sie schien ungewöhnlich fest zu stecken, so als hätte sie einen Widerhaken, so als sei sie noch nicht willig, entfernt zu werden. Samantha zog fester, und als die Nadel endlich nachgab und aus dem Stoff rutschte, hinterließ sie ein tiefes Loch im Bauch der Puppe. Vor Schreck wurde Samantha ganz flau, und die Puppe glitt aus ihren Händen. Auf dem Kopf klebte noch immer das Foto von Xaver. Im rötlichen Licht der Lampe flackerte sein Blick und sah sie beinahe vorwurfsvoll an. Samantha bückte sich, hob die Puppe auf und riss das Foto herunter. Was auch passieren würde, Xaver Mautzenbacher hatte von nun an keine Macht mehr über ihr Schicksal.

„Er war es!“, erklärte Franziska euphorisch und biss herzhaft in eine Pizzaecke mit reichlich Salami und Oliven. Seit sie Meistersänger die Tat theoretisch nachgewiesen hatte, war sie in bester Laune. Wenn der Fondsmanager der Täter war, dann war Walter entlastet, und wenn Walter entlastet war, dann ...

„Ihre Darstellung der Tat klang wirklich plausibel, aber noch haben wir sie ihm nicht nachgewiesen“, mahnte Hauptkommissar Schneidlinger und griff dann selbst nach einem Stück Pizza. „Wenn er einen guten Anwalt hat, und davon gehe ich aus, dann liegt noch ein gutes Stück Arbeit vor uns, bis wir ...“

„Bis wir was?“, hakte Franziska nach und legte ihre Pizza in die Verpackung zurück, damit sie besser argumentieren konnte.

„... bis wir zumindest einige stichhaltige Beweise dafür gefunden haben, dass Mautzenbacher ihn tatsächlich erpresst hat!“ Schneidlinger legte seine Pizza ebenfalls beiseite, wischte sich die Finger an einer Serviette ab und nahm sich einen Zettel. „Es hat keinen Sinn, dass wir uns in *Vielleichts* ergehen. Wir brauchen Informationen über seine Geschäfte, müssen wissen, warum er so großzügig sein kann.“

„Das ist der richtige Job für Obermüller und Gruber“, wusste Franziska, nahm die Pizza wieder in die Hand und warf einen Blick auf die Uhr. „Wo bleiben die beiden eigentlich so lange?“

„Hast du ihnen Bescheid gesagt?“, fragte Hannes, und seine Stimme verriet, dass er nicht sicher war, ob das nicht sein Job gewesen wäre.

„Ja, und wenn es etwas zu Essen gibt ...“

In dem Moment ging die Tür auf, und Obermüller kam herein. Ungefragt griff er nach der Pizza. „Ein Hoch auf den edlen Spender!“, lobte er und schob sich ein großes Stück in den Mund. Gleich darauf warf er kauend in den Raum: „Ich hab mit der Wohnungsverwaltung gesprochen und war bei der Arbeitsagentur!“

„Und?“ Alle Blicke richteten sich auf ihn. Doch Obermüller schluckte erst einmal in aller Ruhe sein Essen hinunter und grinste dann in die Runde. Er genoss es stets, wenn alle Aufmerksamkeit auf ihn gerichtet war.

„Die Wohnung hat er im September vor drei Jahren angemietet, seine Miete zahlte er pünktlich. Bei der Arbeitsagentur war Mautzenbacher allerdings nicht gemeldet. Er hat sich dort auch nie um einen Job beworben.“

„Er hat also gar keine Arbeit gesucht.“ Franziska war nicht wirklich verwundert.

„Zumindest nicht übers Amt“, antwortete Obermüller der jungen Kollegin und nahm sich das nächste Stück Pizza.

„Angeblich ging er zu Vorstellungsgesprächen“, steuerte Hannes bei.

„Als was eigentlich?“ Schneidlinger blickte Hannes interessiert an.

„Das wusste der Nachbar auch nicht“, sagte Hannes und zuckte mit den Schultern. „Im Prinzip wusste der ohnehin nichts Brauchbares.“

„Samantha Halmgaard sagt, er wäre als Vertreter unterwegs gewesen.“ Franziska blätterte in ihrem grünen Notizbuch und fand die Aussage. „Außerdem hat sie ihn bei einem Seminar in München kennengelernt. Irgendwas in Richtung Fortbildung für leitende Angestellte. Wie werde ich ein guter Chef oder so.“ Unbewusst blickte sie Schneidlinger an, bevor sie fortfuhr. „Wenn er arbeitslos war, was hat er dann bei einem solchen Seminar gemacht?“

„Seminare sind eine gute Möglichkeit, um Frauen kennenzulernen“, wusste Schneidlinger und sicherte sich damit die Aufmerksamkeit der anwesenden Männer. Ohne eine weitere Erklärung anzufügen, wechselte er das Thema. „Auf jeden Fall hat er den Nachbarn mit seiner Mitleidsmasche ganz schön geblendet!"

„Ich bin mir nur noch nicht sicher, ob er eine oder mehrere Strategien verfolgt hat", warf Franziska ein und erntete für diesen Kommentar fragende Blicke. Die anderen waren noch nicht so weit.

„Ich meine seine Masche. Die Mitleidsnummer funktionierte bei seinem Nachbarn Willi Geiler, weil der ihn bedauerte, und bei Günther Meistersänger, weil er ihm Geld gab – ob freiwillig oder nicht, sei mal dahingestellt. Bei Samantha Halmgaard gibt es drei Möglichkeiten: Entweder zog er bei ihr die gleiche Nummer ab und sie will uns nicht gestehen, dass sie ihn ausgehalten hat", sie sah kurz in die Runde, um sich die gesamte Aufmerksamkeit der Kollegen zu sichern, „oder er hatte tatsächlich einen Vertreterjob, den er den anderen beiden verschwieg. Letzte Möglichkeit ist, dass das Geld von Meistersänger ausreichte, um ihr vorzumachen, er hätte einen Vertreterjob."

Es war still im Dezernat, bis Hannes einwarf: „Auch dafür gibt es ein Für und Wider. Er wollte ja wohl nicht, dass sie in seine Wohnung kam. Weil er sie ihr nicht zeigen wollte, oder weil er wirklich unterwegs war?"

„Ich glaube Samantha Halmgaard. Mautzenbacher hat sich an sie rangemacht und den Kavalier gegeben. Vielleicht hat sie tatsächlich für ihn bezahlt, und jetzt will sie es nicht zugeben. Aber zumindest hat sie für ihr Geld etwas bekommen." Franziska blickte um Zustimmung suchend zu Schneidlinger. Doch der guckte ziellos im Raum herum. Es kam ihr vor, als müsse er das Bild, das er von seiner ehemaligen Mitbewohnerin hatte, mit dem der Direktorin abgleichen.

„Meistersänger dagegen hat als Zahlungsgrund nur Mitleid anzubieten", erklärte Franziska, als ihr der Hauptkommissar doch noch in die Parade fuhr und nüchtern feststellte. „Das reicht mir einfach noch nicht!"

„Ganz schön kompliziert, so ein Leben als Betrüger", überlegte Hannes laut und nickte dann, als wenn er sagen wollte: meine Hochachtung!

„Als Diplompsychologe hat Mautzenbacher bestimmt gelernt, die Menschen zu durchschauen und ihnen das zu erzählen, was sie hören wollen", fügte Obermüller, der sich nach dem siebten Stück Pizza den Mund abgeputzt hatte, den Spekulationen hinzu.

„Wie kommst du darauf, dass er Diplompsychologe war?" Franziska sah den Ermittler durchdringend an.

„Oh, hab ich das vergessen zu erwähnen?" Obermüller grinste wieder und hob dann abwehrend die Hände. „Sorry!"

„Woher weißt du das?"

„Steht im Mietvertrag."

„Hm ..." Franziska atmete tief durch und schloss dann kurz die Augen, um die neuen Erkenntnisse zu verarbeiten. „Da könnte natürlich alles stehen."

„Aber warum sollte er ausgerechnet im Mietvertrag behaupten, dass er einen einträglichen Beruf hat, und bei allen anderen Menschen den Eindruck erwecken, er sei ein armer, mittelloser Mann, der dringend Unterstützung braucht?", fragte Schneidlinger und fügte die Antwort gleich hinzu. „Weil er wirklich Diplompsychologe war und sich mit der Auskunft im Mietvertrag seinen letzten Rest an Ehrgefühl bewahren wollte!"

„Und was ist mit seinem Diplom? Es wurde ja weder in den Autos noch in der Wohnung etwas gefunden, was auf einen derartigen Lebenslauf hinweist", stellte Hannes fest.

„Vernichtet. Wenn er glaubwürdig sein wollte, dann hat er alles vernichtet, sonst hätte es ja jemand entdecken können", meinte Schneidlinger.

„Wir müssen auf jeden Fall herauskriegen, ob der Meistersänger wusste, dass Mautzenbacher Psychologe war. Ich sehe nämlich langsam einen ganz neuen Zusammenhang", frohlockte Franziska.

Hannes schaute sie überrascht an. „Ach!"

„Ja, klar! Habt ihr nicht bemerkt, wie wankelmütig Meistersänger ist? Was, wenn der bei Mautzenbacher in Behandlung war und der ihn, nachdem er wusste, wie erfolgreich sein Klient ist, erpresst hat? Am Ende hat der Meistersänger dem Mautzenbacher den Stoff dafür selbst geliefert! Ich meine, einem Seelenklempner vertraut man ja so manches an ..."

„Und das hat Meistersänger wiederum veranlasst, sich diesen lästigen Mitwisser vom Hals zu schaffen", vollendete Hannes die Überlegung.

Mit erhobenen Händen setzte Schneidlinger allen Vermutungen ein Ende. „Dann werden wir jetzt in zwei Richtungen ermitteln. Zum einen werden Sie alles herausfinden, was belegt, wann und wo Mautzenbacher praktizierte oder sonst wie mit Patienten zu tun hatte", er blickte zu Obermüller, „und zum anderen, wie besprochen, alles über Meistersänger und seine Geschäfte!"

Nach seinem Schlusssatz und der allgemeinen Verabschiedung stand Schneidlinger auf und verließ das Zimmer. Zurück blieben ein halbes Dutzend leere Pizzaschachteln und der erkaltende Geruch eines schnellen, fettigen Essens. Von den Gesichtern konnte man ablesen, wie gedanklich verschiedene, teils absurde, teils waghalsige Ideen zur Lösung des Falls entstanden und wieder verworfen wurden. Noch war es niemandem möglich, Ursache und Wirkung in dieser Geschichte zu verstehen, aber eine ganz schwache Ahnung sagte den Kommissaren, dass sie auf dem richtigen Weg sein könnten.

An diesem Morgen war Franziska dermaßen gut drauf, dass sie gleich nach dem Aufwachen vor sich hin singend durch die Wohnung tanzte. Sie war so glücklich, wie lange nicht mehr, und das nur, weil sie in der Nacht von Walter geträumt hatte. Er hatte sie im Arm gehalten, und noch nach dem Aufwachen hatte sie ihn gespürt, so als wäre er wirklich bei ihr gewesen.

Frisch geduscht, mit einer großen Schale Müsli im Magen und zusammengebundenen Haaren beschäftigte sie sich auf dem Weg ins Büro mit der Frage, wie sie allein der Traum von einem Mann so glücklich machen konnte, als sie plötzlich von hinten angeschubst wurde.

„Ach, Ramona, ich dachte schon du wärst ..."

Walter wollte sie sagen, verkniff es sich aber im letzten Moment.

„Ich muss mit dir reden", stöhnte die ältere Kollegin und sah Franziska flehentlich an.

„Ist was mit den Mädels?" Ramona war keine Frau, die jammerte. Und wenn doch, dann hatte es meist mit ihren beiden pubertierenden Töchtern zu tun. Daher rechnete Franziska mit dem Schlimmsten.

„Nein, mit meinen Mädchen ist alles in Ordnung." Ramona schüttelte zur Bekräftigung den Kopf. „Robert ist zurück!"

Franziska begann in ihren von Hormonen gefluteten Erinnerungen zu kramen, wurde aber nicht fündig. „Wer bitte ist Robert?"

„Der Vater meiner Töchter!"

„Aber ich dachte, es gibt keinen Vater!"

Resigniert schüttelte Ramona den Kopf. „Liebe Franziska, vielleicht glaubst du ja noch an Bienchen und Blümchen, aber irgendwann ..."

„Ja, klar! Spar dir das für deine Mädchen auf!" Dann lachte Franziska hell auf, weil sie bei dem Gedanken daran, wie

Kinder gezeugt wurden, schon wieder an Walter denken musste. „Und jetzt ist der verschollene Vater ganz plötzlich wieder aufgetaucht?“

Ramona stöhnte erneut. „Ja. Weil er sich nach Familie sehnte, nach einem warmen Nest und einer Frau, die ihn verwöhnt!“

„Ach du Scheiße!“, entfuhr es Franziska und dann fügte sie mitleidig hinzu. „Du Ärmste!“

Ramona nickte, sah dann aber das Funkeln in den Augen der jungen Kommissarin und knuffte sie beleidigt in die Seite. „Wer den Schaden hat, braucht für den Spott nicht zu sorgen, was?“ Jetzt grinste auch Ramona.

„Genau, und immerhin hast du jetzt einen Mann im Haus! Den hast du dir doch so gewünscht.“

„Och“, Ramona verdrehte die Augen zum Himmel. „Aber doch nicht so!“

„Wie lange will er denn bleiben?“

„Keine Ahnung. Samstagfrüh stand er auf einmal vor meiner Tür. Ich habe ihn erst gar nicht erkannt.“

„Hat er sich sehr verändert?“ Franziska hatte sich gegen die Wand im Flur gelehnt und schenkte Ramona ihre ganze Aufmerksamkeit.

„Na ja. Wir werden alle älter. Aber eigentlich sieht er nicht schlecht aus.“ Ramona grinste anzüglich und fügte dann leise hinzu: „Doch, er ist wirklich gut in Schuss. Er muss in den letzten Jahren viel gearbeitet haben. Ich meine körperlich. Und er ist tätowiert!“

„Wo?“

„Franziska!“

„Na, sag schon!“

„Am Rücken und ...“ Ramona flüsterte jetzt so leise, dass Franziska sie kaum verstehen konnte.

„Demnach hast du ihn also schon ausgepackt!“

„Was sollte ich machen, er schläft in meinem Bett.“

„Du gehst ja ganz schön ran."

„Er war fünfzehn Jahre weg! Und seither ..."

„Wer war fünfzehn Jahre weg?" Obermüller hatte sich unbemerkt von hinten an die beiden Frauen herangeschlichen und stand jetzt mit neugierigem Blick vor Ramona, bereit, sich den neuesten Kollegentratsch anzuhören.

„Keiner! Ist privat", erklärte Franziska ungerührt und musterte Obermüller, der sich zu seiner ganzen Größe aufgeplustert hatte. Franziska war sich sicher, niemand könnte Obermüller jemals umhauen. Dabei kam ihr der Gedanke, dass Ramona im Notfall ja vielleicht Obermüller bitten könnte, den ungebetenen Gast zum Gehen zu überreden. Wenn sie das denn überhaupt wollte ...

„Na gut, wenn ihr nicht teilen wollt ...", beleidigt zog Obermüller die Schultern hoch und drehte sich langsam um. „Dann behalte ich meine Neuigkeiten eben auch für mich."

„Hey, Obermüller. Jetzt warte doch mal!" Franziska nahm den älteren Kollegen am Arm, zwinkerte Ramona kurz zu und ging mit ihm gemeinsam durch die Glastür.

Grinsend sah er sie an. „Na bitte, geht doch!" Er schob Franziska in ihr Büro und ließ sich wie selbstverständlich auf Hannes' Schreibtischstuhl nieder, während der noch dabei war seine Jacke aufzuhängen.

„Gibt es in deinem Leben etwa auch eine neue Frau?", frotzelte Franziska, während sie die Tür schloss.

Obermüller grinste noch breiter und fragte dann: „Wer von euch hat denn einen Neuen, du oder Ramona?"

„Keine", antwortete Franziska wahrheitsgemäß.

„Okay, ich auch nicht."

„Ach, Obermüller, jetzt sei doch nicht so. Erzähl schon!" Franziska beugte sich zu ihm vor und sah ihm fest in die Augen. Sie war schon immer gut darin gewesen, dem Kollegen zu schmeicheln. Vor allem, wenn sie etwas von ihm wollte.

„Also gut! Es ist mal wieder nicht so, wie du denkst." Doch bevor Franziska ihren üblichen Spruch zu diesem Satz abspulen konnte, fuhr er schon fort. „Bei mir hat sich heute eine Zeugin gemeldet. Und sie scheint verdammt nett zu sein."

„Wow, Obermüller! Du stehst auf Telefonsex!"

Franziska zwinkerte dem Kollegen frech zu. Verlegen schüttelte Obermüller den Kopf und fuhr dann sachlich fort.

„Frau Doktor Susanne Tröger ist Zahnärztin in Grafenau, und, wie sie behauptet, die Lebensgefährtin von Xaver Mautzenbacher. Sie vermisst ihn seit einer Woche."

„Obermüller! Wenn das mal keine gute Nachricht ist!"

Franziska setzte sich an ihren Schreibtisch und griff nach einem Stift. Dann schrieb sie den Namen der Frau auf und wartete darauf, dass Obermüller ihr die Adresse gab. „Du sagtest Lebensgefährtin. War es was Festeres?"

„Sie sagt, ja. Sie hat ein Haus in Grafenau."

„Trennt sich von der einen und zieht zur anderen. Nicht schlecht! Von der Direktorin aus dem Oberhaus zur Zahnärztin nach Grafenau", warf Hannes ein.

„Tja. Wer kann, kann. Bleibt die Frage, warum er dann überhaupt diese schäbige Wohnung brauchte".

„Das könnt ihr ja die Frau Doktor fragen. Ich habe ihr gesagt, ihr würdet heute noch vorbeikommen", erläuterte Obermüller und lehnte sich zufrieden in Hannes' Schreibtischstuhl zurück.

„Sehr gut, Obermüller!", lobte Franziska und sah Hannes an.

„Versteh einer die Frauen! Kaum protzt so ein Kerl mit Dingen, die er gar nicht hat, schon liegen sie ihm zu Füßen", resümierte er mit einer ordentlichen Portion Unmut in der Stimme.

„Falls ich dich daran erinnern darf: Dafür ist der beneidenswerte Mann ja auch tot", stellte Franziska nüchtern fest und stand von ihrem Platz auf. Hannes nahm seine Jacke wieder vom Haken und folgte Franziska.

Obermüller sah ihnen nach und schmunzelte. „Ihr seid ein so schönes Paar!“

„Wenn du ihn auch nur mit einer Silbe einweihst ...“, drohte Franziska, sobald sie außer Hörweite waren.

„Würde ich doch nie ...“

„Würde ich dir auch nicht raten!“

„Wollt ihr weg?“, fragte Annemarie Michl ein wenig enttäuscht, als die beiden Kommissare an Ramonas Schreibtisch vorbeihuschen wollten. Ihrem Blick nach zu urteilen, hatte Ramona auch ihr von Problem-Robert erzählt.

„Ja, wir haben einen Hinweis.“ Franziska musterte Annemarie und sah sie dann erwartungsvoll an. „Gibt es neue Erkenntnisse aus der Kriminaltechnik?“

„Ja und nein“, erklärte Annemarie ungewohnt einsilbig.

Franziska warf einen Blick auf ihre Uhr und begann zu drängeln. „Na, komm schon, mach es nicht so spannend!“

„Es ist gekommen, wie ich befürchtet habe. Die Lanze wimmelt nur so von Fingerabdrücken, aber in der Mitte, da wo die Waffe vermutlich während der Tat berührt wurde, konnten wir nur Fragmente und damit nichts Verwertbares sichern.“

„Das heißt, die Lanze ist als Beweis nutzlos?“

„Fast. Das Einzige, was uns die Lanze erzählt hat, ist, dass Xaver Mautzenbacher sie in der Hand hielt, und dass die Fingerabdrücke, die sonst noch auf der Lanze waren, nach vorn verwischt und so unbrauchbar gemacht wurden. Absichtlich oder nicht. Es sieht auf jeden Fall so aus, als wäre das Opfer dem Täter entgegen und damit direkt in die Waffe gelaufen."

„Das würde bedeuten, dass er den Täter nicht nur kannte, sondern auch nichts Schlimmes von ihm befürchtete", schlussfolgerte Franziska. „Sonst wäre er doch ausgewichen."

„Könnte ich mir vorstellen!"

„Jemand, den er kannte und von dem keine Gefahr ausging – vielleicht Günther Meistersänger?", rief Franziska erfreut aus. „Denn den hatte er jahrelang erfolgreich erpresst und erwartete von ihm nicht, dass er sich auf einmal wehren würde."

Doch als sie zu Hannes hinüber sah, guckte der sie nur mit diesem Blick an, der sagte: Ich weiß, warum du dich so freust. Aber freu dich nicht zu früh!

„Was ist mit den anderen Abdrücken?", wandte Hannes sich schließlich an Annemarie.

„Die habe ich gesichert. Schneidlinger will heute noch die Liste."

Franziska räusperte sich. „Wer gehört dazu?"

Annemarie lächelte nachsichtig. „Kann ich noch nicht sagen, aber bis zum Mittag müsste ich fertig sein."

Gespannt auf die Lebensgefährtin von Xaver Mautzenbacher bogen Franziska und Hannes eine knappe Stunde später in eine Seitenstraße des Grafenauer Stadtplatzes ein.

Franziska wusste, dass Männer gern ein- und demselben Frauentyp treu blieben, und da sie Samantha Halmgaard kannte, rechnete sie bei der Zahnärztin mit einer ähnlichen Erscheinung. Doch bis auf die langen braunen Haare hatte Susanne Tröger mit der Direktorin aus dem Oberhaus nicht viel gemeinsam. Sie war eine große Frau, sehr schlank und tief gebräunt. Die Mittdreißigjährige hatte versucht, die tiefen Schatten unter ihren Augen mithilfe eines Concealers zu retuschieren, was ihr aber nur teilweise gelungen war. Die Trauer in ihrem Gesicht ließ sie älter wirken, als sie in Wirklichkeit war, daran konnte auch ihr jugendliches Hemdblusenkleid in einem warmen Schokoladenbraun nichts ändern. Sie trug flache Sommerschuhe und an der rechten Hand einen schlichten goldenen Ring mit einem kleinen funkelnden Diamanten, den Franziska sofort wiedererkannte.

„Das kann einfach nicht wahr sein!", erklärte Susanne Tröger fest und lächelte die beiden Kommissare unbeholfen an. Susanne Tröger hatte die beiden in ihre Praxisräume gebeten und führte sie gerade den Flur entlang bis zu einer modernen Wendeltreppe aus hellem Holz und Edelstahl.

Franziska hasste Situationen wie diese. Zu lernen, wie man sich in Gegenwart eines Trauernden benimmt, war eine Sache. Sich auf die jeweilige Person mit ihrem ganz eigenen Verhalten einzustellen, eine andere.

Daher war sie auch froh drüber, dass die Zahnärztin ihr keine Zeit zum Antworten ließ und stattdessen mit der rechten Hand einladend auf die Treppe zeigte, nur um dann selbst voranzugehen.

„Männer wie Xaver gibt es nur ganz wenige!" Abrupt war die Frau stehen geblieben, hatte sich umgedreht und sah jetzt mit einem strahlenden Lächeln auf die beiden Kommissare herab. „Es kann sich bei Ihrem Anliegen also nur um eine Verwechslung handeln!"

„Frau Doktor Tröger, es tut mir wirklich sehr leid, aber ..."

Doch die Zahnärztin schien an einer Begründung nicht interessiert. Ohne ihre Besucher zu beachten, setzte sie ihren Weg nach oben fort. Franziska warf Hannes einen schnellen Blick zu. Auch ihm sah man an, dass er inzwischen mit allem rechnete.

Die meisten Hinterbliebenen wollten es im ersten Moment nicht wahrhaben, suchten nach Gründen, warum es einfach nicht sein konnte, dass der geliebte Mensch auf einmal nicht mehr da war. Insofern waren Hannes und Franziska auch nicht verwundert, dass die Zahnärztin, kaum dass sie das Wohnzimmer erreicht und die beiden Kommissare auf dem Sofa Platz genommen hatten, den Raum hektisch wieder verließ.

„Sie müssen durstig sein nach der langen Fahrt", erklärte sie lächelnd, als sie mit einem Tablett, auf dem Gläser und Saftschorle standen, zurückkam.

Franziska nickte und sah zu Hannes hinüber, der die Zeit genutzt hatte, um ein wenig im Wohnzimmer herumzulaufen und mittlerweile ein Foto aus dem Regal in der Hand hielt. Darauf lächelten Susanne Tröger und Xaver Mautzenbacher in jenem leicht verzerrten Winkel, der entsteht, wenn man die Kamera ein Stück weghält und sich selbst fotografiert. Er trug ein dunkles Sakko und ein weißes Hemd, während Susanne Tröger ein Sommerkleid mit vielen Pailletten anhatte. Besitzergreifend hatte er den Arm um sie gelegt.

„Das war auf dem Baumwipfelpfad in Schönberg. Das ist schrecklich hoch, aber Xaver mag solche Sachen", erklärte sie und begann reihum einzuschenken.

„Waren Sie oft zusammen unterwegs?", fragte Franziska, um sie zum Weitererzählen zu bewegen.

Susanne Tröger wich ihrem Blick aus, als sie mit leiser Stimme antwortete. „Manchmal. Aber ich mag es lieber, wenn wir hier bleiben."

Franziska nickte und sah einen Moment auf den flauschigen Teppich unter dem Glastisch, der genau wie die Kissen in einem sanften Türkis gehalten war. „Sie haben es ja auch wirklich sehr schön hier."

„Danke, das ist sehr nett von Ihnen", versicherte die Gastgeberin, lächelte versonnen und fügte schließlich hinzu:

„Dieses Haus war wirklich ein Glücksgriff. Ich habe es vor fast genau neun Jahren gekauft und dann zuerst die Praxis und später die Wohnung ausgebaut. Es war in einem erbärmlichen Zustand, müssen Sie wissen. Aber es bot so viel Potenzial, um ein heimeliges Nest daraus zu machen."

Sie zeigte auf die Tür zum Balkon, der auf den Garten hinausführte, und nickte, als wolle sie beide zu einem Rundgang einladen.

„Und Herr Mautzenbacher?"

„Xaver ist sehr zufrieden. Er bekommt von mir alles, was er braucht. Für mich ist das selbstverständlich. Ich möchte ja nicht, dass er geht." Um Zustimmung heischend sah sie Franziska an. „Das macht man doch so, wenn man einen Mann halten will, oder?"

„Wie lange waren Sie und Herr Mautzenbacher zusammen?", fragte Franziska, um sich gar nicht erst auf eine derart persönliche Diskussion einzulassen.

„Im September werden es drei Jahre." Wieder überzog ein verklärter Blick ihr Gesicht, und die Kommissarin überlegte fieberhaft, wie sie der Frau nur klar machen konnte, dass der Mann, von dem sie die ganze Zeit so schwärmte, wirklich nicht mehr am Leben war.

„So lange schon ..." Franziska sah zu Hannes hinüber, doch der nickte nur. „Kennen Sie eigentlich Günther Meistersänger?"

Susanne Tröger blickte kurz auf ihre feingliedrigen Hände mit dem funkelnden Ring. „Nein. Wer soll das sein?"

„Vielleicht ein guter Freund von Herrn Mautzenbacher."

„Tut mir leid, Xaver stellt mir nie Freunde vor."

Franziska nickte. Langsam glaubte sie, Mautzenbacher zu durchschauen. Er hatte nicht nur Meistersänger erpresst, er lebte auch gut von der naiven Zahnärztin, der er am Ende ebenfalls den armen Schlucker vorspielte.

„Hatte Herr Mautzenbacher einen Beruf?"

„Aber natürlich, er …“, die Frau hielt inne und sah erst die Kommissarin und dann Hannes mit einem entsetzten Blick an. „Sie glauben, ich hätte Xaver ausgehalten? Sie meinen, ich hätte es nötig, mir einen Mann zu kaufen? Glauben Sie wirklich, ich hätte sonst keinen abbekommen?“

Mit jedem Satz, den sie den beiden entgegenschleuderte, wurde ihre Stimme schriller.

„Frau Tröger, wir möchten Ihnen wirklich nicht zu nahe treten, aber …“

„Xaver ist Vertreter! Und er verdient sehr gut. Er ist viel unterwegs, aber wenn er da ist, dann …“ Trotzig sah sie die beiden Gäste an und setzte dann ein unergründliches und ein wenig unheimliches Lächeln auf. „Xaver liebt mich! Und er liebt es, mich anzuziehen!“

Mit beiden Händen begann sie, den Saum ihres Kleides zu kneten, und als sie merkte, was sie damit anrichtete, versuchte sie, ihn schnell wieder glatt zu streichen.

„Er hat nun mal diesen Kleidertick. Andere Männer schauen Fußball oder reden in einem Fort von ihrem Auto. Xaver war da eben anders. Für ihn gab es nur Kleider und Schuhe, und ich, ich trug sie für ihn, wann immer er es wollte. Er freute sich dann immer so, und …“ Sie schloss die Augen, als wäre eine große Müdigkeit über sie hereingebrochen. Doch Franziska hatte genau hingehört und verstand, was in Susanne Tröger vorging. Zum ersten Mal, seit sie mit ihr sprachen, hatte sie von Xaver Mautzenbacher in der Vergangenheit gesprochen. Vielleicht hatte sie endlich akzeptiert, dass er nicht vermisst war, sondern wirklich tot.

Erschrocken musste sich Franziska gleich darauf eines Besseren belehren lassen.

„Das ist alles meine Schuld!“, schluchzte die Zahnärztin auf einmal. „Wenn ich nicht gewesen wäre, dann …“ Ein heftiger Weinkrampf hinderte sie am Weitersprechen.

Franziska und Hannes wechselten einen vielsagenden Blick. Sollte das etwa ein Geständnis sein? Hatte sie soeben die Tat reflektiert und war deswegen in die Vergangenheitsform gewechselt?

„Was wäre, wenn Sie nicht gewesen wären?“, fragte Franziska und berührte die weinende Frau vorsichtig am Arm. „Meinen Sie, dann wäre er noch am Leben?“

„Warum? Glauben Sie wirklich, dass er tot ist? Ich habe ihn doch nicht umgebracht. Es ist doch nur ... er wäre nicht gegangen – nicht so ... nicht so böse auf mich. Verstehen Sie? Er wäre nicht böse, weil ich ... weil ich so stur war!“ Ein weiteres Mal war Susanne Tröger laut geworden.

„Sie haben sich gestritten?“, versuchte es Franziska sachlich.

„Ja“, kam die kleinlaute Antwort. „Bestimmt kommt er deshalb nicht zurück.“

„Frau Doktor Tröger, Sie haben das noch immer nicht richtig verstanden. Xaver Mautzenbacher ist tot, er kann nicht mehr zu Ihnen zurückkommen!“

„Aber er würde doch bestimmt ...?“

„Ja, ganz bestimmt. Wenn er könnte, dann würde er.“

Franziska versuchte es mit einem aufmunternden Lächeln, obwohl sie das sichere Gefühl hatte, dass es fehl am Platz war. Langsam beruhigte sich Frau Tröger wieder, stand auf, holte sich ein Taschentuch und begann, sich umständlich die Nase zu putzen. Franziska beobachtete sie genau. Man konnte nie wissen, ob so ein Verhalten nicht nur ablenken sollte.

Nach einer Weile nahm die Zahnärztin wieder Platz, die Packung mit den Taschentüchern legte sie vor sich auf den Tisch. „Bitte entschuldigen Sie.“

„Frau Doktor Tröger, warum haben Sie mit Xaver Mautzenbacher gestritten?“

Ein verlegenes Lächeln huschte über ihr Gesicht. „Im Grunde ging es um nichts!“

„Aber Sie glauben, dass dieses ‚Nichts' der Grund dafür war, warum Herr Mautzenbacher gegangen ist."

„Ich weiß nicht, ob Sie das verstehen. Sie kennen Xaver ja nicht", überlegte sie laut, fügte dann hinzu: „Ich ... ich habe mich widersetzt!" Sie sah von Franziska zu Hannes, und als die beiden so gar kein Verständnis zeigten, stand sie auf. „Bitte, kommen Sie mit mir ins Schlafzimmer, dann zeig ich es Ihnen."

Selbst als die Kommissare eine ganze Weile vor dem sechstürigen Kleiderschrank im Schlafzimmer gestanden waren, wussten sie immer noch nichts zu sagen, so bizarr war das, was sich ihnen da bot. Ein ganzes Schrankabteil war ausgefüllt mit Unmengen von Schuhen, die vor allem eines gemeinsam hatten: Sie waren allesamt schwindelerregend hoch. Die nächste Schranktür verbarg eine Sammlung von Cocktailkleidern, mit dünnen Trägern, Strasssteinchen und tiefem Ausschnitt. Mit einem raschen Blick zur Seite musterte Franziska die schlanke Frau.

„Zu welchem Anlass trägt man so was?", fragte sie und ließ den dünnen Stoff durch ihre Finger gleiten.

„Es findet sich immer eine Möglichkeit", wich die Zahnärztin aus.

„Sie haben sich wegen der Kleider gestritten?"

Franziska konnte es einfach nicht verstehen.

„Im Grunde ... ja."

„Und dann?"

„Dann ist er gefahren. Einfach so. Seither habe ich Xaver nicht mehr gesehen. Ich habe ihn versucht anzurufen. Aber er geht nicht dran." Bis hierhin hörte sie sich ganz vernünftig an. Doch auf einmal schluchzte sie laut auf: „Er geht einfach nicht mehr an sein verdammtes Handy! Warum macht er das? Warum? Ich habe doch immer getan, was er von mir verlangt hat!"

Die Kommissarin zuckte mit den Schultern. „Wo waren Sie am Montagnachmittag?"

„Aber da war ich doch in meiner Praxis! Ich hatte Sprechstunde. Es war ziemlich voll, und am Schluss hatte ich noch eine Implantatssitzung. Oh, mein Gott!“, stieß sie auf einmal hervor und dann begann ihr schmaler Körper zu zittern, bis sie in Tränen ausbrach.

Franziska sah sie an, aber sie konnte zu diesem Zeitpunkt nicht ahnen, was diese Frau in den letzten Jahren durchgemacht hatte.

„Ist das nicht schrecklich traurig?“, fragte Franziska, kaum dass sie im Auto Platz genommen hatten. „Sie kann alles: studieren, doktorieren und ein Haus umbauen, und dann kommt so ein Typ, und schon lässt sie sich von ihm herumkommandieren und glaubt auch noch, es wäre die große Liebe.“

„Denkst du, sie hat was mit seinem Tod zu tun?“, fragte Hannes und sah zu, wie die Kollegin ihr grünes Notizbuch zur Hand nahm, um ein paar Eintragungen zu machen.

„Nein. Im Gegenteil. Sie fühlt sich ja sogar dafür schuldig, dass sie einmal Nein gesagt hat. Wozu auch immer ...“

„Und wenn sie uns nur was vorgemacht hat?“

Franziska schüttelte den Kopf, sah noch einmal auf ihre Notizen und zuckte dann mit den Schultern. „Dann müsste sie eine begnadete Schauspielerin sein.“

Sie schlug ihr Notizbuch zu, startete den Motor und fuhr zügig aus der Parkbucht, um sich in die Autoschlange einzufädeln. Nach einer Weile sah sie zu Hannes hinüber.

„Findest du eigentlich, dass Xaver Mautzenbacher aussah wie ein Mann, den man aushält?“

Hannes lachte belustigt auf. „Ich habe keine Ahnung, wie solche Männer aussehen!“

Franziska nickte ernst. „Du hast recht. Vermutlich gibt es überhaupt keine allgemeingültigen Merkmale für solche Männer. Es reicht, wenn die Frauen wissen, wofür sie bezahlen."

Hannes machte ein nachdenkliches Gesicht. „Ich wollte mich weder bezahlen lassen noch wollte ich eine Frau, die es nötig hat, das zu tun."

„Das ist genau das, worüber ich die ganze Zeit nachdenke", erklärte Franziska. „Warum gingen sowohl Samantha Halmgaard als auch Susanne Tröger davon aus, dass wir ihnen, als ich nach dem Beruf vom Mautzenbacher gefragt habe, unterstellen würden, er hätte sie nur genommen, weil sie ihn finanziell aushalten würden?" Franziska blickte kurz zu Hannes, konzentrierte sich dann aber wieder auf den Verkehr. „Ich meine, rein optisch hätten das beide bestimmt nicht nötig gehabt. Warum also sprechen sie so eine Unterstellung überhaupt an, wenn Xaver Mautzenbacher doch so gut verdient hat?"

„Weil er in Wirklichkeit eben nicht so gut verdiente! Sie haben ihn wahrscheinlich beide auf die eine oder andere Art bezahlt, wollen das uns gegenüber aber nicht zugeben." Hannes dachte kurz nach. „Am Ende haben sie vielleicht sogar seine Vertreterrolle nur erfunden, um ihm einen Status zu verleihen, den er in Wirklichkeit nicht hatte, der ihnen aber besser gefallen hätte."

„Du bist ein schlaues Kerlchen." Franziska nickte ihm anerkennend zu. „Ich glaube, du wirst es noch sehr weit bringen."

Hannes war sich nicht sicher, ob Franziska dieses Lob ernst meinte, und ging deswegen nicht darauf ein. „So könnte es jedenfalls gewesen sein. Aber wie kamen dann beide auf die gleiche Geschichte?"

„Entweder, weil es die Geschichte war, die Mautzenbacher seinen Damen aufgetischt hat oder, unwahrscheinlicher, weil sie sich kannten und sich abgesprochen haben."

„Na, ich weiß nicht!" Hannes war skeptisch.

„Immerhin tragen sie den gleichen Ring!" Die Kollegin lächelte verschmitzt bevor sie das Thema wechselte und Hannes aufforderte. „Jetzt ruf erst mal bei Obermüller an und frag ihn, ob er schon etwas über Mautzenbachers Berufsausbildung weiß. Damit wir außer Erzählungen auch mal ein paar Fakten zusammentragen können."

Zwar wusste Obermüller noch immer nichts über den beruflichen Werdegang ihres Mordopfers, dafür hatte er aber eine sensationelle Neuigkeit.

Stellt euch vor, bei mir hat sich gerade noch eine Lebensgefährtin von Xaver Mautzenbacher gemeldet. Sie heißt Katja Kesselmeyer und wohnt in Bad Füssing."

„Was? Was soll ..."

„Seid ihr noch dran?"

Franziska fing sich als Erste und rief in Richtung Handy: „Und wie hört sich diese Frau an?"

Hannes drücke Franziska das Handy ans Ohr.

„Die hört sich nicht nur nett an, die ist ein richtiges Prachtweib!" Obermüller schnalzte anerkennend mit der Zunge.

„Wie, das siehst du durchs Telefon?", hakte Franziska verdutzt nach.

„Was denkst du denn, wofür all diese hübschen Frauen ihre schönsten Bilder ins Netz stellen?"

Auf einmal hatte die Kommissarin eine Idee. „Hast du das bei Susanne Tröger auch gemacht?" Sie wollte wissen, ob die beiden sich ähnlich waren.

„Nee, die gibt's da nicht."

Schade, dachte Franziska, sah sich damit aber auch in ihrer Einschätzung bestätigt. Die Zahnärztin wirkte nicht wie eine Frau, die Fotos von sich im Internet feilbot.

„Puh! Die nächste schöne Frau also. Bin mal gespannt, ob die uns auch erzählt, dass sie es nicht nötig hätte, einen Mann durchzufüttern", lächelte Franziska, gab Hannes sein

Handy zurück und sah zu, wie er die Adresse ins Navi eingab.

„Vielleicht brauchen gerade schöne Frauen einen Mann, der ihnen sagt, was sie gern hören wollen."

„Aha. Hast du für diese wahnsinnige Theorie auch einen Beleg?", hakte Franziska misstrauisch nach.

„Ja. Du und dein Bühnenkünstler zum Beispiel. Du himmelst ihn an, weil er dir Sachen sagt, die du gern hörst. Dafür machst du sogar bei seinen Orgien mit."

„Jetzt lass mal Walter aus dem Spiel!", fuhr ihn Franziska aufgebracht an.

Hannes grinste. „Scheint bei euch ja nicht zum Besten zu stehen ..."

Franziska schüttelte den Kopf. „Wir haben einen Fall, und solange wir daran arbeiten ..."

„Aha! Sehr vernünftig", lobte Hannes und spottete dann weiter: „Nicht, dass du dein kleines Herz an einen großen Aufschneider verlierst!"

„Keine Sorge. Aufschneider haben bei mir keine Chance. Und außerdem passt du ja auf mich auf", entgegnete Franziska voller Sarkasmus.

„Das kannst du glauben. Bevor der dich kriegt, muss er erst einmal an mir vorbei." Hannes ließ das Fenster herunter. Trotz der Klimaanlage war es im Auto sehr heiß.

Franziska lachte und warf Hannes einen ungläubigen Blick zu. „Bist du eifersüchtig?"

„So ein Quatsch!", empörte sich Hannes schnell. „Ich bin nur besorgt um dich."

„Nein, du bist eifersüchtig! Sagt Walter übrigens auch."

„Bisher habe ich es nur gut mit dir gemeint", knurrte Hannes und schaute abweisend aus dem offenen Fenster. „Aber wenn dir das lästig ist, halte ich mich künftig raus."

Franziska ließ ihn schmollen. Doch nach einer Weile stieß sie ihn in die Seite. „Du, Hannes, ich finde es wirklich schön, dass du dich so um mich sorgst. Das ist ein verdammt gutes Gefühl."

Hannes sah sie lange an. „Willst du mich wieder verarschen?"

„Nein", entgegnete Franziska. „Das meine ich ganz, ganz ernst!"

Dann nahm sie kurz die rechte Hand vom Lenkrad und erhob sie zum Indianerehrenwort.

Als Nepomuk Wenzel geboren wurde, war seine Mutter Anna schon weit über vierzig. Sie war eine fromme Frau und hatte jeden Tag um einen Sohn gebetet, und als sie endlich erhört wurde, benannte sie ihn nach dem ersten Heiligen aus der böhmischen Heimat, der ihr einfiel. Sie verwöhnte und umsorgte ihn, während sein Vater Johann, der an der Passauer Universität Geschichte lehrte, zunächst nur wenig im Leben des Kleinen zu melden hatte. Nepomuk war Mamas Liebling. Wenn er etwas angestellt hatte, versteckte sie ihn hinter ihren Röcken, und als er älter wurde, ging sie arbeiten, damit es ihrem Bub an nichts mangelte. Dennoch war es der Vater, der den faulen Sohn durchs Abitur schleppte und seinen ganzen Einfluss geltend machte, um ihm einen Studienplatz zu besorgen.

Nepomuk wuchs mit vielen Vorurteilen und antiquierten Vorstellungen auf, und nicht wenige Kinder hätten unter einem solch seltenen Vornamen gelitten. Aber der kleine Wenzel ging einfach in Positur und verkündete: „Ja, wisst ihr denn nicht, dass ich direkt vom böhmischen König abstamme?" Und dann prahlte er mit dem Geschichtswissen, das er bei seinem Vater aufgeschnappt hatte, bis sich keiner mehr traute, etwas gegen ihn zu sagen.

Von da an nannten ihn viele hinter seinem Rücken nur noch König Wenzel, was ihn allerdings nicht ärgerte, sondern auf eine ausgezeichnete und vor allem sehr ertragreiche Idee brachte.

Kaum volljährig fuhr er in seinem alten Lieferwagen nach Prag und ließ sich bei einer Kostümbildnerin ein historisches Gewand auf den Leib schneidern. Danach suchte er sich einen günstigen Schreiner und gab einen goldenen Thronsessel in Auftrag. Jetzt brauchte er nur noch eine Perücke, Schuhe und Schmuck, und kurz darauf wurde die Passauer Altstadt seine neue Wirkungsstätte und Bühne.

Mit einer Genehmigung als Stadtführer, zu der ihm wieder einmal sein Vater verhalf, trat er fortan an den schönsten Plätzen der Stadt auf. Dort ließ er sich huldigen, pöbelte herum und erzählte den Gästen mit theatralischen Gesten und eindrucksvoller Stimme von den großen geschichtlichen Ereignissen der Stadt. Die Leidenschaft, mit der er seine Auftritte abhielt, waren bald legendär, und wenn er von der Kaiserhochzeit berichtete, dann war es, als würde die Braut Eleonore Magdalena Theresia noch einmal in einem mit weißen und blauen Silberfäden durchwirkten Seidenkleid ihrem sechsspännigen Brautwagen entsteigen, um von ihrem künftigen Mann, dem Kaiser, empfangen zu werden.

In den folgenden Jahren gab er sich vielen Studienfächern hin, brillierte aber in keinem so wie in seiner lebhaften Darstellung von Geschichten, wobei sein größter Auftritt ihm erst noch bevorstehen sollte.

„Schau dir das an!“, stöhnte Franziska sehnsüchtig und schaute aus dem Autofenster auf die Straßencaféidylle, auf die Tischgruppen unter Schatten spendenden Sonnenschirmen, Eisbecher und Sahnetorten. Sie hatten den inneren Stadtbereich von Bad Füssing erreicht und fuhren im Schritttempo durch die Fußgängerzone. Während das Navi ihnen die letzten Meter anzeigte, folgte Hannes ihrem Blick und blieb sofort bei einer jungen Bedienung im figurschmeichelndem Dirndl hängen. Ihr Tablett, das sie zu einer Gruppe Männer balancierte, war voll beladen mit Weizenstutzen: der Gerstensaft verlockend, der Schaum so üppig wie ihr Dekolleté.

„Oh, ja!“ Sein verträumter Blick folgte den Gläsern bis zu ihren Empfängern, die sie lachend anhoben, über der Tischmitte zusammenstießen und dann zum Mund führten. Jetzt schmeckte auch Hannes den herben Saft auf seiner Zunge und schluckte, als er die Täuschung erkannte.

„Ich glaube, wir sind da“, holte ihn Franziska aus seinen Weißbierfantasien und beugte sich ein wenig über das Lenkrad, um das altmodische Werbeschild sehen zu können. „Kesselmeyer Moden“, entzifferte sie wie ein Leseanfänger, bevor sie auf einen der ausgeschilderten Kundenparkplätze fuhr.

Vor dem Schaufenster blieb sie kurz stehen und warf einen Blick auf die ausgestellten Kleider und die dahinter liegenden Geschäftsräume.

„Ist doch eigentlich ganz nett hier“, urteilte sie und öffnete die Ladentür, welche die neue Kundschaft mit einem feinen Gebimmel begrüßte.

Im Inneren war es angenehm kühl, wenn auch wie ausgestorben. Irgendwo spielte leise ein Radio. Franziska ließ ihren Blick umherschweifen, während sie langsam zwischen den Kleiderständern hindurchschlenderte, bis sie die Mitte des Raumes erreicht hatte. Dort blieb sie stehen und musterte die aushängenden Sommerkleider. Sie waren sehr weiblich, mit tiefen Ausschnitten, Rüschen und Raffungen. Als hätte sie vergessen, dass Hannes hinter ihr herging, nahm sie ein Kleid mit großen Streublumen und einem weiten Tellerrock heraus. Bei der Vorstellung, es zu tragen, musste sie lächeln. Es wirkte wie ein Versprechen auf den Sommer!

Mit dem Kleid vor dem Busen sah sie sich suchend nach einem Spiegel um, und als sie keinen entdeckte, fragte sie Hannes: „Meinst du, das steht mir?“

„Sie sollten es anprobieren, es ist wie für Sie geschaffen!“

Franziska fuhr herum. Sie hatte nicht bemerkt, dass sich außer ihnen noch jemand im Laden befand, und war nun umso erstaunter. Vor ihr stand eine Frau Mitte dreißig, die selbst ein buntes Sommerkleid trug, das ihre weiblichen Rundungen verführerisch zur Geltung brachte. Ihre dunklen Locken hatte sie teilweise am Hinterkopf festgesteckt, und ihre Lippen waren in einem warmen Rot bemalt, was sehr gut zu ihrer leichten Bräune passte. Kokett lächelte sie Franziska an.

„Ich weiß nicht.“ Die Kommissarin zögerte. Sie war ja nicht zum Kleiderkaufen gekommen. Erst als ihr Obermüllers Kommentar wieder einfiel, erwiderte sie das Lächeln. Wenn das Katja Kesselmeyer war, dann war sie ein Prachtweib.

„Franziska Steinbacher von der Passauer Mordkommission. Das ist mein Kollege Johannes Hollermann“, stellte sie sich vor und zeigte dann auf Hannes. „Sie sind Katja Kesselmeyer?“

Die Frau nickte und schenkte ihr ein weiteres Lächeln. „Ja, Sie kommen sicher wegen Xaver. Kommen Sie.“ Mit sanft hin- und herwiegenden Hüften ging sie in ihren hohen Sandalen vor den beiden her und führte sie zu einer Sitzgruppe in einem Teil des Ladens, der mit einem roten Teppichboden ausgelegt war. Rechts und links gab es eine Reihe von Umkleidekabinen, deren Vorhänge aufgezogen waren. Um ihre Hände freizubekommen, hängte Franziska das Kleid in eine der Kabinen und setzte sich dann zu den anderen.

„Ich habe es erst vor zwei Stunden gelesen und dann gleich angerufen“, erklärte Katja Kesselmeyer, und ihr Blick streifte die Zeitung, die vor ihnen auf dem Tisch lag. „Es ist unfassbar. Ich meine, wer rechnet denn mit so was?“ Obwohl sie es als Frage formulierte, schien sie nicht mit einer Antwort zu rechnen.

„Erzählen Sie mir von Xaver Mautzenbacher. Was war er für ein Mann, welche Beziehung hatten sie zu ihm und vor allem: Was hat er beruflich gemacht?“

„Oh, das ist aber viel auf einmal.“ Katja Kesselmeyer richtete sich auf, zog die Zeitung heran und begann, darin zu blättern. Als sie die Seite mit Mautzenbachers Bild gefunden hatte, studierte sie sein Gesicht so aufmerksam, als spräche sie mit ihm.

„Xaver war ein ... Ja, wie soll ich Ihnen das erklären? Er war ein Herr. Ja. Ein richtiger Herr.“ Sie warf den beiden einen abschätzenden Blick zu, und als sie nicht reagierten, fuhr sie fort. „Er war der Mann, den ich brauche und der mir alles geben kann, wonach ich verlange.“ Noch einmal blickte sie auf sein Foto und faltete dann die Zeitung zusammen. „Aber er war nicht der Mann meines Lebens.“

„Wann haben Sie sich kennengelernt?“, fragte Franziska, über die Sehnsucht in Kesselmeyers Blick und die Gleichgültigkeit in ihrer Stimme zunehmend irritiert.

„Im November wären es drei Jahre geworden. Drei aufregende und sehr interessante Jahre.“ Katja Kesselmeyer lächelte. „Es war wirklich schön mit ihm, und glauben Sie mir, er hätte nicht gewollt, dass ich jetzt weine.“

Für Franziska war es nichts Ungewöhnliches, dass ein Angehöriger, der vom Tod eines geliebten Menschen erfuhr, so ruhig, wie Katja Kesselmeyer blieb. Trotzdem hatte sie das Gefühl, dass die Beziehung der beiden nicht der Norm entsprochen hatte. Daher fragte sie: „Wie können wir uns Ihr Verhältnis zu Xaver Mautzenbacher vorstellen?“

„Xaver kam, blieb und ging wieder. Und letztlich war das auch okay so. Wir waren ja nicht zusammen. Ich meine, nicht im herkömmlichen Sinne."

„Ging er einem Beruf nach?"

„Natürlich. Xaver war Vertreter. Aber fragen Sie mich jetzt bitte nicht, wofür. Er sprach nicht darüber, und ich interessierte mich auch nicht besonders dafür. Ich war mir einfach sicher, dass er gut war. Xaver war in allem gut, was er tat." Sie lächelte und strich dabei die Zeitung glatt, als müsse sie sie besänftigen. „Auf jeden Fall verdiente er ziemlich viel Geld damit, und ich hätte ihn jederzeit in meinem Geschäft angestellt."

Franziska richtete sich auf, doch noch bevor sie nachfragen konnte, setzte Katja Kesselmeyer erneut an. „Dazu muss ich sagen, dass ich meinen Eltern sehr dankbar für alles bin, was sie für mich getan haben. Sie haben mir eine wunderschöne Kindheit und Jugend ermöglicht, und sie haben mir dieses Geschäft und das Haus vererbt." Versonnen wickelte sie sich eine ihrer Locken um den Zeigefinger. „Als kleines Mädchen liebte ich nichts so sehr, wie mich zu verkleiden, auch wenn die Sachen mir alle viel zu groß waren." Gedankenversunken lächelte sie vor sich hin. „Damals hatten wir hier noch richtig tolle Ballkleider. Und ich musste immer fürchterlich aufpassen, dass nichts dreckig wurde, aber es war toll."

„Frau Kesselmeyer, was hat das alles mit Xaver Mautzenbacher zu tun?", holte Franziska sie aus ihrer Träumerei zurück.

„Mit Xaver? Ja, natürlich, entschuldigen Sie bitte. Xaver gab mir Geld. Wissen Sie, meine Eltern, die haben das alles hier aufgebaut, und als ich den Laden übernahm, da ging auch noch alles gut. Aber mit der Zeit habe ich mich ein paar Mal vertan, und so was kostet: Nerven und vor allem Geld." Sie sah auf die Zeitung in ihrer Hand und dann wieder zu den Kommissaren. „Anfangs war ich wohl keine so gute Geschäftsfrau."

„Und dann gab Ihnen Xaver Mautzenbacher Geld, damit Sie Ihre Verluste ausgleichen konnten?"

„Nein." Katja Kesselmeyer schaute beide mit einem kessen Blick an. „Er bezahlte mich."

„Und das ließen Sie zu?"

„Ja. Natürlich. Xaver hatte genug Geld, ich konnte es gebrauchen, und ihm gefiel es. Warum also nicht?"

„Wann haben Sie Herrn Mautzenbacher zuletzt gesehen?", bohrte Franziska in eine andere Richtung weiter.

„Das war am vergangenen Mittwoch und am Donnerstag. Aber er war an beiden Tagen nicht so richtig bei der Sache. Im Nachhinein ist das natürlich besonders schade ..." Mit einem frivolen Lächeln beendete sie den Satz, was Hannes, der sie die ganze Zeit über schweigend beobachtet hatte, mit einem Lächeln quittierte.

„Und wo waren Sie am Montag zwischen vierzehn und fünfzehn Uhr?"

Katja Kesselmeyer stand auf, breitete die Arme aus, als wolle sie den ganzen Laden an sich drücken, und antwortete: „Hier."

„Waren Sie am Montag mit Herrn Mautzenbacher verabredet?"

„Nein."

„Sicher nicht?"

Katja Kesselmeyer lächelte, als habe sie Franziska durchschaut. „Worauf wollen Sie hinaus?"

„Xaver Mautzenbacher hatte Geld bei sich, und es wäre interessant zu wissen, für wen das Geld bestimmt war."

Jetzt lachte die Boutiquebesitzerin herzhaft. „Xaver hatte immer Geld bei sich. Das ist doch ganz selbstverständlich."

„Zwanzigtausend Euro!"

Katja Kesselmeyer schnappte nach Luft. „Also, die waren bestimmt nicht für mich."

Franziska nickte. Wäre ja auch zu schön gewesen. Wobei sie sich nicht ausmalen wollte, was eine Frau tun musste, um von einem Mann dafür zwanzigtausend Euro zu bekommen.

„Gut, dann haben Sie uns doch ein bisschen weitergeholfen", befand Franziska und stand auf.

Doch in diesem Moment erwachte das Verkaufstalent in der jungen Frau. „Also, wenn Sie keine Fragen mehr haben, dann müssen Sie jetzt unbedingt dieses Kleid probieren. Ich verspreche Ihnen, Sie werden es nicht bereuen."

Nach dem Tod der Eltern hatte Sunny schmerzlich erfahren müssen, wie es war, wenn man zu dem Teil der Gesellschaft gehörte, der zu niemandem gehörte. Freiwild war sie gewesen, wenn auch weder frei noch wild, und hatte schnell gelernt, sich anzupassen und es all denen recht zu machen, die für sie und über sie zu entscheiden hatten.

In dieser Zeit war die Einsamkeit ihr bester Freund geworden. Sie liebte sie bei Tag, streichelte sie bei Nacht, drückte sich an sie, wann immer sie konnte, und hoffte darauf, eines Tages einfach von ihr verschluckt zu werden. Damals hätte sie sich nicht vorstellen können, dass irgendwann alles noch viel, viel schlimmer werden würde. Aber was wusste sie damals schon vom Leben?

Doch dann, eines Tages, kam er in ihr Leben geplatzt und wirbelte alles durcheinander. Dabei war er nur ganz zufällig an ihrem Haus vorbeigekommen, hatte sie gesehen, angesprochen und auf einen Kaffee eingeladen. Schüchtern hatte sie ihn angesehen und genickt, zunächst gar nicht begriffen, was da mit ihr passierte. Erst als er sie Stunden später küsste, das Eis um ihre Seele zu schmelzen begann und sie ihm tapfer ihr kleines Herz entgegenhielt, wurde ihr bewusst, welch großes Gefühl da in ihr wuchs. Sie erzählte ihm ihr ganzes Leben, von ihren Ängsten und Nöten, und mit jedem Satz fiel eine Last von ihr. Es fühlte sich an, als wenn es nie wieder Nacht werden, nie wieder ein Gewitter geben und nie wieder jemand anders seine Hände auf ihren Körper legen würde, wenn sie das nicht wollte. In seiner Umarmung fühlte sie sich geborgen. Aufgehoben für den Rest ihres Lebens.

Wie naiv sie doch gewesen war.

„Wenn ich das Obermüller erzähle ...“, stichelte Hannes mit einem feixenden Blick auf die Tragetasche, die Franziska soeben auf dem Rücksitz platzierte.

„Behaupte bloß nicht, ich hätte meiner Lust gefrönt“, tat Franziska empört.

„Hast du nicht?“

„Nein. Das war Teil der Befragung. Ich habe mich und mein Geld geopfert, um mehr über die Zeugin herauszufinden.“

„Du willst es doch wohl nicht auch noch auf die Spesenrechnung setzen?“, fragte Hannes lachend.

Doch die Kollegin legte den Kopf auf die Seite und blickte schelmisch zu ihm hinüber. „Gute Idee!“

Noch immer standen die beiden neben dem Auto, alle Fenster heruntergelassen, damit wenigstens die größte Hitze entweichen konnte.

„Immerhin sind wir damit der Lösung unseres Falles ein bisschen näher gekommen“, resümierte Franziska und setzte sich auf den Fahrersitz. Sie hatte es auf einmal eilig, wollte den nächsten Schritt tun, auch wenn sie nicht wusste, wohin er sie führen würde.

Als der Motor lief und die Klimaanlage frische Luft ins Innere pustete, offenbarte Hannes seine Skepsis. „Wissen wir denn mehr als vorher? Ich meine, außer, dass Katja Kesselmeyer den Tod ihres Lebensgefährten nicht so ausgiebig betrauerte wie Susanne Tröger, die ihn einfach nicht wahrhaben wollte."

Die Kommissarin hatte ausgeparkt und war dabei, den Innenstadtbereich von Bad Füssing zu verlassen. „Günther Meistersänger gab ihm angeblich das Geld, weil er ein Pechvogel und völlig verarmt war. Die Frauen dagegen behaupten alle drei, dass er genug Geld hatte." Franziska sah Hannes einen Moment an, wollte wissen, ob er ihr folgen konnte. „Drängt sich also die Frage auf: Wen hat er belogen, und wozu brauchte er die schäbige Wohnung?"

„Da fallen mir zwei Möglichkeiten ein." Hannes wartete, bis Franziska auf die Autobahn gefahren war und ihm wieder mit voller Konzentration zuhören konnte. „Die Wohnung brauchte er nur als Alibi, weil er ja bei seinen Frauen wohnte und ..."

„Moment mal. Wenn ich die Zeiten, die die Frauen angegeben haben, addiere, dann bleibt noch eine Menge Freizeit übrig. Zuviel, um sie in so einer Bude zu verbringen, wenn man es nicht nötig hat!"

„In der Zeit war er ja angeblich als Vertreter unterwegs."

„Stimmt." Franziska verließ bei der Ausfahrt Passau-Süd die Autobahn und hielt sich dann rechts.

„Ruf Obermüller an und frag ihn, was er über Xaver Mautzenbacher herausgefunden hat. Deine These erklärt nämlich nur den Zweck der Wohnung. Was mit seinem Beruf ist, wissen wir immer noch nicht."

„Hast du eine Idee?"

„Ich glaube, der Meistersänger hat uns angelogen."

Hannes lachte zustimmend und Franziska fuhr fort. „Ja, und darum freue ich mich schon darauf, ihn mit unserem neuen Wissen zu konfrontieren. Schließlich erfahren wir bei jeder Lüge, die wir entlarven, ein bisschen mehr von ihm."

Als sie das zweite Mal an einer Ampel auf der Neuburger Straße anhalten mussten, schaute Franziska nervös auf die Uhr. Es war halb vier. Um diese Zeit war auf den Passauer Straßen immer die Hölle los.

„Ja, ich bin's. Du, Franzi will wissen, ob du schon was Neues ..."

Hannes nickte, und Franziska versuchte krampfhaft etwas von dem zu verstehen, was Obermüller dem Kollegen sehr ausführlich schilderte. „Gut, ich sag's ihr!"

„Und?" Sie platzte fast vor Neugierde.

„Also, Frauen haben sich bisher keine mehr gemeldet", spannte Hannes die Kollegin auf die Folter und grinste über ihren unwirschen Gesichtsausdruck.

„Aber er hat tatsächlich Psychologie studiert. Und er hatte sogar eine Praxis. In Tiefenbach. Ist aber schon ein paar Jahre her. Obermüller versucht jetzt herauszufinden, warum er sie aufgegeben hat."

Franziska ließ sich die neuen Informationen eine Weile durch den Kopf gehen und begann schließlich zu lächeln. „Ich kann dir gar nicht sagen, wie sehr ich mich auf das Gespräch mit Günther Meistersänger freue!"

Mit seinem Anwalt als Beistand fühlte sich Günther Meistersänger sichtlich wohler als beim letzten Treffen am vergangenen Tag. Vielleicht hatte der gewiefte Gesetzesmann ihm erklärt, dass er für das, was man ihm vorwarf, nicht belangt werden konnte, solange er sich nur an ihre Absprache hielt. Vielleicht war Meistersänger aber auch einfach nur naiv, was im Endeffekt aber auf das Gleiche hinauslief.

„Verdient ein Fondsmanager so viel, dass er aus freien Stücken bereit ist, von seinem Wohlstand abzugeben?“, fragte Franziska herausfordernd, wobei sie den Verdächtigen nicht aus den Augen ließ. „Oder ist es nicht vielmehr so, dass auch ein Mann wie Sie, der viel Geld verdient, einen triftigen Grund braucht, um anderen zu helfen?“

„Liebe Frau Steinbacher“, begann der Anwalt Dr. Andreas Schirghammer mit süßlicher Stimme. „Würden Sie uns bitte mitteilen, was Sie meinem Mandanten mit dieser Frage suggerieren möchten?“

„Gern“, gab Franziska genauso süßlich zurück. „Ihr Mandant“, sie sah Meistersänger kurz und streng an, „behauptet, er habe Xaver Mautzenbacher aus reiner Nächstenliebe ausgeholfen. Habe wieder und wieder ein paar Euro lockergemacht, weil es seinem Bekannten schlecht ging. Inzwischen wissen wir aber aus verschiedenen Quellen, dass es Xaver Mautzenbacher in keiner Weise schlecht ging, dass er sogar auf sehr großem Fuß lebte.“ Sie machte eine Pause, doch Schirghammer ließ sich zu keinem Zwischenruf verleiten.

„Ich bin daher nach wie vor der Meinung, dass Ihr Mandant von Xaver Mautzenbacher zu den Zahlungen erpresst wurde und daher auch einen überaus triftigen Grund hatte, sich mit ihm im Oberhaus zu treffen und ihn dann im Streit zu töten.“

„Das ist eine gewaltige Anschuldigung, für die Sie, wie ich vermute, keinerlei Beweise vorlegen können.“ Schirghammer lächelte süffisant.

„Xaver Mautzenbacher war Psychologe und unterhielt eine Praxis. Günther Meistersänger ließ sich dort von ihm behandeln. Das Ergebnis dieser Gespräche benutzte Mautzenbacher, um Geld und Gut von Ihrem Mandanten zu erpressen.“ Franziska musste bluffen. Es blieb ihr nichts anderes übrig, denn auch wenn sie noch so viel Druck machte, Obermüller hatte ihr keine Beweise für ihre Vermutung liefern können. Doch als sie jetzt den Blickwechsel zwischen Schirghammer und Meistersänger beobachtete, sah sie zumindest eine Chance, dass ihre Strategie aufgehen könnte.

„Ich würde mich gern kurz mit meinem Mandanten besprechen“, erklärte Schirghammer, und Franziska konnte nicht umhin, ihm ein Lächeln zu schenken.

„Aber gern!“

„Jetzt bricht er ein“, frohlockte Franziska, als sie kurze Zeit später mit Hannes den Besprechungsraum wieder betrat. Doch das Ergebnis des Gespräches war dann eher niederschmetternd.

„Sie sehen, auch ich weiß nicht alles!“ Abwehrend hob Schirghammer die Hände. „Aber in diesem Fall konnte ich tatsächlich nichts wissen, denn selbst mein Mandant hatte keine Ahnung vom beruflichen Werdegang seines Freundes Xaver Mautzenbacher. Zudem versichert er, nie in seiner Praxis gewesen zu sein. Damit ist ausgeschlossen, dass Xaver Mautzenbacher irgendwelche Erkenntnisse hatte, die er als Druckmittel für die Überlassung des erwähnten Geldes benutzen konnte.“

„Pah!“, warf Franziska ungeduldig und auch empört ein.

„Mein Mandant kannte Xaver Mautzenbacher aus der gemeinsamen Schulzeit und griff ihm aus einer“, wieder lächelte er väterlich, „sagen wir etwas nostalgischen Verbundenheit unter die Arme. Dass dies, wie Sie in Erfahrung gebracht haben, gar nicht notwendig gewesen wäre, hat mein Mandant nicht gewusst und daher auch keinen Grund gehabt, Xaver Mautzenbacher zu töten.“

Franziska nickte und versuchte sich bei ihrer letzten Frage ihren Frust nicht anmerken zu lassen: „Was sagen Sie eigentlich dazu, dass Xaver Mautzenbacher zeitweise mit drei verschiedenen Frauen zusammenlebte?“

Wieder stutzte der Anwalt, wogegen Meistersänger erstaunlich ruhig blieb. „Davon hatte ich keine Ahnung.“

„Ach? Sie haben sich wohl nicht so sehr für den Mann interessiert, für den Sie so viel Geld ausgegeben haben?“

„Doch natürlich, aber ich ...“

„Wenn Sie bitte nur noch Fragen stellen möchten, die für den Fall relevant sind“, warf Schirghammer nonchalant ein. „Ansonsten würden wir uns jetzt gern verabschieden.“

Beide erhoben sich, doch dann nahm der Anwalt noch einmal Platz und lehnte sich weit über den Tisch zu Franziska hinüber. „Vielleicht noch eins, Frau Steinbacher! An Ihrer Stelle würde ich mich mehr um diese Damen kümmern. Ich meine, wer hätte denn mehr Grund jemanden umzubringen, als eine betrogene Frau? Und Sie sagten, es waren sogar drei?“

Samantha war eine begeisterte Läuferin, und am liebsten lief sie weit draußen, vor den Toren der Stadt. Schon seit jeher liebte sie die vielfältigen und niemals aufdringlichen Stimmen der Natur: das Singen der Vögel, wenn es langsam Abend wurde, das Zirpen der Grillen, in der Hitze des Tages, das Rauschen des Wassers, das in seinem Bachlauf nach immer neuen Wegen suchte, das Rascheln auf dem Waldboden, das die Füße kleiner Nager hinterließen und das Murmeln des Windes in den Blättern.

Nach einem anstrengenden Tag und wenn die Fragen in ihrem Kopf mal wieder kein Ende nehmen wollten, gab es für sie nur einen Weg, um aus allem auszubrechen. Sie musste laufen.

Doch zum ersten Mal seit einem Jahr zog es sie an diesem Donnerstagabend wie magisch zur Oberilzmühle, und mit jedem Kilometer, den sie durch Waldstücke vorbei an hübschen Einfamilienhäusern und saftigen Wiesen fuhr, begann es verheißungsvoll in ihr zu kribbeln. Dieser Ort war wie ein Fluch, denn er war mit dem Ende ihrer Beziehung untrennbar verbunden, und lange Zeit hatte sie geglaubt, überhaupt nie mehr hier laufen zu können.

Als sie den Parkplatz der Oberilzmühle erreicht hatte, stellte sie ihr Auto gleich neben dem Sägewerk ab und sprang fast hastig aus dem Auto. Sie musste schnell loslaufen, denn nur laufend konnte sie das, was sie umtrieb, in den Griff bekommen. Und nur so würde sie wieder zu ihrer alten Gelassenheit zurückfinden. Glaubte sie.

Und wirklich, kaum war sie in den Laufweg eingebogen, spürte sie, wie die frische Luft ihren ganzen Körper durchströmte. Mit jedem Meter wurden ihre Bewegungen leichter, ihre Schritte federnder und ihr Geist freier. Schnell erreichte sie das Stauwerk und lief dann über Wiesen und auf Waldwegen, die Anwesenheit des Flusses, der sie mit einer erfrischenden Brise bedachte, genießend.

Auf einmal fiel ihr Blick auf eine verwitterte Wurzel, die zwischen jungen Farnen und Blumen unter einigen Bäumen lag. Nur ganz kurz hatte Samantha sie angeschaut und war dann, ohne ihr Tempo zu verlangsamen, weitergelaufen. Als hätte das alles keine Bedeutung. Aber der kurze Blick hatte genügt. Denn während sie weiterlief, formte ihre Fantasie aus der Wurzel, die noch immer im Schatten des Waldes lag, jene Puppe, die sie im Haus ihres Vaters in der Kommode aufbewahrte, und zwang Samantha stehen zu bleiben. Das Gefühl der Ohnmacht überwältigte sie mit einer solchen Wucht, dass sie sich mit beiden Händen an einem Baumstamm neben dem Weg abstützen musste, während sie versuchte, ihren Atem und damit ihre Nerven unter Kontrolle zu bekommen.

Sie hatte die Unruhe unterschätzt. Damals wie heute. Und sie hatte Angst. Angst, dass das alles zu ihr zurückkommen würde, jetzt wo Xaver tot war. Samantha hatte sich zu weit vorgewagt, sollte das jetzt die Rechnung dafür sein?

Die Form der Wurzel nahm in Samanthas Kopf Xavers Gesicht an. Allerdings nicht das Gesicht, das sie als Foto auf den Puppenkopf gesteckt hatte. Das Bild, das sie sah, war ihr so fremd wie damals, obwohl sie ihm in vielen Träumen begegnet war.

Es war drei Tage vor dem Eulenspiegelfest gewesen. Sie wusste das noch so genau, weil sie in der folgenden Woche jeden Abend in ihrem Büro geblieben war und hinunter auf die Ortsspitze geblickt hatte, von wo Musik und Gelächter zu ihr heraufschallten. Sie hatte in jenen Tagen nicht nach Hause gehen wollen, weil sie sich zu sehr fürchtete. Nachdem sie Xavers Geheimnis entdeckt hatte, konnte sie nicht mehr mit ihm reden, daher hatte sie ihm nur eine SMS geschickt, um ihm mitzuteilen, dass sie ihn nie mehr sehen wollte. Das war unter erwachsenen Menschen keine Art, das wusste sie, aber was war schon richtig, wenn man es mit einem Mann wie Xaver zu tun hatte?

Begonnen hatte alles damit, dass sie an jenem Abend vor gut einem Jahr zur Oberilzmühle gefahren und eine Runde gelaufen war. Es war ein Freitag gewesen, das wusste sie genau. Das Wetter war genauso schön gewesen, die Stimmung im Wald entspannend, und der Lauf hatte sie die Last der ganzen Woche vergessen lassen. Als sie im Anschluss mit ihrem Auto von der Abzweigung Oberilzmühle Richtung Passau in die B12 hatte einbiegen wollen, fuhr Xaver in seinem silbernen BMW an ihr vorbei. PA-XM-888. Es gab überhaupt keinen Zweifel, und doch dachte sie für einen Moment, er könne es nicht gewesen sein – wäre ja auch komisch, wo er doch auf Geschäftsreise in Hamburg war. Doch dann riss sie das Lenkrad herum und fuhr ihm spontan hinterher, trotz der doppelten Linie auf der Straße.

Während sie ihm folgte, lächelte sie, weil ihr die ganze Situation so skurril vorkam. Noch nie hatte sie ein Verbot so klar übertreten, und bei einer Kontrolle wäre es ihr peinlich gewesen anhalten zu müssen. Sie trug ja noch immer ihre Laufsachen und war total verschwitzt, musste eigentlich duschen, und Hunger und Durst hatte sie auch. Doch während sie Xavers BMW nach Freyung folgte, vorbei an der Garnison und dann immer weiter bis Grafenau, war sie richtig wütend geworden, und diese Wut vertrieb nach und nach alle anderen Gefühle und Bedürfnisse in ihr. Warum erzählte er ihr, er sei auf Geschäftsreise und habe keine Zeit für sie, und fuhr dann an ihr vorbei, als gäbe es sie gar nicht? Hatte ihr Vater am Ende doch recht mit seinen Vermutungen, dass Xaver ein skrupelloser Mann war, der sie nur ausnutzte?

Als der BMW vor dem Haus anhielt, blieb Samantha im Auto sitzen und beobachtete ihn aus der Ferne. Die Garage, die zum Haus gehörte, stand offen und war nicht besonders breit. Doch Xaver fuhr zügig hinein. So wie jemand, der Übung darin hatte, jemand, der regelmäßig dort hineinfuhr! Nach ein paar Sekunden schloss sich das Tor, woraufhin Samantha den Fuß vom Bremspedal nahm und ihr Auto näher an das Grundstück heranrollen ließ. Dann war sie ratlos. Sie hatte keine Ahnung, was sie als Nächstes tun sollte, und beschloss, einfach eine Weile zu warten. Während im Radio eine Schauspielerin von ihren lustigsten Erlebnissen erzählte, überlegte sie, was sie Xaver alles an den Kopf werfen würde, wenn er erst herauskam und sie fragte, was sie hier machen würde. Sie wusste, dass er sie hin und wieder anflunkerte. Aber noch nie zuvor hatte er sie so schamlos belogen. Oder lag es nur daran, dass sie seine Lügen noch nie so klar durchschaut hatte?

Samantha log nie. Es gab Dinge, über die sie nicht sprach, die sie einfach niemandem erzählen würde, aber das war dann ja keine Lüge. Das war nur zu ihrem Schutz.

Während sie über diese neue Einsicht nachdachte, wurde es langsam dunkel. Die Straßenlaternen gingen an, und auf der Straße waren immer weniger Menschen unterwegs. Niemand schien sich an ihr zu stören. Doch Samantha wollte endlich Gewissheit haben. „Er ist nicht ehrlich zu dir!“, hatte ihr Vater erst vor ein paar Tagen zu ihr gesagt. Und dabei war es nicht einmal um ein wieder mal abgesagtes Treffen gegangen.

An der Stelle, an der ihr Auto jetzt stand, begann ein Zaun, hinter dem ein großer gepflegter Garten lag. Im ersten Stock des Hauses befand sich ein Balkon. An der einen Seite kletterte eine blühende Rose an einem Metallspalier empor. Zögernd schaute Samantha auf den Zaun und das dahinter liegende Grundstück und beobachtete gleichzeitig im Rückspiegel die Straße. Als sie sicher war, dass niemand sie sehen konnte, stieg sie aus, ging um ihr Auto herum und schwang sich elegant über den Zaun.

Nach einem letzten prüfenden Blick zur Straße schlich sie zum Haus hinüber und blieb schließlich vor dem Rosenspalier stehen. Die Rosen waren dunkelrot, zumindest sahen sie im fahlen Licht der Straßenlaterne so aus. Vorsichtig streichelte Samantha über die weichen Blätter, ging dann ganz nah mit ihrer Nase heran und atmete ihren süßen Duft ein. Ihre Mutter hatte Rosen über alles geliebt. Vielleicht sollte sie welche pflücken, um sie auf ihr Grab zu legen und die ganze Sache hier vergessen, überlegte sie kurz, doch dann kletterte sie auch schon am Spalier empor und zog sich im nächsten Moment über das hölzerne Geländer.

Als sie wieder festen Boden unter den Füßen hatte, huschte ein zufriedenes Lächeln über ihr Gesicht. Sie liebte Abenteuer wie diese, bemerkte noch nicht einmal die Dornen, die ihr Arme und Beine zerkratzt hatten.

Neugierig sah sie sich auf dem Balkon um, bis sie aus dem dahinterliegenden Zimmer leise Stimmen hörte, zu leise, um etwas verstehen zu können. Vorsichtig trat sie näher und tastete sich um einen Metallstuhl und einen Tisch herum. Sie nahm jedes Detail wahr. Der Balkon war größer, als sie von unten angenommen hatte, und es gab auch noch einen zweiten Stuhl, Kissen und Decken, große Kübelpflanzen, ein Windlicht und gleich neben der Balkontür eine Stange, an der ein Anzug zum Lüften aushing. Als Samantha daran schnupperte, wusste sie, dass er Xaver gehörte. Sie schloss für einen Moment die Augen und gab sich den Erinnerungen hin, die sie mit diesem Duft verband. Nicht alle waren schön, viel zu oft hatte er sie viel zu früh verlassen. Weil er einen Termin hatte oder eine Reise bevorstand, und nie hatte er sie mitnehmen können. Lag der Grund am Ende hinter dieser Balkontür?

Erschrocken machte Samantha sich los. Sie hatte nicht vor, in alten Erinnerungen zu wühlen, sie wollte wissen, warum Xaver sie belogen hatte. Es war für sie von so großer Bedeutung, dass sie gar nicht darüber nachdachte, was passieren könnte, wenn man sie hier entdecken würde.

Also schob sie sich arglos näher an die Tür heran, und als sie den offenen Spalt fand, öffnete sie die Tür so weit, dass sie den dahinter liegenden Vorhang zur Seite schieben konnte. Im selben Augenblick starrte sie fasziniert und gleichzeitig angewidert in den Raum. Sie sah Sofas, Regale, Teppiche und einen Fernseher. Doch das alles interessierte sie nicht so sehr, wie die dunkelhaarige Frau, die auf der anderen Seite des Zimmers stand, aber nicht in ihre Richtung blickte. Sie trug ein schwarzes, fast durchsichtiges Kleid und keine Unterwäsche. Der Ausschnitt war viel zu groß, und Samantha dachte noch, so kann sie unmöglich unter Leute gehen. Aber dann sah sie der Frau ins Gesicht und wusste, dass das hier keine Anprobe war. Ihre Körperhaltung zeigte, dass sie lieber an jedem anderen Ort der Welt gewesen wäre, als an diesem, doch ihre Augen blickten hilflos.

„Na los! Ich will mehr sehen. Zeig mir, dass du eine richtige Nutte bist! Eine, die alles macht!"

Samantha erschrak. Das war Xavers Stimme. Allerdings nicht so, wie sie sie kannte. Er hörte sich so gemein an. Er war so verletzend! Und das, was er sagte... Wie konnte er nur?

Doch die Frau gehorchte. Zupfte am Oberteil, bis beide Brüste zu sehen waren, und legte dann schützend die Hände davor.

„Nimm die Hände weg, Lissy hat sich auch nie geziert!", fauchte sie Xavers Stimme an, und die Frau befolgte seine Anweisung erneut, auch wenn Tränen in ihren Augen glitzerten. „Eine richtige Nutte ziert sich nicht, die macht alles", erklärte er, und Samantha wäre am liebsten ins Zimmer gestürmt und hätte dem ganzen Spuk ein Ende bereitet.

Aber sie konnte nicht. Sie war wie angewachsen.

„Schau mich an!"

Die Frau hob den Blick.

„Lächle!"

Sie lächelte gequält.

„Mit mehr Freude. Na los! Ich will, dass du lachst. Das macht dir doch Spaß, oder? Du liebst mich doch!"

„Ja", hauchte sie und versuchte ein echtes Lächeln.

„Dann geh jetzt schön langsam in die Hocke – die Beine auseinander – und zurückbeugen."

Samantha lief ein ängstlicher Schauer über den Körper. Xavers Lachen war so abstoßend!

Mit zitternden Knien ging die Frau in die Hocke. Samantha konzentrierte sich auf ihr Gesicht, bis sie aus dem Augenwinkel heraus wahrnahm, wie sich Xaver auf die Frau zubewegte. In der linken Hand hielt er einen merkwürdigen Gegenstand, in der rechten Hand eine Kamera, deren rote Lampe anzeigte, dass er tatsächlich alles filmte. Als er sie fast erreicht hatte, beugte er sich hinunter und ging mit der Kamera noch näher an sie heran.

„Die Männer sollen sehen, wo es rein geht", sagte er gierig, woraufhin die Frau endlich ihre Sprache wiederfand.

„Bitte, Xaver – bitte nicht!"

Xaver bewegte die linke Hand nach vorn. „Aber Schatz, du bist doch meine kleine Nutte. Nutten mögen das, die sind ganz scharf auf so was."

Um nicht aufzuschreien, hatte sich Samantha die eine Hand auf den Mund gelegt, während sie mit der anderen den Vorhang zur Seite hielt. Sie war schockiert. Das war nicht der Mann, den sie kannte! Wobei sie jetzt ohnehin nicht mehr glaubte, dass sie ihn jemals gekannt *hatte*. Aber war das, was er soeben zeigte, sein wahres Gesicht? Das, vor dem sie ihr Vater immer zu warnen versuchte?

„Merkst du nicht, wie er dich quält?", hatte er immer wieder gefragt.

„Aber Papa, er tut mir doch nichts", hatte sie geantwortet und gelacht.

Und tatsächlich hatte er so etwas nie mit ihr gemacht. Aber wenn sie ehrlich zu sich war, dann hatte er sie sehr wohl gequält, nur eben anders als die Frau in diesem Zimmer. Samantha hatte sich oft über ihn geärgert, aber sie hatte nichts dagegen tun können. Nicht so, wie die Frau, die Xaver noch immer auf diese obszöne Art filmte. Warum sagte sie nicht, dass er aufhören solle, und schmiss ihn raus?

Beschämt ließ Samantha den Vorhang los und drehte sich von der Tür weg. Wie konnte er nur so etwas tun? Nie wieder würde sie sich mit ihm treffen. Nie wieder!

Tränen stiegen ihr in die Augen. Tränen der Enttäuschung und der Wut. Doch als sie beschloss, dass dieses Schwein auch diese Gefühle nicht mehr wert war, und energisch die Tränen wegwischte, passierte es. Sie übersah den Stuhl und rumpelte dagegen. Als sie sich von ihrem Schreck erholt hatte und den Vorhang erneut zur Seite schob, um zu sehen, ob man sie bemerkt hatte, blickte sie direkt in Xavers Gesicht. Sein Blick fixierte sie, zwang sie stehen zu bleiben, und lud sie gleichzeitig ein, erneut ihre Aufmerksamkeit auf das Geschehen im Raum zu richten. Als hätte sich nichts dadurch geändert, dass Samantha an der Tür stand und die beiden beobachtete, spielte er weiter mit den Nöten der Frau. Führte sie jetzt nicht nur seiner Kamera, sondern auch Samantha vor.

„Hast du gesehen? Wir haben Besuch", sprach er die Frau in einem sanften Tonfall an und zeigte mit einer kurzen Kopfbewegung, wo die Beobachterin stand. Doch die Frau hielt den Blick gesenkt, als wüsste sie längst, dass das nur eine neue Spielart war, als könnte sie ohnehin nichts mehr erschüttern. Tatsächlich vergingen nur wenige Sekunden, und Mautzenbachers Stimmung schlug um. Ohne Vorwarnung schubste er die Frau brutal nach hinten. Sie fiel zu Boden. Er legte die Kamera zur Seite und drehte sich zu ihr um. Mit geübten Handgriffen entledigte er sich seiner Kleidung, stand dann kurz und drohend vor der Frau, die noch immer regungslos am Boden kauerte, bis er sie in einem herrischen Tonfall anschrie.

„Knie dich vor mich!"

Als die Frau sich langsam aufrappelte, um sich gehorsam vor im hinzuknien, wandte er sich an Samantha und erklärte ihr mit väterlichen Stimme: „Nutten mögen es am liebsten von hinten." Dann drang er ohne Vorwarnung in die aufschreiende Frau ein und stieß ein paar Mal heftig zu, bevor er befriedigt von ihr abließ.

Während der ganzen Zeit hatte Samantha den Blick nicht abwenden können, hatte zugesehen, wie er die Frau vergewaltigte. War angewidert und fasziniert zugleich. Doch als er sich jetzt zu ihr umdrehte, setzte ihr Herz für einen Moment aus, nur um dann in einem wilden Stakkato loszuschlagen und damit Angst und Entsetzen durch jede Zelle ihres Körpers peitschen zu lassen. Sie wusste, dass sie schnellstens verschwinden musste, aber sein Blick hielt sie gefangen. Unfähig, sich zu bewegen, blieb sie in der Tür stehen, sah ihn an, ohne zu sehen, und begriff, ohne zu reagieren.

Xaver erhob sich und zog lässig seine Sachen an. Wie immer, wie wenn er gerade aus ihrem Bett gestiegen wäre. Zum Abschluss bückte er sich und band sich seine Schuhe zu. Als wäre nichts passiert. Die Frau richtete sich auf und sah ihm zu, vermied jedoch noch immer, Samantha anzusehen. Als er fertig war, sah er zur Balkontür, lächelte diabolisch und kam ein paar Schritte auf Samantha zu. Doch die rührte sich noch nicht einmal, als die Frau sich an Xaver festklammerte und ihn bat zu bleiben.

Energisch machte Xaver sich los, und als sie noch immer flehentlich auf ihn einredete, verpasste er ihr eine Ohrfeige, die sie vorerst zum Schweigen brachte. Das alles geschah ganz langsam, wie in Zeitlupe, wie in einem bösen Traum. Samantha war die Gefangene ihrer eigenen Neugier, und da ihre Neugier sie hierher getrieben hatte, musste sie jetzt auch bleiben und abwarten, was mit ihr geschehen würde.

Erst als sie sich später wieder und wieder die Situation vor Augen führte, erkannte sie, dass sie, bei allem was geschehen war, nur entkommen konnte, weil die geschändete Frau unfreiwillig zu ihrer Komplizin geworden war.

Nachdem Xaver ihr die Ohrfeige verpasst hatte, hatte sie

sich mit all ihrer Kraft an ihn geklammert und zu betteln begonnen.

„Aber Schatz, du willst doch nicht schon gehen?“, hatte sie mit einer Kleinmädchenstimme gefragt, die Samantha endlich agieren ließ.

Von diesem Moment an ging alles ganz schnell. Xaver riss sich los, und Samantha knallte die Balkontür zu. Mit drei Schritten erreichte sie das Geländer, kletterte darüber und setzte den ersten Fuß auf eine der Sprossen. Nach zwei weiteren Stufen sprang sie in die Tiefe, rollte sich geschickt ab und lief bis zum Zaun, lief um ihr Leben. Während sie darüber kletterte, drückte sie schon auf ihren Autoschlüssel und entriegelte die Tür. Ohne auf mögliche Zuschauer zu achten, sprang sie hinein und fuhr so rasant los, dass der Motor aufheulte. Die Tränen, die sich unaufhaltsam ihren Weg bahnten, bemerkte sie erst, als sie Grafenau schon verlassen hatte und fast nichts mehr sehen konnte. An einem kleinen unbeleuchteten Parkplatz hielt sie an, suchte nach einem Taschentuch, und als sie keines finden konnte, hob sie ihr Shirt und wischte sich damit ihr Gesicht ab. Nachdem sie sich vergewissert hatte, dass außer ihr niemand auf dem Parkplatz war, verriegelte sie von innen die Tür und schloss die Augen. Xaver hatte sie nicht nur belogen und betrogen. Er hatte ein Doppelleben geführt. Er hatte ihr vorgemacht, ein anderer zu sein, als er in Wirklichkeit war.

Ihr Vater hatte recht gehabt, und doch konnte sie ihm das niemals sagen. Er würde daran zerbrechen. Er liebte sie. Auf einmal bemerkte Samantha den Riss in ihrer Hose, durch den sich kleine Blutströpfchen unaufhörlich ihren Weg an die Oberfläche bahnten. Ungerührt beobachtete sie, wie der Stoff sie aufsaugte und sich langsam mit ihrem Blut vollsog. In diesem Augenblick fühlte sich Samantha wie das Huhn, das seine Aufgabe als Opfertier erfüllt hatte. Gleich würde man sie packen und in die Luft werfen. In diesem Moment schien ihr Leben ausgebrannt und völlig sinnlos.

Heiß und unbarmherzig schien die Sonne seit dem Vormittag in das Büro von Ludwig Gruber, und die Schwüle, die an diesem Tag wie eine dunstige Glocke über der Stadt lag, machte alles noch viel schlimmer. Verschwitzt und träge scrollte er sich dennoch seit Stunden durch das Internet, um sich mit allen ihm zur Verfügung stehenden Mitteln einen Weg durch das undurchdringliche Datendickicht zu schlagen. Das war mühsam, und oft genug stieß er dabei an seine Grenzen. Aber letztlich zählte nur der Erfolg, und dass er bei seiner Suche das Ziel nicht aus den Augen verlor. Völlig verspannt lehnte der Ermittler sich zurück, griff mit beiden Händen in seine Mähne und massierte sich die Kopfhaut, indem er mit den Fingern kreisende Bewegungen ausführte. Es gab Frauen, die ihn um seine langen dicken Haare beneideten, und es gab nicht wenige, die sich hinter seinem Rücken über ihn lustig machten. So wie Franziska. Gruber hielt inne und verzog das Gesicht zu einem amüsierten Lächeln. Sollte sie ruhig! Spätestens, wenn er ihr von seiner Entdeckung berichtet hatte, würde ihr das Lachen schon vergehen.

Gruber stand auf, ließ seine Schultern kreisen, streckte sich ausgiebig und setzte sich schließlich wieder hin, um den Telefonhörer abzuheben und zu wählen.

Natürlich konnte alles auch nur ein böser Scherz sein, aber irgendwie hörte es sich nicht danach an. Darum war er auch sehr gespannt darauf, was Franziska zu seiner Entdeckung sagen würde.

Während er in den Hörer lauschte, lag ein zufriedenes Lächeln auf seinem Gesicht. Und als Franziska sich endlich meldete, zog er ein Blatt aus dem Stapel und begann vorzulesen: „Im Mittelalter gab es für Betrüger den Schuldnerturm. Dieser Mann hat uns um unser Geld betrogen. Stürzt ihn in die Tiefe! Schleift das Schwein durch die Stadt! Wer der Meinung ist, dass dieser Mann den Tod verdient hat, der klickt auf den unten stehenden Button. Leute, macht alle mit! Wir können die Gerechtigkeit in unserem Land nicht länger dem Staat überlassen."

Während Gruber den Text der Webseite wiedergab, schien Franziska noch nicht einmal zu atmen, so still war sie. Und als sie dann endlich etwas sagte, spürte er ihre tiefe Betroffenheit. „Und wer wird hier zum Tode verurteilt?"

„Günther Meistersänger." Gruber betonte den Namen, als offenbare er ein großes Geheimnis. „Er ist ganz oben abgebildet. Das Foto sieht ein bisschen so aus, als sei es bei uns in der Erkennungsdienstlichen gemacht worden. Nur dass eine Zielscheibe über seinem Gesicht liegt. Daneben steht seine Adresse, und damit er auch gefunden werden kann, wurde freundlicherweise eine Karte von Google Earth zur Verfügung gestellt."

„Kein Urheber?"

„Nein, leider gibt es keinen Hinweis auf die Identität des Verfassers."

„Glaubst du, diesen Aufruf würde jemand befolgen?", fragte Franziska vorsichtig.

„Zumindest virtuell. Neben dem Button ist ein Zähler. 1735 Zustimmungen von Usern hat er bereits."

„Aber das gibt's doch gar nicht! Wie kann ich ein Todesurteil anklicken, selbst wenn es nur virtuell ist?", entrüstete sich Franziska und wusste doch, dass es genug Menschen gab, die zu so etwas fähig waren.

„Das ist die Gesellschaft, in der wir leben. Es ist anonym, und somit weiß keiner, was du getan hast. Also kannst du ohne schlechtes Gewissen den Nervenkitzel genießen."

„1735 Klicks sprechen sich dafür aus, dass ein Mensch zum Tode verurteilt wird!"

„Was?" Hannes glaubte, nicht richtig verstanden zu haben, als Franziska diese Zahl aussprach. Fragend wartete er auf eine Erklärung.

„Ja! Da steht's: ‚Stürzt ihn in die Tiefe! Schleift das Schwein durch die Stadt!' Und 1735 User sind dafür. Obwohl sie den Mann vermutlich gar nicht kennen, nichts über das, was er getan hat, wissen. Sie sind einfach mal dafür." Franziska schüttelte den Kopf. „Kannst du dir das vorstellen?"

Hannes stützte das Kinn in die linke Hand und trommelte mit der rechten auf der Tischplatte herum. „Wenn man bedenkt, dass Xaver Mautzenbacher seit Montag tot ist, ist das eigentlich genial!"

„Du denkst, Mautzenbacher war es."

„Na, überleg doch mal." Hannes beugte sich weit über seinen Schreibtisch zu seiner Kollegin hinüber und erklärte mit eindringlicher Stimme: „Xaver Mautzenbacher erpresst Meistersänger, doch der weigert sich, will nicht länger bezahlen und fordert eine Aussprache mit Mautzenbacher. Er bestellt ihn ins Oberhaus. Dort kommt es zum tödlichen Streit, und Meistersänger denkt, jetzt hat er endlich seine Ruhe. Stattdessen hat Mautzenbacher den Aufruf zur Tötung Meistersängers längst ins Netz gestellt. Und statt Mautzenbacher setzen ihm jetzt vielleicht ganz andere Geister zu."

Nach seinen Ausführungen machte Hannes ein nachdenkliches Gesicht, und auch Franziska dachte über seine Worte nach.

„Das ist genial. Damit kriegen wir ihn“, freute sie sich. „Nur, seit wann beschäftigst du dich mit Geistern?“

„Die wären auf jeden Fall leichter zu besänftigen als Schirghammer“, wich Hannes ihrer Frage aus. „Ich glaube nämlich nicht, dass Meistersängers Anwalt unsere Schlussfolgerung gelten lässt. Und auch Schneidlinger wird nichts unternehmen, solange wir ihm nicht Beweise dafür vorlegen können, dass Mautzenbacher unseren einzigen Verdächtigen wirklich erpresst hat.“

„Ja. Klar. Daran arbeiten wir ja auch.“ Die Kommissarin lächelte vielsagend. „Aber jetzt erinnere dich doch mal an unseren ersten Besuch bei ihm. Kam der Typ uns da nicht reichlich merkwürdig vor? Warum hat er zum Beispiel hinter uns abgeschlossen? Das macht doch sonst keiner.“

Franziska lächelte.

„Du willst warten, bis seine Angst so groß wird, dass er gesteht?“ Hannes sah seine Kollegin zweifelnd an.

„Wäre das so schlecht?“

„Wie willst du *das* Schneidlinger verkaufen?“

„Er will seinen ersten großen Fall als Chef lösen. Und hier bietet sich eine einmalige Chance.“ Franziska baute sich vor ihrem Schreibtisch auf. „Er hat ja nichts zu verlieren! Entweder wir vereiteln einen Anschlag oder, was Schneidlinger bestimmt besser gefallen wird, wir nehmen einen Mörder fest.“

Sie wartete darauf, dass Hannes sie lobte. Aber der blieb vorerst skeptisch. Denn egal, wie gut sich das alles in ihre Ermittlungen einzufügen schien, noch hatten sie keinen konkreten Hinweis darauf, *womit* Günther Meistersänger die Leute betrogen hatte.

Als Franziska mit Hannes das Büro von Hauptkommissar Schneidlinger betrat, wunderte sie sich über die angenehme Raumtemperatur. Im nächsten Moment erblickte sie die mobile Klimaanlage. Der neue Chef saß an seinem Schreibtisch, vertieft in Berichte und Auswertungen, und sah nur kurz auf. Mit einer Handbewegung bot er den beiden einen Platz an, las dann aber ungestört weiter. Als Franziska sich gerade in Gedanken ihre Argumentation zurechtlegte, konfrontierte sie Schneidlinger ganz unvermittelt mit einem sehr persönlichen Thema.

„Walter Froschhammer besaß einen Schlüssel zu dem Raum, in dem der Tote gefunden wurde, und seine Fingerabdrücke sind auf der Partisane. Warum habe ich dazu von Ihnen noch keinen Bericht gelesen?"

Franziska wurde rot. Völlig unbedarft hatte sie angenommen, es ginge bei diesem Gespräch um den Lynchaufruf, und nun musste sie sich mit etwas auseinandersetzen, was sie seit Tagen vor sich her schob.

„Haben Sie denn wenigstens mit diesem Mann gesprochen?"

„Nein, ich ... Ich kam noch nicht dazu", stotterte sie verlegen und versuchte zu argumentieren: „Es gab so viele Dinge, die mir dringender erschienen."

„So wie die Vernehmung von Günther Meistersänger?"

„Ja", griff Franziska den Themenwechsel begeistert auf.

„Die jedoch nicht gerade erfolgreich abgelaufen ist."

Franziska zuckte mit den Schultern. „Der Mann hat ein Motiv, wir müssen es ihm nur noch nachweisen. Ich bin mir ganz sicher ..."

„In dieser Richtung unternehmen Sie vorläufig nichts mehr. Zumindest nicht, solange Ihre Beweise so nebulös sind wie bisher." Hauptkommissar Schneidlinger sah von einem zum anderen. „Anweisung vom Oberstaatsanwalt." Er schickte ein kumpelhaftes Lächeln hinterher, was ihm aber nicht so recht gelingen mochte.

„Aber …“

„Rechtsanwalt Schirghammer war bei Schwertfeger und hat ihn zurecht gefragt, warum wir seinen Mandanten, gegen den wir keinerlei Beweise haben, nicht in Ruhe lassen, und uns stattdessen um die Lebensgefährtinnen von Xaver Mautzenbacher kümmern.“

„Sie haben kein Motiv“, entgegnete Franziska.

„Wie bitte?“, brauste Schneidlinger auf, fing sich aber gleich wieder und hob abwehrend die Hände. „Drei Frauen sollen kein Motiv haben? Wie wäre es mit Eifersucht?“

„Ja“, antworte Franziska lahm. „Aber keine scheint von der anderen gewusst zu haben.“

„Und wenn doch?“

„Was?“

„Herrgottnochmal, wenn sich die drei gekannt haben!“

Ein wenig verwirrt schaute Franziska ihren neuen Chef an und fragte sich, ob er von Schwertfeger am Ende mehr Druck bekommen hatte, als er zugeben wollte. Langsam begann sie mit dem Kopf zu nicken, was Schneidlinger als Zustimmung wertete.

„Gut! Ich will ja nur, dass wir nichts übersehen.“ Gütig blickte er von einem zum anderen, bevor er hinzufügte: „So, und was ist jetzt mit diesem Froschhammer?“

Diesmal kam Hannes seiner Kollegin zuvor. „Wir wollten erst noch die Auswertung der Fingerabdrücke abwarten, um ihn mit einer stichhaltigen Beweislage zu konfrontieren“, versicherte er.

„Ja, nun. Die ist ja jetzt gegeben. Kümmern Sie sich also auch darum. Ich will mir nicht nachsagen lassen, wir hätten eine offensichtliche Spur nicht verfolgt, nur weil uns eine andere spektakulärer erschien. Oder gibt es ein Problem?“

Schneidlinger sah Franziska an, als könne er ihre Gedanken lesen. Ertappt zuckte sie zusammen und wollte schon dazu ansetzen, Hauptkommissar Schneidlinger von ihrer besonderen Beziehung, die sie zu Walter Froschhammer unterhielt, zu berichten, als der das Thema erneut wechselte.

„Gut, ich verlasse mich auf Sie. Sie kümmern sich um diesen Froschhammer und vernehmen noch einmal die drei Frauen. Und von Günther Meistersänger lassen Sie die Finger!“ Er zögerte kurz und setzte dann mit einem listigen Lächeln zu seiner Erklärung an: „Ich habe mit meiner alten Dienststelle Kontakt aufgenommen. Die Kollegen in München wurden sofort hellhörig.“

Franziska schien es, als zwinkerte er ihr kurz zu.

„Dort ist der Meistersänger in den besten Händen. Wenn es etwas gibt, was wir über ihn wissen sollten, dann werden die Jungs das herausbekommen.“ Scheinbar in Erinnerungen versunken, rührte Schneidlinger in seiner Kaffeetasse. „Außerdem haben wir dann nichts mit den Ermittlungen zu tun und halten uns damit an die Vorgabe des Staatsanwalts.“ Zufrieden nickte er, als ihm noch etwas einzufallen schien. „Ach ja. Die Rechtsmedizin hat angerufen. Sie sind mit der Obduktion durch. Ich habe Sie für morgen Vormittag angemeldet. Vielleicht gibt es da ja auch noch irgendetwas, was uns in unserer Beweisführung weiterbringt.“

Franziska und Hannes sahen sich kurz an und nickten dann ebenfalls. Die Audienz schien beendet zu sein.

„Ist noch etwas?“, fragte Schneidlinger und blätterte wieder geschäftig in seinen Unterlagen.

Hannes schob Franziska zur Tür hinaus und ein Stück den Flur entlang. Dann erst ließ er sie los. „Sagen wir, wir haben uns in ihm getäuscht“, räumte er ein und begann dann schelmisch zu lächeln. „Aber deshalb musst du ihm doch nicht gleich von deinen Bühnenkünstlerschwärmereien erzählen!“

Franziska versuchte, in seinem Gesicht zu erforschen, was er von ihr erwartete. „Du hast doch gehört, was er gesagt hat.“

„Ach, Mädchen", neckte Hannes sie im Tonfall ihres ehemaligen Chefs Berthold Brauser. „Das kriegen wir schon hin!"

Franziska zuckte unschlüssig mit den Schultern. Sie war sich da längst nicht so sicher wie Hannes.

„Und wenn er doch etwas damit zutun hat?", fragte sie so kleinlaut, wie man das bei ihr eigentlich nicht kannte. „Immerhin sind seine Fingerabdrücke auf der Waffe."

„Du zweifelst doch nicht etwa an seiner Unschuld?"

Ungläubig blickte Hannes sie an. Es war ihm anzusehen, dass er überlegte, ob er sie in den Arm nehmen sollte, weil Franziska in diesem Moment so verloren aussah – doch das klingelnde Telefon in seinem Büro verhinderte seinen freundschaftlichen Annäherungsversuch.

„Es ist alles in Ordnung", meldete Obermüller, der sich bereit erklärt hatte, auf dem Heimweg bei Günther Meistersänger vorbeizuschauen. „Er hat sich in seinem Wohnzimmer verbarrikadiert."

„Und du meinst, da ist er sicher?", fragte Franziska und stellte den Lautsprecher an.

„Na, hör mal, ich weiß ja nicht, wie du das so schnell hingekriegt hast, aber vor seinem Haus steht ein Wagen mit zwei Mann. Mehr könnten wir nicht tun."

„Ja", sagte Franziska und begann äußerst zufrieden vor sich hin zu lächeln. Dann blickte sie zu Hannes. „Der Schneidlinger ist schon ein Hund, oder?"

Kurz nach neun hatten Franziska und Hannes die Rechtsmedizin in der Frauenlobstraße in München erreicht und machten sich auf den Weg, um Professor Wassly zu treffen. Die Hoffnung auf ein erlösendes Gewitter hatte sich am gestrigen Tag nicht erfüllt. Stattdessen brannte die Sonne schon seit dem frühen Morgen unbarmherzig vom Himmel.

Der Rechtsmediziner erwartete sie in Sektionsraum I, und zumindest hier war es angenehm kühl. Neben der Leiche hatte Wassly auch die Partisane bereitgelegt und schlug nach der Begrüßung gleich seinen Bericht auf, um ihn für die beiden Kommissare zu erläutern.

„Wir haben es hier mit einer glatten Haut- und Weichteilverletzung zu tun. Wobei die Wunde, wie zu erwarten, einen beiderseits spitzen Wundwinkel aufweist. Der Wundkanal verläuft, leicht geneigt, von unten nach oben."

Wassly fischte ein Foto der gesäuberten Wunde aus seiner Mappe und zeigte dann auf die Waffenspitze.

„Daher würde ich sagen, dies hier war auf jeden Fall die Tatwaffe. Wobei im vorliegenden Fall nicht nur der große Blutverlust lebensbedrohlich war. Beschleunigt wurde das Ausbluten durch das Aufreißen der Arterie, was der Tote vermutlich selbst übernommen hat." Wassly nahm die Partisane in die Hand und demonstrierte seine Vermutung. „Der Stich wurde von unten ausgeführt, wobei es keine Abwehrverletzungen gibt. Das heißt, das Opfer hat den Angriff nicht erwartet. Wenn ich mir vorstelle, dass jemand mit so einer Waffe in der Hand vor mir steht, und ich weder weglaufe noch versuche, sie abzudrängen, dann bin ich mir sehr sicher, dass der Täter sie nicht nutzt."

Die beiden Kommissare nickten unisono. Auch sie gingen von einer Tötung im Streit aus.

„Warum es dann doch zu dem Stich kam, kann ich natürlich nicht sagen, aber ich vermute, dass das Opfer voller Entsetzen registrierte, dass die Waffe in seinen Bauch eingedrungen war, und sie, schon weil der Schaft ziemlich schwer ist und demnach nach unten zieht, wieder herauszog. Durch den Schock hat er den Schmerz wahrscheinlich nicht gespürt. Doch als die Waffe erst einmal entfernt war, begann die Wunde heftig zu bluten."

„War der Tote zu dieser Zeit noch in der Lage, Hilfe zu holen?", fragte Franziska und dachte an die verschlossene Tür und den versuchten Notruf.

„In begrenztem Rahmen schon. Sie müssen wissen, dass Ausbluten ja immer ein vitaler Vorgang ist. Nur solange der Kreislauf funktioniert, kann eine Blutung auftreten, und in dieser Zeit kann er natürlich auch noch handeln. Wie stark er tatsächlich ausgeblutet ist, kann man sehr schön an der starken Blässe der Haut und der Schleimhaut erkennen, und auch an den fehlenden Livores, den Totenflecken. Die Organe wiederum weisen ein deutliches Hervortreten ihrer Eigenfarbe auf, was auch auf die Blutarmut zurückzuführen ist." Wassly deutete auf eine Nierenschale, die ihm gerade vom Sektionspfleger gereicht wurde. „So wie bei der schlaffen blutarmen Milz hier."

„Am Tatort war aber eigentlich gar nicht so viel Blut", warf Franziska ein.

„Das meiste Blut fand sich im Bauchraum, und das ist bei solchen Verletzungen typisch. Durch das Verschieben von Haut, Muskulatur und Teilen des Bauchfells wurde die Verletzung nach außen hin abgedichtet, und das Blut sammelte sich in der Bauchhöhle."

„Und wie lange kann er das überlebt haben?"

„Da sich bereits ein weicher Schorf gebildet hat, würde ich sagen, zwischen dem Einstich der Waffe und dem Tod lag etwa eine Stunde."

Die Kommissarin sah ihren Kollegen an. „Hätte sein Handy Empfang gehabt, hätte man ihn retten können." Dann wandte sie sich an den Professor. „Wie schwierig ist es eigentlich, mit einer solch ungewöhnlichen Waffe jemandem eine derartige Verletzung zuzufügen?"

„Die elastische Haut setzt dem Stichwerkzeug einen gewissen Widerstand entgegen, der jedoch umso leichter überwunden wird, je spitzer die Tatwaffe ist. In diesem Fall war die Waffe sehr spitz und scharf, und nachdem die Haut erst einmal damit durchstochen war, boten Unterhautgewebe und Arterie keinen nennenswerten Widerstand mehr."

„Kann es sein, dass das Opfer dem Täter direkt in die Lanze gelaufen ist?"

„Das ist durchaus möglich. Allerdings muss der Täter ihm die Waffe dann schon sehr energisch entgegengehalten haben."

„Der Täter muss also Kraft gehabt haben?"

„Oder er hat den Schaft einfach an der Wand abgestützt. Insofern ist es auch falsch, immer nur von dem Täter zu sprechen. So wie ich das sehe, könnte hier genauso gut eine Frau gehandelt haben."

Während die beiden am Sendlinger Tor vorbei in Richtung Autobahn fuhren, blickte Franziska auf einmal sehr nachdenklich zu Hannes hinüber. „Jetzt wissen wir immerhin mit Bestimmtheit, dass sich Täter und Opfer kannten. Obwohl ich mir immer noch nicht vorstellen kann, dass ich, wenn mir jemand so eine Waffe vor den Bauch hält, nicht zumindest die Hände hebe, um ihm Einhalt zu gebieten."

„Es sei denn, du bist dir deiner Sache ganz sicher."

„Oder ich unterschätze meinen Gegner."

„Zum Beispiel, weil er eine Frau ist, was der Professor durchaus in Betracht zieht", warf Hannes ein.

„Oder weil ich denjenigen, der mich mit der Partisane bedroht, schon so lange im Griff habe, dass ich ihm auch diesmal keinen Widerwillen zutraue", versuchte die Kommissarin an ihrer bevorzugten Version festzuhalten.

Hannes lachte amüsiert. „Ich sehe schon, dein Favorit bleibt Günther Meistersänger."

Statt einer Antwort stöhnte Franziska genervt und reihte sich in den zweispurigen Verkehr auf der Autobahn ein. Im Grunde war sie eine Sonnenanbeterin, aber nicht, wenn sie in Ermittlungen wie diesen steckte und noch nicht einmal Zeit und Muße fand, um sich an einen See zu legen oder wenigstens auf ihren Balkon. Jetzt war es noch nicht einmal Mittag, die Klimaanlage tat, was sie konnte, und trotzdem klebte Franziskas Shirt an ihrem Rücken, und wahrscheinlich hatte sie auch schon Schweißränder, wie Gruber so oft in den vergangenen Tagen. Im Unterschied zum Thermometer sackte Franziskas Laune in den Keller.

„Trotzdem, Schneidlinger hat verlangt, dass wir die Frauen befragen, und wir werden es tun. Dann wird sich ja zeigen, ob eine davon in Betracht kommt“, versuchte Hannes sie zu beschwichtigen.

„Wenn du damit sagen willst, dass ich mich täusche, dann herzlichen Dank!“

Hannes schüttelte belustigt den Kopf. „Jetzt sei doch nicht gleich beleidigt.“

Franziska konzentrierte sich aufs Autofahren und schwieg. Erst nachdem sie bereits auf die A3 gewechselt war, erfuhr Hannes, womit sie sich in der Zwischenzeit beschäftigt hatte.

„Was ist denn eigentlich mit Gruber los? Geht da jetzt mal was voran?“

„Was bist du denn so angefressen? Der tut, was er kann. Vielleicht ist einfach nichts zu finden.“

„Du glaubst also schon gar nicht mehr daran, dass Günther Meistersänger der Täter ist?“

„Ich glaube vor allem, dass Günther Meistersänger viel schlauer ist, als er uns glauben machen will“, beruhigte Hannes seine Kollegin.

„Okay.“ Franziska zeigte mit einem versöhnlichen Lächeln, dass sie sich beruhigt hatte.

„Heute Morgen kam der IT-Spezialist aus Regensburg, dieser Lars Bendersohn, du erinnerst dich an ihn?“, fragte Hannes, um das Thema zu wechseln.

„Ja, und?“

„Wenn überhaupt einer was findet, dann er. Das hast du doch schon im Fall Weberknecht gesehen.“

„Ich weiß, wen du meinst“, nickte Franziska. „Ruf ihn an.“

„Wen? Bendersohn?“

„Nein, Gruber. Frag ihn, ob sie weiter gekommen sind.“

„Hey, Moment mal.“ Hannes musterte Franziska von der Seite. „Willst du jetzt etwa doch ...?“

„Na ja. Wenn uns schon der Rechtsmediziner suggeriert, dass es auch eine Frau gewesen sein kann, dann bin ich die Letzte, die so etwas übersehen möchte. Also sag ihm, dass wir Informationen brauchen, bevor wir uns die Damenrunde vorknöpfen.“

Trotz der Hitze trug Susanne Tröger an diesem Freitag ihren pinkfarbenen Jogginganzug. Er war alt und an manchen Stellen abgewetzt, aber er war schon immer ein Garant für Trost und Geborgenheit gewesen. Der Elan, der sie am Morgen nach einer aufgewühlten Nacht aus dem Bett getrieben hatte, war längst verflogen. Jetzt saß sie verloren auf ihrem Sofa, drückte eines der Kissen gegen ihren Bauch und wiegte sich damit sanft vor und zurück, als tröstete sie ein Kind in ihren Armen. Vor ihr auf dem Glastisch stand das Foto, das Xaver von ihnen beiden auf dem Baumwipfelpfad aufgenommen hatte. Sie starrte es an, ohne zu sehen. Konnte nicht mehr weinen und noch weniger lachen. Konnte seit Tagen kaum noch schlafen und inzwischen auch nicht mehr klar denken. In gleichbleibenden Abständen kneteten ihre Finger das Kissen durch, weil sie sonst fürchtete, den Bezug zur Realität zu verlieren. Sie musste sich an irgendetwas festhalten, weil sie Angst davor hatte, am Ende verrückt zu werden.

Denn über eines war sie sich inzwischen im Klaren: Xaver hatte es nicht verdient, dass sie sich seinetwegen so schlecht fühlte, und doch war sie gerade im Begriff, sich in Nichts aufzulösen. Zu lange schon wusste sie nicht mehr, wer sie war. Er hatte sie nicht nur benutzt, er hatte sie manipuliert, und sie hatte es noch nicht einmal bemerkt.

Im gesamten Wohnzimmer verteilt standen auf dem Boden die Schuhe, die sie zwei Stunden zuvor aus dem Schlafzimmer geholt hatte. Immer paarweise, ganz ordentlich, als warteten sie darauf, probiert oder zumindest arrangiert zu werden. Als die Kommissarin angerufen hatte, um ihr mitzuteilen, dass Xaver außer ihr auch noch mit anderen Frauen zusammengelebt hatte, und sie gern mit ihnen allen gemeinsam sprechen wollte, hatte sie gesagt, sie könne jetzt noch nicht kommen, weil sie noch ihre Sprechstunde abhalten müsse. Das war eine glatte Lüge. Sie hatte die Helferinnen alle Termine absagen lassen und sich eine Vertretung für die nächsten Tage gesucht. Ja, sie hatte gelogen, aber was war das schon im Vergleich zu den Lügen, die Xaver ihr jahrelang aufgetischt hatte?

Susanne brauchte einfach Zeit. Sie musste ihre Gedanken ordnen. Die Schuhe hatten damit am wenigsten zu tun.

Schließlich legte sie das Kissen beiseite und stand auf. Sie war so schrecklich müde, so leer, so völlig perspektivlos. Dabei war sie einmal so glücklich gewesen. Damals, als sie Xaver kennengelernt hatte. Wie der Schatten eines vorbeiflatternden Vogels huschte ein Lächeln über ihr Gesicht und war gleich darauf wieder verschwunden.

Alles hatte sie aus eigener Kraft erreicht, nur bei den Männern war es ihr nie möglich gewesen. Sobald sie erfuhren, was sie beruflich machte, dass sie völlig unabhängig war, machten sie sich aus dem Staub, eine lahme Ausrede auf den Lippen. Bis auf Xaver. Der hatte sie angelächelt und gesagt: „Toll! Ich liebe erfolgreiche Frauen."

Und wirklich, er schien sie zu lieben, wenn er das Wort *lieben* auch sehr schnell mit *besitzen* austauschte.

In einer seltsamen Choreografie ging Susanne zwischen den Schuhpaaren hindurch, wich den Kisten, die sie zum Einpacken bereitgestellt hatte aus, und dachte weiter an Xaver.

Anfangs hatte es ihr gefallen, wenn er sie bat, die Kleider und Schuhe zu tragen und zu tun, was er ihr sagte. Sie spürte dann, wie sehr ihn das erregte, was ihr wiederum gefiel, weil es ihm dann gut bei ihr ging und er bleiben würde. Doch dann hatte er begonnen, sie zu filmen. Ihr war das sehr peinlich, zumal sie dachte, dass es doch reichen würde, wenn er sie mit eigenen Augen sah. Wozu musste er die Bilder auch noch mit auf Reisen nehmen? Erst nach einiger Zeit verriet er ihr, er würde diese Filme anderen Männern zeigen, und die könnten sie dann kaufen. Das fände er noch geiler, vor allem, weil er wusste, wie peinlich ihr das war.

Entsetzt hatte sie ihn angesehen. Wie konnte er ihr so etwas nur antun? Aber er hatte nur gelacht und gesagt, sie solle sich nicht so anstellen, sie würde ihn doch lieben und so weiter.

Susanne hielt inne, bückte sich und hob einen der Schuhe auf, die sie erst vor ein paar Tagen getragen hatte. Er war über und über mit silbernen Pailletten bestickt und hatte einen sehr schmalen Pfennigabsatz aus dunklem gebürstetem Stahl. Susanne wog ihn prüfend in der Hand. Dann überlegte sie, wie es gewesen wäre, wenn ihn ein solcher Schuh getötet hätte. Wo er Schuhe doch so sehr liebte ... Ein Schuh als Tatwerkzeug, das wäre es gewesen! Eine mittelalterliche Waffe dagegen schien ihr völlig falsch. Xaver hatte nie etwas mit Waffen zu tun gehabt, und er hatte auch nie eine benutzen müssen, um sie zu seinen Spielen zu zwingen. Seine Methoden waren viel subtiler gewesen.

Susanne hob den Arm mit dem Schuh und tat so, als würde sie mit dem Absatz zuschlagen. Wieder und wieder. Das Gefühl war gut, wenn sie sich auch nicht vorstellen konnte, was diese Absätze bei Xaver angerichtet hätten. Konnte man damit einem Menschen den Schädel einschlagen? Oder war eine Partisane, die Waffe der Leibgarde, nicht doch die bessere Wahl gewesen? Im Internet hatte Susanne ein Bild von einer solchen Waffe gefunden und war erstaunt darüber gewesen, wie elegant und schön sie eigentlich war. Sie hatte immer gedacht, so etwas diente nur der Zierde. Aber nein, sie war wirklich benutzt worden. Am Ende sogar um Xaver zu töten.

Schuhe dagegen waren einfach nur Schuhe. Sie waren wunderschön, aber letztlich eben auch ein Betrug. So wie Xavers Liebe. Das alles hatte sie nur viel zu spät begriffen. Aber wer sollte jetzt noch Mitleid mit ihr haben? Und vor allem, was würde das jetzt noch ändern?

Sie hielt inne.

Als ihr auffiel, dass sie diesen Gedanken niemals hätte denken dürfen, saß er bereits fest in ihrem Kopf, wie ein Kloß in ihrem Hals, schnürte ihr Herz zu und drohte, sie von innen heraus in tausend kleine Teile zerplatzen zu lassen. Sie hatte so lange dagegen angekämpft, weil sie sich immer wieder gesagt hatte: Das tut er nicht. Aber jetzt war alles ganz anders. Denn jetzt wusste sie, dass es noch mehr Frauen gegeben hatte.

Vor dem Zusammentreffen mit diesen Frauen hatte Susanne Angst, obwohl sie natürlich wusste, dass sie sich nicht drücken konnte. Man wartete auf sie. Man würde sie notfalls holen.

Doch sie wollte einfach nicht wissen, was das für Frauen waren, mit denen er vermutlich das Gleiche getan hatte wie mit ihr. Sie würden sie durchschauen.

Sie wollte sich einen letzten Rest an Stolz bewahren, aber der Schmerz rieselte so brutal durch ihren Körper, dass sie sich schluchzend zusammenkrümmte. Sie weinte und jammerte, bis sie sich, genauso plötzlich, wie es begonnen hatte, aufrichtete und Haltung annahm.

Es war vorbei.

Für immer vorbei.

Lange hatte sie ihm geglaubt, bis zu jenem Montag, an dem sie zum ersten Mal nicht gemacht hatte, was er von ihr wollte. Stark und selbstbewusst hatte sie ihn stehen lassen und war in ihre Praxis gegangen, um sich um ihre Patienten zu kümmern. Diesmal verweilte das Lächeln ein wenig länger in Susannes Gesicht. Es war so ein gutes Gefühl gewesen, dass sie vor Freude hatte singen wollen. Schließlich gab es Wichtigeres in ihrem Leben, als nach seiner Pfeife zu tanzen! Getragen von der Erinnerung an die Euphorie jenes Tages begann sie, die Schuhe achtlos in eine der Kisten zu werfen. Und erst als sie auch die letzte zugeklebt und im Keller verstaut hatte, ging sie ins Bad, um ihr Gesicht herzurichten. Es musste ja nicht jeder sehen, mit welch trüben Gedanken sie sich herumschlug. Als sie mit dem Ergebnis zufrieden war, tauschte sie den Jogginganzug gegen eine schwarze Hose und eine ärmellose hochgeschlossene Bluse ein, die ihre schlanken Arme betonte. Dann setzte sie die Sonnenbrille auf, nahm ihre Handtasche und ging die Wendeltreppe hinunter.

Franziska betrat das Besprechungszimmer und musterte die drei Frauen mit einem neugierigen Blick. Obwohl sie sich noch immer sicher war, in Günther Meistersänger längst den wirklichen Täter gefunden zu haben, war sie gespannt, wie die Frauen aufeinander reagieren würden.

Katja Kesselmeyer trug zur engen Jeans ein rotes tief dekolletiertes Top und ein schwarzes Bouclé-Jäckchen. Die Füße steckten in hohen schwarzen Sandalen mit vielen Schnürchen, die Nägel waren, passend zum Top, rot lackiert. Ihre Haare hatte sie mit Haarspray und vielen Nadeln zu einem großen Dutt auftoupiert.

Die Direktorin des Oberhausmuseums hatte für ihren Besuch ein helles Kostüm und hohe Pumps gewählt. Passend dazu lag auf dem Tisch eine helle Clutch aus feinem Leder.

Sehr dezent gekleidet war Susanne Tröger, und ihr sah die Kommissarin am ehesten an, wie sehr sie unter diesem Zusammentreffen litt. Schützend verschränkte sie die Arme vor der Brust und vermied es konsequent, eine der anderen Frauen anzusehen.

Alle hatten ihren Platz so gewählt, dass keine direkt neben einer anderen saß.

Hannes, der bereits an der Stirnseite des Tisches auf seine Kollegin wartete, warf ihr einen fragenden Blick zu.

Gruber hatte sie gebeten, noch schnell bei ihm vorbeizuschauen, und Franziska, die unbedingt wissen wollte, welche Fortschritte er und der IT-Spezialist gemacht hatten, hatte sich nicht lange bitten lassen.

„Also?“, hatte sie gefragt und sowohl Gruber als auch den jungen Lars Bendersohn mit einem ihrer speziellen Blicke bedacht.

„Wir haben etwas. Ob es dich freut, wird sich zeigen.“

Dann hatten die beiden sie durch viele Seiten ihres Computerprotokolls geführt und schließlich einen Server benannt, der ihr so gar nichts sagte, und der sicher nichts mit Xaver Mautzenbacher zu tun hatte.

„Tja. Das ist er“, hatte Gruber versichert und auf Bendersohn gezeigt. Franziska war seinem Blick gefolgt.

„Hier war auf jeden Fall jemand dran, der weiß, wie man sich im Netz verstecken kann“, hatte der IT-Spezialist in einer für Franziska verständlichen Sprache erklärt. Nur einen Namen und ein Gesicht dahinter konnte er nicht vorweisen. Darum schüttelte Franziska auch jetzt noch ungläubig den Kopf, bevor sie die Frauen nacheinander begrüßte und sich schließlich zu Hannes setzte. Was auch immer diese drei mit Xaver Mautzenbacher zu schaffen hatten, mit dem Lynchaufruf hatten sie wohl kaum etwas zu tun.

Letztlich ging es hier auch nicht um einen Aufruf zur Gewalt, sondern nur um die Frage: die Frauen oder Günther Meistersänger? Betrogene Partnerinnen oder ein angeblich freiwillig zahlender Freund? Wenn es nach Schirghammer ging, war die Lage eindeutig. Bei drei Frauen herrschte Zickenkrieg, und da schreckte zumindest eine auch nicht vor einem Mord zurück. Typisch weiblich eben!

Als Frau konnte es sich Franziska nicht so einfach machen. Schon allein deshalb, weil diese billigen Klischees ihnen einfach nicht weiterhalfen. Die Kommissarin senkte ihren Blick auf die Unterlagen und überließ die Frauen sich selbst.

Das größte Problem war, dass alle drei ein Alibi hatten, und dass keines bestätigt werden konnte. Samantha Halmgaard gab an, in ihrem Büro im Gästehaus gearbeitet zu haben, ohne dabei noch an Xaver Mautzenbacher zu denken, obwohl der sich mit ihr verabredet hatte. Aber sie war allein gewesen, und somit gab es keinen Zeugen für ihre Aussage. Andererseits war sie seit einem Jahr von Mautzenbacher getrennt. Eine lange Zeit – aber war es auch lange genug?

Auch Katja Kesselmeyer hatte kein nachweisbares Alibi. Das Mädchen, das ihr am Montag ausgeholfen hatte, sagte, sie sei sich nicht sicher, ob die Chefin die ganze Zeit im Haus gewesen sei. Die habe im Büro gearbeitet, und sie sei im Laden beschäftigt gewesen. Dann hatte sie mit den Schultern gezuckt, was alles heißen konnte. Wusste sie vielleicht von der besonderen Beziehung zwischen Mautzenbacher und ihrer Chefin? Einer Frau, die sich für ihre Dienste bezahlen ließ, was er, wie sie behauptete, so gewollt hatte. Aber warum sollte sie lügen? Sie selbst hatte ihnen ja davon erzählt.

Susanne Tröger hatte das innigste Verhältnis zu Xaver Mautzenbacher und litt unter seinem Tod besonders. Weil sie ihn so vermisste oder weil sie selbst Hand angelegt hatte? Schließlich hatte auch die Zahnärztin kein Alibi. Sie war nachweisbar bis zum Abend mit einer Implantats-Sitzung beschäftigt gewesen, aber bis kurz nach drei Uhr hatte sie Mittagspause gemacht. Franziska und Hannes hatten es ausprobiert. Wenn Susanne Tröger, kurz nachdem Walter den Raum verlassen hatte, eingetroffen wäre, hätte die Zeit gereicht, mit Mautzenbacher zu streiten, ihn zu töten und dann zu verschwinden. Das würde auch erklären, warum er eingeschlossen war und der Schlüssel steckte. Sie hatte es zu eilig gehabt, um anders zu handeln. Ob man so etwas planen konnte, wusste Franziska freilich nicht. Aber das alles waren nur Spekulationen. Und auch das Motiv war immer noch unklar.

„Als ich Sie heute angerufen habe, um Ihnen mitzuteilen, dass Herr Mautzenbacher“, Franziska blickte in die Runde, „mit Ihnen allen ein Verhältnis hatte, sagte jede von Ihnen, das könne nicht sein. Daher frage ich Sie jetzt: Was wäre gewesen, wenn Sie doch voneinander gewusst hätten?“

Für einen Moment herrschte betretenes Schweigen, dann erklang das helle Lachen von Katja Kesselmeyer. „Also, mal ehrlich, für mich stand immer fest, dass Xaver parallel noch ein anderes Leben führte. Und jetzt, wo ich weiß, wie das aussah, ist mir auch vieles klar.“ Belustigt musterte sie ihre beiden Kontrahentinnen, woraufhin Susanne Tröger sie böse anfunkelte.

„Ich weiß nicht, wie Sie darauf kommen, aber ich ...“

Sie brach ab und sah Samantha Halmgaard an. Die zuckte mit den Schultern.

„Ich habe ihn danach nie wieder getroffen“, erklärte sie der Zahnärztin, was Franziska aufhorchen ließ.

„Wonach haben Sie ihn nicht wieder getroffen?“

Doch statt der Direktorin antwortete die Zahnärztin, ihren Blick fest auf Samantha Halmgaard gerichtet. „Sie hat uns einen Brief geschrieben.“

„Wann?“ Franziska wechselte einen schnellen Blick mit Hannes, konzentrierte sich dann aber ganz auf das, was gerade zwischen ihren Zeuginnen ablief.

„Nach Xavers Tod. Ich wollte sehen, ob sich die beiden bei Ihnen melden.“ Sie zuckte unschlüssig mit den Schultern. „Ich wollte wissen, ob sie etwas mit seinem Tod zu tun haben.“

Franziska merkte auf. War das die Wahrheit oder nur ein schlauer Schachzug? Denn, wenn sie wissen wollte, ob die anderen etwas mit seinem Tod zu tun hatten, hieße das ja, dass sie ihre Hände in Unschuld wusch.

„Dann haben Sie also doch voneinander gewusst“, schlussfolgerte die Kommissarin.

Die beiden anderen schüttelten kaum merklich den Kopf, nur Samantha Halmgaard nickte zustimmend. „Ich habe Ihnen ja schon gesagt, dass ich mich vor einem Jahr von Xaver getrennt habe. Der Grund dafür war sie.“

Mit einem Kopfnicken deutete sie auf Susanne Tröger, die wie unter einem Stromschlag zusammenzuckte. Samantha Halmgaard lächelte sie besänftigend an.

„Eigentlich war es ein dummer Zufall. Wie so oft im Leben.“ Sie zog die Schultern hoch und zeigte ihre leeren Hände. „Ich sah sein Auto und folgte ihm. Er hatte mir erzählt, dass er nach Hamburg müsse, da habe ich mich natürlich gewundert, dass er nach Grafenau fuhr und dort in einer Garage parkte, die sehr einladend für ihn offen stand. Als er nach einer Stunde noch immer nicht rauskam, kletterte ich auf den Balkon und sah ihn in einer eindeutigen Pose mit ihr im Wohnzimmer.“ Sie nickte Susanne Tröger zu, die sie während der Erzählung immer wieder angesehen hatte. „Danach wollte ich ihn nicht mehr sehen. Ich wollte keinen Mann, den ich mit einer anderen teilen musste. Daher schickte ich ihm eine SMS und erklärte ihm, dass es aus sei zwischen uns. Xaver schien das recht zu sein, denn er hat sich nie mehr bei mir gemeldet.“

„Und für Sie war die Beziehung dann tatsächlich beendet?“

„Ja.“ Sie nickte mehrmals, um ihre Aussage zu bekräftigen. „Allerdings ließ mich die Frage, ob er mich nur in diesem Punkt oder auch in anderen belogen hatte, nicht los, und da beschloss ich, mehr über ihn herauszufinden.“

„Und was fanden Sie heraus?“ Diesen Teil der Aussage fand die Kommissarin ganz besonders interessant.

„So wie es aussieht, fand sie mich“, mischte sich Katja Kesselmeyer ein.

„Sie haben auch einen Brief bekommen?“

„Ja, aber wie ich schon sagte, war ich nicht besonders überrascht.“

„Trotzdem haben Sie ihn nicht erwähnt.“

„Ich habe sie darum gebeten, ihn nicht zu erwähnen.“ Samantha Halmgaard lächelte entschuldigend. „Ich hielt es für besser, wenn Sie nicht erfahren, dass ich von den anderen wusste.“

„Warum?“

„Ich dachte, Sie würden darin ein Motiv sehen."

Franziska erkannte die Denkweise, die hinter dieser Argumentation lag, und konterte. „Aber Sie mussten sich doch darüber im Klaren sein, dass die beiden von Ihrem Brief berichten würden, um zu erfahren, ob Sie schuld am Tod von Xaver Mautzenbacher sind."

„Da ich wusste, dass ich es nicht getan habe, habe ich das wohl nicht bedacht."

Mitten in die folgende Stille hinein klopfte es, und Annemarie Michl steckte den Kopf zur Tür herein. Sie lächelte die Runde entschuldigend an und kam dann zu Franziska, um ihr zu berichten, dass keiner der zuvor abgenommenen Fingerabdrücke mit einem der Fragmente, die auf der Tatwaffe gefunden worden waren, übereinstimmten. Damit hatten sie mögliche, aber unbestätigte Alibis, klischeehafte Motive und nicht vorhandene Fingerabdrücke. Insofern gab es keinen Grund, die drei Damen weiter festzuhalten.

Die Kommissarin seufzte. Dann bedankte sie sich bei Samantha Halmgaard, Susanne Tröger und Katja Kesselmeyer für ihr Kommen, kündigte aber weitere Gespräche an. Sie ging davon aus, dass die drei sich in den nächsten Stunden damit beschäftigen würden, welche der beiden anderen es gewesen sein könnte, um diese dann bei den Ermittlern anzuschwärzen. Vielleicht würden dabei nur Eifersüchteleien an den Tag kommen, vielleicht aber auch ein wirkliches Motiv.

Susanne Tröger verabschiedete sich sehr schnell, und auch Samantha Halmgaard verschwand zügig. Nur Katja Kesselmeyer blieb noch einen Moment, und als Franziska sich ihr zuwandte, bat sie die Kommissarin, sie so bald wie möglich noch einmal in ihrem Haus in Bad Füssing zu besuchen.

„Ich möchte nicht, dass mein Privatleben hier in aller Öffentlichkeit breitgetreten wird, aber wenn Sie vorbeikommen, dann will ich Ihnen gern etwas zeigen. Von Frau zu Frau."

In Gedanken noch immer mit den Motiven der Frauen beschäftigt, ging Franziska neben Hannes über den Flur zu ihrem Büro.

„Hallo, Frau Kommissarin“, hörte sie auf einmal die Stimme von Walter Froschhammer.

Wie paralysiert blieb sie stehen und drehte sich dann langsam in die Richtung, aus der er gerufen hatte. Mit einem schiefen Grinsen im Gesicht sah der Bühnenkünstler sie von einem der Wartestühle aus an.

„Du musst die Sache hinter dich bringen, sonst läufst du noch Amok“, erklärte Hannes leise, aber eindringlich.

„Dann hast du ihn angerufen?“

Hannes nickte und bat Froschhammer, ohne auf Franziska einzugehen, ihnen zu folgen.

„Eigentlich war ausgemacht, dass die Wände bereits abgeräumt sind, wenn ich anfange“, erklärte Froschhammer, nachdem Hannes ihn gebeten hatte, sich zu dem Umstand, dass auf der Tatwaffe seine Fingerabdrücke gefunden worden waren, zu äußern. „Aber so wie es aussah, hatten die Hausmeister noch keine Zeit gehabt, und bevor ich lange herumstand, habe ich halt alles in der Mitte des Raumes gelagert, um zumindest mit meiner Skizze beginnen zu können.“

Er warf Franziska einen abschätzenden Blick zu, doch die schwieg und überließ es in diesem Fall Hannes, die Fragen zu stellen. Dafür würde er dann auch den Bericht für den Chef schreiben, und somit konnte niemand sagen, sie hätte etwas verschleiert.

„Gut“, nickte Hannes. „Dann brauchen wir jetzt nur noch Ihr Alibi für die Zeit zwischen 14 und 15 Uhr, und schon können Sie gehen.“ Für einen kurzen Augenblick konnte man auf dem Gesicht des jungen Kommissars so etwas wie Vorfreude entdecken, was er aber gleich darauf wieder zu verbergen wusste.

„Nachdem ich am Vormittag nicht fertig wurde, kam ich gegen eins noch einmal und machte die Skizze fertig“, erklärte Froschhammer ruhig, wobei er erneut vor allem Franziska ansah. „Das dauerte etwa bis zwei. Dann ging ich zu Samantha, weil ich wollte, dass sie ihr Okay fürs Ausmalen gab.“ Froschhammer lächelte unsicher. „Leider hatte sie keine Zeit für mich. Aber sie versprach, sich später alles anzusehen.“ Der Künstler zuckte mit den Schultern. „Da bin ich dann gegangen. Den Rest des Nachmittags war ich im Maierhof, weil ich ein Porträt vorbereitet habe. Mehr kann ich Ihnen nicht sagen“, erklärte er und lehnte sich entspannt zurück.

„Und gibt es dafür Zeugen?“, bohrte Hannes nach.

Froschhammer grinste. „Ja.“

„Und wer ist das?“ Der schnelle Blick, mit dem Hannes seine Kollegin streifte, zeigte deutlich, mit welchem Namen er rechnete.

„Ein Mitglied des Ensembles.“

„Und wer genau?“ Offensichtlich begann es Hannes langsam zu nerven, dass er diesem aufgeblasenen Bühnenkünstler alles aus der Nase ziehen musste.

Doch Froschhammer ließ sich mit seiner Antwort Zeit. Erst nach einem triumphierenden Grinsen erklärte er: „Carlos Rodriquez. Wir mussten einen Gewichtstest für die neue Kulisse machen.“

Als Froschhammer den Raum schon längst verlassen hatte, saß Franziska noch immer auf ihrem Stuhl und starrte vor sich hin. Sie konnte nicht fassen, was sie gerade durchmachte. Samantha! „Ich ging zu Samantha.“ Nicht zur Direktorin, nicht zu Frau Halmgaard, nein, er nannte sie beim Vornamen! Und dann erst dieses anzügliche Grinsen. Gerade so, als wären sie verabredet gewesen, und weil sie keine Zeit oder Lust gehabt hatte, hatte er sich dann halt mit der kleinen Kommissarin abgegeben!

Tief bohrten sich die Pfeile der Eifersucht in ihre sonst so klare Denkweise. Denn, wenn sie ehrlich gewesen wäre, dann hätte sie daran gedacht, dass ihre Verabredung ja schon vor seinem Besuch bei der Halmgaard festgestanden hatte. Doch so viel Logik ließen ihre Emotionen im Moment einfach nicht zu.

Hannes, der sah, wie sie sich quälte, durchbrach mit seinem Geplapper ihre düsteren Gedanken und holte sie in die Realität zurück. „Dieses Bild auf seiner Homepage ist schon sehr ungewöhnlich. Ich meine, so richtig erkennen kann man ja eigentlich nichts. Was wollte der Künstler damit sagen? Weißt du noch, wenn sie im Kunstunterricht danach gefragt haben, und wir armen Schüler sollten dann wissen, was in diesem Moment im Hirn des Künstlers vor sich ging?"

Er schaute Franziska durchdringend an, und als sie noch immer nichts sagte, fuhr er fort: „Da finde ich es wirklich prima, dass Froschhammer die Entstehungsgeschichte gleich dazu schreibt. Sehr erotisch muss ich sagen. Also, die Frau hatte ja wirklich was davon."

Erst in diesem Augenblick ging Franziska auf, wovon Hannes die ganze Zeit über redete. Sofort überzog eine tiefe Röte ihr Gesicht, woraufhin Hannes erst richtig amüsiert dreinschaute.

„Jetzt nimm es nicht so schwer, es steht ja nicht dein Name dabei."

Um es nicht noch schlimmer zu machen, versuchte Franziska gar nicht erst, alles abzustreiten, sondern fragte nur, wie er auf sie als Modell gekommen sei.

„Ich habe die Farbe wiedererkannt, die du am Montagabend im Oberhaus spazieren getragen hast."

Verlegen, aber vor allem wütend, blickte Franziska auf die Uhr. Es war Freitagabend. In der Frauenrunde waren sie nicht weitergekommen und bei Günther Meistersänger bissen sie auf Granit, einzig Walter war unschuldig, wenn auch nur am Tod von Xaver Mautzenbacher.

Was zum Teufel sollte sie also noch hier?

Als ihr im gleichen Moment die Verabredung mit Katja Kesselmeyer einfiel, stand sie ohne ein weiteres Wort auf, um ihre Tasche aus dem Büro zu holen.

„Gehst du schon nach Hause?“, fragte Hannes, der ihr gefolgt war.

„Ja. Was dagegen?“, antwortete sie schnippisch.

Hannes wollte ihr schon antworten, winkte dann aber nur ab. „Okay. Ich geh noch mal zu Gruber, wenn es was Neues gibt, melde ich mich bei dir. Schönes Wochenende!“

Den Winterhafen, der erst seit ein paar Jahren existierte, kannte er noch nicht. Er war für die großen Flusskreuzfahrtschiffe gebaut worden, und da Schiffe für ihn eine Art Heimat geworden waren, zog es ihn an diesem Tag beinahe magisch hierher. An einem Hafen roch und tönte es nach allem, was er kannte und ihm vertraut erschien. Heimischer als die ganze Stadt und die Menschen, derentwegen er zurückgekommen war. Wind und Wetter hatten nicht nur sein Gesicht gegerbt, das T-Shirt und die Jeans und die alten Turnschuhe begleiteten ihn schon sein halbes Leben. Als er das Haus am Morgen verlassen hatte, war er ohne Gepäck gegangen. Was hätte er auch mitnehmen sollen? Er hatte alles verloren, warum sollte er dann ausgerechnet seine wenigen Habseligkeiten mit sich herumschleppen?

Nachdem die letzten Ausflügler eingestiegen waren, blickte er kurz zum Himmel, der inzwischen grafitgrau geworden war, und verließ ohne Hast die Stelle, an der er schon mehr als zwei Stunden stand. Eigentlich hatte er nachdenken wollen, am liebsten eine Lösung finden. Doch wie sollte er das bewerkstelligen? An ihm lag es ja nicht.

Sein Kopf schmerzte, vom Nacken bis zur Stirn, und er wusste genau, was als Nächstes kommen würde. Während sich der Himmel immer mehr verfinsterte, zog sich auch der eiserne Ring um seinen Kopf immer fester. Das Gehen fiel ihm schwer, er hatte Durst und brauchte dringend einen Platz, wo er sich unterstellen konnte, am besten sogar liegen, bis es vorbei war. Doch er hatte keine Ahnung, wo das sein sollte.

Ohne Ziel lief er das Donauufer entlang und achtete dabei nicht auf die Autos, die ihm entgegenfuhren. Sie hatten die Lichter schon eingeschaltet. Denn ganz plötzlich war es stockdunkel geworden. Seit Tagen rechneten alle mit diesem befreienden Gewitter, hofften geradezu darauf. Nur er nicht. Was sollte ein Gewitter an seinem armseligen Zustand ändern?

Als er den Tunnel zwischen Nieder- und Oberhaus erreichte, überlegte er kurz, ob er hier warten sollte, doch dann entschied er sich anders, überquerte die Prinzregentenbrücke und landete schließlich auf dem Rathausplatz.

Den ganzen Nachmittag über musste hier reger Betrieb geherrscht haben. Doch jetzt hatten sich die Gäste längst ins Innere der Restaurants geflüchtet, und nur die Bedienungen huschten noch umher und retteten Sonnenschirme und Sitzkissen. Auf die zurückgelassenen Gläser achtete niemand. Und auch ihn schien niemand zu sehen, während er von Tisch zu Tisch ging, ein Glas nach dem anderen ansetzte und jeden Rest trank, egal ob Bier, Spezi, Radler oder Apfelschorle. Als sein Durst gestillt war, schnappte er sich noch eine trockene Brezen aus einem verlassenen Brotkorb, bevor er sich resigniert davonmachte, am *Wilden Mann* vorbei und hinein in die kleinen Gässchen, die für die Passauer Altstadt so typisch waren. Hier fuhr kein Auto, und die vereinzelten Fußgänger hielten ihre Schirme so schützend vor sich, dass sie kaum zu sehen waren.

Nach mehreren heftigen Blitzen, gefolgt von lauten Donnerschlägen, die ihm zeigten, dass das Unwetter immer näher kam, begann es heftig zu regnen. Die Hauswände mit den knapp überstehenden Dächern würden ihm nicht mehr lange Schutz bieten. Er brauchte einen Unterstand. Er musste sich ausruhen, warten, bis diese grässlichen Kopfschmerzen nachließen. Schon lange war es nicht mehr so schlimm gewesen. Aber früher hatte er immer eine Perspektive gehabt, die fehlte ihm jetzt völlig.

Der nächste Blitz schoss in die enge Gasse und beleuchtete sie gespenstisch. Das Licht tat in seinen Augen weh, weshalb er sie schloss und sich Halt suchend an eine Tür lehnte. Völlig überraschend gab sie nach, und er stolperte ins Innere, wo er sich erst im letzten Moment an einer Werkbank abfangen konnte. Er sah sich suchend um. Er war in einem Keller gelandet. An der Wand lehnte ein Fahrrad. Es gab Eimer, eine Leiter, Kisten mit Gerümpel und einige Matratzen. Als er schon weitergehen wollte, besann er sich, ließ die Tür ins Schloss fallen, legte die Matratzen auf den Boden, und noch bevor er sie genauer betrachten oder gar beschnuppern konnte, lag er auch schon längs darauf und schloss dankbar die Augen. Es war egal, wer hier vor ihm gelegen hatte oder wie es roch. Das hier war seine letzte Zuflucht, und er hoffte nur, es würde niemand kommen und ihn vertreiben, bis das Schlimmste vorüber war.

Als Franziska ihren Wagen an diesem Abend auf dem Kundenparkplatz von Kesselmayer-Moden abstellte, goss es so sehr, dass sie schon nass war, bevor sie es schaffte, ihren

Regenschirm neben der Fahrertür zu öffnen. Den Kopf gesenkt sprintete sie mit langen Schritten zur Rückseite des Hauses und war froh, dort erwartet zu werden.

„Kommen Sie, ich hole Ihnen ein Handtuch", begrüßte Katja Kesselmeyer die Kommissarin, nahm den Schirm und ging ihrem Gast voraus die Treppe hinauf zur Privatwohnung im ersten Stock des Hauses.

Das Wohnzimmer war eine gelungene Mischung aus wertvollen alten Möbeln und einer sehr modernen Trendlinie. Nachdem sie sich mit dem Frotteetuch abgerubbelt hatte, setzte sich Franziska auf das gemütliche Samtsofa, ließ ihren Blick durch das ganze Zimmer wandern und lächelte, als Katja Kesselmeyer mit zwei Gläser Aperol Sprizz, in denen große Eiswürfel klimperten, hereinkam. Während der Regen die Luft draußen merklich abgekühlt hatte, stand die Hitze der letzten Tage noch immer in den Zimmern. Da war so eine Abkühlung genau richtig, wobei sie wohl eher als Einstieg in eine lockere Unterhaltung dienen sollte.

„Ich hoffe, Sie sind nicht mehr im Dienst", bemerkte die Gastgeberin schelmisch, woraufhin Franziska unschlüssig den Kopf schüttelte.

„Das kommt ganz darauf an, was Sie mir erzählen möchten."

Die Boutiquebesitzerin trug jetzt ein schlichtes schwarzes Kleid, hatte die Haare mit einem Band zurückgenommen und war kaum geschminkt.

„Die wenigsten Menschen sind in der Lage, ihren geistigen Horizont zu erweitern. Was besonders in sexueller Hinsicht gilt." Sie nahm einen Schluck aus ihrem Glas. „Es ist nicht meine Art, herumzulaufen und andere über mein Sexualleben auf dem Laufenden zu halten. Aber als ich heute das Gespräch verfolgte, dachte ich, Sie sollten Bescheid wissen, weil Sie mich dann von der Liste der Verdächtigen streichen können."

Franziska nahm nun ebenfalls einen Schluck. „Letzteres kann ich Ihnen natürlich nicht versprechen, aber vielleicht kann ich zumindest verstehen, inwiefern die Beziehungen von Herrn Mautzenbacher etwas mit seinem Tod zu tun haben."

„Genau darum geht es mir. Wobei ich mir heute dachte, dass die beiden Damen doch ganz anders sind, als ich sie mir vorgestellt habe." Sie lächelte wissend. „Aber man täuscht sich ja oft."

„Ja", nickte Franziska und wurde langsam richtig neugierig.

„Xaver war mein Herr, und ich war seine Hure", eröffnete Katja Kesselmeyer ihr Geständnis. „Ich liebe es, mich lustvoll zu unterwerfen, und für Xaver gab es wohl nichts Inspirierenderes, als eine Frau zu kaufen. Wobei das Wort ‚Nutte' für ihn wie ein Fetisch war. Manchmal dachte ich, er hat ein Problem mit Frauen. Trotzdem war Xaver ein guter Herr. Streng, aber mit Bedacht." Einen Moment lang sah sie auf das fast neonfarbene Orange in ihrem Glas, trank und erzählte dann weiter. „Sie dürfen das nicht falsch verstehen. Wenn ich mich ihm hingab, hat er nie einfach nur zugehauen. Im Prinzip hat er mich sehr raffiniert mit der Gerte zum Höhepunkt gestreichelt." Sie überlegte kurz, ob diese Beschreibung zutraf, und nickte dann. „Es ist eine richtige Kunst, müssen Sie wissen. Ein ständiger Wechsel zwischen zärtlichen Berührungen, die das Warten schier unerträglich machen, und dem kurzen heftigen Schmerz, der die Lust immer weiter steigert." Sie blickte Franziska an, aber die nickte interessiert. „Natürlich gehört dazu auch eine lustvolle Verkleidung wie ein Taillenmieder und Strapse mit Strümpfen. Oder manchmal auch nur eine Maske und einen Samtumhang, in den ich mich einhüllte, und auf den ich mich legte, wenn er mich auf seine Streckbank band." Sie sah die Kommissarin an, um zu ergründen, ob die sich das, was sie ihr erzählte, vorstellen könnte. „Es gibt allerdings klare Regeln, gegen die man nicht verstößt. Das ist Ehrensache."

„Und Xaver Mautzenbacher hat sich immer an diese Regeln gehalten?"

„Ja, sonst wäre es das letzte Mal gewesen. Bei diesem Spiel geht es darum, kontrolliert seinen Trieb zu befriedigen. Wobei die Macht allein bei dem liegt, der sich unterwirft, und es muss ein einziger Blick genügen, um das Spiel voranzutreiben oder es im nächsten Moment zu beenden. Alles andere ist profanes Verprügeln."

Franziska hatte ihr Glas ausgetrunken und versuchte nun, das Gehörte mit dem Gespräch am frühen Abend zu vereinbaren.

„Sie sagen also, Xaver Mautzenbacher hat sich immer an die Regel gehalten und somit hatten die Frauen, mit denen er zusammen war, und die dieses Spiel genossen haben, auch keinen Grund ihn zu töten", fasste die Kommissarin zusammen.

„Na ja, da bin ich mir seit heute Nachmittag eben nicht mehr so sicher. Ich meine, nicht jede Frau liebt es, sich zu unterwerfen. Wenn Xaver dann aber trotzdem der Herr sein wollte, dann ..."

Sie überließ es der Kommissarin, aus dem Gesagten ihre eigenen Schlüsse zu ziehen.

Es war ein interessanter Abend gewesen, ganz anders, als erwartet, und Franziska wäre gern noch geblieben. Aber sie hatte befürchtet, dass sie nach dem nächsten oder übernächsten Aperol Sprizz von ihrem eigenen Sexleben berichtet hätte, und das wäre absolut unprofessionell gewesen.

Trotzdem ließen sie die Schilderungen der Boutiquebesitzerin und ihre eigenen gedanklichen Ausschmückungen auf der Rückfahrt nach Passau nicht mehr los. Sie konnte sich auf der einen Seite nicht vorstellen, dass es ihr gefallen würde, sich einem Mann derart zu unterwerfen. Auf der anderen Seite konnte sie nicht wissen, ob es ihr gefiel, solange sie es nicht ausprobierte. Spätestens an dieser Stelle kamen ihre Gedanken bei Walter an, und sie überlegte, ob er, nachdem er sich ja scheinbar auf Samantha Halmgaard eingelassen hatte, auch auf solche Spiele stand und daher so begeistert von dieser Frau war. Doch dann wurde ihr bewusst, dass Katja Kesselmeyer sie ja nicht zu sich gebeten hatte, um ihr klar zu machen, dass die Damen, mit denen sich Mautzenbacher vergnügt hatte, alle devot und daher nicht in der Lage waren, einem Mann irgendetwas übel zu nehmen. Vielmehr hatte sie mit ihren Offenbarungen ihre Unschuld unterstreichen und auf die Möglichkeit hinweisen wollen, dass andere das vielleicht anders sahen und daher auch einen Grund haben konnten, ihn zu töten. Frei nach dem Sankt-Florians-Prinzip hatte sie von sich auf andere geschlossen.

Als Franziska in ihrer Wohnung ankam, war es kurz vor Mitternacht. Sie riss die Balkontür auf, um die frische Regenluft hereinzulassen, zog ihr Handy aus der Tasche und wählte, ohne darüber nachzudenken, die Nummer von Walter Froschhammer.

Doch schon in dem Moment, in dem er sich meldete, wusste sie, dass es ein Fehler war.

„Hey, du bist aber noch spät im Dienst", begrüßte er sie leichthin. „Noch Fragen, Frau Kommissarin?"

„Ja, ich wollte wissen, ob du morgen schon was vorhast?"

Franziska hielt die Luft an.

„Ach, und ich dachte, du hältst mich noch immer für einen Mörder ... Weißt du, es ist für einen Mann nicht so schmeichelhaft, wenn ihm seine Erwählte so wenig vertraut."

„Ja, du hast ja recht, und es war ja auch dumm von mir, und jetzt ist doch alles klar, und ..."

„Frau Kommissarin, es ist schon spät, und ich muss morgen früh raus."

„Du hast einen Auftrag?", erkundigte sich Franziska kleinlaut und hätte sich ohrfeigen können, weil sie ihn überhaupt angerufen hatte.

„Ja", bestätigte er, woraufhin Franziska sich schnell verabschiedete.

Als sie den Anruf weggedrückt hatte, warf sie das Handy wütend aufs Bett und sich in einigem Abstand gleich hinterher.

Hilflos rannen die Tränen über ihr Gesicht, während ihr Körper von heftigen Schluchzern geschüttelt wurde.

Wie konnte sie nur so dumm sein und ihn anrufen?

Wie konnte sie nur glauben, er wolle wirklich was von ihr?

Aber so etwas würde ihr nie mehr passieren! Von jetzt an würde sie nur noch für ihren Beruf leben, die Männer und vor allem diesen dummen Bühnenkünstler vergessen! Der war sowieso nicht der Richtige für sie. Sie brauchte keinen Typen, nach dessen Pfeife sie tanzen musste, sie brauchte einen richtigen Mann! Einen, der auf sie wartete, für sie kochte, und vor allem nicht ständig anderen Frauen hinterherguckte.

Mit diesem Beschluss im Kopf schlief sie irgendwann ein. Angezogen, verweint und mit ungeputzten Zähnen.

Nach einer viel zu kurzen und wenig erquickenden Nacht war Franziska unter die Dusche geschlichen. Dort hatte sie, nach einem Blick aus dem Fenster, beschlossen, jetzt einmal gründlich mit ihren alten Verhaltensmustern aufzuräumen. Wenn schon, denn schon! Der Regen der Nacht hatte sich gegen Morgen verzogen und einer strahlenden Sonne am wolkenlosen Himmel Platz gemacht. Also hatte sie ihre alten Turnschuhe herausgekramt, die Haare zusammengebunden, kurze Shorts und ein T-Shirt angezogen und war dann mit dem Auto zum Parkplatz in Ingling gefahren, wo es eine schattige Laufstrecke gab.

Als sie ihr Auto verließ, dachte sie kurz an den toten Journalisten, den sie im vergangenen Herbst hier ganz in der Nähe gefunden hatten. Aber dann verscheuchte sie auch diesen Geist der Vergangenheit, denn der würde sie nur unweigerlich wieder zu Walter führen, und das wollte sie auf keinen Fall. Nach ein paar Dehnübungen lief sie los, fand schon bald ihren Rhythmus und konnte dabei in aller Ruhe planen, was sie als Nächstes unternehmen würde.

Sie musste unbedingt mit den beiden anderen Frauen sprechen und sie fragen, was zwischen ihnen und Mautzenbacher gelaufen war. Katja Kesselmeyer hatte viel von sich preisgegeben, um von der Liste der Verdächtigen gestrichen zu werden. Aber vielleicht war es ja genau andersherum. Vielleicht war gerade sie diejenige, die einen Grund hatte, Xaver Mautzenbacher zu töten, weil er sich eben doch nicht an die Regeln gehalten hatte.

Als Franziska das Auto wieder erreichte, rief sie bei Samantha Halmgaard an und sagte, sie müsse noch einmal mit ihr sprechen. Wegen des Briefes. Den eigentlichen Grund würde sie ihr erst später mitteilen. Irgendwie.

Die Museumsdirektorin willigte ein. „Allerdings wäre es mir lieber, wenn Sie zu meinem Vater kommen könnten. Am Samstag kümmere ich mich immer um ihn.“

„Kein Problem.“ Franziska schrieb sich die Adresse auf. „Dann sehen wir uns später.“

„Ach, Frau Steinbacher, wären Sie bitte so freundlich, meinem Vater nichts von den anderen Frauen zu sagen? Er konnte Xaver noch nie besonders gut leiden."

„Klar", sagte Franziska und dachte, dass Samantha Halmgaards Vater der erste Mensch war, von dem sie erfuhr, dass er Xaver Mautzenbacher nicht gemocht hatte. Und sie war sich keineswegs sicher, ob sie ihr Versprechen der Museumsdirektorin gegenüber auch halten konnte.

Als sie zum vereinbarten Zeitpunkt vor dem Haus parkte, war Samantha Halmgaard gerade dabei, die Tür aufzuschließen.

Nach der Begrüßung kam Franziska gleich zur Sache. „Ich möchte gerne die ganze Geschichte von Ihnen hören und verstehen, warum Sie die Briefe geschrieben haben."

„Sammy, bist du das?", rief eine brüchige Stimme von drinnen.

„Mein Vater", erklärte die Museumsdirektorin und wandte sich um. „Ja, Papa, ich komme gleich."

Dann sah sie die Kommissarin verständnislos an. „Aber die habe ich Ihnen doch schon gestern erzählt. Mehr gibt es da nicht zu sagen."

Für einen Moment musterte Franziska die zierliche Frau, bevor sie zu bedenken gab: „Ihre Geschichte hörte sich an manchen Stellen so unglaubwürdig an, dass ich mich gefragt habe, ob es nicht vielleicht ganz anders gewesen sein könnte."

„Wie anders?"

„Sammy, was ist denn nun?"

„Ich komme gleich, Papa. Hier ist nur jemand, mit dem ich mich noch kurz unterhalte."

Mit einem Lächeln entschuldigte sie sich für die Störung. „Manchmal ist mein Vater wie ein quengelndes Kind."

„Zum Beispiel, dass Ihnen Xaver Mautzenbacher sehr wohl gesagt hat, dass es noch andere Frauen in seinem Leben gab. Weil er einer war, der es liebte, Frauen zu besitzen, und der diese Vorliebe entsprechend auslebte, wenn Sie wissen, was ich meine." Schon als Franziska den Satz sagte, war er ihr peinlich.

Doch Samantha Halmgaard lächelte nur wissend. „Sie meinen, er liebte devote Frauen?"

„Ja", stimmte die Kommissarin erleichtert zu.

Samantha Halmgaard überlegte. „Eigentlich nicht. Er war ja froh, wenn die Frauen ihr eigenes Geld verdienten." Noch ehe sie ihre Aussage weiter ausführen konnte, hörten sie im Flur ein Schlurfen, und als sich Samantha Halmgaard umdrehte, erschrak sie. „Papa, wie siehst du denn aus?"

Wieder wandte sie sich kurz der Kommissarin zu. „Entschuldigen Sie bitte, ich muss mich jetzt wirklich um meinen Vater kümmern."

„Wer ist denn die junge Frau, Sammy?", nuschelte der Alte, weil er versuchte, beim Sprechen den Mund nicht zu öffnen.

„Franziska Steinbacher. Ich bin von der Kriminalpolizei Passau", stellte sie sich vor und reichte dem Mann die Hand.

„Sie ermitteln wegen diesem Mautzenbacher?", fragte er, wobei einige Silben nicht mehr als ein Zischen waren.

„Ja, genau."

Franziska beobachtete, wie sich im Gesicht des alten Mannes etwas veränderte. „Wollen Sie dann nicht hereinkommen?" Einladend hielt er die Tür auf.

„Nur, wenn du dir deine Zähne reinsteckst!", entschied die Tochter streng.

„Ich hab sie nicht gefunden", grummelte der Alte und stülpte seine leeren Hosentaschen demonstrativ nach außen.

Die Kommissarin wollte gerade versichern, dass ihr das nichts ausmache, als Samantha Halmgaard auch schon im Haus verschwand, und gleich darauf die Rollläden hochgezogen und einige Fenster geöffnet wurden.

„Sie dürfen mir meine Sammy nicht wegnehmen, sie ist das Einzige, was ich noch habe", flüsterte der Alte undeutlich, aber doch verständlich. Dann kam er einen Schritt auf Franziska zu. „Xaver war nicht gut zu meiner Sammy. Er hat sie belogen. Er ..."

„Papa, was erzählst du denn da?" Unbemerkt war Samantha Halmgaard hinzugekommen.

„Aber es stimmt, er hat dich belogen!"

„Hören Sie nicht auf ihn. Mein Vater weiß manchmal nicht, was er sagt."

„Natürlich weiß ich das", wehrte sich der Alte, während die Tochter ihn zurück ins Haus führte. Dort machte er sich los und zischte Franziska zu: „Waren sie mal oben? Dort hat sie ihn verhext! Aber sie kann nichts dafür, das kommt alles von dieser Reise. Sie hätte nie nach Afrika gehen dürfen. Nie!"

Plötzlich sackte er in sich zusammen und ließ sich dann anstandslos von seiner Tochter ins Wohnzimmer zurückbringen, während Franziska zwei Schritte in den Flur hineinging, um nicht die ganze Zeit vor der Tür herumzustehen. Weiter wollte sie vorerst nicht.

„Wenn ich gewusst hätte, wie das endet, hätte ich Sie nie hierher gebeten."

„Kein Problem. In meinem Beruf ist man einiges gewöhnt", versicherte die Kommissarin, war sich aber nicht sicher, ob das ein Trost war. „Sie sagten, Xaver Mautzenbacher wollte keine devote, sondern eine selbstständige Frau. Glauben Sie nicht, dass sich das miteinander vereinbaren lässt?"

„Ich weiß es nicht. Ich weiß nur, dass ich nicht die Frau bin, nach der Sie suchen. Ich habe ihn verlassen, nachdem ich erfuhr, dass er eine andere hat. Wenn Sie eine Frau suchen, die einen Grund hatte ihn zu töten, dann sollten Sie bei denen beginnen, die bei ihm geblieben sind."

Als der Mann am nächsten Morgen erwachte, fühlte er sich wie durch eine Schiffsschraube gedreht, und als dann die Erinnerung zurückkehrte, glaubte er, es könne nicht schlimmer werden. Jeder Muskel in seinem zähen Körper tat ihm weh. Seine Zunge klebte aufgeschwollen am Gaumen und seine Lippen waren rissig. Der Brand in seiner Kehle war fast nicht auszuhalten. Er versuchte aufzustehen, doch der Raum um ihn herum begann sich so heftig zu drehen, dass er fürchtete, sich gleich noch einmal übergeben zu müssen. Vorsichtig legte er sich auf die Matratze zurück, schloss die Augen und versuchte die bohrende Übelkeit niederzuatmen.

Es war fast wie damals, als er die ersten Tage auf der Plattform gewesen war. Da hatte er auch immer gekotzt, bis nichts mehr in ihm drin war, bis er ausgehöhlt und leer war, bis er sich endlich an den Seegang gewöhnt hatte. Er hatte es zuerst mit Zwieback und Kamillentee und später mit Schnaps probiert, aber nichts hatte geholfen. Bis der ganze Spuk eines Morgens verschwunden und er zum Mann geworden war.

In den folgenden Jahren hatte er sich langsam nach oben gearbeitet. War vom Kabelträger zum Roughneck aufgestiegen und hatte mit diesem Job, den man am besten machen konnte, wenn man keine Familie hatte, sehr viel Geld verdient. Er war mit den Jungs zusammengewachsen und wusste, dass man sich zu jeder Zeit auf den anderen verlassen konnte, komme, was wolle. Trotzdem hatte er schon bald diese Sehnsucht in sich gespürt. Diesen Wunsch, erwartet zu werden, dazuzugehören, ein Heim zu haben, ein Zuhause.

Für diesen Traum hätte er alles gegeben, für diesen Traum hatte er alles gespart. Und jetzt wurde der Traum wahr, und sein Geld war weg. Alles einfach weg!

Beim nächsten Versuch setzte er sich ganz langsam auf. Orientierte sich an dem kleinen Fenster in der Tür, als wäre es der Horizont. Als sich sein Kreislauf stabilisiert hatte, richtete er sich langsam zu seiner vollen Größe auf und begann, sich in seinem Verlies umzusehen. Insgesamt war es vielleicht acht Quadratmeter groß, hatte neben der Tür noch ein zweites Fenster, das aber mit einem Stück Stoff verhängt war. Auf der Werkbank herrschte Ordnung: Schraubenzieher, Hammer, Ölkännchen ... Nichts, was er gebrauchen konnte. Noch nicht einmal ein Fetzen Stoff, um das Erbrochene aufzuwischen. Aber er wusste jetzt immerhin, woher seine Erinnerungen kamen.

Wo es Öl gab, da war er in Sicherheit, da war sein Zuhause. Das war immer so gewesen. Bis auf einmal.

Nach ein paar stürmischen Wochen waren sie an Land gegangen, hatten mal wieder einen draufmachen wollen. Vier Jungs und er. Vielleicht hatten sie ein bisschen laut geprahlt, vielleicht war es auch reiner Zufall gewesen. Doch als er nach dem werweißwievielten Bier nach draußen ging, warteten ein paar Schläger auf ihn. Nahmen ihn mit und zeigten ihm in einem stillen Winkel, wie das war, wenn andere begehrten, was man selbst besaß. Es war zwecklos sich zu wehren, das sah er schnell ein, und er hätte auch alles hergegeben, aber es ging wohl mehr um Macht und Wut denn um Besitztümer, und am Ende lag er mit einer großen Platzwunde am Hinterkopf auf dem Pflaster, dreckig, blutend, erbärmlich. Seit jener Nacht überkamen ihn immer wieder diese grässlichen Kopfschmerzen, wenn auch selten so schlimm wie gestern. Allerdings hatte die Lektion im Hafen auch ihr Gutes gehabt. Seither war er immer auf der Hut, und wenn es Ärger gab, vergaß er nie auf das zu achten, was hinter seinem Rücken passierte.

Bei diesem Gedanken drehte er sich um. An der Wand hinter ihm hing ein Fahrrad, auf dem Boden sah er einige Kisten und ein paar leere Flaschen stehen. Und er sah eine Tür. Vorsichtig zog er daran, und tatsächlich ließ sie sich öffnen. Er schaute hinein und erkannte einen Lattenverschlag, in dem sich weitere Kisten befanden. An der Tür war ein Vorhängeschloss angebracht, und als sich seine Augen an das Dämmerlicht gewöhnt hatten, erkannte er stapelweise volle Getränkekisten. Ein Schloss war das beste Indiz dafür, dass jemand etwas für sich haben wollte. Ein Schloss hieß immer: Finger weg! Und doch konnte er sich in diesem Moment einfach nicht an diese Regel halten, so gern er es auch getan hätte. Er hatte schrecklichen Durst, und so wie er aussah, konnte er nicht auf die Straße. Darum ging er, ohne zu zögern, zurück in seinen Unterschlupf und suchte nach einem geeigneten Werkzeug.

Inzwischen stand die Sonne hoch am Himmel, und es war schon wieder fast so heiß wie in den vergangenen Tagen. Franziska war mit Susanne Tröger verabredet und zu früh dran, deshalb hatte sie sich auf dem Grafenauer Stadtplatz ein Café gesucht. Während sie auf ihren Salatteller wartete, beobachtete sie die Menschen rundum und versuchte sich vorzustellen, wie Mautzenbacher von einer Frau zur anderen gefahren war. Wie hatte er es geschafft, jeder gerecht zu werden? Oder war er ohnehin immer nur sich selbst gerecht geworden?

Sie hätte Walter fragen können, der konnte auch ohne Probleme von einer zur anderen wechseln. Aber diesen Triumph wollte sie ihm nicht gönnen! Nicht nachdem, was er gestern Abend zu ihr gesagt hatte. Sie wollte nicht werden wie diese Frauen, die irgendwann alles akzeptierten, nur um nicht alleine zu sein.

Die Bedienung kam und stellte einen gewaltigen Berg Grünzeug vor ihr ab. Franziska bedankte sich, spießte das erste Salatblatt auf und überlegte beim Kauen weiter.

Samantha Halmgaard hatte von der Beziehung zwischen Xaver Mautzenbacher und Susanne Tröger und später auch von Katja Kesselmeyer gewusst und mit ihm Schluss gemacht. Aber erst als Mautzenbacher tot gewesen war, hatte sie den Frauen einen Brief geschrieben. Wollte sie ihnen wirklich nur sagen, dass sie sich melden sollten, oder hatte sie einfach erst nach dem Tod des Mannes, der sie belogen und betrogen hatte, den Mut gefunden zu sagen: Ich weiß, dass es euch gibt?

Aber warum hatte sie so lange gewartet, warum hatte sie ihm nicht schon viel früher das Handwerk gelegt? Weil sie Angst vor ihm hatte. Weil er ihr gedroht hatte. Vielleicht hatte er alle eingeschüchtert, und deswegen hatten alle getan, was er verlangte. Bis eine nicht mehr wollte, vielleicht einfach nicht mehr konnte. Die hatte sich dann mit ihm getroffen, und als er ihr erneut drohte, hatte sie ihn erstochen. Aus purer Angst, weil sie nur weiterleben konnte, wenn er tot war. Bei diesem Gedanken verging Franziska beinahe der Appetit.

„Was haben Sie dabei empfunden, wenn Xaver Mautzenbacher von Ihnen Dinge verlangte, die Sie nicht wollten?“, fragte Franziska die Zahnärztin, als sie eine halbe Stunde später in deren Wohnzimmer auf dem Sofa saß. Die Kommissarin hatte beim Essen noch so manche Variante in Betracht gezogen, war dann aber mit sich übereingekommen, dass sie mit der Tür ins Haus fallen musste. Einer derart beherrschten Frau wie Susanne Tröger konnte man anders nicht beikommen, dafür war sie zu schlau.

„Ich hab ... Er hat ... Wie kommen Sie darauf, dass ...“ Sie brach ab und sah die Kommissarin mit großen Augen fragend an. „Hat *sie* Ihnen das erzählt?“

Franziska zuckte mit den Schultern und nickte vorsichtig. Sie hatte keine Ahnung, von wem sie sprach, wollte es aber unbedingt herausfinden.

Ohne Vorwarnung wurde der schmale Körper der Frau von einem heftigen Weinkrampf geschüttelt.

„Es war die Hölle! Kein Mensch kann sich vorstellen, was ich mitgemacht habe, niemand!“ Sie sah Franziska durchdringend an. „Ich konnte so einfach nicht weitermachen. Es ging nicht mehr. Es musste aufhören, einfach aufhören, egal wie!“ Erleichtert lehnte sie sich zurück.

„Und das haben Sie ihm bei Ihrem Treffen im Oberhaus gesagt, und als er wütend wurde, nahmen Sie die Partisane, und stachen zu.“

„Nein. NEIN!“, schrie die Zahnärztin empört. „Wie kommen Sie denn auf so etwas? Ich habe ihn doch nicht getötet, ich ...“ Sie setzte sich auf, überprüfte ihre Kleidung und begann dann mit ernster Stimme zu erklären: „Schon viel zu lange hatte ich mir überlegt, wie ich es anfangen sollte. Aber dann war er immer wieder da und stellte Forderungen, und ich habe mitgemacht, weil es oft der einfachste Weg war. Hinterher habe ich mich immer dafür gehasst. Ich wollte das doch alles nicht, aber ich war zu schwach, um meine eigenen Interessen durchzusetzen! Bis er an jenem Montag, eine Woche vor seinem Tod, einfach zu weit gegangen war. Im Grunde ging es um nichts an diesem Tag, aber genau das machte mich so wütend, dass ich zum ersten Mal standhaft blieb und ihn stehen ließ. Es war ganz einfach, ich hätte das nie gedacht. Wir haben gestritten. Ich ließ ihn stehen, und er ging wütend davon und meldete sich nie mehr."

Früher hätte Franziska sicher gefragt, warum Susanne Tröger für diese Erklärung so lange gebraucht hatte, inzwischen wusste sie so viel von diesem Mann namens Mautzenbacher, dass sie das Verhalten der Zahnärztin nachvollziehen konnte.

„Haben Sie eigentlich gewusst, dass Samantha Halmgaard Sie beobachtet hat?"

„Ja. Ich habe sie gesehen, allerdings dachte ich, das gehöre zu seiner Inszenierung. Ich wusste nicht, dass er mit ihr ebenfalls ... Na ja, vielleicht wollte ich es einfach auch nicht wissen."

Gerade wollte Franziska fragen, ob sie sich danach einmal mit Samantha Halmgaard getroffen habe, als ihr Handy klingelte. Sie entschuldigte sich und ging ein paar Schritte auf den Balkon hinaus.

„Wir haben endlich die Wohnung gefunden", erklärte Gruber mit müder Stimme. „Uns fehlt nur noch der Durchsuchungsbeschluss, dann kann es losgehen."

„Das ist ja großartig!", lobte die Kommissarin. „Ich rufe den Chef an, um ihm alles zu erklären. Wir treffen uns vor Ort."

Im Nachhinein wusste Sunny, dass sie sich viel zu lange etwas vorgemacht hatte. Einst war er ihr Held in ängstlichen Tagen gewesen, der Ritter ihrer Träume, der Mann, der sie mit sich durchs Leben zog. Er hatte sie aufgehoben, als sie willenlos und schwach am Boden gelegen hatte.

In Wirklichkeit hatte sie sich nur etwas vorgemacht, hatte sich in all den Jahren nur eingebildet, es wäre alles gut, und hatte dabei völlig übersehen, übersehen wollen, welches Wesen in diesem Menschen wirklich steckte.

Bis zu diesem Tag, an dem sie blutend vor der Tür ihres kleinen Hauses lag und sich kaum noch rühren konnte. Denn ihr Körper schmerzte, und ihre Hoffnung war erloschen.

„Du miese kleine Nutte wirst mich nie wieder um etwas bitten", hatte er ihr ins Ohr gezischt, nachdem er mit ihr fertig war. „Hast du mich verstanden? Nie wieder!"

Sunny hatte nicken wollen, versuchte es noch einmal, aber sie konnte nicht. Blut lief ihr aus der Nase und über das rechte Auge, sodass sie kaum sehen konnte, wohin sie gehen musste. Zum Glück war die Haustür nicht verschlossen. Sunny schloss nie ab, bei ihr gab es nichts zu holen.

Als sie endlich in der Küche stand und sich mühsam mit einem Waschlappen das Gesicht reinigte, war sie vor allem froh, dass er den Kindern nichts getan hatte. Sie wusste, wie lange Kinderseelen unter so etwas litten. Sie selbst litt schon ihr ganzes Leben. Erst unter der Vernachlässigung ihrer Eltern, dann unter dem rauen Vorgehen grober Hände.

Sie hatte ihn vor seiner Wohnung abgepasst, um ihn um etwas Geld zu bitten, weil er doch jetzt, so wie es aussah, Arbeit gefunden hatte. Sie hatte ihn angebettelt, gefleht, an sein Herz als Vater appelliert und ihm versprochen, dem Jugendamt nichts davon zu sagen. Aber er hatte nur gelacht und dann ganz ruhig gesagt: „Wenn ich dich so ansehe, dann passt du wunderbar hierher."

Trotzdem hatte er sie zur Tür hinausgeschoben und sie zu seinem Auto geführt. Sie war sehr beeindruckt gewesen und hatte sich gefreut. Wenn er so ein Auto fuhr, dann hatte er auch Geld, und dann musste er ihr einfach etwas geben.

Als sie einstieg, rief er ihr zu: „Mach bloß nicht die Sitze dreckig!" Als ob sie eine Pennerin wäre, nicht die Mutter seiner Kinder. Doch sie hatte nichts gesagt, und auch er hatte den ganzen Weg über geschwiegen.

Am Anger angekommen war er mit ihr ausgestiegen. Und sie war vorausgegangen, beschwingt, in der Hoffnung, dass er einlenken würde. Doch kaum hatte sie den kleinen Garten durchschritten, da packte er sie grob von hinten, und als sie sich umdrehte, schlug er ihr seine geballte Faust ins Gesicht. Völlig überrumpelt ging sie zu Boden, wollte um Hilfe schreien, schaffte es aber nicht, weil zwei heftige Tritte in den Bauch sie am Aufstehen hinderten. Mit geschlossenen Augen hatte sie zu wimmern angefangen, bis er sich auf sie setzte und die Stille in sie hineinprügelte. Sie hatte das Blut in der Nase gespürt und gezuckt, als das rechte Augenlid aufplatze. Und irgendwann hatte sie nur noch ruhig da gelegen und gehofft, er möge endlich von ihr lassen.

In dieser Nacht schloss Sunny die Haustür ab und überprüfte dreimal, dass alle Fenster wirklich verriegelt waren. Die Angst war wieder ihr Begleiter. Als sie im Bett lag, die Decke hochgezogen, vor Angst und Verzweiflung weinend und zitternd, da wusste sie, dass er es genossen hatte und dass er es wieder tun würde, solange er lebte. Als die Kinder am nächsten Morgen zu ihr ins Bett springen wollten, erschraken sie.

„Mama, was hast du gemacht?“, fragte der Große, und Sunny lächelte tapfer.

„Ist nicht so schlimm, mein Schatz“, hatte sie gelogen.

Seither hoffte sie, dass ihre Kinder niemals erfuhren, was ihr zugestoßen war.

Als er das nächste Mal aufwachte, ging es ihm deutlich besser. Er hatte den Verschlag geöffnet, einige Flaschen zu seinem Lager hinübergebracht und bis auf den letzten Tropfen leer getrunken. Danach hatten sich sein Hals und seine Zunge wieder entspannt, die Übelkeit hatte sich gelegt, und auch sein Kopf war wieder klarer geworden. Zuletzt hatte er noch die Brezel gegessen, die er am gestrigen Tag mitgenommen hatte. Sie war trocken, aber er hatte ja Zeit zum Kauen. Nach der vorübergehenden Lösung dieser existenziellen Probleme überlegte er, wie es weitergehen sollte. Wo sollte, wo konnte er hin? Und was dann?

Unruhig warf er sich auf der Matratze hin und her, und als er gerade dabei war, erneut einzuschlafen, fiel ihm König Wenzel ein. Ein Spinner, wie er sich erinnerte, aber der Einzige, der ihm seine Hilfe angeboten hatte.

Also richtete er sich auf und ging die wenigen Schritte zur Tür. Die Schatten waren länger geworden, es musste also bereits Nachmittag sein. An welchem Tag konnte er freilich nicht sagen. Aber er hoffte, dass es noch immer Samstag war. Denn samstags war Wenzel immer als Touristenattraktion unterwegs.

Mit knurrendem Magen und zitternden Händen versuchte er unbeholfen, das Beste aus sich zu machen, glättete sich das wirre Haar mit den Handflächen und strich sein zerknittertes T-Shirt glatt. Dann öffnete er vorsichtig die Tür und trat hinaus auf die Straße. Als er gerade überlegte, welchen Weg er einschlagen sollte, kam eine Gruppe Touristen von der Donau her und schob ihn die schmale Stiege hinauf, die zum Dom führte. Willig ließ er sich vorwärtstreiben, dankbar dafür, dass ihm so seine Entscheidung abgenommen worden war.

Auf dem Domplatz angekommen, sah er Wenzel schon von Weitem auf seinem goldenen Thron sitzen. Ein weiß bestrumpftes Bein über die Lehne gelegt, lässig, gut gelaunt, in Plauderstimmung.

„Gegen zwei Uhr am Nachmittag des 27. April 1662 brach der große, der so verheerende Stadtbrand im Bürgerspital zu Passau aus", begann Wenzel mit seiner eindringlichen Schilderung dieses dreihundertfünfzig Jahre zurückliegenden Unglücks. „Getrieben von einem fauchenden Westwind breitete sich das Feuer rasant in der gesamten Altstadt und dem Neumarkt aus. Von Haus zu Haus sprangen die Flammen, leckten an allem, was zu entflammen war. An Holzdächern und Erkern, an der Wäsche und den Menschen, und die, die versuchten, sich in einem der Keller in Sicherheit zu bringen, erstickten jämmerlich. Als sich das Flammenmeer bis zur Ortsspitze gefressen hatte, drehte der Wind wie von Geisterhand, und mit ihm die Flammen, die auf ihrem Rückweg auch die Häuser entzündeten, die bisher standgehalten hatten. So wütete das Feuer den ganzen Nachmittag, und als abends der Wind weiter auffrischte, fraßen sich die Flammen über die Marienbrücke hinüber in die Innstadt, um auch dort Tod und Verderben zu bringen. Erst als kein Haus mehr stand und mehr als zweihundert Menschen tot waren, erhob sich das Feuer in der Nacht und kroch in einem letzten Aufbegehren Stufe für Stufe die Treppen zu Maria Hilf hinauf, um dort das Heiligste zu zerstören, was es finden konnte: das Kapuzinerkloster."

Gebannt war die Touristengruppe stehen geblieben und sah den selbst ernannten König Wenzel beinahe flehentlich an. Als er nicht weiter erzählte, begannen sie zu klatschen, und tatsächlich stand er auf, verbeugte sich und zog seinen Hut.

„Ihr wollt mehr? Bitte sehr!" Mit dem Hut in der Hand ging er durch die Reihen und sammelte Münzen ein, bis er mit dem Lohn zufrieden war. Doch als er sich eben erneut auf seinem Thron niederlassen wollte, entdeckte er den Mann, der so gar nicht zu den übrigen Zuschauern passte. „Später,

später“, rief er, sprang zu ihm hin und schob ihn in den Durchgang zum Stadttheater.

„Hey, Roughneck. Was machst du denn hier, und wie siehst du überhaupt aus?“ Er packte ihn beim Arm und zog ihn weiter, die erwartungsvolle Menge an seinem Thron zurücklassend.

„Ich weiß nicht mehr wohin! Sie hat mich rausgeworfen.“

„Warst wohl nicht gut?“ Wenzel lachte mit seinem jugendlichen Übermut, doch der Mann antwortete nicht. Solche Sticheleien hatte er noch nie abhaben können.

„Und jetzt?“, fragte Wenzel pragmatisch.

„Ich hab Hunger“, sagte der Mann.

Wenzel nickte. „Hunger. Alles klar, das ist noch immer die leichteste Übung.“

Er lotste den Mann die Ballhausstiege hinunter und führte ihn in den Oberen Sand. Nachdem er an einer Hintertür geklopft hatte, öffnete ein dunkler Mann, der, als er Wenzel erkannte, zu lachen begann. „Sophie, wir brauchen ein Festessen, König Wenzel ist da!“, rief er über seine Schulter in den Raum hinein und ließ die beiden stehen.

Tatsächlich erschien gleich darauf eine junge Frau, die Wenzel glücklich ansah, ihn schon hereinbitten wollte, als sie den Mann an seiner Seite bemerkte.

„Was ist mit ihm?“, fragte sie nicht mehr ganz so strahlend und zeigte auf seinen Begleiter.

„Der gehört zu mir.“

„Ja, das sehe ich, aber den kann ich nicht reinlassen, der stinkt.“

„Ach, komm schon“, versuchte es Wenzel, doch die junge Frau schüttelte den Kopf.

„Pack ihnen was ein, Sophie!“, rief der Dunkle von drinnen und fügte hinzu: „Es ist genug da.“

Da nahm die junge Frau ein Gefäß vom Regal, ging zu den Töpfen, die noch auf dem Herd standen und aus denen um diese Zeit keiner mehr etwas haben wollte, und begann, es zu füllen.

„Pack rein, der kann's gebrauchen", kommentierte der Dunkle, und der Mann nickte nur, überwältigt von der doch noch vorhandenen Güte mancher Menschen. Nur sagen konnte er nichts. Um Essen zu betteln, hatte er noch nie nötig gehabt.

Gruber hatte sein Auto am gegenüberliegenden Straßenrand geparkt und beobachtete nun die Fenster, hinter denen er die Wohnung des Verdächtigen Sascha Freund vermutete, die Haustür und die Passanten auf der Straße. Auch jetzt war er sich nicht sicher, hatte aber zumindest das Gefühl, dass sich hinter den Gardinen jemand bewegte, vielleicht sogar zu ihm herunterblickte. Er sah auf die Uhr. Franziska hatte versprochen den Durchsuchungsbeschluss zu besorgen und dann sofort herzukommen. Noch wussten sie nicht, ob sie hier richtig waren, und auch über den Mann, der hier wohnte, hatten sie bisher nicht viel in Erfahrung bringen können. Fest stand nur, dass der Internetanschluss, von dem aus der Lynchaufruf ins Netz gestellt worden war, zu dieser Wohnung gehörte.

Auf einmal wurde Gruber nervös. Er hatte nicht nur einen Schatten, sondern jetzt auch eine Bewegung des Vorhangs registriert. Der Ermittler wurde unruhig, ihn hatte das Jagdfieber gepackt, aber die Anweisung zwang ihn, ruhig zu bleiben. Er sah auf sein Handy. Kein Anruf. Er griff nach seiner Waffe, geladen, gesichert, bereit. Nervös starrte er wieder auf die Straße, und da endlich kam das Auto von Franziska, gefolgt von Hannes auf seinem Fahrrad.

„Er ist oben", versicherte Gruber, als sie zu dritt vor der angelehnten Haustür standen.

„Gut", entschied Franziska. „Wir gehen jetzt rauf, aber wir wissen nicht, was uns erwartet. Offensichtlich ist der Mann feige, ruft jedoch öffentlich zu Gewalt auf. Seid vorsichtig!"

Bei den letzten Worten hatten sie bereits die Wohnungstür erreicht. Gruber drückte beherzt auf die Klingel. Nichts rührte sich.

„Ich bin mir sicher, er ist zu Hause", erklärte Gruber und klingelte erneut.

„Mach auf!", ordnete Franziska an und beobachtete, wie Gruber erstaunlich schnell die Tür öffnete. Sich gegenseitig absichernd betraten sie die kleine Wohnung, die aufgeräumt und sauber war. Die Möbel waren einfach, das Bett groß, der Schreibtisch stand am Fenster. Der Schrank war offen, auf dem Boden davor lag ein Stapel Shirts, wie achtlos herausgerissen. Oder eilig. Denn auch die Tür zur Dachterrasse stand offen, und vom Bewohner der Wohnung fehlte jede Spur.

Franziska steckte ihre 9mm Para ein und beugte sich über die Balkonbrüstung. Sie waren im ersten Stock, unter ihr erstreckte sich der Rasen, gesäumt von einigen Büschen. Einer davon schien niedergedrückt worden zu sein.

„Wie es aussieht, ist er gesprungen", kombinierte sie, als sie zu den Kollegen in die Wohnung zurückgekehrt war. Hannes stand mit Gruber am Schreibtisch und suchte nach Hinweisen. „Immerhin hat er den Laptop da gelassen", freute er sich.

„Ja. Fragt sich nur, warum."

Auf diesen Tag hatte sich Obermüller schon die ganze Woche gefreut. Am Vormittag hatte er sich mit seinen Freunden getroffen, und gemeinsam waren sie auf dem Radweg an der Donau entlang gefahren. Keiner der Teilnehmer war besonders sportlich, weshalb sich die Gruppe auch nur langsam und mit vielen Pausen vorwärtsbewegte. Ihnen ging es einzig und allein um das Zusammensein und die Möglichkeit, in netter Gesellschaft das eine oder andere Bierchen zu kippen. Schließlich machte Radfahren durstig, vor allem wenn es so heiß war, wie an diesem Tag. In Obernzell nahmen sie die Radfahrerfähre, setzten mit ihr über die Donau und fuhren anschließend weiter in Richtung Linz.

Es war schon Nachmittag, als sie sich in einem österreichischen Biergarten ausruhten, und als die bestellte Runde kam, stießen sie an und freuten sich über den herrlichen Tag und alles, was sie erleben durften. Danach war es andächtig still am Tisch. Jeder schluckte und wischte sich den Schaum von den Lippen. Auch Obermüller lehnte sich zurück, nahm die Speisekarte zur Hand und wägte gerade zwischen einem deftigen Schweinsbraten und süßem Apfelstrudel ab, als er unfreiwillig ein Gespräch am Nachbartisch mitverfolgen musste.

„Und ich sag euch, die Gitti hat das gebraucht. Sie ist halt doch a richtige Schnoin! Geradezu angebettelt hat sie mich, damit ich's ihr besorg“, prahlte einer am Nachbartisch und erntete dafür tosenden Applaus von seinen Zuhörern.

„Recht so, Matussek!“, grölten sie.

Obermüller riss es vor Schreck fast vom Stuhl, doch er zwang sich, ruhig zu bleiben, hob die Speisekarte höher und konzentrierte sich auf die weitere Erzählung.

„Ich also lass meine Hose runter, und was glaubt ihr, was die dann gesagt hat?“

Wieder war ein wildes Grölen die Antwort, und Obermüller nutzte die Gelegenheit, um sich den Erzähler genauer anzusehen. Der Typ war schmierig, genau wie Franziska ihn beschrieben hatte, und als er selbstgefällig in die Runde blickte, kostete er die Aufmerksamkeit der anderen genüsslich aus. Seine Belohnung war ein dummgeiles Schulterzucken als heitere Reaktion. Einige aus der Runde leckten sich über die Lippen, andere wussten nicht, wohin mit ihren Händen. Jeder wäre jetzt gern an seiner Stelle gewesen.

„Nichts!“, rief der Erzähler, als die Spannung nicht mehr zu steigern war, schlug auf den Tisch und beugte sich nach vorn, so als wäre das, was er jetzt verkünden würde vertraulich. „Sie hat nichts mehr sagen können, weil sie doch schon meinen Schwanz im Mund hatte.“ Und dann lachte er laut, hob sein Bier und rief: „Auf die geilen Weiber!“

Der Zufall wollte es, dass Franziska und Hannes auf die Frage, warum der flüchtige Wohnungsbesitzer den Laptop zurückgelassen hatte, schon bald eine Antwort erhielten.

„Er ist direkt an meinem Fenster vorbeigeflogen“, berichtete die alte Frau, die einen Stock tiefer wohnte, sobald sie die Kommissare die Treppe herunterkommen sah.

„Wie lange wohnt denn Sascha Freund schon über Ihnen?“, fragte Franziska und ließ sich in die Wohnung bitten.

„Der Sascha? Na, seit der mit dem Studium begonnen hat. Warten Sie mal, da muss ich nachrechnen.“ Sie bot der Kommissarin einen Stuhl an und begann, mit den Fingern abzuzählen. „Drei Jahre auf jeden Fall.“

„Können Sie mir etwas über ihn erzählen?“

„Das ist ein ganz lieber Junge. Ein bisschen still, aber sehr höflich.“ Die alte Dame sah zum Fenster, als könne er jeden

Moment noch einmal vorbeisegeln. „Als er weggefahren ist, habe ich zu ihm gesagt: Wie willst du das denn nur aushalten, unter all den Wilden? Aber er hat nur gelacht und mich an sich gedrückt. Das Praktikum sei wichtig für sein Studium, da könne er gar nicht raus, hat er gesagt."

„Wie?" Franziska verstand nicht ganz. „Wo ist denn Sascha hin?"

„In den Regenwald. Schon komisch, nicht? Als ob es bei uns nicht genug Wald geben würde. Und Regen."

Franziska nickte. „Und wann ist er weggefahren?"

Die Alte begann wieder zu rechnen. „Vor Weihnachten."

„Aber wenn Sascha gar nicht da ist, wer ist dann an ihrem Fenster vorbeigeflogen?"

„Ach, das ist dieser Freund von ihm. Ein lustiger Vogel, sag ich Ihnen. Der läuft das ganze Jahr in so einem Kostüm herum."

„Kennen Sie seinen Namen?", fragte Franziska hoffnungsvoll.

„Ja, natürlich. Er heißt König Wenzel."

„Wie bitte?"

Jetzt lachte die Alte. „Wahrscheinlich heißt der nicht wirklich so, aber der Sascha hat ihn immer so genannt." Sie kam näher an Franziska heran und flüsterte: „Der Vater ist Geschichtsprofessor an der Universität, hat mir der Sascha mal erzählt. Seine Familie stammt aus Böhmen, daher der Name."

„Wenzel?"

„Ja, genau. Er sitzt oft am Dom und unterhält die Touristen. Vielleicht haben Sie ihn ja schon mal gesehen?"

Obermüller war zwar ein Schrank von einem Mann, aber gefühllos war er nicht, und er konnte es einfach nicht leiden, wenn eine Frau wie eine Sau durchs Dorf getrieben wurde. Und nichts anderes hatten die Kerle am gestrigen Nachmittag mit dieser Gitti gemacht, auch wenn sie nicht dabei gewesen war. Was das Ganze vielleicht noch schlimmer machte.

Als seine Freunde irgendwann beschlossen hatten, dass es jetzt an der Zeit war, nach Hause zu radeln, hatte er diesen Matussek vor die Tür gebeten und sich von ihm sagen lassen, wo die Gitti wohne. Und später am Abend, als er fix und fertig in der Badewanne lag, beschloss er: Noch einmal würde er diese Strecke nicht mit dem Rad fahren!

Darum parkte er jetzt sein Auto auf dem Stadtplatz und legte sich einen Plan zurecht. Seiner Frau hatte er gesagt, er müsse etwas in Erfahrung bringen. Wie sollte er ihr auch erklären, dass er nach einer Frau suchte, die dabei beobachtet wurde, wie sie es im Wald mit einem Mann trieb, der jetzt tot war und angeblich ... nein, das war zu viel.

Obermüller stieg aus. Weil ihm nichts eingefallen war, musste er improvisieren.

Als er das traditionelle Kaffeehaus am Stadtplatz von Eferding betrat, wusste er sofort, dass er richtig war. Sie sei dort Bedienung, hatte ihm dieser Matussek gesagt, und dass sie dunkle Haare habe. Ganz hübsch, na ja. Vor allem hatte sie in diesem Moment mächtig Streit mit einem Mann, der sie über den Tresen hinweg beschimpfte, bis er Obermüller bemerkte. „Wir sprechen uns noch“, zischte er und stürmte zur Tür hinaus.

Ohne auf den verbalen Schlagabtausch einzugehen, wählte der Ermittler einen der gemütlichen Logenplätze zur Stadtplatzseite und wartete, bis Gitti an seinen Tisch kam, um seine Bestellung aufzunehmen. Er musste nicht lange warten, da brachte sie auch schon einen großen Braunen und eine Cremeschnitte, und Obermüller nutzte die Gelegenheit, um sich vorzustellen und zu fragen, ob sie sich am Sonntag mit einem Mann im Wald getroffen habe. Er legte ein Foto von Mautzenbacher auf den Tisch und beobachtete ihre Reaktion. Prüfend nahm sie das Foto zur Hand, und als sie es endlich zurücklegte, standen Tränen in ihren Augen.

„So ein Mistkerl!", rief sie wütend aus, mäßigte sich aber gleich wieder, und als Obermüller auf das Foto tippte, schüttelte sie den Kopf. „Doch nicht der! Ich meine den Matussek, diesen Arsch." Sie wischte sich mit dem Handrücken über die Augen. „Der macht alles kaputt mit seinen blöden Geschichten, die er in die Welt setzt!"

Obermüller nickte und bat sie, sich zu ihm zu setzen und ihm von jenem Nachmittag zu erzählen. Zögernd nahm sie Platz, schüttelte dann aber den Kopf. „Ist doch egal, was ich sage, solange der Matussek so einen Schmarrn herum erzählt!"

Angestrengt überlegte Obermüller, wie er sie umstimmen konnte, und hatte schließlich eine Idee.

„Was halten Sie von Folgendem: Ich bringe den Matussek dazu, dass er den Mund hält, und Sie kommen nach Passau."

Gitti Spengler musterte den Ermittler schweigend, bis ein Lächeln über ihr Gesicht huschte und sie zu nicken begann. „Abgemacht."

Sie reichte ihm die Hand, und als er sie ergriff, fiel ihr Blick auf seinen leergeputzten Teller, und sie fragte: „Mögen'S vielleicht noch so eine Schnitte?"

Franziska lehnte sich an die kühlen Steine der Mauer und schaute sehnsüchtig in den vor ihr liegenden fremden Hof. Er war so einladend, dass sie einfach stehen bleiben musste. Fasziniert sah sie dem Spiel von Licht und Schatten zu und beobachtete den Tanz winziger Staubkörnchen im Sonnenlicht. In der Mitte des Hofs stand eine uralte Linde, deren Wurzeln das Pflaster an einigen Stellen angehoben hatten. An einer Seite gab es einen Brunnen, aus dem Wasser plätscherte, an der anderen eine niedrige Mauer, die den Nachbarhof abgrenzte. Im Hintergrund führte eine steile Treppe einige Stufen hinauf zu einer verwitterten Haustür, die einen Spalt offen stand.

Irgendwann im Laufe des Vormittags, als sie zum ersten Mal seit Langem auf ihrem Balkon in der Sonne lag, hatte Hannes angerufen und sie gefragt, ob sie nicht Lust hätte, mit ihm etwas trinken zu gehen. Sie hatte seine Einladung rührend gefunden und zugestimmt.

Sie wollten sich im Bräuhäusl treffen, das hatte Hannes vorgeschlagen, und Franziska hatte beschlossen, schon ein bisschen früher aufzubrechen und in Ruhe durch die Straßen zu bummeln. Einfach so, ohne Ziel, nur zum Vergnügen.

Sie hatte das neue Kleid angezogen, ihre schönsten Schuhe herausgeholt und war durch die Innenstadt geschlendert, bis sie auf einmal vor diesem urigen Garten stand. Sie hob den Blick und sah über der Haustür zwei Fenster, in deren Scheiben sich der Baum spiegelte. Franziska überlegte, wie es sein musste, dort zu stehen und hinunter zu blicken. Was da oben wohl war?

Sie überlegte, ob sie einfach hineingehen und sich auf die Mauer setzen sollte. Die Beine baumeln lassen, die Augen schließen, unsichtbar für alles und jeden, ein Teil von etwas anderem werden. Ihre Hände wanderten über den Stoff ihres Kleides. Irgendetwas Besonderes hatte es an sich. Seit sie es trug, war sie eine andere. Aufgewühlt, sexy und stolz. Wie konnte ein Kleid so etwas aus ihr machen? Ohne nachzudenken, ging sie in den Hof und setzte sich auf die Mauer. Es war genauso, wie sie es sich vorgestellt hatte. Einfach perfekt.

Sie schloss die Augen, und als sie ein sanfter Wind streifte, stellte sie sich vor, es wäre der zarte Kuss eines Mannes, der sie die ganze Zeit über beobachtet hatte und der jetzt gekommen war, um sie zu holen. Er verband ihr die Augen mit einem Tuch, sodass sie ihn nicht sehen konnte, und seine Küsse wurden immer leidenschaftlicher, immer fordernder, bis sie sich öffnete. Als sie sich ganz leicht fühlte, hob er sie von der Mauer, stellte sie auf den Boden und zog sie mit sich. „Komm!", sagte er, und sie folgte. Quer durch den Garten, die Treppe hinauf und durch die Tür. Jeden Schritt setzte sie mit Bedacht, spürte erst das Pflaster, dann den Stein und schließlich den Holzboden, der leise knarzte, bis sie stehen blieben. Jetzt erst ließ er sie los, und gleichzeitig spürte sie, wie ihre Erregung wuchs. Was würde er als Nächstes tun? Sie hörte Geräusche, konnte sie aber nicht zuordnen. Würde sie mögen, was er mit ihr vorhatte?

Auf einmal spürte sie seinen Atem an ihrem Hals und seine Zunge, die sanft ihr Ohr kitzelte. Er zog sie aus. Stürmisch, ungeduldig. Sie konnte seine Erregung nur ahnen, aber sie war da, und gleich würde er sich nehmen, wonach er verlangte. Als sie nackt war, schob er sie ein kleines Stück vorwärts und schubste sie ins Leere, sodass sie aufschrie, der Schrei aber von einem Berg aus Kissen erstickt wurde.

Sie lag auf einem Bett. Nein, sie kniete, und er war hinter ihr, nur kurz, dann war er auch schon in ihr, und sie schrie wieder, aber vor Lust, und je heftiger er in sie eindrang, desto lauter stöhnte und schrie sie. Dann, auf einmal, zog er sich zurück und ließ sie allein. Sie lauschte in die Dunkelheit, konnte aber nichts hören. Qualvoll langsam vergingen die Minuten. Konnte er so still hinter ihr stehen? Ohne sich zu rühren, ohne zu atmen. Sie richtete sich auf, wollte das Tuch abnehmen, wollte sehen, wo sie war, als sie seine Hände auf ihrer Haut spürte, sanft, so sanft. Auf einmal roch sie auch sein Rasierwasser, das sie so gut kannte, und gab sich seinen Händen hin, ließ sich führen, genoss jede Berührung, bis ein scharfer Schmerz sie aufschreien ließ. Er schoss durch ihren Körper, und als er verebbte, war ihre Lust noch größer. Jetzt gab sie sich der Sanftheit hin und wartete nur darauf, dass er sie beenden würde, mit einem einzigen ...

„Was machst du hier?"

Franziska öffnete die Augen und blinzelte.

„Ich dachte, wir wollten uns im Bräuhäusl treffen."

Mein Gott, was hatte er beobachtet?

„Es, äh, ist so schön hier, ich wollte einfach die Stille genießen."

Hannes lächelte und beugte sich ein wenig zu ihr herunter, um den Saum ihres Kleides zu richten. Es war sein Rasierwasser, das sie in ihrem Traum gerochen hatte.

„Bist du schon länger da?", fragte sie unsicher.

„Nein", sagte Hannes und zog sie von der Mauer. „Komm, ich habe so einen Durst!"

Während Franziska schweigend neben Hannes herging, überlegte sie krampfhaft, wie sie bloß auf so etwas gekommen war. War ihr die Hitze zu Kopf gestiegen, oder war es eher ...? Nein. An ihn wollte sie nicht denken. Sollte er doch seine Eroberungen anpinseln, sie hatte ja zum Glück noch Hannes!

Nach dem ersten Bier fühlte sich Franziska gelöster, was wohl vor allen daran lag, dass ihr die Szene aus dem Hof nicht mehr so peinlich war. Sie erzählte Hannes von ihren Besuchen bei den drei Frauen, und dass sie jetzt zu wissen glaubte, was für ein Typ Mautzenbacher gewesen war.

„Ein richtiges Arschloch", erklärte sie pathetisch. „Ich sag dir was, der hat keine Frau gesucht, sondern nur eine ...", doch den Rest verkniff sie sich.

Nach dem zweiten Bier sprach Franziska lauter, sodass man am Nachbartisch auf sie aufmerksam wurde.

„Die Kesselmeyer sagt, es machte ihn an, wenn er sie bezahlen durfte, aber für sie war das kein Problem."

Hannes musste lachen, was Franziska gar nicht gefiel.

„Warum lachst du? Das hat sie gesagt!"

Hannes beugte sich über den Tisch zu ihr, so als wollte er sie gleich küssen, und flüsterte ihr ins Ohr: „Aber das muss doch nicht das ganze Lokal erfahren."

„Oh Gott, nein", verschämt biss sich Franziska auf die Unterlippe und sah sich kurz um. Aber da Hannes ihr immer noch so nah war und seine Augen sie so liebevoll anschauten, vergaß sie recht schnell die musternden Blicke der anderen Gäste. Am liebsten hätte sie ihn geküsst.

„Und du meinst, das gibt ihnen das Recht, ihn zu töten?", durchbrach Hannes die seltsame Situation, worauf Franziska erst mit den Schultern zuckte und dann den Kopf schüttelte.

„Welche der drei Grazien hast du denn im Verdacht?"

„Ich weiß nicht. Der Vater von Samantha Halmgaard glaubt, seine Tochter hat etwas mit dem Tod von Mautzenbacher zu tun. Er wollte sie entschuldigen. Richtig rührend, sag ich dir."

„Was ist, wenn er es selbst war?"

„Wer?"

„Der Vater."

Franziska lachte, „Nein, den hättest du mal sehen sollen. Der ist schon lange nicht mehr der Held seines Alltags. Wahrscheinlich hat er deshalb solche Angst um die Tochter."

„Und die Zahnärztin?"

„Die hat alles für ihn getan, gemerkt, dass sie das nicht mehr packt, und ihn dann rausgeworfen. Sagt sie. Aber ob sie ihn umbringen musste, um ihn loszuwerden?" Wieder zuckte Franziska mit den Schultern.

„Und was ist jetzt mit deinem Bühnenkünstler?“

„Pst!“ Franziska legte den rechten Zeigfinger auf ihren Mund. „Kein Wort über ihn, sonst machst du den schönen Abend kaputt!“

Hannes lächelte. Es war das erste Mal, dass er seine Kollegin so erlebte, und er war sich sicher, dass sie von jetzt an noch besser zusammenarbeiten würden.

Seit zwei Stunden stand er jetzt schon im Garten hinter dem Haus, und in seinem Kopf hämmerte wieder und wieder der Satz: Du musst es tun! Nur du hast ein Recht dazu!

Aber so leicht, wie das gesagt war, war es noch lange nicht getan. Denn auf einmal überlegte er, wie es denn hinterher eigentlich weitergehen sollte. Wenn er jetzt reinging und den anderen wirklich umbrachte. Ihn totschlug, wie einen Hund, so wie Wenzel ihm das vorgeschlagen hatte.

Und dann? War der andere tot, und er hatte noch immer nicht sein Geld zurück.

Der Spaten in seiner Hand wog schwer, und er war auch ein bisschen verrostet, weil er wohl schon zu lange im Garten lag, wo man ihn nach den letzten Arbeiten einfach vergessen hatte.

Als er vor ein paar Minuten zum Haus geschlichen war, um vorsichtig durch die Rollos zu spähen, hatte er Meistersänger gesehen, der gerade aus dem Fenster glotzte. In letzter Minute konnte er sich ducken und hoffte jetzt, dass er ihn wirklich nicht bemerkt hatte.

Er musste unbedingt nachdenken, sich einen neuen Plan zurechtlegen. Wenzel war sein Freund, aber Wenzel hatte keine Ahnung, was hier abging. Schon zweimal war er nur knapp den beiden Männern entgangen, die immer wieder rund ums Haus schlichen und, genau wie er, nach dem Rechten sahen. Er hatte keine Ahnung, was sie von Meistersänger wollten, aber er war sich sicher, dass die beiden nicht mit ihm teilen würden.

Also musste er sich selbst einen Plan ausdenken. Und zwar einen, der auch seine Flucht mit einbezog.

Als Wenzel endlich zu ihm in sein Versteck gekommen war, mit Kleidung und etwas, womit er sich frisch machen konnte, hatte der Mann den Verschlag geöffnet und eine Kiste Bier in den Keller getragen. Für Wenzel schien es okay zu sein, wenn man andere bestahl. Die erste Flasche hatte er auf den Boden gekippt, weil es in dem dunklen Loch noch immer so stank, die anderen hatten sie getrunken. Wobei er schnell gemerkt hatte, dass Wenzel nicht so viel vertrug. Mit jeder Flasche war sein Gerede unverständlicher geworden, aber es fehlten nie die beiden Wörter: Gerechtigkeit und Rache.

Für ihn war das eine ganz neue Denkweise. Früher hatte er sich für einen mutigen Mann gehalten, der sich traute, Neues auszuprobieren. Aber nach und nach war ihm bewusst geworden, dass er einfach nur feige war. Das war eine schlimme Erkenntnis, aber sie stimmte. Leider.

Doch dieses Mal war alles anders. Er durfte nicht mehr weglaufen, denn er hatte alles verloren, und wenn er sich das nicht zurückholte, dann war er am Ende. Das war der Unterschied zu früher, und das machte ihn in dieser Nacht wieder zu einem Roughneck, einem Mann, der alles konnte.

Seit er den Mann, der gerade im Lieferwagen an seinem Haus vorbeigefahren war, zum ersten Mal gesehen hatte, lebte Günther Meistersänger in der Angst, sein letztes Stündlein habe geschlagen. Nie zuvor hatte ihn jemand so rüde behandelt und so heftig geschlagen wie an diesem Abend. Noch immer konnte man das Veilchen, das der dämliche Ring hinterlassen hatte, in seinem Gesicht sehen.

Zunächst hatte er gar nicht gewusst, was der Kerl von ihm wollte, weil er mit dessen Drohungen einfach nichts hatte anfangen können. Doch dann hatte er Xaver um Rat gefragt, und der hatte gesagt, er solle sich keine Gedanken machen, er kümmere sich um alles. Darauf hatte er sich verlassen. Vor allem als der Anruf kam und eine Summe genannt wurde.

Und jetzt fuhr der Kerl wieder hier vor seinem Haus herum, provozierte ihn und sorgte dafür, dass er sich vor Angst fast in die Hosen machte!

Was, wenn er es diesmal ernst meinte?

In den vergangenen Stunden hatte er über die verschiedensten Möglichkeiten nachgedacht und war zu dem Schluss gekommen, dass keine davon erstrebenswert war. Sicherheitshalber hatte er Unmengen an Kaffee getrunken, nur um wach zu bleiben. Als ob er in diesem Zustand einschlafen könnte! Aber er wollte auf Nummer sicher gehen.

Der Polizei konnte er sich nicht anvertrauen, das war unmöglich, dann ging er ins Gefängnis. Für viele Jahre, wie er inzwischen wusste.

Also blieb ihm eigentlich nur eine einzige Möglichkeit.

Er musste die Wertsachen holen, um sich damit ins Ausland abzusetzen. Das Problem daran war eigentlich nur, dass vor seinem Haus ein Wagen stand, und er nicht so genau wusste, zu wem die beiden Männer gehörten, die dort saßen, auf ihn aufpassten und in regelmäßigen Abständen durch seinen Garten schlichen. Somit entfielen der BMW und auch der Audi, was schade war, denn diese beiden Autos hätten ihn schnell und sicher hier weggebracht.

Nach einem weiteren Cappuccino aus seiner heiß geliebten Maschine hatte er den derzeit einzig möglichen Plan entworfen und ging daran, ihn in die Tat umzusetzen. Er zog solide Schuhe an, packte alle wichtigen Dinge in eine Sporttasche und öffnete vorsichtig erst das Rollo und dann die Tür. Nachdem er sich davon überzeugt hatte, dass die beiden Männer im Wagen saßen, schlich er durch den Garten in die Dunkelheit. Dabei hielt er sich die ganze Zeit über im Schutz der Hecken, die das Grundstück zu beiden Seiten eingrenzten. Kurz fragte er sich, ob er wohl um diese Zeit ein Taxi finden würde oder ob er am Ende den ganzen Weg zu Fuß gehen musste. Wie er das schaffen sollte, wollte er sich gar nicht erst ausmalen. Und noch weniger, was ihn erwartete, wenn es ihm nicht gelang ...

Denn letztlich hatte er keine Ahnung, wie zuverlässig Xaver in seinen Vorbereitungen gewesen war. Er hatte sich nie eingemischt, weil er sich nie einmischen sollte. Und eigentlich war es ihm auch egal gewesen, solange er nur gut davon leben konnte.

Als Meistersänger die hintere Baumreihe erreichte, schulterte er seine Tasche und richtete sich auf. So läuft‘s sich gleich viel besser, dachte er noch, als sich urplötzlich ein Schatten von einem der Bäume löste und ein Mann mit einer Kapuze, die er sich tief ins Gesicht gezogen hatte, vor ihm stand. Seine Hände umfassten einen Spaten, den er jetzt in die Höhe riss, bereit, damit auf sein Opfer einzuschlagen.

Starr vor Schreck blieb Meistersänger stehen. Er hatte gedacht die beiden Männer im Auto vor dem Haus wären die Einzigen, die auf ihn warteten! Dass es noch weitere gab, war in seiner Planung nicht vorgekommen. Und auch jetzt, wo er es besser wusste, tat er sich schwer, mit der neuen Situation umzugehen. Er musste dringend hier weg, aber vor allem musste er dieses Monster bezwingen. Denn selbst die Dunkelheit, mit der sich der Angreifer umgab, konnte nicht verbergen, dass er nichts Gutes im Schilde führte.

Doch in dieser Nacht musste selbst ein Günther Meistersänger einsehen, dass es Dinge im Leben gab, die man einfach nicht planen konnte.

Die nächste Runde ging eindeutig an Kommissar Zufall. Niemand anderes hatte dazu beigetragen, dass Nepomuk Wenzel schon so bald auf einem der Stühle aus den Siebzigerjahren saß, wie sie im Passauer Polizeipräsidium noch immer zuhauf herumstanden.

Betrunken, wie er war, hatte er zwar geglaubt, seinen kleinen Lieferwagen noch genauso sicher zu fahren wie sonst, doch unübersehbar für die Streifenbeamten hatte er immer wieder planlos die Fahrbahn gewechselt. Zudem war er mit Aufblendlicht gefahren, und nachdem ihn der dritte Wagen empört angeblinkt hatte, hatte er ausgerechnet eine der Streifen auf der rechten Spur überholt, die in jener Nacht den Auftrag hatten, ihn zu finden.

Danach ging alles ganz schnell, wobei Wenzel keinerlei Widerstand leistete und gar nicht erst versuchte, sich der Verhaftung zu entziehen. Im Gegenteil. In seinem heiteren Zustand freute er sich scheinbar auf ein provokantes Gespräch mit der Obrigkeit.

Doch die Streifenbeamten stellten ihm nur ein paar oberflächliche Fragen, bevor sie ihm einen starken Kaffee brachten. Kurz darauf wartete Hauptkommissar Schneidlinger in einem der Besprechungsräume auf ihn. Der Hauptkommissar hatte, da Nepomuk Wenzel sich gern und oft mit seinen Selbstdarstellungen in der regionalen Presse zitieren ließ, schon ein recht genaues Bild von ihm im Kopf und kam daher auch sofort zur Sache.

„Wie kamen Sie auf die Idee, im Internet einen Lynchaufruf gegen Günther Meistersänger zu machen?"

„Also, genau genommen habe ich gar nichts damit zu tun. Ich sorge nur dafür, dass wieder Recht und Ordnung im Land herrschen. Das ist mir wichtig, schließlich studiere ich nicht umsonst Jura."

Der Hauptkommissar wechselte mit Hannes einen vielsagenden Blick. Nachdem feststand, dass sie den richtigen Wenzel gefasst hatten, waren erst Schneidlinger und dann Hannes benachrichtigt worden. Die Kollegin Steinbacher war in dieser Nacht telefonisch nicht erreichbar gewesen. Woraufhin Hannes dem Chef erklärt hatte, sie sei am gestrigen Abend kurzfristig zu ihren Eltern gefahren. Dass sie in ihrem restalkoholisierten Zustand besser nicht im Präsidium aufkreuzen sollte, hatte er lieber verschwiegen.

„Gut, dann möchte ich von Ihnen jetzt wissen, wer etwas mit dem Aufruf zu tun hat", forderte der Hauptkommissar. Wenzel zu erklären, dass eine solche Tat strafbar war, konnte warten.

„Na ja, was soll ich sagen? Die Idee stammt natürlich schon von mir." Der junge Mann richtete sich im Stuhl auf und streckte die Brust ein wenig zu selbstsicher nach vorn, was ihn beinahe zu Boden gerissen hätte.

Schneidlinger atmete tief durch. „Dann frage ich Sie anders. Was steckt hinter der Idee?"

„Mein Wunsch nach Gerechtigkeit."

Der Hauptkommissar überlegte gerade, ob er den jungen Mann nicht doch besser in die Ausnüchterungszelle sperren lassen sollte, als dieser nachsetzte: „Ich kann es nicht leiden, wenn Menschen betrogen werden."

„Und wer wurde betrogen?"

„Na, der Roughneck!"

„Roughneck", wiederholte Schneidlinger tonlos und war sich jetzt sicher, verschaukelt zu werden.

„Der Mann ist pleite, der hatte noch nicht mal mehr Geld für ein Bier! Also hab ich ihm geholfen."

„Und wo ist", Schneidlinger mäßigte seinen Ton, „dieser Roughneck jetzt?"

Wenzel sackte in seinem Stuhl zusammen, als trage er eine zu große Last auf den Schultern. Nach einigen theatralischen Atemzügen, und nachdem beide Kommissare schon fürchteten, er wäre ihnen nun wirklich weggedämmert, begann er endlich wieder zu reden.

„Ich habe ihn gestern Abend zum Haus von Günther Meistersänger gefahren. Er wollte mit ihm reden und ihm sagen, dass er ihm endlich sein Geld wiedergeben soll."

„Und da sind Sie sich ganz sicher?"

Wenzel zuckte die Schultern. „Keine Ahnung! Ich würde es nicht beim Reden belassen."

Der junge Mann hatte die Hände in den Schoß fallen lassen und schaute mit dümmlichem Gesichtsausdruck vor sich hin.

Schneidlinger sah erst auf seine Unterlagen, dann zu Hannes und schließlich zu Wenzel. Er versuchte zu ergründen, ob an dem, was der ihm gerade erzählt hatte, etwas dran war oder nicht.

„Wann genau war das?"

„So gegen zehn." Wenzel ließ seinen gelangweilten Blick durch den Raum schweifen, bis er an der Uhr hängen blieb. Aufmerksam folgte er den Zeigern. „Vielleicht haben Sie ja Glück, und der Kerl lebt noch. Wobei, ich kann diesen Roughneck wirklich gut verstehen. Wenn mich einer so schamlos um mein mühsam Erspartes gebracht hätte ..."

Ohne auf den Festgesetzten zu reagieren, stand Schneidlinger auf und ging in sein Büro, um in Ruhe mit den Beamten vor Meistersängers Haus zu telefonieren.

„Ja, dann gehen Sie rein!“, forderte er mit Nachdruck, nachdem ihn die Kollegen erklärt hatten, dass bei ihnen alles ruhig war. „Ich warte!“

Mit dem Hörer in der Hand ließ sich Schneidlinger auf seinen Bürostuhl sinken. Er fühlte sich ausgelaugt. In seinem Alter steckte man eine so kurze Nacht nicht mehr so ohne Weiteres weg. Nervös begannen seine Finger, auf der Tischplatte zu trommeln. Schließlich nahm er sich einen Stift und begann, auf der Unterlage herumzukritzeln. Es schien eine Ewigkeit zu dauern, bis sich der Kollege wieder meldete und von der Lage im Haus berichtete.

„Verdammt!“, schrie Schneidlinger wütend und warf den Stift mit so viel Schwung auf den Tisch, dass er auf der anderen Seite der Platte herunterfiel. „Ich komme!“

So wie es aussieht, hat dieser Wenzel wirklich recht gehabt, dachte Schneidlinger auf dem Weg zurück in den Besprechungsraum. Doch dann kam ihm auf einmal eine ganz andere Idee. Was, wenn der Mann sie alle nur an der Nase herumführte?

Der Hauptkommissar riss die Tür so heftig auf, dass alle im Raum zusammenzuckten. Er war schon auf dem Weg zu seinem Stuhl, als er wütend noch einmal auf seinem Absatz kehrt machte und auf Wenzel zu stürmte. Kurz vor ihm hielt er inne und zeigte mit dem Zeigefinger seiner rechten Hand auf den Mann.

„Sie bleiben auf jeden Fall hier, bis wir Ihren Roughneck gefunden haben. Denn, wenn es diesen Mann nicht geben sollte, dann sind Sie nicht nur wegen Anstiftung, sondern auch noch wegen Entführung dran!“

Wenzel schien er damit allerdings nicht zu imponieren. Der lümmelte provokant in seinem Stuhl und lächelte nachsichtig. „Aber natürlich, Herr Kommissar, ich verstehe doch am besten, dass Sie nur Ihre Arbeit machen.“

Nur selten hatte es ein Mann in diesen Räumen so sehr genossen, abgeführt zu werden, wie Nepomuk Wenzel. Beim Hinausgehen drehte er sich noch einmal um und schrie, als hörte ihm eine tosende Menge zu: „Für Freiheit und Gerechtigkeit!"

Günther Meistersänger hätte sich viel Angstschweiß ersparen können, wenn er sofort erkannt hätte, welche Chance sich ihm offenbarte, ausgerechnet auf seiner Grundstücksgrenze auf diesen Kerl zu stoßen. Doch im ersten Moment hatte er beim Anblick des Mannes gedacht, jetzt wäre es vorbei, und auch, dass es wirklich schade war – so kurz vor dem Ziel! Doch dann hatte er bei dem anderen ein Zögern bemerkt, und sofort war sein Talent, aus jedem Krümel noch ein Brot zu formen, erwacht. Er wusste, dass der Mann ihn nicht unbedingt töten wollte. Er wollte Geld, und ihm das zu versprechen, war für Meistersänger ein Leichtes.

Nach einigen wohlklingenden Sätzen, wie man sie in Vertreterseminaren immer wieder eingebläut bekam, hatte er den Mann nicht nur so weit, dass er ihn gehen ließ, nein, er wollte sogar für einen fahrbaren Untersatz sorgen! Scheinbar hatte er die Nacht nicht nur im Garten, sondern auch in den umliegenden Einfahrten verbracht, und steuerte nun zielstrebig auf einen nicht gerade ansehnlichen 2er-Golf zu.

„Warum nicht den Cayenne? Der würde sich wenigstens lohnen!" Meistersänger warf einen sehnsüchtigen Blick auf das silbergraue Auto, doch der andere schüttelte nur den Kopf.

„Keine Chance. Den kriegt man nur an, wenn man die Ersatzsteuerung gleich dabei hat."

Meistersänger nickte, wenn er das auch sehr schade fand, und natürlich änderte sich seine Meinung auch nicht, als er einen Blick in das Innere ihres Fluchtwagens warf. Auf die Rückbank waren zwei Kindersitze montiert, und auf dem Boden lagen Kekse und Müll herum.

Der Mann, der ihm noch immer nicht sein Gesicht gezeigt hatte, ließ sich davon wenig beeindrucken. Nachdem er die Autotür geknackt und die Verkleidung unterhalb des Lenkrads geschickt gelöst hatte, fummelte er jetzt an den herabhängenden Drähten herum. Meistersänger hatte nicht das Gefühl, das der Fremde wusste, was er tat, wollte sich aber auch nicht einmischen. Stattdessen blickte er nervös die Straße entlang, um sich im Notfall rechtzeitig zu verdrücken. Etwas Schlimmeres, als dass man ihn beim Diebstahl eines derartigen Autos erwischte, konnte er sich im Moment nicht vorstellen.

Doch dann heulte der Motor auf, und Meistersänger beeilte sich, auf dem Beifahrersitz Platz zu nehmen.

„Wo hast du das gelernt?“, fragte er und sah auf die notdürftig verbundenen Drähte.

Der andere schob die Kapuze nach hinten und zuckte mit den Schultern. „Da, wo ich herkomme, lernt man das. Wenn du überleben willst, musst du ein paar Tricks kennen.“

Schlagartig wusste Meistersänger, woher er den Typ kannte. Sie hatten damals lange geredet, bevor er ihm dessen Geld abschwatzen konnte, und dabei hatte er einiges aus seinem Leben erfahren. Nach dieser Erkenntnis stand fest, dass er dringend seinen Plan ändern musste. Nicht grundlegend, aber ergänzt um einen wichtigen Punkt. Und er war froh, dass er beim Packen nicht auf die Pistole verzichtet hatte.

Mit Motoren kannte er sich aus, wobei ihm am liebsten die großen Dieselmaschinen waren, die so gleichmütig vor sich hin tuckerten, als könnte sie nichts und niemand je zum Verstummen bringen. Auf hoher See waren sie eine Garantie, um zu überleben. Der Dieselmotor unter der Haube des 2er-Golfs dagegen erzeugte eher ein Schnurren. Aber auch er garantierte sein Überleben! Er brachte ihn zu dem Ort, an dem Meistersänger, wie er sagte, das Geld hatte, das er ihm geben wollte.

„Sag mal, stinkst du so oder ist das der Müll, der hier überall rumliegt?“, fragte Meistersänger und schaute sich angeekelt im Wagen um.

„Ich bin seit drei Tagen unterwegs“, erwiderte der Mann kalt und hielt seinen Blick stur auf die Straße gerichtet.

„Na ja, nichts für ungut, aber so kannst du nirgends hin. Du solltest, wenn wir da sind, erst einmal duschen und dich umziehen“, schlug Meistersänger versöhnlich vor.

Der Roughneck nickte und dachte: Keine schlechte Idee. An so etwas hatte er gar nicht gedacht.

In den folgenden Minuten hingen beide ihren Gedanken nach, bis Meistersänger sagte, er solle in den nächsten Feldweg einbiegen.

„Und weiter?“, fragte er verwirrt, weil das, was vor ihm lag, eher nach Endstation als nach Neubeginn aussah.

„Nur Geduld, mein Freund“, versicherte Meistersänger und zeigte bei dem angefügten Lächeln siegessicher seine Zähne. „Du hast es gleich geschafft.“

Der Roughneck warf seinem Beifahrer einen schnellen Blick zu und gab Gas. Rumpelnd setzte der Wagen seine Fahrt fort. Vorbei an hohen Tannen, die in Reih und Glied gepflanzt waren, dann über eine Lichtung mit einer Waldwiese, die den postkartenkitschigen Blick auf einen blutroten Sonnenaufgang lenkte. Weiter ging es über eine kleine Brücke, die einen fast ausgetrockneten Bach überspannte. Dann wurde der

Wald wieder dichter, und als er schon nach einer Möglichkeit Ausschau hielt, den Wagen zu wenden, sah er erst einen Zaun und dann tatsächlich die Silhouette eines Hauses.

Meistersänger strahlte ihn zufrieden an. „Na bitte! Was sag ich denn?" Mit einem Fingerzeig lotste er ihn in die Einfahrt, die um einen Stall herum zum Haupteingang eines roten Backsteinbaues führte, und hieß ihn neben der Stalltür anzuhalten.

„Sei leise, damit die Alten uns nicht hören!", warnte Meistersänger, bevor er ausstieg und in seiner Tasche nach dem Schlüssel suchte. Dass er dabei mit seiner Hand kurz das Holster berührte, in dem die Pistole steckte, konnte der Roughneck nicht sehen. Es hätte ihn vielleicht irritiert, und vielleicht wäre er dann auch nicht so arglos mit ins Haus gegangen, um sich dort an der grotesken Suche nach einer zweifelhaften Hinterlassenschaft zu beteiligen.

In früherer Zeit hatte das Anwesen einem reichen Pferdewirt gehört, der seine Zuchttiere meistbietend auf den überregionalen Märkten angeboten hatte. Doch nichts währt ewig, und so verlor der Besitzer nach einigen Fehlkäufen und einer daraus resultierenden Epidemie seine Reputation, sodass er aufgeben musste, Haus und Hof unter den Hammer kamen und so einen neuen, nicht weniger unglücklichen Besitzer fanden. Was der zu dieser Zeit natürlich noch nicht wissen konnte. Selbstverliebt und gewissenlos begann er, den Traum vom Eigenheim in die Tat umzusetzen. Er baute den ehemaligen Pferdestall um, renovierte das Haus und stattete es mit teuren Antiquitäten aus, für welche die beiden Männer, die sich auf ihrer Suche von Raum zu Raum bewegten, gerade allerdings wenig übrig hatten. Sie sehnten sich nach dem leichten Reichtum, das, was sich davontragen ließ, ohne aufzufallen.

„Wie wäre es, wenn du jetzt erst einmal unter die Dusche gehst?", erinnerte Meistersänger seine Begleitung, als sie im Schlafzimmer ankamen. „Das Bad ist hinter der Tür, und im Schrank findest du bestimmt was Passendes zum Anziehen."

Der Roughneck zögerte, denn sie hatten noch immer kein Bargeld gefunden. Andererseits wollte er, wenn er erst einmal sein Geld hatte, so schnell wie möglich verschwinden – aber eben nicht in diesem Zustand.

„Okay", willigte er schließlich ein, „aber denk daran, der Einzige, der den Wagen zum Laufen bringen kann, bin ich. Also keine Tricks."

Meistersänger lächelte beruhigend. „Mann, wir sind ein Team, hast du das vergessen?"

Zehn Minuten reichten ihm für eine schnelle Rasur, Haare waschen und gründlich einseifen. Auf den Bohrinseln war das Wasser oft knapp gewesen, da lernte man es, sich zu reduzieren. Im Schrank fand er eine Jeans, die ihm erstaunlich gut passte, Unterwäsche, Poloshirt und einen Gürtel. Nur seine Turnschuhe behielt er, sie waren für ihn wie ein Talisman.

Als er die unterste Treppenstufe erreichte, sah er, wie Meistersänger gerade den Reißverschluss seiner Sporttasche zuzog und, als er den Roughneck herunterkommen hörte, schnell unter den großen Esstisch schob.

„Oh, du bist schon fertig? Das ging aber schnell", stellte Meistersänger nervös fest.

„Hast du jetzt endlich das Geld gefunden?", fragte der Roughneck und ignorierte das Geschwätz. „Ich will hier weg."

„Hey, Mann, mach mal halblang. Du wirst dein Geld schon noch kriegen. Okay?"

„Ich will es jetzt!" Drohend ging der Mann auf Meistersänger zu. „Und verarsch mich nicht weiter."

„Okay, aber wir müssen runter in den Keller", erklärte Meistersänger großspurig. „Dort gibt es alles, was du brauchst, und noch mehr. Such dir doch einfach was Schönes aus."

„Ich will nichts Schönes, ich will mein Geld! Ich will nur das, was mir zusteht, hörst du?" Der Roughneck packte Meistersänger beim Kragen und verhinderte damit, dass der den Kellerabgang betrat.

„Aber dein Geld ist da unten", erklärte Meistersänger mit süßer Stimme und machte den Mann damit erst richtig wütend.

„Wenzel hat recht, du bist und bleibst ein Wurm! Du glaubst, du kannst mich hinhalten und mit deinen Versprechungen zumüllen? Ich will mein Geld, und zwar sofort, sonst ..."

Der Mann hatte sich nicht überlegt, was er mit einem wie Meistersänger machen würde, wozu er überhaupt fähig war, wenn es nötig wurde, und als es jetzt an der Zeit war, seine Drohungen in die Tat umzusetzen, kam er nicht mehr dazu. Meistersänger hatte sich aus seinem Griff befreit, seine Pistole aus dem Holster gezogen und zeigte damit auf sein Gegenüber.

„Ich glaube, ich habe einfach die besseren Argumente. Mach, dass du runterkommst!", forderte Meistersänger und lud die Pistole durch.

Der Roughneck drehte sich gehorsam um. Er roch das Waffenöl, spürte die Mündung der Waffe an seinen Kopf und setzte langsam einen Fuß vor den anderen. Auf einmal riss ihn ein heftiger Schlag zu Boden. Mit letzter Kraft suchte er auf der Treppe Halt. Darin war er gut. Das hatte er bei stürmischer See gelernt. Doch irgendwie gelang es ihm nicht so recht, die Balance zu halten, denn das, was gerade mit ihm passierte, war mehr als nur starker Seegang.

„Du?“, fragte Franziska verwundert, weil statt Hannes der Kollege Obermüller an dessen Schreibtisch saß.

„Neuigkeiten!“, antwortete Obermüller und betonte dabei jede Silbe.

Franziska ließ sich auf ihren Stuhl fallen und massierte ihre Schläfen, während sie ihn abschätzend ansah. „Hast du gerade deine kindischen fünf Minuten?“

Immer noch lächelnd schüttelt Obermüller den Kopf. „Ach, Mädchen, ich habe unsere Zeugin!“

„Was?“ Franziska war aufgesprungen, was ihr prompt eine Schwindelattacke bescherte.

„Die Frau vom Hochsitz! Ja, vielen Dank auch, lieber Obermüller!“ Er verneigte sich nach allen Seiten, so als würde man ihm applaudieren, und sah dann zu Franziska. „Was ist, willst du nicht wissen, wie ich sie gefunden habe?“

„Wo ist sie?“, erkundigte sich Franziska mit leiser Stimme.

„Der Reihe nach. Erst die Details.“

„Also, Obermüller! Wo hast du sie gefunden?“ Franziska lehnte sich zurück und schloss für einen Moment die Augen.

„Sag mal, geht‘s dir nicht gut? Du siehst aus, als hättest du zu tief ins Glas geschaut.“ Obermüller lächelte wissend. „Na ja, Verwandtschaft ist schon was Anstrengendes!“

Entgeistert riss Franziska die Augen wieder auf. „Wie kommst du jetzt darauf?“

„Hannes hat geplaudert. Aber der Chef fand es okay. Und ich ...“

„Wolltest du mir nicht was von einer Zeugin erzählen?“, lenkte Franziska auf den eigentlichen Grund seines Besuches zurück.

„Ja, genau.“ Obermüller grinste erneut und beugte sich zu Franziska hinüber. „Ich war am Wochenende mit ein paar Spezln auf dem Donauradweg unterwegs. Du weißt schon, da riskiert man nicht so schnell Punkte, und was sag ich ...“

„Zeugin. Obermüller!“ Franziska massierte ihre Schläfen und überlegte, ob sie nicht doch noch eine Tablette ins Wasser werfen sollte, wobei ihr schon der Gedanke an das Geräusch weitere Kopfschmerzen bereitete.

„Dir muss es ja echt schlecht gehen“, stellte Obermüller ein wenig beleidigt fest, mäßigte sich aber, als er sah, wie Franziska das Gesicht verzog. Mit erhobenen Händen gelobte er Besserung.

„Im Biergarten hör ich auf einmal, wie am Nachbartisch einer damit prahlt, dass er jüngst vom Hochsitz aus ein Pärchen beim Vögeln beobachtet hat“, erzählte Obermüller jetzt mit leiser Stimme. „Im ersten Moment dachte ich mir noch nichts, bis er an dem Punkt ankam, wo er berichtete, dass sie ihm ...“

„Obermüller, ich kenne die Geschichte! Was hilft es uns, dass du sie jetzt auch noch erfahren hast?“

„Weißt du, Franzilein, du bist wirklich ein ziemlich undankbares Mädchen. Ich opfere meinen freien Samstag, und du lässt mich noch nicht mal erzählen!“

„Ja, du hast ja recht“, gab Franziska nach und begann, in ihrer Tasche nach einer Tablette zu kramen. Als sie fündig geworden war, stand Obermüller auf, nahm ein Glas vom Regal und füllte Wasser ein.

„Es gibt Tage, da hilft nur die Keule“, wusste er und reichte ihr das Glas. Franziska schaute der Tablette zu, wie sie sich in unzählige Blubberblasen auflöste, schenkte aber noch vor dem ersten Schluck Obermüller die Aufmerksamkeit, die er verdient hatte.

„Auf einmal hatte ich das Gefühl, dass uns der Matussek verschaukelt.“

Franziska nahm einen Schluck und verzog das Gesicht. „So weit sind wir auch, wer glaubt dem schon, dass er ...“

„Nein, nicht deshalb. Ich habe mich gefragt, wie die Frau heimkam, und ob der große Held Matussek sie wirklich da sitzen ließ, nachdem sie ihm ... und so!“

„Ja, das stimmt“, Franziska hatte das Glas geleert und wartete auf die einsetzende Wirkung des Medikaments. „Wir haben ihn gar nicht gefragt, wie sie nach Hause kam.“

„Mit ihm. Er hat sie bis zur Haustür gebracht.“

„Aber dann muss er doch auch wissen, wie sie heißt?“

„Gitti Spengler.“

„Obermüller!“ Franziskas Stimmung war wie ausgewechselt. „Was hast du, was wir nicht haben?“

„Ich hab ihn nach draußen gebeten und gefragt, was er mit der Gitti gemacht hat. Von der hat er nämlich die ganze Zeit lautstark erzählt. Ich glaube, er hatte ein bisschen Angst vor mir.“ Der Ermittler grinste von einem Ohr zum anderen.

„Und?“

„Matussek gab sofort klein bei. Sagte, er habe ihr doch gar nichts getan, sie sogar nach Hause gefahren, und das Schwein wäre doch der andere, und wenn der nicht schon tot wäre, dann müsste man ihn dafür sowieso umbringen, und bla, bla, bla.“

„Und wo steckt sie jetzt?“ Trotz der Tablette erhob sich Franziska nur langsam.

„Dritte Tür rechts.“

„Super, Obermüller!“ Franziska ging um den Schreibtisch herum und gab dem Kollegen ein Küsschen auf die Wange. „Du bist unschlagbar!“

„Weißt du, Franzilein, du solltest öfter mal zu deinen Eltern fahren, das macht dich so menschlich“, grinste Obermüller, lehnte sich zurück und schien sehr zufrieden mit sich und der Welt.

„Gibt es Spuren, die auf einen Einbruch hinweisen?“, fragte Schneidlinger, der langsam einsah, dass das, was ihm dieser komische Vogel Wenzel erzählt hatte, stimmen konnte.

„Nein“, erklärte der Beamte mit Bedacht. „Meistersänger muss irgendwann zwischen unseren Rundgängen das Haus über die hintere Terrassentür verlassen haben.“

Der Hauptkommissar schnaubte, wollte dem Mann aber keinen Vorwurf machen. „Demnach handelt es sich also eher um eine Flucht als um eine Entführung?“

„Schwer zu sagen. Wir haben einen Spaten gefunden. Hinten im Garten, unter den Bäumen. Er ist ziemlich verrostet, könnte also auch einfach da rumgelegen haben. Merkwürdig ist eigentlich nur, dass an der Stelle ziemlich viel Gras niedergetrampelt wurde.“ Der Beamte machte eine Pause, bevor er nach einem Schulterzucken hinzufügte: „Dort könnte natürlich jemand auf ihn gewartet haben.“

„Ich dachte, Sie haben den Garten beobachtet?“

„Ja, schon“, erwiderte der Beamte kleinlaut. „Aber wir wussten ja nicht, dass der Mann weglaufen wollte!“

Der Hauptkommissar warf Hannes, der das Gespräch mitverfolgt hatte, einen nachdenklichen Blick zu. Sie hatten Meistersänger unterschätzt. Sie waren davon ausgegangen, dass er sich in seinem Haus verbarrikadieren würde und nicht, dass er seine Flucht plante. Noch bevor Schneidlinger eine Entscheidung treffen konnte, klingelte sein Handy.

„Servus Josef, alter Freund. Was macht die Arbeit?“

Schneidlinger hob entschuldigend die freie Hand und zog sich dann mit dem Handy am Ohr in eine stille Ecke zurück.

„Servus Karl. Du, es ist gerade etwas ungünstig ...“

„Sag nur, ihr habt den Kerl schon hops genommen?“ Karl Winter schickte ein lautes meckerndes Gelächter hinterher.

„Nein, aber ich bin gerade in seinem Haus“, wich Schneidlinger aus.

„Das ist ja super! Bleib, wo du bist, ich bin ohnehin auf dem Weg nach Passau.“

Winter wollte das Gespräch schon beenden, als Schneidlinger nachhakte: „Gibt es irgendwelche Neuigkeiten?“

Wieder schickte Winter sein typisches Lachen durch die Leitung. „Neuigkeiten wäre untertrieben. Du, dieser Günther Meistersänger steckt mitten in einem riesen Fondbetrug, da ist sogar schon die Bankenaufsicht dran.“

„Was? Der Kerl? Ganz alleine?“

„Na, das glaube ich eben nicht. Weißt du schon, dass dieser Meistersänger, bevor er Hedgefondsmanager wurde, als Rasenmähervertreter gearbeitet hat?“ Winter ließ Schneidlinger keine Chance zu antworten. „Er hat die Schule abgebrochen.“

Der Hauptkommissar sah, wie Hannes mit einem Laptop in der Hand auf ihn zu kam.

„Das ist der Rechner vom Meistersänger“, rief er Schneidlinger entgegen, der ihm zunickte.

„Was glaubst du denn, wie es abgelaufen ist?“, wandte er sich wieder an seinen Kollegen aus München.

„Es muss im Hintergrund mindestens noch eine Person geben, die sich um die Geschäfte kümmert, sonst hätte das alles nie so gut geklappt.“

Schneidlinger lauschte interessiert und warf nebenbei einen Blick auf den Bildschirm des Laptops, auf dem Hannes gerade eine E-Mail öffnete. Im Text wurde Meistersänger darüber informiert, wie positiv sich der Fonds gestaltete und wie er diese gute Nachricht am besten an seine Kunden weitergeben konnte. Hannes schloss die Mail und öffnete die nächste mit ähnlichem Inhalt. So ging das weiter, Woche für Woche. Bis die Mitteilungen vor zwei Wochen plötzlich eingestellt wurden. Schneidlinger sah auf den Bildschirm, zu

Hannes und wieder auf den Bildschirm, dann begann er, rhythmisch zu nicken. Denn der Absender war jedes Mal ein und derselbe: Xaver Mautzenbacher.

„Sag mal, Josef, bist du noch dran? Die Verbindung ist auf einmal so schlecht", schrie Winter so laut ins Handy, dass der Hauptkommissar zusammenzuckte.

Schnell schenkte er Hannes noch ein lobendes Lächeln, dann widmete er sich wieder dem Gespräch am Telefon. „Karl, wann kannst du hier sein?"

Nervös kaute die dunkelhaarige Frau auf einem ihrer künstlichen Fingernägel herum. Sie trug zu enge Jeans, ein T-Shirt, dessen Ausschnitt verrutscht war, und Römersandalen. Die Haare hatte sie mit einer Klemme am Hinterkopf festgesteckt, wobei einige Strähnen herausgerutscht waren. Als Franziska eintrat, sah sie auf und schenkte ihr ein bedrücktes Lächeln.

„Sind Sie die Kommissarin?"

„Ja, Franziska Steinbacher. Danke, Frau Spengler, dass Sie gekommen sind." Sie stellte einen Becher Kaffee auf den Tisch und reichte Gitti Spengler die Hand. „Frau Meier sagte, Sie hätten gern einen."

„Oh ja, danke. Wissen Sie, ich bin so furchtbar aufgeregt."

„Dazu besteht überhaupt kein Grund. Ich möchte Ihnen nur ein paar Fragen zu Xaver Mautzenbacher stellen." Franziska lächelte der Frau aufmunternd zu. „Erzählen Sie mir doch mal, wie Sie ihn kennengelernt haben."

Die Zeugin hob den Becher an die Lippen und trank einen Schluck. „Ich hatte Streit mit Hubert. Meinem Mann. Nichts Besonderes, es ging ums Geld." Sie machte eine wegwerfende Handbewegung. „Ich ging dann früher zur Arbeit ins Café. Manchmal ist es besser, wenn man geht und einen Streit nicht auf die Spitze treibt. Der beruhigt sich schon wieder."

Gitti Spengler sah Franziska an, und als die mitfühlend nickte, fuhr sie fort. „Im Café saß Xaver allein an einem Tisch am Fenster, und er fragte, ob ich mich nicht zu ihm setzen wollte. Natürlich habe ich erst gezögert, aber er war nicht der Typ, der Frauen einfach aufreißt, er ...", sie suchte nach den richtigen Worten, „wirkte so kultiviert. Nach einer Weile lud er mich zum Essen ein. Zuerst wollte ich nicht, weil ich gerade eine Diät angefangen hatte, aber dann sagte er: Um jedes Gramm wäre es schade."

Franziska lächelte. „War das am Sonntag?"

„Nein. Am Dienstag. Dienstag davor." Verschämt steckte sie einen Fingernagel in den Mund, bis sie bemerkte, dass die Kommissarin sie musterte.

„Ich hab so was noch nie gemacht."

Wieder nickte Franziska.

„Es war einfach schön, dass er gerade in dem Moment da war, wo ich so sauer auf den Hubert war ..."

„Frau Spengler, Sie müssen Ihr Tun vor mir nicht rechtfertigen. Es geht mir einzig darum, wo und wann Sie Xaver Mautzenbacher zuletzt gesehen haben."

„Das war am Sonntagnachmittag. Da gehen die Männer immer auf den Fußballplatz, und anschließend trinken sie auf ihren Verein."

„Und Sie gingen mit Xaver Mautzenbacher zu diesem Hochsitz?"

„Na ja. Nicht gleich. Zuerst gingen wir spazieren. Dabei habe ich ihm noch erzählt, dass ich mich allein im Wald fürchte. Und er hat gesagt: Das brauchst du nicht. Ich bin doch bei dir. Und dann hat er mir den Ring angesteckt. So was Schönes! Ganz in Gold mit einem Diamanten. Der Hubert, der hätte mir so was nie geschenkt ..."

Die Kommissarin sah auf ihre Hände, doch Gitti Spengler schüttelte nur den Kopf. „Ich hab ihn versteckt, sonst wird das mit dem Hubert gar nichts mehr."

„Hat Ihnen Xaver Mautzenbacher erzählt, was er in den nächsten Tagen vorhatte und ob er sich mit jemand treffen wollte?"

„Nein. Eigentlich haben wir nicht viel geredet. Er ist immer wieder stehen geblieben und hat mich an sich gezogen und geküsst, so richtig, mit allem." Bei der Erinnerung rollte ein kleiner Seufzer ihre Kehle hinab. Dann beugte sie sich ein wenig vor und senkte ihre Stimme. „Dann hat er seine Hand unter mein Shirt geschoben und gesagt: Ich würde jetzt gerne mit dir schlafen. Und dann hat er mich hinter sich her gezogen. Immer tiefer in den Wald. Ich wusste schon gar nicht mehr, wo wir waren."

„Gab es einen Grund dafür, dass er den Platz unter dem Hochsitz gewählt hat?"

„Na ja. Kurz davor hat er mich wieder geküsst und so, und da hab ich gesagt: Ich halt es nicht mehr aus, nimm mich endlich!" Verlegen schaute die Zeugin zu Franziska hinüber. „Ich meine, er hatte es wirklich drauf. Das Küssen und so!"

Franziska nickte zustimmend, obwohl sie sich nicht vorstellen wollte, was sich hinter dem ‚und so' noch alles verbarg.

„Er holte dann eine Decke aus dem Rucksack, breitete sie aus und meinte: Na, dann leg dich hin, du kleine Nutte, damit ich es dir so besorgen kann, wie du es verdient hast."

„Sie meinen, er hat Sie mit Gewalt ...?"

„Nein! Nein, nein. Von Gewalt kann keine Rede sein. Es ging schnell und war heftig, aber ich war ja auch schon ..."

Erneut schob Gitti Spengler einen Finger in den Mund und biss auf dem Nagel herum, bis sie sich wieder beruhigt hatte und fortfahren konnte.

„Gestört hat mich eigentlich nur, dass er mich dauernd ‚Nutte' genannt hat. Ich meine, ich hab mich ihm ja nicht angebiedert ... Und natürlich, dass er mich so allein zurückließ. Er meinte, es wäre nicht gut, wenn wir gemeinsam gehen würden. Er wolle pfeifen, wenn die Luft rein ist, und weg war er, und ich geriet in Panik und dachte: Oh mein Gott, wie komm ich denn jetzt nur nach Hause? Ja, und dabei hat der Matussek uns die ganze Zeit beobachtet. Das Arschloch! Aber in dem Moment war ich wirklich froh, ihn zu sehen." Sie griff nach ihrem Kaffeebecher und trank. Dann sah sie die Kommissarin herausfordernd an. „Hat der Matussek Ihnen auch erzählt, dass er es mir besorgt hat?"

Franziska zuckte mit den Schultern und nickte zögernd.

„Wusste ich's doch. Dass mit dem Xaver, das war wirklich schön, das hätte mir der Hubert bestimmt auch verziehen. Vielleicht. Irgendwann. Aber das, was der Matussek jetzt macht, das ist wirklich das Letzte. Ich meine, ich hatte doch nichts mit dem, aber wenn der das behauptet, dann muss der Hubert doch einfach glauben, ich wär eine Nutte! Ich meine, wer will sich schon von einem wie dem Matussek Hörner aufsetzen lassen?"

Als Franziska die leere Tasse in die Spüle stellte, bemerkte sie zum ersten Mal an diesem Tag, dass etwas fehlte.

„Sag mal, Ramona, wo bleibt denn eigentlich Hannes heute?"

„Na, der ist doch mit dem Chef und dem Münchner Kollegen Karl Winter in das Haus von Günther Meistersänger gefahren." Ramona musterte sie ungeniert. „Weißt du das gar nicht?"

„Nein, woher?"

„Tee?“

Franziska nickte, und während das Wasser kochte, erzählte ihr Ramona, was sie von Schneidlinger über den Einsatz wusste.

„Unterstützung aus München, na, das nenn ich mal einen Service.“ Trotzdem blieb Franziska skeptisch. „Und wann will dieser Winter kommen?“

Ramona schaute auf die Uhr. „Jeden Moment.“

Franziska ließ sich auf einen Stuhl fallen. Sie war heute wirklich nicht in Form. „Schwarz oder lieber Kamillentee?“

„Weder noch“, mischte sich Obermüller in das Gespräch der beiden Frauen ein.

„Ach, Obermüller, du schon wieder?“, wunderte sich Franziska nicht unfreundlich.

„Sorry, aber es gibt Arbeit!“

„Wie langweilig wäre mir doch, wenn ich dich nicht hätte“, konterte Franziska süffisant und versuchte sich im Kichern.

Der Ermittler schenkte ihr ein schiefes Lächeln. „Stimmt! Aber im Ernst: In der Zentrale ist ein Anruf eingegangen. Ein gewisser Erwin Weinerl, ein Oberlehrer aus Kirchberg, hat einen unbekannten Toten gefunden, vermutlich erschlagen. Wobei er sich nicht sicher ist, weil eine Waffe dabei lag.“

„Was ist denn ein Oberlehrer?“

„Also, zu meiner Zeit nannte man die ausgedienten Lehrer so. Vermutlich ist er also schon ein Weilchen in Rente“, resümierte der Ermittler.

Franziska erhob sich, nicht ohne Ramona vorher einen enttäuschten Blick zu schenken. „Ich hätte wirklich eine Tasse Tee gebrauchen können.“ Dann wandte sie sich an den Kollegen. „Na, komm, schauen wir uns den Oberlehrer und den Toten mal an.“

Die Kommissarin zog Obermüller mit sich, blieb dann aber

plötzlich stehen und ging noch einmal zu Ramonas Schreibtisch zurück. „Ruf mich doch bitte an, wenn der Kollege Winter da ist. Ich will nicht den ganzen Tag den Ereignissen hinterherlaufen."

Obermüller hatte den Wagen noch nicht richtig in der Einfahrt des Anwesens geparkt, da war Franziska bereits ausgestiegen. In der offenen Haustür stand ein altes Ehepaar und winkte die beiden Polizisten zu sich.

„Kommen Sie, meine Herrschaften, bitte, kommen Sie hier herüber."

„Oberlehrer", raunte Obermüller verschwörerisch, nachdem er die Kollegin mit wenigen Schritten eingeholt hatte. Franziska stieß ihm mahnend in die Seite und bat ihn mit einem ihrer speziellen Blicke, seinen Spott für sich zu behalten.

Die beiden Alten führten sie ins Haus und in einen großen Wohnraum mit offenem Kamin, mehreren Sofas, einem Esstisch für mindestens zwölf Personen und einer freien Treppe, die in den oberen Stock führte. An der offenen Tür zum Kellerabgang blieben sie ehrfürchtig stehen und wiesen mit ausgestrecktem Finger den Weg die Treppe hinunter.

Die Kommissarin schaltete das Licht an, stieg vorsichtig die Stufen hinunter und staunte nicht schlecht, als sie den am Fuße der Treppe liegenden Mann erblickte. Seine Extremitäten waren so stark verdreht, dass es ihr schon beim Hingucken wehtat. Seiner Haltung nach zu urteilen, musste er sämtliche Treppenstufen hinuntergefallen sein.

„Wie kommt jetzt der hierher?", wandte sie sich an den Kollegen, während sie mit zwei Fingern am Hals des Toten vergeblich nach einem Lebenszeichen suchte.

Obermüller schüttelte ungläubig den Kopf und stieg über die Leiche, um sich so ein besseres Bild zu machen. Die Kommissare trugen Handschuhe und Schuhschützer, um keine der Spuren zu zerstören, während sie sich um erste Erkenntnisse bemühten.

Der Oberlehrer sah ihnen von oben zu. „Wir hatten ja schon befürchtet, dass es der Herr Mautzenbacher sei, der da unten liegt", erklärte Erwin Weinerl und sah seine Frau an, die zustimmend nickte.

„Wie, Sie kennen Xaver Mautzenbacher?" Die Kommissarin ließ von dem Toten ab und stieg die Treppe wieder hinauf.

„Aber natürlich. Ihm gehört doch dieses Haus."

Auf diese Auskunft hin sah Franziska Herrn Weinerl einige Augenblicke lang unschlüssig an. Sie musste die Information erst einmal verdauen. „Seit wann?"

Der alte Mann blickte ratsuchend zu seiner Frau. „Seit vier Jahren, oder?"

„Ich glaube, das könnte hinkommen", erwiderte sie unsicher.

„Und was bitte machen Sie hier?"

„Wir, also meine Frau und ich, wohnen in der Austragswohnung. Herr Mautzenbacher ist so nett und lässt uns dort leben, dafür kümmern wir uns um das Haus und das Grundstück."

„Und in welchem Verhältnis stehen Sie zu Herrn Mautzenbacher?", fragte Franziska vorsichtshalber, bevor sie die beiden über den Tod Mautzenbachers aufklären wollte.

„Xaver war einmal mein Schüler." Es klang durchaus stolz, wie der alte Mann das sagte.

Die Kommissarin wog ihre Worte genau ab, bevor sie erklärte: „Ich muss Ihnen leider mitteilen, dass Xaver Mautzenbacher seit einer Woche tot ist. Haben Sie das nicht in der Zeitung gelesen?"

„Was?“, entfuhr es Frau Weinerl mit einem erstickten Keuchen. „Aber, wie ...“ Ihre Stimme erstarb, bevor sie ihren Satz zu Ende bringen konnte.

„Junge Frau“, sprang ihr Mann ein, „wir lesen schon lange keine Todesanzeigen mehr. Wenn's uns mal erwischt, sehen wir ja früh genug, wer schon alles da ist.“

Trotz dieser abgeklärten Haltung sah die Kommissarin die Tränen, die in den Augenwinkeln des alten Mannes glänzten. Darum lenkte sie die Aufmerksamkeit der beiden wieder auf den Toten am Fuße der Kellertreppe.

„Und diesen Mann hier, kannten Sie den auch?“

„Kennen wäre zu viel gesagt“, erklärte Herr Weinerl, der sich offensichtlich schon wieder vom Schock erholt hatte. „Vielleicht habe ich ihn schon einmal hier gesehen, als Besuch von Xaver, meine ich. Aber ich glaube nicht, dass er das Recht hatte, hier zu sein. Wo doch Xaver nicht da war.“

Die Kommissarin nickte, wenn ihr auch der Zusammenhang nicht klar war. Aber wie sollte sie das Ganze auch verstehen, sie wusste ja noch nicht, in welchem Verhältnis die Männer zueinander standen.

„Nachdem Herr Mautzenbacher nicht zu Hause war, was haben *Sie* denn dann hier im Haus gemacht?“

„Ich wollte den Rasenmäher herrichten, und als ich sah, dass der Diesel leer war, ging ich zum Schuppen, um mit dem Lada zur Tankstelle zu fahren. Da bemerkte ich, dass er weg war und an seiner Stelle ein fremdes Auto stand. Das hat mich gewundert, weil Xaver nie den Lada nimmt, und das Auto“, er zeigte mit dem Kopf in Richtung Schuppen, „das passt irgendwie auch nicht zu ihm. Er fährt gern schöne Autos.“

„Du bist dann zu mir gekommen und hast mir davon erzählt“, half seine Frau aus, und Weinerl nickte.

„Ja. Meine Frau meinte dann, lass uns mal im Haus nachsehen.“

„Wir haben ja den Schlüssel, damit ich sauber machen

und die Blumen gießen kann."

„Ja", fiel Weinerl ihr nicht unfreundlich ins Wort. „Und da lag er dann."

„Zuerst dachten wir, es wäre der Xaver, aber dann ...", sie hielt inne.

„An seiner Haltung sah ich sofort, dass er tot war, und habe Sie angerufen."

„Haben Sie irgendetwas angefasst?", fragte Franziska und sah auf die Gartenhandschuhe, die der Alte trug.

„Nein." Er folgte ihrem Blick und erklärte. „Ich habe Psoriasis. Schuppenflechte. Darum trage ich gern Handschuhe beim Arbeiten."

„Ja, das ist dann erst einmal alles", erklärte die Kommissarin und wandte sich an Obermüller. „Ich ruf den Chef an, schau du im Schuppen nach."

Nachdem die beiden Alten in ihre Wohnung gegangen waren, stand Franziska während sie in ihr Handy sprach an der Kellertreppe und sah zum Toten hinunter. „Hannes, wo bist du?"

„Wir sind noch immer im Haus von Günther Meistersänger."

„Ist der Chef bei dir? Er geht nicht ans Handy."

„Ja, er telefoniert gerade mit seinen ehemaligen Kollegen. Wir haben hier eine ganz heiße Spur gefunden. Stell dir vor, der Meistersänger hat mit Mautzenbacher zusammengearbeitet und ist jetzt weg ..."

„Hannes, er ist ..."

„... aber die Fahndung läuft. Wir sind uns nur nicht sicher, ob er sich absetzen wollte, oder ob er entführt wurde, aber ..."

„Hannes!", rief Franziska etwas eindringlicher. „Er ist tot. Er liegt hier. Keine fünf Stufen unter mir. Am Fuße der Kellertreppe. In einem riesigen Haus. Und jetzt rate mal, wem das Haus gehört?"

Dr. Buchner hatte bereits den Totenschein ausgestellt und ein Kreuz im Kästchen ‚nichtnatürliche Todesursache' gemacht. „Alles Weitere müssen die Kollegen in München klären", fügte er mit einem verschmitzten Lächeln in Franziskas Richtung hinzu und sammelte seine Sachen ein.

Die Kommissarin hatte mit ihm gemeinsam die Leiche gedreht und untersucht. Dabei hatten sie eine blutende Kopfwunde gefunden, die sich der Tote der Blutspur zufolge schon auf der obersten Kellertreppe zugezogen hatte. Ihre Vermutung war, dass er sich beim Sturz außerdem das linke Bein gebrochen hatte. Ob der Mann von allein hinuntergefallen oder von jemandem gestoßen worden war, konnte man noch nicht sagen. Vielleicht war er ja auf der Flucht gewesen. Getrieben von der geladenen und gespannten Pistole, die sie am oberen Treppenabgang gefunden hatten.

Franziska überlegte sich gerade, wie alles abgelaufen sein könnte, als Annemarie Michl mit einem Golfschläger in der Hand zu ihr trat. Auf ihrem Gesicht lag ein zufriedenes Grinsen. Sie hatte ihre Nase in den Wind gehalten und war fündig geworden. „Der letzte Einsatz dieses guten Stücks muss besonders wild gewesen sein. Das hier ist Blut." Sie zeigte auf den schmalen löffelartigen Stahlkopf des Schlägers und grinste noch breiter.

„Wo hast du den her?", wollte Franziska wissen.

„Der steckte da drüben in dem Golfwagen, ganz unscheinbar."

„Es könnte also sein, dass er damit niedergeschlagen wurde und dann die Treppe hinunter fiel? Damit gibt es auf jeden Fall einen Täter."

Als der Chef, gefolgt von Hannes, am Tatort eintraf, lag der Golfschläger in Franziskas Hand. Annemarie hatte die Fingerabdrücke vom Schaft gesichert und ihn dann eingepackt.

„Ein PitchingWedge, keine schlechte Wahl“, lobte Schneidlinger, nachdem er den Schläger gesehen hatte. Und als ihn alle nur verständnislos ansahen, fügte er erklärend hinzu: „Die Irons sind für die Ausführung kurzer Schläge gedacht. Sie sind schwerer als die Woods. Diesen hier nimmt man, um den Ball ins Grün zu bringen.“ Schneidlinger deutete auf den Schläger und bat dann um den neuesten Ermittlungsstand.

„Wir können also davon ausgehen, dass der Täter Meistersänger zunächst mit der Waffe bedrohte und ihn dann, vielleicht um keinen Krach zu machen, mit dem Golfschläger erschlagen und die Treppe hinuntergestoßen hat.“ Der Hauptkommissar versuchte sich die Situation vorzustellen, nachdem Franziska ihren Bericht beendet hatte.

„Die Waffe wurde jedenfalls nicht benutzt. Sie war zwar schussbereit, aber das Magazin ist voll“, erläuterte die Chefin der KTU.

„Zuerst müssen wir herausfinden, wem die Waffe gehört, dann wissen wir vielleicht auch schon, wie unser Täter heißt“, schlug Schneidlinger vor und suchte aus seinem Handyspeicher die Nummer des zuständigen LKA-Kollegen heraus. Als der sich meldete, ließ er sich von Annemarie die Waffennummer diktieren. Um ihn herum herrschte eine andächtige Stille, die nur von den beiden schwarzgekleideten Männern unterbrochen wurde, die sich gerade pietätvoll an die Arbeit machten und den toten Günther Meistersänger für den Transport in einen Leichensack packten.

Der Hauptkommissar nickte ein paar Mal und bedankte sich dann für die Auskunft. Als er sich seiner Mannschaft zuwandte, war sein Gesicht alles andere als erfreut.

„Die Waffe wurde vor zwei Jahren in München bei einem Waffensammler gestohlen und bald darauf bei einem Überfall auf einen Juwelierladen im Bahnhofsviertel eingesetzt. Danach tauchte sie nicht mehr auf. Bis jetzt.“

„Das wird ja immer komplizierter“, resümierte Franziska.

„Ich will nichts versprechen, aber wir könnten doch mal ganz klassisch mit den Fingerabdrücken anfangen. Vielleicht sind die ja eindeutiger!“ Normalerweise hätte Annemarie Michl das anders ausgedrückt, aber nach dem Desaster mit den Spuren auf der Partisane wollte sie sich nicht zu weit aus dem Fenster lehnen.

„Ja“, stimmte Schneidlinger zu. „Und bitte beeilen Sie sich!“

„Wie immer“, antwortete die Chefin der KTU schnippisch, bevor sie fragte: „Soll ich das Geld auch gleich mitnehmen?“ Sie zeigte auf die Sporttasche. Der Hauptkommissar ging zum Esstisch und warf einen Blick in das Innere der Tasche. „Das sind mehrere Tausend Euro.“

„Na, ich werde sie mir schon nicht unter den Nagel reißen“, erwiderte Annemarie verschnupft.

„Nein. Ich frage mich nur, warum sie der Täter nicht mitgenommen hat.“

„Weil er gestört wurde?“

„Von wem?“

„Vielleicht vom Oberlehrer?“

„Aber dann hätte der ihn doch gesehen.“

„Stimmt auch wieder.“

„Ist der Hausbesitzer nicht seit einer Woche tot?“, rief Mona verwundert die Treppe herunter, und alles blickte zu ihr hoch.

„Doch, warum fragst du?“ Franziska ließ die anderen stehen und ging zur Treppe.

„Weil im Badezimmer erst kürzlich jemand geduscht hat. Und das Schlafzimmer ist auch durchwühlt. Sieht aus, als ob jemand etwas zum Anziehen gesucht hat“, erklärte Mona und führte die Kommissarin in einen großzügigen Raum, von dem aus eine Tür ins Badezimmer führte.

„Schick“, kommentierte Franziska und verstand, was Mona meinte. Das Schränkchen über dem Waschbecken stand offen, Rasierschaum war herausgerissen, auf dem Fußboden lagen zusammengeknäulte Handtücher, Socken und Unterwäsche, und über dem Badewannenrand lag eine alte dreckige Jeans. Mona machte Fotos und begann, die einzelnen Beweisstücke in Tüten zu packen.

Franziska ging zurück ins Schlafzimmer und stand dann unschlüssig vor dem geöffneten Kleiderschrank. Zum ersten Mal seit sie Xaver Mautzenbacher am vergangenen Montag – wenn auch in totem Zustand – begegnet war, befand sie sich in einem Raum, in dem der Mann offensichtlich wirklich gelebt hatte. Im Schrank gab es nicht nur ein paar Anzüge, hier fand sich eine abwechslungsreiche Garderobe. Von seinen Unterhosen bis zum Wintermantel.

Es war alles da. Was fehlte war der konkrete Hinweis auf den Mann, der, wie Wenzel behauptete, hinter das Geheimnis und den Betrug der beiden gekommen war und, so wie es aussah, den beiden Schwindlern ein Ende bereitet hatte.

Als Mona mit ihren Tüten an ihr vorbei ging und sie freundlich anlächelte, löste sich Franziska von ihren Gedanken und ging hinunter zu den anderen ins Wohnzimmer.

„Im Keller ist die reinste Fälscherwerkstatt", teilte ihr Obermüller mit und deutete auf Schneidlinger, der schon wieder telefonierte. „Ich glaube, jetzt macht er ernst!"

Franziska wusste nicht, was er meinte, bis der Chef sie anwies: „Bitte nichts anfassen, die Kollegen aus München kommen gleich und kümmern sich darum."

„Wir kennen den Xaver ja eigentlich schon seit seiner Geburt", erklärte Erwin Weinerl und bot seinen Gästen einen Platz auf der Eckbank in der Küche an. Nachdem sich Hannes und Franziska am Tatort zunehmend überflüssig gefühlt hatten, hatten sie beschlossen, dem alten Ehepaar einen Besuch abzustatten. Die Haustür, die zu dem kleinen Anbau führte, lag ums Eck herum, sodass man nicht automatisch einen Blick auf das eigentliche Wohnhaus werfen konnte. Der Anbau war eingeschossig, und vom eher düsteren Flur, der von einem großen Kachelofen dominiert wurde, gingen drei weitere Zimmer und eine Tür zum Keller ab.

„Uns war es nicht vergönnt eigene Kinder zu haben“, fügte Weinerls Frau erklärend hinzu und schenkte ihrem Mann eine Tasse Kaffee ein. Nachdem sie ihm Milch und Zucker hingeschoben hatte, ging sie mit ihrer Kaffeekanne zu Franziska.

„Seine Mutter war ein liebes, aber leichtfertiges Mädchen. Und sie wurde nie erwachsen“, erzählte Weinerl und rührte die Milch in den Kaffee.

„Oh, nein, vielen Dank, wir trinken keinen Kaffee.“ Franziska zeigte auf Hannes und sich und schüttelte ablehnend den Kopf.

Der alte Oberlehrer lächelte nachsichtig und sah seine Frau auffordernd an, bevor er sie bat: „Dann mach unseren Gästen doch bitte einen Tee!“

Während Frau Weinerl Teeblätter in eine große Glaskanne schüttete und kochendes Wasser darübergoss, beobachtete sie ihr Mann mit liebevollem Blick. Erst als sie sich wieder zu ihnen setzte, erzählte er weiter.

„Ich habe mir oft überlegt, was sie sich erwartet hatte, als sie diesen strengen und sehr gläubigen Mann geheiratet hat, aber sie bekam ja auch ziemlich schnell den kleinen Xaver.“ Nachdenklich rührte der Oberlehrer in seiner Tasse.

„Na ja, und dann fing es auch schon bald mit den Männern an. Ich glaube, sie lechzte einfach nach Leben. Aber letztlich wurde sie von dem, was sie bekam, nie satt.“ Eine Woge der Zuneigung erfasste sein altes Gesicht und ließ es für einen Augenblick aufleuchten. „Es dauerte nicht lange, da sprach das ganze Dorf über sie, und die Namen, die man für sie wählte, waren wenig schmeichelhaft. Natürlich blieb das auch ihrem Mann nicht verborgen. Auch wenn er lange so tat, als ob das anders sei."

„Ja", stimmte ihm seine Frau zu, die aufstand, die Teekanne holte und den beiden Kommissaren einschenkte. „Brennnesselblätter. Hab ich selbst gesammelt. Das ist gut zum Entwässern", ermutigte sie Franziska, den Tee zu probieren.

Franziska nippte und wusste sofort, dass es lange dauern würde, diese Tasse zu leeren.

„Ich weiß gar nicht, ob der Alte die Lissy auch geschlagen hat. Der kleine Xaver bekam es aber immer ab, wenn sie mal wieder herumhurte." Weinerl zuckte mit den Schultern. „Entschuldigen Sie bitte meine Wortwahl, aber so haben die Leute es genannt. Sie hurt herum, sagten sie, sie ist eine Nutte. Aber eigentlich suchte sie nur Liebe und Geborgenheit."

„Die Lissy war ein hübsches Ding, da ließ sich keiner lange bitten", fügte Frau Weinerl an und lächelte ihren offenbar sakrosankten Mann an.

„Ja, aber mit der Zeit nahm sie immer weniger Rücksicht. Weder auf den Mann noch auf den Sohn." Der Oberlehrer hatte die Hände auf dem Tischtuch gefaltet und begann, sie zu reiben. Als er sah, wie die Polizisten auf die sich lösenden Hautschuppen starrten, hielt er inne und verbarg die Hände unter dem Tisch.

„Bitte entschuldigen Sie, aber das hier ist nicht leicht für mich." Für einen kurzen Moment schloss er die Augen und suchte offenbar nach dem Faden, um seine Geschichte zu Ende zu erzählen.

„Und dann geschah es. Sie hatte sich schon längere Zeit mit einem Kerl, der beim Forst arbeitete, getroffen. Immer direkt neben dem Haus." Weinerl sah auf. „Die Mautzenbachers hatten so einen Schuppen mit allerlei Unrat drin. Saubermachen war nicht so die Sache von der Lissy. Auf jeden Fall hat sie sich dort mit dem Geliebten getroffen, und als sie in der Nacht schliefen, brannte der ganze Schuppen ab. Lichterloh!“

Weinerl sah zu seiner Frau, aber die nickte nur stumm.

„Am Morgen fand man nur noch die verkohlten Leichen. Nachbarn behaupteten später, sie hätten sich gestritten, und auch, dass sie den kleinen Xaver gesehen hätten, wie der sich an der Tür zu schaffen gemacht hätte.“ Noch immer bedrückt sank der alte Mann in sich zusammen. Dann nickte er zum Zeichen, dass es weitergehen konnte. „Sein Vater ging danach noch öfter in die Kirche. Den Jungen haben sie nie belangt, er war ja auch erst elf, damals.“

„Wir haben ihn dann so oft es ging zu uns genommen“, fuhr Frau Weinerl fort. „Der arme Junge war ja ganz verzweifelt.“

„Das heißt, Xaver Mautzenbacher ist bei Ihnen aufgewachsen?“

„Nicht gleich. Zuerst kam er nur nach der Schule, zum Essen und zum Lernen. Er war sehr an Mathematik interessiert. Überhaupt lernte er sehr schnell“, versicherte der Oberlehrer stolz.

„Und trotzdem wollte er dann unbedingt Psychologie studieren. Er sagte, er muss wissen, wie die Menschen ticken. Warum sie sind, wie sie sind. Und warum sie tun, was sie tun.“

Frau Weinerl sah ihren Mann an, als erwarte sie ein Lob, als habe sie das extra für ihn auswendig gelernt. „Ich glaube, er kam weder über das Leben noch den Tod seiner Mutter hinweg“, fasste Weinerl nicht nur für seine Frau zusammen. „Er wollte einfach verstehen, warum sie das getan hat. Das mit den fremden Männern, und warum sie nie begriffen hat, dass es ihm wehtat, wenn die Leute so über sie redeten.“

„Was war mit seinem Vater?“, fragte Hannes, der die ganze Zeit über zugehört hatte.

„Sein Vater hat sich erst dem Alkohol hingegeben, und als das auch nicht half, hat er sich aufgehängt. Es war aber auch nicht schade um ihn. Er hat bis zu seinem Tod genug angerichtet.“

In der Stille der Küche entstand eine Leere, die jedes Wort überflüssig machte. Was sollte man nach so einer Geschichte noch fragen? Was konnte der alte Oberlehrer noch erzählen, um das elende Leben von Xaver Mautzenbacher noch besser zu schildern?

Geistesabwesend nahm Franziska ihre Tasse und trank Schluck für Schluck. Bis sie leer war. Bis das Gesagte wirklich in ihrem Kopf angekommen war und sich die ersten Fragen formulierten. Auf den bitteren Geschmack achtete sie jetzt nicht mehr.

Was hatte der Tod seiner Mutter damit zu tun, dass Xaver Mautzenbacher in der Veste Oberhaus mit einer Partisane erstochen worden war? Gab es da überhaupt einen Zusammenhang? Oder war das nur ein tragischer Teil seines Lebens? Ein Schandmal, das an ihm haftete und das er nicht loswurde, egal, wie sehr er sich auch darum bemühte, es abzuschütteln.

„Gut, dann haben wir jetzt also ein Mordopfer mit beschissener Kindheit“, fasste Schneidlinger den Bericht von Franziska und Hannes über die Jugend des Xaver Mautzenbacher zusammen. „Mich interessiert allerdings mehr, wer der Mann ist, der die beiden Betrüger getötet hat, und wo wir ihn finden können. Wobei wir ja noch nicht einmal wissen, ob der

Mann, den Nepomuk Wenzel angeblich zum Haus von Günther Meistersänger gebracht hat, auch wirklich der Täter ist."

„Vermutlich hat die beschissene Kindheit nichts mit seinem Tod zu tun", rechtfertigte sich Franziska. „Wir können sie aber auch nicht einfach ignorieren. Obermüller brachte heute Vormittag die Frau ins Präsidium, die Matussek zusammen mit Mautzenbacher vom Hochsitz aus beobachtet hatte. Und die sagte, kurz bevor es zur Sache ging, habe er sie als Nutte beschimpft, was sie nicht verstehen konnte, weil sie sich nicht so benommen habe. Und jetzt erzählt uns der Nachbar, dass Lissy als Dorfnutte galt!"

„Und Lissy war Mautzenbachers Mutter."

„Genau. Niemand weiß, wie viel der kleine Xaver von der Karriere seiner Mutter mitbekommen hat und ob nicht er selbst den Schuppen angezündet hat, in dem sie mit ihrem Liebhaber verbrannte", ergänzte Franziska.

„Das Motiv für die Tat liegt in der Kindheit?" Schneidlinger blieb skeptisch. „Und vor allem: Was hat Meistersänger mit der untreuen Mutter zu tun?"

Franziska nickte widerwillig. „Ja, das stimmt. Es hätte ja auch nur so gut gepasst ..."

Obermüller, der die ganze Zeit über still geblieben war, trat näher und reichte Schneidlinger einen Ordner mit verschiedenen amtlichen Schreiben. „Das hier haben mir die von der Wirtschaft gerade in die Hand gedrückt. Hat wohl nicht direkt mit ihrem Fall zu tun", vermutete er herablassend.

Schneidlinger schlug den Deckel auf und begann in den Schriftstücken zu blättern. „Das sind Schreiben vom Jugendamt. Mautzenbacher hatte drei Kinder, für die er nicht bezahlte."

„Es sind sogar die Antwortschreiben dabei", wusste Obermüller, der sich bereits einen Überblick über die Akte verschafft hatte. „Darin behauptet er, er habe keine nennenswerten Einnahmen und könne für den Unterhalt daher nicht aufkommen. Das Amt hat daraufhin die Wohnung überprüft und festgestellt: Bei dem ist nichts zu holen."

„Jetzt verstehe ich! Dafür war diese Zeitschaltuhr!", rief Hannes auf einmal und schlug sich mit der flachen Hand gegen die Stirn. „Natürlich, und wir haben gedacht, er vergesse immer, das Licht auszumachen." Kopfschüttelnd sah er Franziska an. „Die haben ihn überwacht, und er hat sie ausgetrickst."

„Er hat alles getan, um andere in die Irre zu führen", überlegte Franziska laut. „Wer sagt, dass er nicht auch Günther Meistersänger hintergangen hat? Er war so einer – ein Trickser, ein Hochstapler. Die Gründe für sein Verhalten liegen vermutlich in seiner Kindheit. Als Kind fühlte er sich von seiner Mutter verraten und hat dadurch jede Moral vergessen. Es war seine Art, mit der Vergangenheit klarzukommen."

„Das sind nichts als Vermutungen", mahnte Schneidlinger. Er wollte es seiner Kommissarin nicht zu leicht machen. Der Staatsanwalt ließ sich auch nicht mit Mutmaßungen überzeugen, und das Gericht schon zweimal nicht. „Diese Erkenntnisse sind bestimmt geeignet, um den Fall abzurunden und ein Profil des Opfers zu erstellen. Aber vergessen Sie bitte eines nicht: Egal, was er getan hat, Xaver Mautzenbacher wird nicht auf der Anklagebank sitzen. Was wir suchen, ist ein Täter, der mit Günther Meistersänger im Haus von Xaver Mautzenbacher war, es durchsuchte, alle Wertgegenstände zusammentrug und sie nach dem Tod seines Opfers dort zurückließ. Wir wissen noch nicht einmal, ob es sich um denselben Täter handelt wie bei Xaver Mautzenbacher."

„Und wir haben auch keine Ahnung, was sich im Archiv im Keller befindet", bemerkte Franziska schnippisch.

„Die Unterlagen über den Fondsbetrug sind bei den Kollegen in den besten Händen", konterte Schneidlinger. Dass er sich mit diesem Satz bei seinen Mitarbeitern nicht unbedingt beliebt machte, registrierte der neue leitende Hauptkommissar in diesem Moment nicht.

Kritisch betrachtete Ramona ihr Spiegelbild, legte die Hände an die Schläfen und zog die Haut in Richtung Ohr. Die Wirkung war verblüffend. So hatte sie früher ausgesehen, als Sorgen und Einsamkeit noch nicht ihre tiefen Linien in ihr mittlerweile verbittert wirkendes Gesicht gegraben hatten. Resigniert nahm sie die Hände wieder herunter und versuchte mit einem Lächeln zu akzeptieren, was nicht zu ändern war. Sie hatte geduscht und wie immer sofort ihre Unterwäsche angezogen. Doch dann kam sie auf eine Idee. Beinahe übermütig öffnete sie den Teil des Badezimmerschrankes, in dem Julias Schminksachen lagen, und wählte einige Produkte aus. Sie selbst besaß so etwas schon lange nicht mehr, und auch der Umgang mit der Kosmetik war ihr fremd. Daher trug sie nur vorsichtig ein wenig getönte Creme auf und legte einen Hauch Rouge auf ihre Wangenknochen. Zufrieden nickte sie sich zu. Na bitte, geht doch. Mit der Wimperntusche tat sie sich allerdings schwerer, und als sie dann auch noch zusammenzuckte, weil unverhofft die Tür aufging, war alles ruiniert. Zerknirscht sah sie Robert im Spiegel an. Doch der strahlte, trat von hinten näher an sie heran, machte seinen Zeigefinger nass und tupfte vorsichtig über die Stelle, an der die Mascara gelandet war.

„Du bist wunderschön!", schnurrte er und schob beide Hände um ihre Taille.

„Ach was, ich bin viel zu dick geworden", jammerte Ramona und zog den Bauch ein. Robert drehte sie um und zog sie in seine Arme. „Ich finde dich wunderbar. Genau wie damals, nur noch viel aufregender."

Sein Blick haftete an ihrem Dekolleté, und bevor Ramona erneut protestieren konnte, versiegelte er ihre Lippen mit einem leidenschaftlichen Kuss. Dabei wanderten seine Hände zum Verschluss ihres Büstenhaltern, schoben und zupften daran herum, und als es ihm einfach nicht gelingen wollte, die Häkchen zu lösen, mussten beide lachen und ließen voneinander ab.

„Ich bin einfach aus der Übung", entschuldigte sich Robert.

„Vielleicht ist das auch gut so. Was sollen denn auch die Mädchen denken, wenn sie uns so sehen?"

„Sie sollten wissen, dass ihre Eltern sich lieben", erklärte Robert, berührte Ramona bei den Schultern, drehte sie vorsichtig um und löste zielstrebig die Häkchen aus den Ösen.

Noch bevor sie seine Hände spürte, sah sie im Spiegel, wie er sie auf ihren Busen legte, ihre Brüste sanft drückte und knetete und dabei beglückt lächelte.

„Es gibt nichts auf der ganzen Welt, was sich so gut anfühlt, wie deine ...", er grinste anzüglich, „Brüste."

Peinlich berührt wanderte Ramonas Blick übers Waschbecken, an dem sie sich abstützte, und die alten Fliesen und blieb am Duschvorhang hängen. Entsetzt schloss sie die Augen. So viele Jahre hatte sie von Momenten wie diesem geträumt, und jetzt stand Robert hinter ihr, streichelte und begehrte sie, und sie dachte an nichts anderes, als an die Renovierung des Badezimmers.

Robert war das Alphamännchen in ihrer Clique gewesen, und alle hatten ihn begehrt, aber letztlich hatte er sich für sie entschieden. Warum, das wollte sie damals und auch jetzt nicht wissen. Sie lächelte. Es war eine schöne Zeit gewesen, bevor sie schwanger wurde und auf einmal die ganze Verantwortung auf ihr lastete. Damals hatten sie es überall getan. Im Keller ihrer Mutter, auf dem Balkon, auf einem Parkplatz und manchmal sogar in ihrem Bett. Nie hatten sie viel Zeit, aber die brauchten sie auch nicht. Kaum hatte ihr Robert den Slip ausgezogen, schon war sie bereit. Genau wie jetzt. Genau wie Robert, der sich an ihrem nackten Hintern rieb und sie drängte, sich ein wenig nach vorn zu beugen. Alles an ihm schien ihr auf einmal größer als damals, aber vielleicht hatten die Leute auch einfach recht gehabt, als sie sagten, sie wären doch noch Kinder, wie könnten sie da Eltern werden.

Als er in sie eindrang, stöhnte Ramona auf, und alle Jahre, die er fort gewesen war, fielen von ihr ab.

„Psst", flüsterte Robert leise in ihr Ohr, was sie aber noch mehr erregte. „Du schreist ja das ganze Haus zusammen."

Ramona biss sich auf die Unterlippe. Doch anstatt sie zur Ruhe kommen zu lassen, drückte Robert ihren Rücken durch und sie noch weiter ins Waschbecken. Mit geschlossenen Augen stellte sie sich vor, weit weg zu sein. Irgendwo, wo sie höchstens von fremden Menschen gehört wurde, und dann dachte sie an gar nichts mehr. Spürte seine leidenschaftlichen Stöße, hörte, wie Haut auf Haut und Fleisch auf Fleisch prallte, spürte sein Zucken, und wie sie immer nachgiebiger wurde, sich seinen Händen ergab.

Nicht mehr lange und sie hätte schreien, die ganze angestaute Lust, die sie nur ganz selten in den letzten Jahren herausgelassen hatte, explodieren lassen müssen, um sie mit Robert gemeinsam auszukosten. Es war so schön, dass er jetzt wieder da war. Dass sie jetzt mit ihm zusammen war.

Dabei hatte Ramona zuerst ein schlechtes Gewissen gehabt, weil sie an einem solchen Tag früher von der Arbeit nach Hause gegangen war. „Papa lädt uns heute zum Essen ein", hatte Julia in ihrer jugendlichen Begeisterung am Telefon erzählt.

Papa. Sie nannte Robert jetzt Papa.

Das war schön, weil sie damit wieder eine richtige Familie waren.

„Hallo, ihr zwei, was macht ihr denn da so lange? Wir wollen doch endlich los“, rief Julia ungeduldig und riss Ramona aus ihrem Taumel. Verpufft waren Tagtraum und Lust. Den Blick panisch zur Tür gerichtet, zu der es schon seit Jahren keinen Schlüssel mehr gab, und die daher jeden Moment aufgehen konnte, holte Ramona vor Schreck tief Luft und verkrampfte sich. Schon sah sie, wie der Griff sich nach unten neigte, dachte an das, was unweigerlich kommen musste. Doch Robert schaltete schneller als sie, löste sich von ihr, sprang zur Tür und stellte seinen Fuß davor. Dann grinste er Ramona belustigt an.

„Ich seh schon, die Probleme sind die alten. Nur das uns jetzt nicht mehr die Eltern, sondern die Kinder bewachen“, flüsterte er. Indes zog Ramona hastig ihre Unterwäsche an und reichte Robert ihren Bademantel, damit er endlich die Tür freigeben konnte.

„Wisst ihr denn schon, wo wir hinwollen?“, fragte er seine Töchter, kaum dass er zu ihnen in den Flur getreten war, und erhielt sofort und detailliert Auskunft. Kichernd nahm Ramona ihren einzigen Lippenstift zur Hand und zog sich die Lippen nach, bürstete ihre Haare auf und sprühte ein wenig Duft auf ihre Handgelenke. So war das schon immer gewesen. Während sie noch träge irgendwo in der Ecke lag, hatte er dafür gesorgt, dass sie niemand entdeckte.

Robert hatte den Mädchen versprochen, vor dem Essen mit ihnen shoppen zu gehen. Kein Wunder, dass sie ihn jetzt Papa nannten ... Nach dem dritten Geschäft taten Ramona die Füße weh, aber Robert hatte seinen Spaß. Die beiden Mädchen trugen in großen Tüten stolz ihre Ausbeute durch die Innenstadt, und als Ramona vorschlug, dass es reichte, widersprachen sie heftig: „Nein, Mama. Jetzt bist du dran!"

„Ja, genau!" Robert hakte sich bei ihr unter. „Was hättest du denn gern?"

„Weiß nicht", zögerte sie, denn sie ging ja immer allein einkaufen, und meistens konnte sie sich in Umkleiden ohnehin nicht leiden. Die waren so schonungslos, so grell erleuchtet. Was auf dem Bügel noch passend aussah, zwickte, und die Sachen, die ihr gefielen, die waren immer zu teuer.

Belustigt schüttelte Robert den Kopf und zog sie weiter die Fußgängerzone entlang. „Hat dir früher doch auch gefallen", wunderte er sich und blieb vor einem schicken Modegeschäft stehen. Nachdem er die ausgestellten Puppen begutachtet hatte, zog er die kleine Gruppe ins Innere des Ladens.

„Wir brauchen für meine Frau das schönste Kleid, das Sie haben", erklärte er der verdutzt dreinblickenden Verkäuferin.

„Für welchen Anlass?"

„Seit wann braucht es einen Anlass, wenn man ein schönes Kleid tragen will?"

Die Verkäuferin lächelte ein wenig gequält, führte sie aber in den ersten Stock. Dort zeigte sie, was für Ramona infrage kam, und Robert beschloss, sie müsse alles anprobieren.

Seufzend betrat Ramona eine Kabine, die fast so groß war, wie ihr Schlafzimmer, und schlüpfte ins erste Kleid. Es passte wie angegossen, fiel weich über ihre Hüften und betonte ihr Dekolleté vorteilhaft.

„Und, hast du schon was an?", fragte Robert und zog den Vorhang zur Seite. „Wow!", rief er begeistert und ließ seine Hände sanft über den glänzenden Stoff gleiten.

„Robert, bitte", mahnte Ramona, die den belustigten Blick der Verkäuferin gesehen hatte.

Nach dieser Rüge ließ er brav von ihr ab und stellte sich nach draußen zu den Töchtern, während sie das nächste Kleid probierte. Doch als sie den Vorhang öffnete, um sich ein wenig schüchtern der Begutachtung zu stellen, rief er sofort: „Meine Frau!" Und dann strahlte er wie ein kleiner Junge, der seine Autosammlung präsentierte.

So ging es noch drei Mal, und am Ende sagte er, ohne auf ein Preisschild zu schauen: „Wir nehmen sie alle."

„Du bist verrückt", urteilte Ramona, aber da war Robert schon auf dem Weg zur Kasse.

„Die Fingerabdrücke, die wir auf dem Golfschläger, im Schlafzimmer und im Bad gefunden haben, sind alle perfekt und vollständig – aber leider nirgends registriert", berichtete Annemarie Michl, kaum dass sich alle im Konferenzraum versammelt hatten. „Entweder fühlte sich der Täter sehr sicher oder es interessierte ihn nicht, dass er Spuren hinterließ."

„Wäre ja auch zu schön gewesen", bedauerte Franziska.

„Was ich nach wie vor nicht verstehe, ist, warum er in der Wohnung geduscht und das Geld da gelassen hat. Das passt doch überhaupt nicht!"

Schneidlinger klopfte mit dem Stift auf die Tischplatte. „Diese Fragen können wir klären, wenn wir den Täter haben. Aber dafür müssten wir ihn erst einmal finden!"

Ein Murren ging durch den Raum. Wenn sie ihn nur schon gefunden hätten...

„Was ist mit dem PC aus der Wohnung von Sascha Freund? Dem jungen Mann, der diesem Wenzel erlaubt hat, in seiner Wohnung zu wohnen, während er verreist ist?“ Schneidlinger blickte zu Annemarie.

„Um den kümmert sich Lars Bendersohn. Der Mann ist ein Genie“, erklärte sie und zollte dem Fachmann damit den gebührenden Respekt.

„Gut, dann soll das Genie mal Gas geben“, forderte der Chef ungerührt.

„Was haben denn die Genies aus der Wirtschaft herausgefunden?“, stichelte Franziska, die genau wie ihre Kollegen nicht einsah, dass die Kollegen aus München die Lorbeeren allein ernten sollten.

„Aus eigener Erfahrung weiß ich, dass so etwas Wochen dauern kann“, erklärte Schneidlinger. „Aber die Kollegen sind begeistert, weil sie viele Hinweise auf Aktionen finden, die sie selbst schon lange beobachtet haben. In diesem Fonds steckt das Geld von großen Firmen drin. Der Mautzenbacher war ein ganz gewiefter Hund. Und ein völlig skrupelloser!“

„Wenn der so viel Geld gemacht hat, dann müsste die Mutter von den drei unehelichen Kindern von ihm doch auch mal was bekommen.“

Franziska musste aufpassen, dass sie die Emotionen in diesem Fall nicht überrollten. Aber seit sie wusste, was Mautzenbacher für eine Show abgezogen hatte, um die Frau und seine Kinder leer ausgehen zu lassen, war sie richtig sauer.

„Da wird nicht viel zu holen sein. Das meiste Geld ist weg“, wusste Schneidlinger. „Es handelt sich bei diesem betrügerischen Fonds um ein Schneeballsystem. In Hochglanzprospekten wird den potenziellen Anlegern ein semiautomatischer K1-Fonds, auch bekannt als Allokationsystem, angepriesen. Ihnen wird suggeriert, dass dieser Fonds pro Jahr mehr als zwanzig Prozent Rendite abwirft. Risikolos. Tatsächlich ist im Fonds aber kaum Geld angelegt. Die

Einlagen der Gläubiger fließen zum größten Teil auf ein Konto auf den British Virgin Islands. Grünblaues Meer, weißer Sand, Cocktails schlürfen am Strand, und kein Mensch fragt nach, wenn jemand eine Briefkastenfirma eintragen lässt. Im Gegenteil, die Regierung lebt davon. Solange der Fonds immer weiter wächst, ist es kein Problem, die Anleger zufriedenzustellen, denn das neu geworbene Kapital wird genutzt, um ihre vermeintlichen Gewinne auszubezahlen. Problematisch wird die Sache erst, wenn die Anleger ihr Geld zurückfordern."

„So wie es der Mann getan hat, der sich bei Nepomuk Wenzel Hilfe geholt hat und diesen beauftragte, Meistersänger ein bisschen Druck zu machen", vervollständigte Hannes die Sachlage.

„Richtig", stimmte Schneidlinger zu.

„Und trotzdem", beharrte Franziska ungerührt. „Der lebt in Saus und Braus und inszeniert dann auch noch diese Geschmacklosigkeit mit der falschen Wohnung in der Böhmerwaldsiedlung."

„Ich weiß, was Sie meinen", sicherte der Hauptkommissar der jungen Kollegin zu. „Aber vergessen Sie nicht, dass das ganze Geld nur erschwindelt war. Vielleicht wollte die Frau sein Geld ja gar nicht."

„Also das kann ich mir nicht vorstellen. Wie ist das denn bei Ihnen? Sie haben doch auch drei Kinder?"

„Vier."

„Ach ja. Vier! Und, wie machen Sie das? Ich meine, Kinder kosten doch eine ganze Menge, das muss man erst mal haben." Franziska wollte nicht indiskret sein, ihr ging einfach die Lebenssituation der Frau an die Nieren.

Schneidlinger schien begriffen zu haben, denn er nickte. „Meine Frau betreibt in München eine Ladenkette mit Trendartikeln und verdient schon immer mehr Geld als ich. Sie ist Mutter und erfolgreiche Geschäftsfrau in einem."

Der Hauptkommissar wartete einen Moment, bis das Gesagte in den Köpfen der Kollegen angekommen war. Dann fügte er hinzu: „Ich müsste nicht arbeiten, aber wir sind übereingekommen, dass es besser für mich und besser für unsere Ehe ist, wenn ich ein zufriedener, ausgeglichener Mann bin."

Bevor das Gespräch so weit ausuferte, dass als Nächstes die Art der Trendartikel aufgezählt wurden, die seine Frau unter die Leute brachte, fuhr der Chef fort: „Letztlich ist es nicht unsere Aufgabe, die Lebenssituation dieser", er blätterte in den Akten, „Elfriede Jackl zu verstehen, auch wenn wir das gern täten. Unsere Aufgabe ist es, den Mann zu suchen, den Nepomuk Wenzel angeblich zum Haus von Günther Meistersänger gebracht hat und der jetzt dringend verdächtigt wird, Meistersänger entführt und im Haus von Xaver Mautzenbacher getötet zu haben."

Nach langem Schweigen mischte sich Obermüller ein. „Worauf warten wir dann eigentlich noch? Knöpfen wir uns die kleine Ratte endlich vor! Von Mann zu Mann! Ich glaube, dann sind wir schnell ein Stück weiter."

„Obermüller!" Franziska war entsetzt. „Das geht doch nicht!"

„Ach, aber Gespräche von Frau zu Frau, die sind in Ordnung?"

„Sie haben recht, Kollege", gab Schneidlinger zu. „Es wird Zeit, dass wir uns mit diesem Herrn Wenzel noch einmal unterhalten." Schneidlinger betonte das letzte Wort sehr deutlich. „Herr Hollermann, fragen Sie mal bei diesem Genie Bendersohn nach, ob er mit dem Computer schon weitergekommen ist. Ich hab da nämlich so eine Idee."

Die Kommissarin lächelte, als sie über das kleine verrostete Gartentor zu einem einfach zusammengezimmerten Sandkasten lugte, um den drei Jungs bei ihrem Spiel zuzusehen. Sie hatten eine große Burg aus Sand, Steinen und Stöcken gebaut, und Franziska war sich sicher, dass ihnen dabei ein Erwachsener mit einem Händchen fürs Gestalten geholfen hatte.

Sie nickte Hannes zu, der genauso gerührt hinüberblickte. Auf der anderen Seite des kleinen Gartens stand eine junge zierliche Frau mit herrlichen dunklen Haaren, die sie in einem dicken Zopf gebändigt hatte. Sie trug kurze Shorts und ein T-Shirt, war verschwitzt und dreckig. In der Hand hielt sie einen Spaten, mit dem sie verzweifelt den harten, trockenen Boden bearbeitete.

„Hallo? Frau Jackl?", rief Franziska der jungen Frau zu. „Dürfen wir kurz reinkommen?"

Die Angesprochene blickte sie verstört an, kam dann aber zum Tor. „Was wollen Sie?", fragte sie argwöhnisch.

„Franziska Steinbacher, das ist mein Kollege Johannes Hollermann. Wir sind von der Passauer Mordkommission und würden gern mit Ihnen sprechen."

Die Kommissarin lächelte sie freundlich an.

„Na ja, meinetwegen. Wenn es sein muss."

„Mama, wer ist das?", fragte der größere der drei Jungs und musterte die beiden Kommissare.

„Das ist schon in Ordnung, mein Schatz, spielt ruhig weiter." Für einen Moment war ein Lächeln auf ihrem Gesicht erschienen und ihre Stimme hatte einen weichen Ton angenommen. Doch als sie zu der Stelle unter dem Baum zurückging, an der sie zuvor gegraben hatte, fiel das Lächeln von ihr ab, und ihr Gesicht versteinerte.

Ohne auf die Kommissare zu achten, fuhr sie in ihrem Tun fort. Verwundert sahen beide in das Loch, das sie bereits gegraben hatte. Es war tiefer, als es von Weitem ausgesehen hatte.

„Wie tief wollen Sie denn noch graben?“, fragte Hannes.

„Man muss tief runter, wegen den Wurzeln“, erklärte Elfriede Jackl geheimnisvoll.

„Kann ich Ihnen vielleicht helfen?“, bot der junge Kommissar an, weil er nicht mit ansehen konnte, wie sie sich plagte.

„Nein“, sagte sie tonlos. „Das muss ich schon alleine machen.“

„Sind das Ihre Kinder?“, wechselte Franziska das Thema, weil sie über die Jungs einen Draht zu ihr zu bekommen hoffte.

„Ja. Sie sind alles, was ich habe.“

„Lauter Jungs?“, fragte Franziska, um das Gespräch in Gang zu halten.

„Ich hätte zwar auch gern ein Mädchen gehabt, aber so ist es besser. Jungs haben es leichter im Leben.“

Die Kommissarin sah sie an, sagte aber nichts. Was wusste sie schon von dem Leben, das Elfriede Jackl führte?

„Sie wissen, dass Xaver Mautzenbacher tot ist?“

„Ja.“ Sie nickte, hielt aber bei ihrer Beschäftigung nicht inne.

„Er ist der Vater Ihrer Kinder. Hat er Sie unterstützt, ich meine finanziell?“

Endlich richtete sie sich auf, stützte sich auf den Spaten und sah die Kommissarin mit großen Augen an.

„Nein, er sagte immer, er hat selbst nichts.“

„Und Sie haben das so hingenommen?“ Franziska war verblüfft, vor allem als Elfriede Jackl wie unter einem heftigen Schlag zusammenzuckte und sich besorgt nach ihren Kindern umsah. Dann hatte sie sich wieder in der Gewalt.

„Es reicht mir, wenn wir in Frieden leben können. Mehr wollte ich nie haben.“

Als Franziska und Hannes zurückkamen, hatte man Wenzel bereits aus seiner Zelle geholt und in eines der Verhörzimmer gesetzt, zu denen sie Obermüller brachte.

„Jetzt ist sie dran, die kleine Ratte“, schwor der Ermittler und grinste hämisch. „Glaubt, er könne uns an der Nase herumführen.“

„Wurde Bendersohn fündig?“ Franziska war noch ganz benommen von dem Gespräch, das sie mit Elfriede Jackl geführt hatte, und konnte dem Kollegen nur schwer folgen.

„Nicht nur er! Jetzt aber los, der Chef will anfangen.“

„Wissen Sie jetzt endlich, wie der Mann heißt, den Sie zum Haus von Günther Meistersänger gebracht haben und der, wie Sie behaupten, den Anstoß zu Ihrem Lynchaufruf gab?“, bohrte Schneidlinger, und sein Ton verriet, dass er mit seiner Geduld am Ende war.

„Nein, tut mir sehr leid, aber er hat sich nicht vorgestellt, und ich habe ihn nicht danach gefragt“, antwortet Wenzel lahm und kratzte sich ausgiebig im Nacken.

„Und wie er aussah, wissen Sie auch nicht?“

Der junge Mann hob mehrmals lässig die Arme und ließ sie dann zurück auf den Tisch fallen. „Was soll ich sagen? Ganz normal eben. Es war ja auch nicht besonders hell in der Kneipe.“

„Und als Sie ihn zum Haus von Günther Meistersänger gebracht haben?“

„Da war es auch schon wieder dunkel. Und bevor Sie nachfragen: In meiner Kiste ist das Licht kaputt. Sorry!“

Schneidlinger atmete ein paar Mal tief durch, stand auf und ging ein paar Schritte im Raum umher. Er musste sich beruhigen, musste verhindern, dass er dieser Ratte, wie ihn Obermüller sehr richtig tituliert hatte, etwas antat.

Doch der ließ nichts aus. „Sie machen mich ganz kribbelig mit Ihrem Gerenne“, beschwerte sich Wenzel, woraufhin Schneidlinger herumschoss und kurz davor war, diesem

Schnösel eine zu verpassen. Im letzten Augenblick besann er sich und nutzte die zum Schlag erhobene Hand, um sich die Haare zu ordnen. Nein, er war ein Profi. Von so einem arroganten Rechtsverdreher in spe ließ er sich nicht provozieren.

„Gut, dann sprechen wir jetzt über Fakten." Schneidlinger verließ den Raum, woraufhin Wenzel Hannes spöttisch ansah.

„Braucht er dafür Unterstützung?"

„Sicher nicht", raunte Hannes und freute sich schon auf die Reaktion, wenn der Chef Wenzel mit dem konfrontierte, was sie herausgefunden hatten.

„So, da haben wir ja alles." Schneidlinger legte einen ganzen Stapel Unterlagen vor sich auf den Tisch, und noch bevor Wenzel irgendetwas äußern konnte, legte er los.

„Unsere Kollegen aus der KTU haben den Computer Ihres Freundes zerlegt und ..."

„Er ist nur ein Studienkollege", verbesserte Wenzel.

„... den Computer aus der Wohnung von Sascha Freund zerlegt", wiederholte Schneidlinger, und seine Stimme hatte bereits an Kraft und Lautstärke zugelegt. „Es steht fest, dass von diesem PC aus der Aufruf online gestellt, ausführlich zu Günther Meistersänger recherchiert und ein Informationsblog für Geschädigte eingerichtet wurde. Sascha Freund war zu diesem Zeitpunkt im Ausland. Bleiben also als Tatverdächtiger nur Sie übrig. Die Nachbarn waren so freundlich, Ihre regelmäßigen Besuche in der Wohnung von Sascha Freund zu bestätigen." Der Hauptkommissar konnte sich ein kleines Schmunzeln nicht verkneifen. „Außerdem haben wir das Telefon überprüft. Sie haben Montagabend, nach der Tat im Oberhaus, mit Günther Meistersänger telefoniert."

Schneidlinger machte eine Pause, und als Wenzel nichts sagte, fuhr er fort: „Ich habe mich tatsächlich gefragt, warum Sie das getan haben, ausgerechnet nachdem Xaver Mautzenbacher tot war. Bis es mir klar wurde. Sie sind ein geldgieriger, fauler Mensch, ohne jegliches Bestreben, Ihr Studium zu beenden, und da erkannten Sie Ihre Chance, in das Geschäft einzusteigen. Denn Sie wollten nicht nur das Geld, das Sie für Ihren neuen Freund aus Mitleid zurückholen sollten. Sie wollten auch ein Stück vom Kuchen! Also konfrontierten sie Günther Meistersänger mit Ihrem Wissen und sagten: du oder er. Meistersänger willigte ein und vereinbarte mit Xaver Mautzenbacher ein Treffen. An seiner Stelle kamen Sie und beseitigten den Geschäftspartner."

Schneidlinger sah den jungen Mann fragend an, denn dem schien es auf einmal die Sprache verschlagen zu haben.

„Aber ..."

„Waren Sie am vergangenen Montag im Oberhaus? Ja oder nein?", schrie ihn der Hauptkommissar an und registrierte wohlwollend, wie sein Gegenüber immer kleiner wurde.

„Ich ..."

„Sie waren im Oberhaus, dafür gibt es ebenfalls Zeugen." Schneidlinger lächelte ein wenig spöttisch. „Man kennt Sie dort."

Der Hauptkommissar war sehr stolz darauf, dass seine Ermittler Gruber und Obermüller das alles in kürzester Zeit in Erfahrung gebracht hatten.

Nepomuk Wenzel straffte die Schultern und legte die Hände auf den Tisch. „Okay. Ich war da. Ja, das stimmt. Aber es war nicht so, wie Sie behaupten!"

„Ach? Na, dann erzählen Sie doch mal, wie es war!"

Wenzel ignorierte den Spott in der Stimme des Hauptkommissars. „Ich habe diesen Mann getroffen, der mir weder seinen Namen sagte, noch wo er herkommt, sondern mir nur diese Broschüre gezeigt hat und sagte, er habe alles verloren und noch nicht einmal mehr Geld für ein Bier. Der Kerl tat mir leid. Ich habe ihm ein Bier spendiert und gesagt, ich würde mich drum kümmern. Ich kann es nicht leiden, wenn Leute um ihr Geld gebracht werden. Schließlich studiere ich Jura, um anderen zu helfen."

Schneidlinger, der sich diese vor Pathos triefende Aussage schon einmal hatte anhören müssen, schnaubte verächtlich, sagte aber nichts.

„Sascha war nicht da. Und ich sollte auf die Wohnung aufpassen. Also habe ich das Angenehme mit dem Nützlichen verbunden. Nachdem ich herausgefunden hatte, was hinter diesem Fonds steckt, bin ich zu dem Meistersänger nach Hause gefahren, um ein wenig mit ihm zu plaudern. Na ja. Er hatte keine Lust und, ja, um ihm auf die Sprünge zu helfen, hab ich ihm ein schönes Veilchen verpasst und gesagt, ich würde mich wieder melden." Er nickte seinen Händen kurz zu und blickte erst Schneidlinger, dann Franziska und schließlich Hannes an. „Sonntag rief ich an, sagte Montag um drei im Oberhaus und zwanzigtausend Euro, dann verschwinde ich."

„Was Sie aber nicht taten."

„Der Drecksack kam ja auch nicht!"

„Sie geben also zu, am Montagnachmittag im Oberhaus gewesen zu sein?"

„Ja, wir wollten uns im Rittersaal treffen. Da gibt es so eine Stellwand, hinter der man prima eine Geldübergabe abhalten kann."

„Und?"

„Ich habe eine Stunde auf ihn gewartet, danach musste ich verschwinden, sonst wäre ich aufgefallen." Ein selbstironisches Aufstöhnen. „Tja. Offenbar hat man mich gesehen. Aber ich habe diesen anderen Mann, diesen Mautzenbacher, nicht umgebracht. Den kannte ich ja gar nicht!

Ich war mit diesem Meistersänger verabredet, und der kam nicht."

„Und dann?"

„Dann ging ich wieder. Ich war ordentlich angepisst, und am Abend rief ich ihn an. Sagte ihm, dass er noch eine letzte Chance hätte und so."

„Und dann gaben Sie ihn zum Abschuss frei."

„Na ja, das war doch mehr ein Spaß. Ich wollte einfach, dass er Angst bekommt."

Schneidlinger überlegte. In einem Punkt hatte dieser Wenzel natürlich recht. Wenn er Mautzenbacher erstochen hätte, hätte er auch das Geld mitgenommen. Zwanzigtausend Euro hätte sich so ein Typ wie Wenzel auf keinen Fall entgehen lassen.

Kraftlos sank Sunny auf die Knie, betete zum Gott ihrer Jugend und blieb schließlich reglos sitzen. Lange konnte sie sich nicht rühren. Dieses Loch zu graben war eine der schwersten Arbeiten in ihrem Leben gewesen, obwohl sie gewusst hatte, dass sie es nicht ewig aufschieben konnte. Dann legte sie ihr Gesicht auf die kühle Erde und dachte an das, was damals passiert war.

Es war im Juni vor einem Jahr gewesen. Drüben an der Ortsspitze fand gerade das Eulenspiegelfest statt. Sie erinnerte sich noch genau an die Musik, die man bis zu ihrem Garten hören konnte. An solchen Abenden saß sie gern draußen auf der alten Holzbank und lauschte. Wenn sie die Augen schloss, erinnerte sie die Musik an ihre Kindheit, an die Zeit, als ihre Eltern noch gelebt hatten und das Leben so leicht, so ohne Schatten gewesen war.

Sie war gerade dabei, die Spielsachen der Kinder einzusammeln, als er durch das Gartentor getreten war, als wäre es das Selbstverständlichste auf der Welt.

„Ich wollte mal sehen, wie es dir so geht“, verkündete er und drückte ihr einen Blumenstrauß in die Hand, der aussah, als habe er ihn am Samstag kurz vor Ladenschluss reduziert gekauft und bis zum Montag im Auto liegen lassen. Sunny versuchte sich in einem falschen Lächeln. Wenn er kam, um ihr Geld zu geben, dann war es ihr recht, aber eigentlich erwartete sie sich nichts mehr von ihm seit dem letzten Besuch.

„Willst du mich nicht herein bitten?“

Er lächelte, und Sunny war noch mehr auf der Hut.

„Ja“, sagte sie schließlich mit leiser Stimme und öffnete zögernd ihre Haustür, die in das alte, heruntergekommene Haus führte. Das zumindest durfte man ihr nicht nehmen. Das hatte auch das Sozialamt eingesehen, denn eine Wohnung für sie und die Kinder zu finanzieren, wäre teurer gewesen, als sie hier im Haus ihrer Großmutter wohnen zu lassen.

„Was soll ich sagen“, schwärmte er und ließ sich ungefragt aufs Sofa fallen, „es geht mir gut, es geht mir sogar sehr gut. Weißt du, ohne euch, also ich meine natürlich ohne die Biester, für die ich immer noch zahlen soll, geht es mir einfach besser.“ Seine Stimme nahm einen anderen Ton an. „Ich arbeite doch nicht, um dir und den kleinen Scheißern das Geld in den Arsch zu schieben, das verstehst du doch, Sunny, oder?“

Immer noch lächelnd sah er Sunny an, doch der gefror jede Regung im Gesicht. Sie hasste ihn, aber vor allem hasste sie die Angst vor ihm.

„Komm her, du warst doch schon immer meine Beste!“

Entsetzt wich sie zurück.

„Na, nun komm schon und zier dich nicht so, du musst doch ganz scharf drauf sein, nach all der Zeit!“

Sunny warf einen ängstlichen Blick zur Treppe. Die Kinder schliefen oben. Was, wenn er auf die Idee käme, hinaufzugehen?

Da sie keine Anstalten machte näher zu kommen, sprang er vom Sofa, packte sie am Handgelenk und zerrte sie zu sich. Dann drückte er sie grob nieder. Das Sofa war alt, ein Geschenk der Nachbarschaftshilfe – und wenn man mit der Nase zu dicht an den Bezug kam, roch man noch immer die Katzenpisse.

„Na los, wehr dich! Ja, so ist es gut“, kommentierte er ihre Bemühungen, aus seiner Umklammerung zu entkommen.

„Du magst das doch, wenn dich die Männer nehmen, wie eine billige kleine Nutte. Genau wie Lissy, die mochte das auch so gern.“

Er zog ihr das Kleid über den Kopf und wickelte den Stoff so oft drum herum, bis Sunny dachte, sie würde ersticken. Ängstlich schnappte sie nach Luft.

Aber sie konnte ja nicht ahnen, dass sie gerade dafür büßen musste, dass eine andere ihm per SMS mitgeteilt hatte, dass sie ihn nicht mehr sehen wolle.

„Das macht dich geil, stimmt's?“

Sunny antwortete nicht. Wenigsten diesen Gefallen würde sie ihm nicht tun. Sie wusste ohnehin, dass sie verloren hatte. Hilflos einem Mann ausgeliefert war, der ihr den Slip zerriss, die Arme auf dem Rücken verdrehte, bis sie glaubte, sie würden brechen, und schließlich brutal in sie eindrang.

Als er fertig war, verpasste er ihr einen Tritt und warf sie wie einen Müllsack auf den Boden.

„War schön, dich mal wieder zu sehen“, sagte er zum Abschied, packte die Blumen, die noch immer auf dem Tisch lagen, und schlug sie ihr ins Gesicht. Mit angehaltenem Atem lauschte sie seinen Schritten hinaus, und erst als er die Tür hinter sich zuschlug, brachen die Tränen aus ihr heraus. Und mit den Tränen kamen der Schmerz, die Angst, die Wut und die Verzweiflung.

Würde denn dieser Albtraum niemals ein Ende nehmen?

Das gesamte Team brütete inzwischen über der Frage, ob der Student Wenzel nur ein Anstifter oder auch ein Täter war, als Hauptkommissar Josef Schneidlinger mit einem großen Stapel Pizzaschachteln hereinkam und einen fragenden Blick in die Runde warf. „Ich habe Pizza bestellt. Ist das in Ordnung?"

Sein zufriedenes Lächeln zeigte, dass er sich keinen Widerspruch erwartet hatte.

Mit flinken Händen waren die Schachteln gerade verteilt, als sich die Tür nach einem kurzen Klopfen erneut öffnete und Karl Winter, der Chef der Wirtschaftsgruppe, hereinkam. Auch er hielt einen Karton in den Händen, wenn auch einen größeren.

„Mahlzeit!", rief er in die Runde und sah Schneidlinger an. „Das haben wir im Keller gefunden. Ich glaube, Josef, ihr könnt damit mehr anfangen." Er platzierte den Karton auf einem freien Teil des Tisches und blickte dann abschätzend auf die Pizza. „Sehr verführerisch", lachte er meckernd und griff zu, als Franziska ihm die Schachtel hinschob.

„Setz dich doch, Karl, wir sprechen gerade über einen Verdächtigen."

„Das sehe ich." Winter schob die Pizza in den Mund und hob abwehrend die Hände. Er hatte genug.

„Gibt es schon Hinweise?", fragte Schneidlinger vorsichtig.

„Na, du weißt ja, wie das ist. Das kann dauern. Sicher ist bisher nur, dass die alles gefälscht haben. Depotauszüge,

Prognosen, Prospekte. Der Laptop ist für unsere Fachleute ein Fest", freute sich Winter und schickte ein weiteres meckerndes Lachen in die Runde. „Wobei sich Mautzenbacher seiner Sache ziemlich sicher gewesen sein muss. Er hat praktisch keine Vorkehrungen getroffen, um irgendetwas zu verschlüsseln."

„Was ist mit den Geschädigten? Gibt es Aufzeichnungen?"

„Josef, nicht so ungeduldig! Sobald wir etwas haben, sag ich es dir, okay?" Mit diesen Worten stand er auch schon wieder auf und verabschiedete sich. „Ich will heute noch nach München zurück", erklärte er, grüßte und verschwand. Mit einem lauten Krachen fiel die Tür ins Schloss.

„Das ist also der große Karl Winter?", fragte Franziska mit leisem Spott in der Stimme.

„Ja, wir haben in München zusammengearbeitet", erklärte Schneidlinger und überhörte ihren Ton absichtlich.

„Und was ist in dem Karton? Gibt's jetzt schon meins und deins bei der Sichtung von Beweisen?", fragte sie um eine Spur bissiger.

Obermüller schob sein Pizzastück quer in den Mund, stand auf und öffnete den Deckel. „Schauen wir doch einfach ..." Mitten im Satz hielt er inne, wischte sich die Hände schnell an seiner Hose ab und griff in die Kiste.

Als Erstes holte er eine kleine silberne Kamera heraus. Nachdem er kurz die Knöpfe und das Display betrachtet hatte, drückte er auf Play. Im Raum wurde es mucksmäuschenstill.

Schon bei den ersten Bildern musste er sich setzen, was den Vorteil hatte, dass sich alle anderen um seinen Stuhl gruppieren und das Geschehen auf dem winzigen Bildschirm mitverfolgen konnten.

Als die Kommissarin Susanne Tröger im ausgeschnittenen Kleid halb nackt durch die Straßen laufen sah, offenbar damit rechnend, jeden Moment von jemandem gesehen zu werden, verging ihr der Appetit. Achtlos warf sie die Pizza auf den Tisch, starrte schweigend auf den Bildschirm, bis ein Satz fiel: „Na komm, du kleine Nutte, zeig uns, was du kannst, sei meine verruchte Lissy!"

„Spul das noch mal zurück!", keuchte Franziska und sah die anderen irritiert an. „Habt ihr das denn nicht gehört?"

Obermüller suchte den Rückspulknopf. Dann kam die ganze Szene noch einmal. Alle starrten auf den kleinen Bildschirm. Keiner sagte ein Wort, bis Franziska das Schweigen brach.

„Ach du Scheiße! An was für Männer kann man denn bloß geraten!"

„Jetzt scher mal nicht alle über einen Kamm", wehrte sich Obermüller energisch. „Ich würde so etwas niemals tun!"

Franziska sah den Kollegen an, erkannte ihren Fehler und entschuldigte sich. „Natürlich, Obermüller, so war das auch nicht gemeint. Aber überleg doch mal! Da lernt man einen Menschen kennen und weiß gar nicht, was in dem steckt, welche Altlasten der mit sich rumträgt."

„Und als sie es bemerkte, hat er bereits die ersten Filme im Kasten, und sie hat keine Chance mehr auszusteigen", ergänzte Hannes, der nur diesen einzigen Sinn in den Filmen erkennen konnte.

„Vielleicht hat es den Frauen anfangs ja sogar gefallen, dass er etwas von ihnen wollte, oder sie haben aus Liebe mitgemacht", spekulierte Franziska und vermied es, Hannes anzusehen. „Wenn das in falsche Hände kommt, kann die Frau einpacken!"

„Das ist richtig", bestätigte der Hauptkommissar. „Aber ich muss Sie sicher nicht darauf hinweisen, dass alles, was Sie gesehen haben, der Vertraulichkeit unterliegt."

„Also wirklich, Chef, das ist doch selbstverständlich!", polterte Obermüller los und erntete dafür reihum Nicken.

„Nichts für ungut." Schneidlinger blickte auf die Uhr. „Ich muss jetzt leider weg. Mein Bruder hat heute Geburtstag. Wir machen morgen weiter. Ist das okay?"

Natürlich kam Josef Schneidlinger viel zu spät auf dem elterlichen Hof an. Dabei hatte er das Gaspedal seines Porsches bei jeder sich bietenden Gelegenheit durchgetreten und die Kurven so scharf genommen, dass ihm jedes Mal das Adrenalin durch den Körper geschossen war. Als er auf den Hof fuhr, spritzte der Kies nach allen Seiten, und zu spät erkannte der Hauptkommissar, dass ihm dieses Manöver mehr Aufmerksamkeit einbrachte, als er im Moment eigentlich haben wollte.

Er stand noch neben dem Auto, um sich zu strecken, als auch schon die Haustür aufging und die ganze fröhliche Familie herauskam.

„Josef, wie oft hab ich dir schon gesagt, dass du das lassen sollst!", mahnte ihn seine Mutter mit einem liebevollen Kopfschütteln.

„Tut mir leid, Mama, es ging halt mal wieder mit mir durch."

„Komm her, Brüderlein, und umarme mich", rief sein Bruder Franz, und Schneidlinger folgte der Aufforderung.

„Alles Gute zum Geburtstag", gratulierte der Hauptkommissar seinem älteren Bruder.

„Was ist denn mit Gabi, kommt sie nicht?", mischte sich die Mutter ein, nachdem sie gesehen hatte, das Schneidlinger allein war.

„Sie schafft es nicht, sie hat so viel zu tun."

„Ach, Josef, willst du nicht doch noch mal mit ihr reden? Die Kinder hätten es doch so schön bei uns."

„Mama, lass gut sein. Die Gabi ist eine Stadtpflanze, die kannst du nicht einfach so umtopfen", erklärte Schneidlinger nicht zum ersten Mal.

„Na, und was würde denn auch Paulina dazu sagen, wenn deine Frau jetzt auch noch hier auftauchen würde?", flüsterte Franz so leise, dass es nur Schneidlinger verstand.

„Kein Wort!", zischte der zurück und bereute, dass ihn ausgerechnet sein Bruder mit der schönen Frau gesehen und natürlich sofort die falschen Schlüsse gezogen hatte.

„Gibt's eigentlich nichts zu essen?", wechselte er daher geschickt das Thema, weil seiner Mutter in der Küche wirklich niemand etwas vormachte.

„Mein Gott, der Bub hat Hunger, und wir stehen hier rum. Komm!" Sie nahm ihren Zweitgeborenen am Arm und zog ihn mit sich in die Stube.

„Die Gabi will am Wochenende mit den Kindern kommen", erklärte er gerade und fügte an Franz gerichtet hinzu: „Dann bringt sie dir auch dein Geschenk mit."

Beim Essen kam das Gespräch schnell auf Schneidlingers ersten großen Fall in Passau. Als er damals zur Polizei gegangen war, hatte niemand verstehen können, warum er das tat, wo es doch nichts Schöneres gab, als auf einem Traktor über die Felder zu preschen und den ganzen Tag in Gummistiefeln zu stecken, vom Stallgeruch mal ganz abgesehen. Doch nach und nach hatten alle an seinen Räubergeschichten Gefallen gefunden und ließen keine Gelegenheit aus, ihn auszuhorchen.

„Es gibt immer noch keinen konkreten Hinweis auf den Täter, wobei ich im Moment nicht mal sagen kann, ob der wahre Mörder nicht schon längst tot ist, und wir eigentlich sein Opfer suchen."

„Noch ein Schnapserl?“, fragte der Vater, nachdem der Tisch abgeräumt war. „Und komm jetzt ja nicht auf die Idee, in die Küche zum Abwaschen zu verschwinden!“

Franz lachte und kommentierte voller Spott: „Weil unser Josef doch so gern spült!“

Gutmütig stimmte Schneidlinger in das Lachen ein und fragte dann: „Sag mal, Franz, was hast du eigentlich mit dem Geld aus dem Waldverkauf gemacht?“

„Brauchst du Geld?“

„Nein. Ich hab ja meine Gabi.“

„Die dir statt Spielzeug einen Porsche schenkt“, stichelte Franz.

„Welchen ich mir von meinem Anteil des Waldes gekauft habe“, konterte der Bruder gutmütig, denn obwohl sich die Brüder oft stritten, mochten sie sich sehr.

„Und ich habe mein Geld sehr gewinnbringend angelegt“, eröffnete Franz und sah, wie sein Bruder blass wurde. „Hey, ist dir nicht gut?“ Er klopfte ihm heftig auf den Rücken, als hätte er sich verschluckt.

„Bei wem? Wo?“

„Mein Gott, ist das so wichtig? Ich hab einen Prospekt ...“

„Hochglanz?“

„Ja. Willst du ihn sehen?“

„Unbedingt!“ Schneidlinger sprang auf und warf dabei fast den Stuhl um.

Aber Franz lachte nur. „Du wirst Augen machen“, versprach er und führte ihn ins Büro der Landwirtschaft. Auf dem Schreibtisch lagen etliche Ablagekörbe mit Papieren, und aus einem zog er einen Prospekt heraus, klappte ihn auf und hielt ihn Schneidlinger unter die Nase. „220 PS, 162 KW. Durch die höhere Flächenleistung sparst du wertvolle Arbeitszeit, und der Kraftstoffverbrauch ist auch geringer. Nächste Woche kommt er, dann können wir eine Probefahrt machen.“

Schneidlinger starrte auf das Bild des Traktors, dann begann er zu lachen. „Mensch, hast du mir einen Schrecken eingejagt. Ich kann dir gar nicht sagen, wie froh ich bin!“

Noch bevor Franziska an diesem Morgen ihre Sachen ins Büro gebracht hatte, ging sie auf die Suche nach Obermüller. Während der vergangenen unruhigen Nacht waren ihr die Mutter und ihre drei Jungs nicht aus dem Kopf gegangen, und jetzt hoffte die Kommissarin, dass der ältere Kollege sie unterstützen würde.

„Hast du ein bisschen Zeit?“, fragte sie ihn vorsichtig und wartete, bis er seine Kaffeetasse auf dem Schreibtisch abgestellt hatte.

„Für dich immer“, versicherte der Ermittler gut gelaunt. „Was willst du denn diesmal wissen?“

Franziska kicherte. Sie war wirklich leicht zu durchschauen. „Ich muss alles über Elfriede Jackl wissen. Wo sie herkommt, Familie, alles.“

„Du hast sicher einen guten Grund dafür“, stellte Obermüller nüchtern fest.

„Ja“, antwortete die Kommissarin lakonisch.

„Gut. Wann brauchst du es?“

„Gestern?“

Obermüller schüttelte belustigt den Kopf. „Bin schon dran.“

Natürlich war Franziska erfreut darüber, dass Obermüller sofort zugestimmt hatte, auf sich selbst war sie jedoch weit weniger stolz. Die ganze Sache mit Elfriede Jackl ging ihr emotional viel zu nahe, und das engte ihre Sichtweise ein. Während sie sich in der vergangenen Nacht immer wieder von einer Seite auf die andere geworfen hatte, waren ihr die Aussagen der Frauen durch den Kopf gegangen. Dabei hatte sie alles noch einmal durchlebt: die offenherzigen Schilderungen von Katja Kesselmeyer, die Andeutungen von Samantha Halmgaard und die Kleider, deren Bedeutung Susanne Tröger verharmlost hatte und in denen sie sich, in einem Film mit perversen Drohungen, gedemütigt präsentierte.

Und immer wieder fiel das Wort Nutte. Aber die Frauen waren alles andere als Nutten. *Sie* hätte ja noch nicht einmal Katja Kesselmeyer als solche betitelt, obwohl die selbst angab, er sei ihr Herr und sie seine Hure gewesen, weil sie es liebte, von Männern beherrscht zu werden. Im Liebesspiel.

Vielleicht war es ein Fehler gewesen, dass sie das Fotoalbum der Familie Mautzenbacher mit nach Hause genommen und damit ihre geschützte Privatsphäre, auf die sie sonst so viel Wert legte, verletzt hatte. Aber als Schneidlinger sich verabschiedet hatte, um zur Geburtstagsfeier seines Bruders zu fahren, war ihr die Idee gekommen, sich mehr mit dem Kind zu beschäftigen, das Mautzenbacher einmal gewesen war.

Zu Hause hatte sie sich ein großes Glas Eistee eingeschenkt, um den Geschmack der Pizza runterzuspülen, und sich dann in ihren Korbsessel an den Esstisch gesetzt.

Fast feierlich hatte sie das Fotoalbum geöffnet und sich die Bilder angesehen. Das erste Foto zeigte eine zierliche Frau, fast noch ein Mädchen, mit einem niedlichen Kind im Arm. Der Mann, der neben ihr stand und ein wenig besitzergreifend den Arm um sie legte, überragte sie um mehr als einen Kopf. Lange starrte Franziska auf dieses Foto. Lissy Mautzenbacher mit dem kleinen Xaver. Es war mehr als vierzig Jahre her, und doch schien es ihr, als hätte sie dieses Bild erst kürzlich schon einmal gesehen. Sie blätterte weiter. Konnte verfolgen wie aus dem Baby Xaver, langsam ein kleiner Junge und schließlich ein Mann wurde. Kindergarten, Fasching, Nikolaus, Einschulung, Kommunion, Firmung. Und nie wieder eine Lissy, die sich zu ihm stellte, die ihm über den Kopf strich, die ihn umarmte. Warum? Weil sie die Fotos gemacht hatte? Oder weil sie gar nicht mehr in seinem Leben vorkam?

Franziska überlegte. Zu der Zeit als Xaver Mautzenbacher gefirmt wurde, war Lissy bereits tot. Verbrannt im Schuppen neben dem Wohnhaus, gemeinsam mit ihrem Liebhaber. Angeblich sollen die beiden Streit gehabt haben, und angeblich hatte man den kleinen Xaver gesehen, wie er sich an der Schuppentür zu schaffen machte. Wie lange hatte er dort gestanden und was hatte er alles mit angesehen, dass er später so herablassend von seiner Mutter gesprochen hatte? So lange noch nach ihrem Tod ...

Und endlich stellte sie sich die Frage, die schon die ganze Zeit in ihrem Kopf herumspukte: Konnte ein elfjähriger Junge seine Mutter töten?

Unschlüssig schob Franziska die Frage von sich und blätterte weiter. Das Album hatte jetzt eine neue Ordnung. Die Fotos zeigten häufiger das gleiche Motiv, und sie waren dichter nebeneinander eingeklebt. Es waren jetzt keine Einzelaufnahmen mehr, sondern Fotos von vielen Kindern. Im Hintergrund war ein Kinderheim zu sehen. Sankt Augustus. Franziska versuchte sich zu erinnern, ob Erwin Weinerl etwas von einem Kinderheim gesagt hatte. Sie musste ihn fragen. Morgen.

Sie suchte auf den Bildern nach Xaver, konnte aber nur die Gesichter von verschiedenen Mädchen erkennen. Es waren nicht immer die gleichen. Bis auf eine. Die kam immer wieder vor. Vorsichtig löste Franziska ein Foto heraus und drehte es um. Am unteren Rand war ein Datum aufgedruckt. Ein Datum, das vierzehn Jahre zurück lag. Vierzehn Jahre. Zu dieser Zeit war Mautzenbacher schon ein Mann gewesen. Warum klebte er Fotos von fremden Kindern aus einem Waisenheim in sein privates Fotoalbum? Am liebsten hätte

Franziska sofort beim Ehepaar Weinerl angerufen, um sie danach zu fragen. Aber es war weit nach Mitternacht. So blieb ihr nur das Album. Doch erst auf der vorletzten Seite fand sie eine Antwort.

Sunny! stand da in großen Buchstaben, und darunter klebte erneut das Foto von dem Mädchen, dass Franziska schon vorher gesehen hatte. Sie war jetzt eine junge Frau, ein halb erwachsenes Mädchen. Zierlich, zerbrechlich, sehr hübsch. Die langen dunklen Haare umspielten ihr Gesicht, das melancholisch und verschlossen aussah. Erneut löste Franziska das Foto heraus und drehte es um.

Es war zehn Jahre alt.

Sie blätterte zurück und legte das Foto neben die erste Aufnahme. Mutter und Sohn. Lissy und Sunny. Wie Schwestern. Wie ein und dieselbe Person. Lange starrte die Kommissarin auf die beiden Fotos, bis sie sah, was nicht zu übersehen war. Sie hatte die ganze Zeit das Gefühl gehabt, diese Sunny zu kennen. Von irgendwoher. Nun hatte sie das erste Geheimnis, das diesen Fall umgab, gelöst: Elfriede Jackl war Sunny. In ihr, die Lissy Mautzenbacher wie eine Schwester ähnelte, hatte Xaver seine Mutter gesucht und gefunden. Er hatte ihr drei Kinder gemacht und sie dann ohne Geld in einem schäbigen Häuschen, auf die Unterstützung anderer angewiesen, zurückgelassen. Und trotzdem sagte diese Frau heute: Es reicht mir, wenn wir in Frieden leben können.

„Ich soll dir von Hannes sagen, dass sie den Lada gefunden haben“, riss Ramona die Kommissarin aus ihren düsteren Gedanken. „Er ist mit seinem Fahrrad hingefahren und schaut ihn sich an.“

Franziska sah auf. „Hey, wenn das mal keine gute Nachricht ist! Ist es weit weg?“

„Stell dir vor, der stand die ganze Zeit am Dreiflüssestadion. Praktisch bei mir um die Ecke.“

„Wie gut, dass du jetzt einen Mann im Haus hast“, zog Franziska die Sekretärin auf.

Ramona lachte. „Na ja, bei mir gibt es ohnehin nichts zu holen.“

Die Kommissarin zuckte mit den Schultern. „Genaugenommen suchen wir ja auch keinen Dieb, sondern einen Mann, der mutwillig um sein Erspartes gebracht worden ist und deswegen zum Mörder wurde.“

„Also, ich persönlich hätte gar kein Geld, um es anzulegen, und bei mir in der Nähe wohnen nur Leute, die ihr Geld in den Sparstrumpf stecken, aber bestimmt nicht in Aktien.“

„Wie meinst du das?“

„Ich meine, dass nur jemand, der auch wirklich Geld hat, es sich leisten kann, in so einen Fonds zu investieren. Und so einer wohnt überall, aber nicht bei uns in der Siedlung.“

„Wenn das stimmt, dann hat er den Wagen doch gut getarnt positioniert.“ Sie gab Ramona einen freundschaftlichen Stoß. „Danke für die Entmutigung!“

Kopfschüttelnd ging Ramona wieder davon. Franziska wusste, dass die Sekretärin recht hatte. Der Fundort des Wagens sagte gar nichts aus, sie konnten den Täter nur finden, wenn jemand eine brauchbare Beschreibung des Fahrers abgab. Zum Beispiel der selbst ernannte König Wenzel. Doch der versteckte sich hinter billigen Ausflüchten, was die Laune der Kommissarin zusehends verschlechterte.

Entsprechend heftig knallte sie den Deckel des Fotoalbums zu, als ein weiterer Gast in ihr Büro platzte.

„Hier kommt der Mann fürs Grobe“, scherzte Obermüller und ließ sich auf Hannes’ Schreibtischstuhl nieder. Er lehnte sich zurück, streckte sich und verschränkte dann die Hände hinter seinem Nacken.

„Ich habe zwei Sachen, die dich brennend interessieren werden."

Mit immer noch griesgrämiger Miene sah Franziska zu ihm hinüber. Doch der Ermittler ließ sich wie immer erst einmal Zeit.

„Na los, Obermüller, zier dich nicht wie eine Jungfrau vor dem ersten Mal!"

„Ach, Franzilein, was bist du nur für ein freches Ding?" Empört schüttelte der Ermittler den Kopf.

„Ach, bitte, bitte, lieber Obermüller", wechselte Franziska die Strategie. Sie wusste, dass der sich damit sofort erweichen ließ.

„Schon gut, schon gut", grinste er gutmütig. „Also: Zunächst gibt es nicht viel über Elfriede Jackl. Nachdem sich die Eltern einen goldenen Schuss gesetzt hatten, war sie eine Zeit lang im Kinderheim. Sie hatte zu diesem Zeitpunkt noch eine Großmutter, aber die konnte oder wollte sie wohl nicht nehmen. Sonst hat sie keine Angehörigen mehr. Außer natürlich ihre drei Kinder. Seit Kurzem arbeitet sie als Küchenhilfe, um ihre Einkünfte ein wenig aufzubessern."

„Weißt du, welches Kinderheim das auf dem Foto war?"

„Das Sankt-Augustus-Kinderheim. Man munkelt so einiges, aber es ließ sich nie etwas beweisen."

„Hhm ..." Franziska dachte an die Fotos. So wie es aussah, hatte Mautzenbacher die junge Frau bereits mit dreizehn Jahren ausgewählt. „Aber sie sind nicht verheiratet gewesen, oder?"

„Nein, er ist nur als Vater ihrer Kinder eingetragen."

„Und wie kam sie zu dem Haus?"

„Das hat sie von ihrer Großmutter. Viel wert ist es allerdings nicht."

Gedankenversunken nahm Franziska ihren Bleistift in die Hand und drehte ihn nachdenklich zwischen den Fingern. „Danke Obermüller, du hast was gut bei mir."

Der Ermittler grinste sie auffordernd an. Doch Franziska war so sehr mit den neuen Fakten beschäftigt, dass sie nicht gleich verstand, was er ihr sagen wollte.

„Ist noch was?"

„Ja, ich sagte doch: Ich habe zwei Sachen für dich."

Franziska legte den Bleistift zur Seite und beugte sich aufmerksam nach vorn. „Und?"

„Das Anwesen, das angeblich Xaver Mautzenbacher gehört, gehört in Wirklichkeit Erwin und Berta Weinerl."

Wie versteinert saß die Kommissarin auf ihrem Stuhl und zeigte mit keiner Regung, was in ihr vorging.

„Bist du dir da ganz sicher?"

„Steht so im Grundbuch."

„Weißt du, was das heißt?"

Obermüller zuckte mit der linken Schulter.

„Die haben uns belogen und ..." Sie nahm sich eine Pause, um nachzudenken. „Wer weiß, was die uns noch alles verschwiegen haben!"

Grübelnd griff sie erneut nach dem Bleistift und begann daran zu kauen. Eine dumme Angewohnheit, die sie, vor allem wenn sie sich konzentrierte, nicht ablegen konnte.

„Du solltest sie damit konfrontieren", schlug Obermüller vor.

„Ja." Sie nahm den Stift aus dem Mund und zeigte damit auf den Kollegen. „Das hast du sehr gut gemacht Obermüller, wirklich sehr gut!"

„Sie haben uns nicht die Wahrheit gesagt", begann Franziska, nachdem das Ehepaar Weinerl sie und Hannes in die Küche gebeten und ihnen einen Brennnesseltee angeboten hatte. Dankend hatten beide abgelehnt, wer wusste schon, was das für ein Kraut war. „Das Haus gehörte gar nicht Xaver Mautzenbacher. Es gehört Ihnen."

Erwin und Berta Weinerl sahen sich lange an, doch zunächst ergriff keiner von beiden das Wort.

„Aber wie kommen Sie zu so einer Behauptung?", entgegnete der alte Oberlehrer endlich mit zittriger Stimme.

„Erwin, mach es nicht noch schlimmer", mahnte seine Frau, legte ihre Hand auf seinen Arm und drückte ihn beruhigend. Dann schenkte sie der Kommissarin ein vorsichtiges Lächeln, bevor sie erklärte: „Wir wollten keine Scherereien haben."

„Hat Sie Herr Mautzenbacher dazu angestiftet?"

„Er hat uns darum gebeten. Xaver sagte, dann wäre es sicher, weil man heutzutage ja nie weiß, und uns könnte man es nicht nehmen", versuchte der Alte zu erklären, bevor er sich eine Träne aus den Augen wischte.

„Er war doch wie unser eigener Sohn! Wir hatten doch keine eigenen Kinder", fügte seine Frau hinzu und drückte erneut den Arm ihres Mannes.

„Wussten Sie von den Geschäften, die Xaver Mautzenbacher betrieb?"

„Nein."

„Haben Sie ihn denn nie gefragt, womit er so viel Geld verdiente, dass er es sich leisten konnte, Ihnen so ein Anwesen zu überschreiben?"

Die beiden Alten zuckten mit den Schultern und sahen sich unsicher an.

„Hat es Sie denn gar nicht interessiert?", drängte die Kommissarin weiter und wurde langsam ungeduldig.

„Doch, natürlich, aber Xaver meinte, es wäre besser, wenn wir nicht so genau Bescheid wüssten“, erklärte Berta Weinerl endlich und erntete dafür einen vorwurfsvollen Blick von ihrem Mann.

„Das hört sich nicht unbedingt nach ehrlicher Arbeit an. Wie konnten denn Sie mit so einem Verdacht leben?“, richtete Franziska ihre Frage jetzt direkt an den Mann.

„Junge Frau, wenn ich Sie so höre, dann habe ich fast das Gefühl, als wüssten Sie nicht viel über den Xaver.“ Der alte Oberlehrer musterte sie kühl, und als sie ihn dennoch auffordernd anlächelte, fuhr er fort. „Wir kannten den Jungen seit seiner Geburt. Wir haben miterlebt, was er ertragen musste, und wir sahen, wie in ihm die Saat seiner Eltern aufging. Ich möchte hier nichts entschuldigen. Aber richten Sie nicht über uns! Wir haben den Buben geliebt und ihn angenommen, so wie er war. So wie man halt auch seinen eigenen Kindern vieles nachsieht.“

„Wussten Sie, dass er drei Kinder hat?“

„Nein“, entfuhr es Berta Weinerl, und ein wehmütiges Lächeln huschte über ihr Gesicht. Doch bevor sie sich nach ihren vermeintlichen Enkeln erkundigen konnte, ging ihr Mann dazwischen.

„Sehen Sie, er hat uns noch nicht einmal davon erzählt!“

„Ja“, antwortete Franziska und erhob sich zum Zeichen, dass sie verstanden hatte. Die beiden hatten genug damit zu tun, mit ihrem Gewissen ins Reine zu kommen. Das würde nicht leicht werden, aber sicher hatten sie schon mehr miteinander erlebt und würden auch diese Klippe des Lebens umschiffen.

Wie schon beim letzten Mal ging der Alte voraus, um sie zur Tür zu bringen. Doch als Franziska die Küchentür erreichte, hielt Berta Weinerl sie am Arm fest und zog sie noch einmal wortlos zurück. Dann öffnete sie die kleine obere Schranktür des alten Küchenbüffets und holte eine Holzschatulle heraus. Wortlos drückte sie diese der Kommissarin in die Hand. „Das hab ich am Montag neben dem fremden Auto gefunden. Ich dachte ja, es gehört Xaver, aber ..."

Franziska öffnete den Deckel und nickte. „Vielen Dank. Ich werde mich darum kümmern."

Auf dem Rückweg hielt Franziska vor einer Bäckerei an und besorgte Kuchen. Damit wollte sie sich bei Obermüller bedanken und gleichzeitig eine verspätete Mittagspause einlegen. Als sie schwer beladen den Flur zum Dezernat entlang ging, kam ihr Ramona entgegen. Sie trug ein Tablett mit Kaffeetassen, Milch und Zucker.

„Wo bleibst du denn so lange? Die warten schon alle!"

Mit einem einladenden Kopfnicken zeigte sie zur Tür des großen Besprechungszimmers und trieb Franziska vor sich her. Am hufeisenförmigen Tisch saßen bereits alle Kollegen, nebst Oberstaatsanwalt Schwertfeger und Karl Winter aus München.

„Ich habe Kuchen mitgebracht", erklärte Franziska anstandshalber, obwohl ihr bei der Vielzahl der Anwesenden klar war, dass ihr so nicht viel von ihrem Mittagessen bleiben würde.

„Super", frohlockte Ramona. „Dann teile ich jetzt erst einmal den Kaffee aus und dann den Kuchen."

Franziska lächelte bemüht, reichte ihr die Papiertüten und setzte sich auf den freien Platz neben Hannes. Sie war müde, aber immerhin hatte Ramona ihr eine Tasse Tee zubereitet. Schwarzen. Genau das, was sie jetzt brauchte.

„Sag mal, Ramona, du bist heute so gut drauf, hast du Geburtstag?" Obermüller musterte die Sekretärin, in ihrem schicken neuen Kleid und der langen silbernen Kette um den Hals.

Ramona kicherte. „Nein, wie kommst du denn darauf?"

„Dann steckt bestimmt ein neuer Mann dahinter!" Der Ermittler sah sich um Zustimmung heischend um, aber selbst Franziska zuckte nur mit den Schultern.

Nachdem die Gespräche immer lauter und belangloser wurden, räusperte sich Hauptkommissar Schneidlinger mehrmals, und als endlich Ruhe eingekehrt war, ergriff er das Wort und erklärte, dass er am Vormittag mit dem Oberstaatsanwalt das weitere Vorgehen besprochen habe.

„Sobald wir hier fertig sind, werden Sie rund um das Anwesen von Günther Meistersänger jeden Nachbarn befragen. Es kann nicht sein, dass niemand den Mann gesehen hat! Immerhin muss er sich dort mehrere Stunden aufgehalten haben. Außerdem hat er gezielt nach einem kurzzuschließenden Auto Ausschau gehalten. Und das geht nicht, ohne dass jemand etwas bemerkt."

Schneidlinger ließ sich mit einem gemurmelten Dank ein Stück Kuchen geben und wartete darauf, dass jemand das Wort ergriff.

Beim Gedanken an die bevorstehende Klingeltour legte Franziska den Kopf in die Hände und stöhnte leise auf, bis ihr Hannes einen Schubs in die Seite gab.

„Ach, Chef, Entschuldigung, jetzt hätte ich es fast vergessen." Sie warf einen kurzen Blick zu Hannes, der kaum merklich den Kopf schüttelte. „Wir waren doch gerade noch mal beim Ehepaar Weinerl, wegen der Besitzverhältnisse des Anwesens." Sie machte eine Kunstpause, um sicherzugehen, dass ihr auch alle zuhörten.

„Ach", kommentierte Schneidlinger. Fragend warf die Kommissarin einen Blick zu Obermüller, den der allerdings mit einem Kopfschütteln quittierte. Gut, dann musste sie eben von vorne anfangen.

„Also, das alte Ehepaar sagte bei der ersten Befragung, das Anwesen gehöre Xaver Mautzenbacher. Das stimmt aber nicht, wie Kollege Obermüller herausgefunden hat. Das Anwesen gehört den Alten. Sie haben uns angelogen."

„Na ja, gut, das kann in der Aufregung schon mal passieren. Nur bringt uns das dem Täter näher?", fragte der Chef.

„Das nicht, aber die beiden haben uns noch etwas verschwiegen. Sie haben nach der Tat neben dem geklauten 2er-Golf das hier gefunden." Franziska öffnete ihre braune Ledertasche und holte einen Beutel heraus. Triumphierend legte sie ihn auf den Tisch und schob ihn über die Platte zu Schneidlinger hinüber. Der drehte den Beutel hin und her und blickte dann fragend zu Franziska.

„Ein einfaches Modell mit wenig Gebrauchsspuren. Und Sie glauben, das ist das Handy des Täters?"

„Wir haben auf dem Rückweg einen kurzen Abstecher zu den Besitzern des gestohlenen Autos gemacht und sie danach gefragt. Aber von so einem Handy wissen sie nichts."

„Wenn das stimmt, dann haben wir ihn!", rief Obermüller und schob sich eine Gabel voll Kuchen in den Mund.

„Abwarten", erklärte Franziska vorsichtig. „Die Nummer ist nämlich nicht registriert.

„Prepaid", wusste Schneidlinger.

„Ja, leider."

„Okay, wir gehen an zwei Fronten gleichzeitig vor. Sie", er sah der Reihe nach Obermüller, Gruber, Hannes und Franziska an, „befragen die Nachbarn, und Sie", er blickte zu Lars Bendersohn, „kümmern sich um das Handy."

Als Franziska lustlos auf ihren Kuchen blickte, schnappte sich Obermüller ihren Teller und stach noch im Aufstehen ein großes Stück ab, um es sich gierig in den Mund zu schieben.

„Sehr lecker, wirklich. Du verpasst was."

In dieser Nacht hatte Franziska noch schlechter geschlafen als in der vorherigen, was vor allem daran lag, dass sie den gesamten gestrigen Nachmittag ohne Mittagessen von Tür zu Tür gelaufen war, nur um sich nutzlose Beobachtungen anzuhören. Als sie nach Feierabend endlich zu Hause angekommen war, hatte sie alles, was an verfügbaren Kalorien im Gefrierfach gelegen hatte, in die Mikrowelle geschoben, und erst mit Essen aufgehört, als ihr übel geworden war.

Mit tiefen Augenringen und schlechter Laune betrat sie das Büro und ließ sich gegenüber Hannes nieder, der gerade damit beschäftigt war, den gestrigen Tag in einem Bericht zusammenzufassen. Bevor er aufblicken konnte, kam Obermüller ins Zimmer, was ihre Laune zunächst auch nicht besserte.

„Oh, mein Gott, Franzilein, doch nicht schon wieder ein Abend bei der Familie?"

„Sehr witzig", entgegnete sie giftig und griff nach der Wasserflasche auf dem Tisch.

„Du wirst noch abhängig von dem Zeug", versicherte der Ermittler und wollte ihr ein Glas reichen, damit sie eine Kopfschmerztablette einwerfen konnte.

„Keine Angst, heute brauch ich nur Wasser." Sie trank direkt aus der Flasche und wischte sich den Mund anschließend mit dem Handrücken ab.

„Also, Obermüller, was gibt's?"

Der Ermittler ließ sich auf ihrem Schreibtisch nieder und beugte sich zu Franziska hinunter. „Ich habe eine gute Nachricht. Der Kollege Bendersohn hat das Handy orten lassen und, siehe da: Es wurde zuletzt bei Xaver Mautzenbacher verwendet."

„Ach, toll, Obermüller, wer hätte das gedacht." Franziska nahm noch einen Schluck Wasser und lehnte sich dann zurück. „Das war jetzt deine gute Nachricht?"

„Nein, das war nur zum Warmwerden. Davor war das Handy bei Günther Meistersänger im Netz, und davor in der Altstadt, direkt beim Rathaus und davor, und jetzt bitte ich um deine ganze Aufmerksamkeit, wurde das Handy nur in der Rosenbergerstraße registriert. Direkt neben dem Dreiflüssestadion."

„Ach!"

„Was, ach?" Ramona war mit zwei Tassen Tee hereingekommen und blickte neugierig von einem zum anderen.

„Unser Gesuchter hat sich tatsächlich eine Weile bei euch in der Siedlung herumgetrieben. Du lagst mit der Beurteilung deiner Nachbarn also ziemlich daneben", erklärte Franziska und zwinkerte Ramona fröhlich zu. Dann nahm sie ihr dankend den Becher Tee ab und trank vorsichtig den ersten Schluck.

Obermüller rutschte vom Schreibtisch. „Wir können uns das ganze Profil ja mal bei Bendersohn auf dem Bildschirm ansehen."

„Gute Idee. Kommst du mit?" Die Kommissarin blickte Ramona herausfordernd an. „Wenn sich eine in der Gegend auskennt, dann bist es ja du."

„Habt ihr schon den Verbindungsnachweis?", fragte Franziska auf dem Weg zu ihrem Computergenie.

„Ja, und das ist auch sehr interessant. Er hat einige Anrufe getätigt, und es gingen einige ein. Die meisten waren von Wenzel, einer kam aus der Wohnung von Sascha Freund. Die meisten Nummern müssen noch überprüft werden. Aber interessant ist, dass der Speicher des Handys gelöscht war."

„Vielleicht hat er eine Freundin, und die sollte nicht mitbekommen, zu wem er Kontakt hatte", überlegte Franziska laut.

„Ich weiß nicht. Jeder Depp weiß doch, dass man in so einem Fall nur bestimmte Nummern löscht, weil alles andere viel zu auffällig ist."

Franziska kicherte. So gewieft hatte sie den Kollegen gar nicht eingeschätzt.

„Ihr habt doch das Handy von Wenzel eingezogen. Hast du mal geschaut, ob der die Nummer gespeichert hat?"

Obermüller lächelte. „Na, das dürfen wir doch nicht! Aber der Kollege in der JVA, der die Sachen in Verwahrung hat, war mir noch einen Gefallen schuldig."

„Ja, und?!" Franziska war stehen geblieben und hatte sich vor Obermüller aufgebaut.

„Er hat sie gespeichert, aber es steht kein Name dabei, sondern nur ein R. Wahrscheinlich für ... Wie sagte der immer zu ihm?"

„Roughneck!"

„Genau. R wie Roughneck."

Sie hatten die Räume der KTU erreicht und sahen schon von Weitem Bendersohn an seinem PC sitzen. Den Rücken gebeugt und den Hals lang gestreckt, erinnerte er ein wenig an eine Schildkröte. Die Luft war stickig und geschwängert vom Geruch nach irgendwelchen orientalischen Chips. Franziska dachte an ihre gestrige Fressorgie, und sofort kroch ihr die Übelkeit den Hals hinauf. Um sich abzulenken, verfolgte sie gespannt, wie die Finger des IT-Spezialisten über die Tastatur huschten. Im nächsten Moment erschien eine Straßenkarte, auf der lauter kleine Punkte aufleuchteten.

„Hier, da war das Handy am längsten im Netz eingeloggt."

Bendersohn zeigte mit dem Stift auf einen Punkt, und im gleichen Moment beugten sich Franziska und Ramona über die Straßennamen.

„Aber das ist ja wirklich bei uns", rief Ramona.

„Ich sag doch, dass einer aus deiner Siedlung mehr verdient als er zugibt." Franziska lächelte die Kollegin belustigt an, bis sie sah, wie entsetzt die auf den Bildschirm starrte.

„Aber das kann doch nicht sein ..."

„Was kann nicht sein?“, fragt Franziska und ließ die Sekretärin nicht mehr aus den Augen.

„Robert ...“

„Robert?“, wiederholte Franziska fassungslos und fragte sich, wie Ramona jetzt ausgerechnet auf den kam. Doch dann begann ihr Unterbewusstsein, den Namen in ihr Gehirn zu hämmern. Wobei das R besonders intensiv war ...

„Ramona, was ist los?“

„Das weiß ich ja eben nicht! Ich weiß nur, dass Robert wie ausgewechselt ist.“

Die Sekretärin schniefte, und Franziska schob sie zu einem Stuhl, reichte ihr ein Taschentuch damit sie sich schnäuzen konnte, bevor sie mit leiser Stimme erzählte: „Als er an dem Samstag vor meiner Tür stand, erzählte er mir, es täte ihm alles so leid, das er damals fortgegangen war und wir so lange nichts von ihm gehört hätten. Aber jetzt würde alles anders werden. Er hätte in all den Jahren sein ganzes Geld gespart, weil er sich immer nur gewünscht hätte, wieder zurückzukommen. Und jetzt wäre er da, und ich sollte ihm doch bitte, bitte noch einmal eine Chance geben.“ Ramona blickte auf und wartete darauf, dass Franziska ihr zustimmte.

„Du hast uns davon erzählt.“

„Ja. Allerdings merkte ich im Laufe der Woche, dass er zwar wirklich von einem Leben mit uns geträumt haben muss, aber eben kein Geld hatte. Da hab ich ihn rausgeworfen.“ Ramona sah jetzt empört aus. „Ich verdiene nicht genug, um auch noch einen Mann durchzufüttern! Als ich am Montag bei der Arbeit war, stand er wieder vor der Tür. Die Mädchen ließen ihn rein. Sie konnten ohnehin nicht verstehen, wie ich ihren endlich zurückgekehrten Papa rauswerfen konnte. Julia hat mich dann angerufen und mir erzählt, dass Robert uns alle zum Essen ausführen wollte.“

Franziska nickte. Sie konnte sich erinnern.

„Julia sagte, ich müsse einfach zustimmen. Ja, und tatsächlich hatte er das Geld, von dem er erzählt hatte, bekommen. Nur war er auf einmal so komisch, so getrieben, als wüsste er, dass seine Zeit bald um wäre. Das war vorher nicht so."

„Und jetzt glaubst du, dass da was nicht stimmt?", fragte Franziska mit weicher Stimme.

„Ich weiß, dass etwas nicht stimmt! Ich hatte noch nie so viel Glück. Warum ausgerechnet jetzt?"

Franziska beugte sich hinunter, umarmte die Kollegin und flüsterte ihr ins Ohr: „Willst du ihn anrufen, bevor wir losfahren? Wenn er es war, könnte er sich stellen, das würde sich dann positiv auf seine Strafe auswirken. Wenn nicht, wird sich die Sache aufklären."

Ramona zuckte mit den Schultern.

„Du willst ihn jetzt nicht wieder verlieren, oder?"

Ramona nickte.

„Na, komm, wir sprechen mit dem Chef. Bestimmt lässt sich da was machen."

Natürlich hätte es ein schöner Plan sein können. Aber wie so oft im Leben lagen Theorie und Praxis weit auseinander. Ramona wählte die Nummer von Zuhause, aber niemand nahm den Hörer ab. Die Mädchen nicht, weil sie in der Schule waren, aber Robert ebenfalls nicht. Beim zweiten und dritten Versuch war es nicht anders, woraufhin beschlossen wurde, dass Ramona nach Hause fuhr und nach dem Rechten sah. Wäre bei der vorangegangenen Klinkenputzaktion mehr herausgekommen, hätten sie sich sicherer gefühlt. Aber so gab es nur eine vage Beschreibung des möglichen Täters, und die konnte sowohl auf Robert Stelzer als auch etwa zweitausend weitere Männer in Niederbayern passen.

Als Ramona vorsichtig die Wohnungstür öffnete, stand Robert im dunklen Flur und erschreckte sie fast zu Tode. Sie war sehr nervös, weil sie nicht wusste, ob das, was sie vorhatte, richtig war.

„Was machst du denn hier im Dunkeln?", wollte sie wissen und gab sich Mühe, möglichst arglos zu klingen. Aber ihre Stimme verriet sie.

„Ich habe deine Nummer auf dem Display gesehen."

Ramona rang nach Worten. „Ich wollte wissen, wie es dir geht."

Robert nickte und ging in die Küche, um vom Fenster aus auf die Straße zu sehen.

„Sind das deine Kollegen?" Er deutete zwischen dem Gardinenspalt hindurch zu dem Auto, das unten auf der Straße angehalten hatte.

„Keine Ahnung", versuchte es Ramona mit einer Lüge. Sie hätte nicht gedacht, dass er es ihr so schwer machen würde. Schneidlinger hatte gesagt, sie solle Robert fragen, woher er das Geld habe und wo er von Freitag bis Montag gewesen war. Niemand hatte sie darauf vorbereitet, dass Robert ihr hinter der Tür auflauern würde.

„Robert, woher hast du auf einmal so viel Geld?"

Er ließ vom Fenster ab und kam lächelnd auf sie zu, hob seine Arme und wollte sie an sich ziehen.

Aber Ramona wich aus. „Wo warst du, als du ...", ... am Freitag gingst, wollte sie fragen. Aber er war ja nicht gegangen, sie hatte ihn rausgeworfen. Sie hatte ihm vorgeworfen, dass er nach all den Jahren einfach zu ihr komme und erwarte, dass sie ihn durchfüttere. Es habe eine Zeit gegeben, da hätte sie ihn dringend gebraucht, aber das war lange her ...

„Ich war bei einem Freund. Ich wollte mir das, was mir zustand, zurückholen. Das ist alles."

Robert öffnete seine Arme, doch Ramona wich einen weiteren Schritt zurück. Wenn sie jetzt nachgab und die Kollegen die Wohnung stürmten, wäre sie ihren Job los.

Robert verstand. Müde ging er zum Fenster zurück, um nach dem Auto auf der Straße zu sehen.

„Du willst mich verraten?“, fragte er mit trauriger Stimme, und als er sich zu ihr umdrehte, lastete sein Blick schwer auf Ramona. „Ich hab das alles doch nur für dich getan. Für dich und die Mädchen.“ Hilflos hingen seine Arme an ihm herunter. „Wie sollte ich das denn länger ertragen, dass du dich so abmühst und ...“ Mitten im Satz brach er ab, und sein Blick wurde noch intensiver. „Du willst mich nicht mehr!“

„Nein!“, versicherter Ramona ein wenig zu heftig. „Es ist nur ...“

Robert ließ sich auf einen Küchenstuhl fallen und faltete die Hände auf dem Tisch. „Sag ihnen, sie können kommen. Ich warte auf sie.“

„Mein ...“ Sie räusperte sich und setzte erneut an. „Mein Chef meint, wenn du dich stellst, dann wäre das besser. Sie würden dir das vor Gericht anrechnen.“

„Und hast du irgendeinen Wunsch, was ich gestehen soll?“, fragte Robert mit tieftrauriger Stimme.

„Nein“, antwortete Ramona, „sag einfach, wie es gewesen ist.“

Sie wusste nicht, welchen Rat sie ihm noch mit auf den Weg geben sollte. Und wenn, wäre sie nicht mehr dazu gekommen. Denn im selben Moment stürmte Bianca an ihnen vorbei.

„Hallo Mama, hallo Papa“, rief sie, lief weiter den Flur entlang und steckte gleich darauf den Kopf zur Tür herein. „Was ist denn hier los?“

Fragend sah sie von einem zum anderen. Aber Ramona hatte beschlossen, die Mädchen nicht mit in die ganze Sache hineinzuziehen, und Robert war schlau genug, sich nicht zwischen Mutter und Tochter zu stellen.

Nachdem Robert erst einmal in der erkennungsdienstlichen Abteilung erfasst worden war, ging alles ganz schnell. Seine Fingerabdrücke passten zu denen, die am Golfschläger und im Schlafzimmer Mautzenbachers sichergestellt worden waren, seine Fußabdrücke zu der Stelle in Günther Meistersängers Garten, wo der Spaten lag. Selbst Jeans und T-Shirt erkannte er als sein Eigentum an.

Als man ihn in den Verhörraum brachte und ihn auf seine Vernehmung warten ließ, blieb er die ganze Zeit über ruhig und geduldig. So als habe er ohnehin nichts Besseres zu tun, als endlich zu erzählen, wie er Günther Meistersänger im Garten getroffen und ihm vorgeschlagen hatte ein Auto zu besorgen, damit sie endlich dorthin fahren konnten, wo sein Geld die ganze Zeit auf ihn wartete. Denn, so sagte er, um nichts anderes war es ihm die ganze Zeit gegangen. Doch im Grunde war nichts so gelaufen, wie er es sich erhofft hatte.

„Ich hatte schon auf der Fahrt gemerkt, dass es Meistersänger unangenehm war, neben mir zu sitzen. Er rümpfte immer wieder die Nase, aber ich konnte ja auch nichts dafür. Ich hab drei Nächte in einem Keller verbracht. Wo hätte ich denn ohne Geld hingehen sollen?"

„Hat er Sie beleidigt?" Der Hauptkommissar suchte nach einer Erklärung dafür, warum Stelzer Meistersänger umgebracht hatte. Sticheleien interessierten ihn nicht.

„Nein", der Verdächtige hatte den Nerv, darüber zu lachen. „Er blieb ganz sachlich. Sagte, ich solle doch erst einmal duschen gehen und mir was Frisches anziehen. Er würde sich in der Zwischenzeit umsehen. Ich bin dann die Treppe hinauf, hab mich im Bad beeilt und mir das Erstbeste aus dem Schrank gezogen. Der Besitzer muss eine ähnliche Figur wie ich haben."

„Hatten Sie denn keine Angst, dass er sich einfach absetzen könnte?", fragte Schneidlinger ein wenig erstaunt.

„Nein." Wieder lachte Robert. „Ich fühlte mich tatsächlich sicher, weil nur ich das Auto zum Laufen bringen konnte." Dann zuckte er mit den Schultern, wie um sich für seine Naivität zu entschuldigen. „Als ich wieder runter kam, hatte Meistersänger das Geld bereits in die Sporttasche gepackt. Allerdings wusste ich das zu dem Zeitpunkt noch nicht. Mir erklärte er, es gäbe kein Geld im Haus, ich sollte mir stattdessen etwas Schönes aus der Wohnung mitnehmen. Die Sachen hätten genug Wert, ich könnte sie ja verkaufen, und damit hätte ich dann ohnehin mehr, als ich vorher hatte."

Stelzer sah den Hauptkommissar an und wartete.

„Und das hat Sie dann so in Rage versetzt, dass Sie auf ihn losgingen?"

„Nein, ich ging nicht auf ihn los. Ich ... Noch nicht. Ich sagte ihm, er könnte sich den ganzen Scheiß sonst wohin stecken." Stelzer sah Schneidlinger an. „Ich weiß nicht, ob Sie sich vorstellen können, wie das ist, wenn man sein halbes Leben auf einer Bohrinsel ist. Der Dreck, der Lärm, die fehlende Privatsphäre, und immer mit der Gefahr leben, die von den Maschinen und vom Meer ausgeht."

„Aber warum haben Sie es überhaupt auf sich genommen?", fragte Schneidlinger, der nicht wusste, dass er Ramona damals mit zwei kleinen Mädchen sitzen gelassen hatte und spurlos verschwunden war.

„Am Anfang war es eine Flucht, ich war nicht bereit, Verantwortung für eine Familie zu übernehmen. Dann war es Trotz, und zum Schluss habe ich nur noch durchgehalten, bis ich mir eingestehen musste, dass ich die ganze Zeit über nur ein Ziel hatte: Ich wollte zurück zu meiner Familie und meinen Fehler wiedergutmachen."

„Aber Sie sind dann nicht gleich zu Ihrer Familie."

„Nein", antwortete Stelzer kleinlaut. „Ich wollte erst sehen, wie sie leben. Ich hatte Angst, dass es inzwischen einen anderen gibt."

„Und wo haben Sie Günther Meistersänger kennengelernt?"

„Auf dem Flug nach München. Er saß neben mir und fragte, was ich in Norwegen gemacht hätte." Seine bittere Miene zeigte, dass er das heute selbst für reichlich naiv hielt. „Ich erzählte es ihm, und da muss es passiert sein. Als er hörte, dass ich gespart hatte, begann er mir von den Vorteilen des X-Treme-Fonds zu erzählen, und als wir zum Abschied am Flughafen das erste deutsche Bier zusammen tranken, willigte ich ein. Zuerst nur wenig, zum Testen halt. Ich hab mir dann ein Zimmer gesucht, und drei Monate später haben wir uns getroffen, und er hat mir mein Geld und die Zinsen zurückgezahlt. Dann legte er mir die Prognosen für das nächste Jahr vor, und die waren so gigantisch, und er meinte, wenn er jetzt flüssig wäre, würde er sofort einsteigen. Ich sagte, ich wäre flüssig, und er fragte, worauf ich dann noch warten würde."

„Und wie viel haben Sie ihm diesmal gegeben?"

„Hunderttausend Euro. Alles, was ich hatte. Nach drei Monaten sollte ich dann alles zurückbekommen und selbst entscheiden, ob ich weitermachen wollte."

„Ich dachte, Sie wollten zu Ihrer Familie?"

„Ja, das wollte ich auch. Sobald ich mein Geld zurück hatte. Ich habe mir alles ganz genau überlegt und ausgerechnet."

„Aber Meistersänger hat Ihnen Ihr Geld nicht wie versprochen zurückgegeben."

„Nein“, antwortete Stelzer bitter. „Er hat mich hingehalten, selbst als Wenzel ihm drohte, hat er mich noch mit billigen Ausreden abgespeist. Nur habe ich das eben erst in dem Moment begriffen, als wir an der Kellertreppe standen und er meinte, ich sollte mir was Schönes aussuchen. Als ich dann die Pistole sah, wusste ich, dass er mich nur in das Haus gelockt hat, um mich loszuwerden.“

Schneidlinger nickte. „Meistersänger zog also eine Pistole und bedrohte Sie. Trotzdem ist er jetzt tot. Wie kam es dazu?“

„Ich kann mich nicht mehr genau erinnern“, begann Stelzer, auf einmal stockend. „Es ging alles so schnell. Er zielte mit der Pistole auf mich und gab mir einen Schubs, und ich begriff, dass ich handeln musste, aber ich wusste nicht, wie, und ich war ja auch in Panik und ...“ Er sah den Hauptkommissar abschätzend an. „Hat Ihnen schon mal jemand eine Pistole an den Kopf gehalten?“

Schneidlinger hielt seinem Blick ungerührt stand. „Was taten Sie dann?“

„Ich schnappte mir den Golfschläger, und noch ehe er es bemerkte, schlug ich zu. Dabei glitt ihm die Pistole aus der Hand, und Meistersänger fiel die Treppe hinunter.“

Der Hauptkommissar wollte ihn gerade darauf hinweisen, dass seine Schilderung nicht stimmen konnte, als es an der Tür klopfte und Franziska ihn bat herauszukommen.

Neben ihr wartete Oberstaatsanwalt Dr. Schwertfeger.

„Stelzer lügt“, erklärte Franziska und sah den Oberstaatsanwalt nach Bestätigung suchend an.

„Ja. Allerdings hat er den Mord gestanden“, erklärte Schneidlinger ruhig. „Oder Totschlag. Soweit sind wir noch nicht.

Er sagt, er hätte Günther Meistersänger erschlagen, weil der ihm eine Waffe an den Kopf hielt.“

Schwertfeger hielt den Obduktionsbericht hoch. „Der Bericht kam gerade per Mail, und darin steht, dass der erste

Schlag, der Günther Meistersänger getroffen hat, von hinten ausgeführt wurde."

„Er bleibt bei seiner Schilderung und behauptet, dass er Xaver Mautzenbacher nicht kannte und noch nicht einmal in seiner Schulzeit in der Veste Oberhaus war", fasste der Hauptkommissar nach zwei weiteren Vernehmungsstunden mit Robert Stelzer zusammen.

„Wobei eine Sache mir ja schon zu denken gibt", mischte sich Annemarie in die Überlegungen ein. „Am Tatort von Günther Meistersänger streut er seine Fingerabdrücke nur so durch das ganze Haus, in der Veste Oberhaus hingegen passt noch nicht einmal ein Fragment zu seinen Abdrücken. Da solltet ihr euch mal fragen, warum er in einem Fall seine Abdrücke abgewischt hat und im anderen nicht."

„Ramona gibt ihm für den ersten Montag ja auch ein Alibi", warf Franziska nicht zum ersten Mal ein.

„Frau Meier würde sicher alles für ihn aussagen", beharrte der Hauptkommissar, der inzwischen die ganze Geschichte kannte.

„Nein", erwiderte Franziska resolut. „Sonst hätte sie ihn ja nie ins Gespräch gebracht. Ramona will die Wahrheit ans Licht bringen. Sie muss wissen, was er getan hat, weil sie nur so entscheiden kann, ob sie zu ihm hält."

„Und wie lautet ihr Alibi? ‚Er war bei mir'?"

„Sie haben die wenige Zeit genutzt, in der die Töchter nicht da waren, um sich wieder kennenzulernen", wusste Obermüller und grinste. „Das wird nämlich mit zunehmendem Alter der Kinder immer schwieriger."

„Aber, war Frau Meier am Montagnachmittag denn nicht hier?", begehrte Schneidlinger ein letztes Mal auf.

„Chef, das war doch der Tag, an dem Sie uns allen freigegeben haben. Zeit zum Überstunden abbauen, haben Sie gesagt“, erinnerte Franziska und dachte wehmütig an ihr Nachmittagsvergnügen, das so jäh von Hannes Anruf beendet worden war.

„Okay“, gab sich Schneidlinger geschlagen. „Dann sage ich Ihnen, was wir jetzt machen.“

Gespannt richteten sich fünf Augenpaare auf ihn.

„Wir fahren mit Robert Stelzer zum Tatort und rekonstruieren den Tathergang.“

„Jetzt?“

„Natürlich jetzt.“

„Ich bin dabei“, beschloss Franziska fröhlich und erhob sich. „Alles besser, als hier im Trüben zu fischen.“

„Als ich im Garten den Spaten fand, da wollte ich ihn eigentlich damit erschlagen“, erzählte Stelzer, nachdem er gemeinsam mit der Kripo zum Anwesen von Xaver Mautzenbacher gefahren war. „Aber dann kam er heraus, und ich sah die Angst in seinen Augen, und er sagte, sie wären hinter ihm her und ich wäre seine Rettung, und er könne mir alles zurückgeben, wenn wir nur von hier verschwinden würden. Da überlegte ich, dass ich von einem Toten ja nichts hätte und beschloss, ihm von dem Auto zu erzählen, das ich knacken könnte. Er war total begeistert und wie ausgewechselt“, berichtete Stelzer und blickte sich um, als suche er jemand, der diese Behauptung bestätigen könnte. „Erst als wir an der Kellertreppe standen, ist er total ausgerastet und hielt mir die Pistole an den Kopf. Ich hab sie erst gar nicht gesehen, aber ich habe das Öl gerochen. Waffenöl, hab ich mir gedacht, und dass der mich doch tatsächlich erschießen will, nach allem, was ich für ihn getan habe. Das macht man einfach nicht. Ein Kumpel hilft dem anderen. Nur so kann man überleben, wenn es hart auf hart kommt. Und außerdem wollte ich doch nur mein Geld, den Rest hätte er sich doch nehmen können!"

„Und weil man das nicht macht, haben Sie ihn erschlagen?", warf Schneidlinger ein.

„Was blieb mir denn anderes übrig? Der Kerl hätte mich doch ohne mit der Wimper zu zucken erschossen!" Sein Blick wanderte zum Treppenabgang. „Glauben Sie mir, ich wollte ihn nicht umbringen, aber ich konnte nicht anders. Er oder ich."

„Sie wollen damit sagen, dass es Notwehr war?", fragte der Hauptkommissar unnötigerweise.

Stelzer nickte resigniert.

„Meine Herrschaften, ich möchte eine Aussage machen." Unbemerkt war Erwin Weinerl hereingekommen und schlurfte jetzt in seinen Pantoffeln auf die Gruppe zu, die sich am Treppenabgang versammelt hatte.

Schneidlinger sah den Alten skeptisch an. „Haben Sie etwas vergessen?", fragte er leichthin, weil er sich nicht sicher war, ob der Mann nicht vielleicht doch schon ein wenig senil war.

„Ich habe Ihnen nicht die Wahrheit gesagt."

„Montagmorgen ging ich in den Keller, um mir meine Gartengeräte herzurichten. Dabei fiel mir auf, dass die Wasseruhr lief. Sie müssen wissen, dass der Keller unter unserem Haus früher zum gesamten Haus gehörte und noch heute alle wichtigen Versorgungen für das Haus dort unten zusammenlaufen. Heizung, Wasser und Strom." Der Oberlehrer sah von einem zum anderen, und als niemand eine Frage stellte, fuhr er fort. „Dass die Wasseruhr lief, war insofern ungewöhnlich, weil ja eigentlich nur Berta und ich im Haus waren. Zuerst dachte ich daran, dass vielleicht der Gartenschlauch geplatzt war." Er lächelte gutmütig. „Berta vergisst manchmal, nach dem Gießen das Wasser abzudrehen. Aber am Schlauch war alles in Ordnung."

Schneidlinger nickte gleichmütig. „Und dann?", fragte er in der Hoffnung, der Alte würde sich ein wenig kürzer fassen.

„Dann holte ich mir den Schlüssel für Xavers Haus vom Schlüsselbrett und ging dort nachsehen. Und da ist es dann passiert." Erwin Weinerl hatte seine Stimme gesenkt und sich damit die Aufmerksamkeit seiner Zuhörer gesichert.

„Als ich das Wohnzimmer betrat, hörte ich auf einmal eine Stimme, die mir irgendwie bekannt vorkam. Aber ich wusste auch, dass sie nicht hierher gehörte. Darum schlich ich so leise, wie ich konnte, näher, und auf einmal sah ich meinen Buben vor dem Treppenabgang stehen. Er blickte die Treppe hinunter und hatte die Pistole, mit der der Mann auf seinen Kopf zielte, noch nicht einmal bemerkt."

Der alte Mann betonte seine Worte, was ihn anzustrengen schien, und als er geendet hatte, sah er den Hauptkommissar atemlos an, doch der nickte ihm nur auffordernd zu.

„Und was ist dann passiert?"

„Der Mann mit der Pistole drohte, meinen Buben zu erschießen." Weinerl sackte in sich zusammen, zog die Schultern hoch und ließ den Kopf sinken. „Ich wusste einfach nicht, was ich tun sollte. Was macht man in so einem Augenblick? Ich konnte doch nicht einfach zusehen, wie der meinen Buben abknallt. Wie einen Hund!"

„Haben Sie den Mann angesprochen?"

„Nein! Nein, natürlich nicht. Wie hätte ich ihm denn Einhalt gebieten sollen? Ich war ja unbewaffnet."

Der alte Mann schloss für einige Atemzüge die Augen, um dann ein wenig verlegen in die Runde zu blicken.

„Geht's?", fragte Franziska fürsorglich. Sie hatte sich ein wenig nach vorn gebeugt, um der Erzählung des alten Lehrers besser folgen zu können.

Schneidlinger, Hannes und sie saßen mit dem Zeugen um den Esstisch herum, weil der Oberlehrer gemeint hatte, es würde ein bisserl dauern, bis er die ganze Geschichte erzählt hätte. Franziska überlegte, ob sie ihm ein Glas Wasser holen sollte.

„Ja, es geht schon", antwortete der Alte mit dünner Stimme. Dann lächelte er. „Es muss einfach gehen. Wissen Sie, als ich vorhin hier hereinkam, da dachte ich: Respekt, junger Mann, Respekt." Sein Blick wanderte zu der Stelle, wo Robert Stelzer zuvor gestanden war. „Ich habe in meinem Leben zu oft weggesehen. Ich wollte es immer später wieder gutmachen. Aber man bekommt nicht immer eine Chance, um seine Fehler wieder gutzumachen. Sie wissen, was ich meine?"

„Nicht ganz", antwortete Franziska wahrheitsgemäß, und der Alte nickte.

„Ja, natürlich. Sie sind ja auch noch sehr jung."

„Möchten Sie vielleicht ein Glas Wasser?", fragte nun Hannes an Franziskas Stelle, doch der Alte antwortete nur: „Im Moment nicht, danke. Wir haben es gleich. Es ist spät, und Sie wollen sicher nach Hause, zu Ihren Familien."

„Ja", bestätigte Schneidlinger und atmete unüberhörbar ein. Der Oberlehrer sah ihn nachsichtig an. „Wir waren bei meinem Buben, und dass ich dachte, der erschießt ihn. Wir haben so viel mit ihm durchgemacht, das können Sie mir glauben. Aber es war ja auch nicht leicht für ihn, nach dem Tod der Mutter, und dann auch noch der Vater. Obwohl das natürlich besser für ihn war." Über das Gesicht des alten Mannes huschte ein zufriedenes Lächeln.

„Auf einmal hatte ich also den Golfschläger in der Hand und schlug dem anderen damit eins über den Schädel. Dann ging alles sehr schnell. Die Pistole fiel auf den Boden und er wie ein Sack über den Buben und dann die Treppe hinunter. Damit hatte ich nicht gerechnet." Die Stimme des Alten war jetzt aufgeregt, seine Augen blickten ruhelos durch den Raum, als könnte er den Morgen zurückholen und alles ungeschehen machen. „Ich dachte ja, jetzt hat es beide erwischt, aber dann rappelte sich mein Bub auf und sah mich dankbar an. Und da erst erkannte ich, dass es gar nicht der Xaver war. Er hatte nur seine Sachen an."

Der Alte hustete und machte eine Pause, woraufhin Hannes aufstand und nun wirklich ein Glas Wasser holte.

„Können Sie sich das vorstellen? Ich war mir so sicher, dass es der Xaver gewesen war, dass ich gar nicht auf die Idee kam, es könnte jemand anderes hier im Haus bedroht werden."

„Sie dachten also, Xaver Mautzenbacher stehe am Treppenabgang und werde von Günther Meistersänger mit der Pistole bedroht?", rekapitulierte Schneidlinger.

„Ja. Ich musste es einfach tun. Wie hätte ich das denn der Berta erklären sollen, wenn dem Jungen etwas passiert wäre? Er hätte ihn doch sonst erschossen", beharrte Weinerl.

Schneidlinger nickte und sah von Hannes zu Franziska, die eine letzte Frage hatte. „Jetzt interessiert mich aber brennend, warum Robert Stelzer die Schuld auf sich genommen hat?"

Schneidlinger sah auf die Uhr. „Ja, aber das klären wir morgen."

„Und was wird mit mir?", fragte der Alte unsicher.

„Sie gehen jetzt erst mal ins Bett. Ich schicke Ihnen morgen einen Beamten, dann machen wir ein Protokoll, und dann sehen wir weiter."

Der Hauptkommissar erhob sich zum Zeichen des Aufbruchs. An diesem Tag war genug passiert. Morgen wollte Gabi mit den Kindern kommen. Wenn er nicht bald ins Bett kam, würde er gar keine Ruhe mehr haben.

An diesem Morgen lag über dem Dezernat eine zufriedene Geschäftigkeit, die nur hin und wieder von einem ungläubigen Staunen abgelöst wurde.

Tagelang hatte die gesamte Mannschaft des K1 nur ein Ziel gehabt: Sie wollten den Täter finden, der in der Veste Oberhaus Xaver Mautzenbacher erst niedergestochen und dann seinem Schicksal überlassen hatte. Von Anfang an waren sie sich sicher gewesen, in Günther Meistersänger den Richtigen im Visier zu haben, doch solange es ein Leichtes gewesen wäre, ihn zu verhaften, hatten ihre Beweise nicht ausgereicht, und jetzt, da alles für ihn sprach, der Haftbefehl praktisch ausgestellt war, war der Mann tot, weil er einen Mitwisser mundtot hatte machen wollen.

Zufällig erschlagen. Von einem alten Mann, der in Pantoffeln herumschlurfte.

Inzwischen war die Geschichte dem ganzen Haus bekannt und nicht mehr ganz frei von fremden Zutaten. Aber alles in allem stimmte sie mit dem überein, was seit gestern zur Gewissheit geworden war.

Anhand der Beweise, die die Kollegen aus dem Wirtschaftsdezernat München im Haus von Günther Meistersänger und im Anwesen von Xaver Mautzenbacher in Kirchberg sichergestellt hatten, konnte man davon ausgehen, dass Meistersänger Xaver Mautzenbacher im Streit erstochen hatte. In der Begründung, die Hauptkommissar Schneidlinger am Vormittag Oberstaatsanwalt Dr. Schwertfeger dargelegt hatte, untermauerte er seine Behauptung damit, dass Meistersänger der Zuarbeiter Mautzenbachers gewesen war. Das belegten die detaillierten Anweisungen. Meistersänger sei zwar an den Gewinnen beteiligt worden, habe aber vor allem in letzter Zeit für die unlauteren Geschäfte den Kopf hinhalten müssen. Die Sache sei eskaliert, als Nepomuk Wenzel auf den Plan kam und Meistersänger erpresste. Da Meistersänger als Einziger von Mautzenbacher als Kopf des Unternehmens wusste, müsse man davon ausgehen, dass Meistersänger ihm nicht traute und ihm in die Veste Oberhaus folgte, um die Geldübergabe zu überwachen. Nachdem sich Mautzenbacher, wie Wenzel behauptete, mit ihm im Rittersaal hatte treffen wollen und stattdessen in den Fürstenkeller abbog, stellte Meistersänger ihn zur Rede, was zum Streit und infolgedessen zu Mautzenbachers Tod führte. Meistersänger, so die Vermutung, sei dann geflohen, um nicht doch noch Wenzel zu begegnen, mit dessen ungestümen Verhalten er bereits Bekanntschaft gemacht hatte.

Damit war der Fall aufgeklärt. Zwei Kapitalverbrecher tot und drei Kleintäter gefasst.

Nepomuk Wenzel würde sich wegen Erpressung und Anstiftung zum Mord verantworten müssen. Erwin Weinerl würde vermutlich frei kommen, weil er in Notwehr gehandelt hatte. Bei Robert Stelzer dagegen war die Sachlage ein wenig kniffliger. Warum er die Tat hatte auf sich nehmen wollen, war bislang unklar. Zudem wusste man nicht, wie viel Geld er aus dem Haus von Xaver Mautzenbacher mitgenommen hatte. Sicher war bisher nur, dass er einen alten 2er-Golf gestohlen hatte. Den Lada, so Weinerl, habe er ihm gegeben. Ob er dazu berechtigt war? Wer wollte das schon wissen ...

Manche der Fragen, die sich beim Schreiben der Protokolle ergaben, würden wohl nie beantwortet werden. So war das häufig. Und dann gab es ja noch Kommissar Zufall, der irgendwann, oft Jahre später, einen Fall abschloss, an den schon niemand mehr gedacht hatte.

Doch jetzt war erst einmal Freitagnachmittag, und alle konnten sich auf ein schönes langes Wochenende freuen. Na ja, nicht alle. Karl Winter und sein Team hatten noch einiges zu tun. Sie hatten einen Fondsbetrug aufgedeckt, der in den nächsten Monaten noch für Wirbel sorgen und viele, wenn nicht um ihren Reichtum, so doch zumindest um ihren Glauben an schnell verdientes Geld mit heißen Versprechen bringen würde.

So gesehen hatten sie den eindeutig schöneren Job bei der Mordkommission in Passau.

Schwungvoll tippte Franziska gerade die letzten Sätze ihres Berichts, als Hannes sie mit seiner Frage überraschte: „Was machst du eigentlich am Wochenende?"

Irritiert sah die Kommissarin auf. „So wie es aussieht, putze ich meine Wohnung, wasche mal wieder Wäsche und dann ... mal sehen. Vielleicht fällt ja Lisa etwas ein. Mit der habe ich mich schon ewig nicht mehr getroffen. Ich weiß noch nicht mal, ob die noch Single ist."

Belustigt lachte Hannes auf. „Und warum rufst du nicht endlich deinen Bühnenkünstler an?"

„Weil ... Der kann mich mal!", urteilte sie nüchtern, bevor sie loslegte. „Ich brauch doch keinen Mann, der kaum, dass ich mal keine Zeit habe, sich eine andere sucht. Ich brauche einen, auf den Verlass ist, der solide ist und treu und der mich zum Lachen bringt." Franziska schob ihre Tastatur Richtung Bildschirm und stützte auf dem freigewordenen Platz ihr Kinn in die Hände. Dabei lächelte sie versonnen.

„Also jemand wie mich", schlug Hannes vor und grinste.

Zum ersten Mal sah ihn Franziska an. Sah ihn richtig an. Sein Lachen war wirklich süß, und er war immer für sie da. Half ihr sogar, wenn der Chef sie zur Schnecke machte.

„Hannes, ich ...", versuchte sie zu erklären.

„Franziska, das war Spaß! Wir sind Kollegen, ein tolles Team, das wollen wir doch nicht für ein bisschen Sex opfern, oder?"

„Ja, du hast recht." Franziska war erleichtert.

„Gut. Dann schau jetzt endlich auf diese verdammte Homepage und schreib ihm, dass ihr euch treffen könnt."

Franziska sah Hannes mit verständnislosem Blick an. „Welche Homepage?"

Hannes stöhnte übertrieben. „Die von deinem Bühnenkünstler natürlich."

Franziska zog ihre Tastatur heran, tippte ein paar Befehle ein und sah gebannt auf den Bildschirm. „Oh, nein!" Sie legte die Hände vor die Augen, doch als sie wieder hinsah, war das Bild immer noch da. „Das hast du gewusst?"

„Seit Montag ist es online."

„Und warum hast du mir nichts davon gesagt?"

„Na, ich dachte doch, du schaust selbst mal nach!"

„Nein, ich hab dir doch gesagt, dass ich mit dem fertig bin, weil er schon wieder eine ... Moment mal!" Sie las den Begleittext über die Entstehung des Kunstwerkes und musste sich ein Grinsen verkneifen. „Immerhin steht mein Name nicht dabei."

„Wer dich kennt, weiß, dass du das bist", versicherte ihr Hannes bevor die Tür aufging und Obermüller hereinkam.

„Na, ihr zwei? Könnt euch wohl auch nicht losmachen?" Hastig versuchte Franziska das Bild zu minimieren, erwischte aber den falschen Knopf und vergrößerte es stattdessen.

„Hey, wer ist denn das?“, Obermüller ging näher heran, sah abwechselnd zum PC und zu Franziska und stellte fest: „Sieht dir verdammt ähnlich.“ Dann griff er nach der Maus und scrollte das Bild nach oben. „Ist das nicht dieser Künstler, der im Oberhaus die Wand gestalten sollte?“

Er sah zu Hannes, der aber nur mit den Schultern zuckte.

„Sag mal, Franzilein, warum malt der ein Aktbild von dir?“

Franziska putzte am Samstag tatsächlich ihre Wohnung. Die hatte das zwar dringend nötig, aber vor allem wollte sich Franziska mit der ungeliebten Hausarbeit vor der Frage drücken, ob das, was sie vorhatte, wirklich richtig war.

Für den Abend hatte sie sich mit Walter in seiner Wohnung in der Künstlerwerkstatt verabredet. Zu der Zeit, so hatte er argumentiert, wären die anderen im Theater und würden sie nicht stören. Eine gute Basis für einen neuen Anlauf, wie Franziska fand.

Oder noch vor Kurzem gefunden hatte. Denn jetzt stand sie vor der Tür und konnte sich einfach nicht dazu entschließen, auf den Klingelknopf zu drücken.

„Warum gehst du denn nicht rein?“, fragte Walter, der wie aus dem Nichts hinter ihr stand, statt einer Begrüßung, seine Arme um ihre Taille schlang und ihr einen zärtlichen Kuss in den Nacken drückte.

Wohlig ließ sich Franziska in seine Umarmung fallen. „Weil ...“ Sie drehte sich um und blickte mit einem strahlenden Lächeln in sein Gesicht.

Doch bevor sie zu einer Erklärung ansetzen konnte, zog er sie an sich, beugte seinen Kopf zu ihr herunter und küsste sie zärtlich auf den Mund. Franziska schlang ihre Arme um seinen Nacken, schloss die Augen und ließ sich von seiner Zunge verführen, die weich und zärtlich ihr Innerstes aufwühlte, worauf ihr Körper mit einem feinen Beben reagierte. Um das Zittern zu verbergen, drückte sie sich immer enger an ihn, bis sie spürte, wie sein Wunsch, sich mit ihr zu vereinigen, immer größer wurde.

Nur langsam ließ er von ihr ab, überzog ihr Gesicht mit prickelnden Küssen und nahm dann ihre Hand. „Na, komm, sonst erfrierst du mir noch in deinem dünnen Kleidchen."

Schwungvoll öffnete er die Haustür und zog sie hinein, doch kaum war die Tür ins Schloss gefallen, drückte er sie an die Wand, um sie erneut zu küssen und seine Hände über den glatten Stoff ihres Kleides wandern zu lassen, der jede Kontur ihres Körpers abzeichnete. Atemlos gab sich Franziska seinem Drängen hin. Ließ sich von ihm heranziehen und schob sich selbst immer näher an ihn. Schmiegte sich in seine Umarmung, bis sie es nicht mehr aushielt, ihn wegdrängte und den Weg zur Treppe nehmen wollte. Doch Walter hielt sie zurück, küsste sie wie ein Verdurstender und zog sie mit sich in den großen Malsaal.

„Ich hab was Schönes für dich vorbereitet", schwärmte er und schob sie durch die Tür. Alarmiert blieb Franziska stehen und blickte zu dem Podest hinüber, das wieder mitten im Raum stand.

„Was ist? Magst du nicht?", fragte Walter und öffnete den obersten Knopf ihres Kleides. Ihr Blick folgte seinen Fingern, die schon den nächsten Knopf öffneten. Nach dem dritten beugte er sich hinunter und küsste hingebungsvoll den Spalt zwischen ihren Brüsten. Dabei knöpften seine Hände ein wenig ungeschickt weiter, und als er endlich fertig war, streifte er ihr das Kleid von den Schultern und ließ es zu Boden gleiten. Mit nichts als Unterwäsche bekleidet wurde sie von ihm in Richtung Podest gezogen, doch auf halber Strecke blieb er stehen und ließ Hände und Zunge erneut über ihre nackte Haut wandern. Bei dem Versuch, sich gleichzeitig das T-Shirt über den Kopf zu ziehen, fielen sie beide um und lachten, bis Walter ihr die Hand hinstreckte, um ihr beim Aufstehen zu helfen. Dann führte er sie zum Podest und meinte ganz ernst. „Ich zieh dich jetzt erst mal aus."

„Ja", antwortete sie und biss sich auf die Unterlippe. Denn während er seine Arme zu ihrem Rücken führte, um die Häkchen ihres BHs zu lösen, machte sie sich an seiner Gürtelschnalle zu schaffen.

Als er versuchte, ihr die Träger über die Arme zu schieben, zerrte sie ihm schon die Jeans über den Po.

Unbeeindruckt von ihrer Geschicklichkeit stieg er aus der Hose, und dabei richtete sich nicht nur Walter zu seiner vollen Größe auf. Mit einem lüsternen Blick zeigte er auf ihren Slip. „Ausziehen!"

Lustvoll kichernd musterte Franziska ihn von oben bis unten, wäre am liebsten um ihn herumgegangen, um auch seine Kehrseite zu betrachten, und leckte sich dann wohlwollend über die Lippen. „Nicht schlecht!"

„Ausziehen!", wiederholte Walter streng.

„Und dann, nackter Maler, willst du mich dann wieder mit deinem Pinsel und deinen Farben beglücken?", fragte sie ihn keck und schob zwei Finger unter das schmale Band ihres Tangas. Mit einer lasziven Bewegung streifte sie diesen in Zeitlupe über die Hüften und die Beine hinunter, bis ihre Arme nicht mehr weiter reichten, sie ihren Po nach hinten streckte und sich gleichzeitig so weit nach vorn beugte, dass sie seine Brust und seinen Bauch küssen konnte.

Walter stöhnte auf und zog sie ungeduldig nach oben. Als er ihr in die Augen sah, fragte er. „Möchtest du das denn?"

„Aber nicht wieder mit kaltem Wasser", entschied Franziska ein wenig hastig.

„Okay, wenn du darauf bestehst. Ich hätte mir allerdings etwas anderes für dich ausgedacht.“

Franziska schloss die Augen, und als sie sie wieder öffnete, lächelte sie ihn verlegen an.

„Gut. Ich sehe, du möchtest lieber etwas Neues ausprobieren.“

Unsicher nickte Franziska. Doch dann fiel ihr Blick erneut über seinen nackten Körper her, und dabei vergaß sie jede Peinlichkeit. „Ja“, hauchte sie, hob die Arme und streichelte erst seine Hüften, dann den Po, und als ihr Körper zu kribbeln begann, schmiegte sich ihr Becken von allein an ihn. Doch Walter schob sie auf Distanz.

„Nicht so hastig, Frau Kommissarin! Der Abend ist noch lang“, erklärte er verheißungsvoll, hob sie in die Luft und trug sie in den hinteren Teil des Saales, wo Franziska zuvor die großen Teile einer Requisite gesehen hatte. Als sie näher kamen, erkannte sie sofort, worum es sich handelte.

„Wow, hast du das extra für mich gebaut?“, fragte sie unschuldig.

„Nein“, druckste er herum. „Das ist das Bett der Frau Luna. Aber ich glaube, sie hat nichts dagegen, wenn wir es ausprobieren.“

„Du meinst eine echte Belastungsprobe?“ Walter ließ sie sanft auf die Matratze gleiten, woraufhin sich Franziska lüstern herumwälzte. Das Bett war riesig.

„Ich meine eher ...“, auf allen Vieren folgte er ihr, und als er sie erreichte, beugte er sich über sie, küsste ihren Mund und den Hals, leckte mit der Zunge über ihre Brustwarzen und lachte hell auf, als sie ihn zur Seite schob und sich mit ihm drehte, bis sie über ihm war. In einer langsamen, geschmeidigen Bewegung ihres Beckens, nahm sie ihn in sich auf und bewegte sich lustvoll stöhnend auf und ab. Immer tiefer und schneller nahm sie ihn, hob die Arme über den Kopf und lächelte siegessicher über sein verzücktes Gesicht.

Als sie den Kopf in den Nacken warf, fiel ihr Blick auf den Betthimmel und auf die lustvolle Szene, die er dort hingemalt hatte.

„Du bist wirklich ein begnadeter Maler", schwärmte sie und quälte ihn, indem sie in ihren Bewegungen innehielt.

„Und du bist wirklich eine ..."

Doch in diesem Moment beugte sie sich über ihn und verschloss seinen Mund mit einem langen Kuss, dessen Leidenschaft sich durch beide Körper zog und sie in ihrer Lust vereinte.

Irgendwann im Laufe der Nacht hatten Franziska und Walter beschlossen, dass das Bett der Frau Luna seine Feuertaufe bestanden hatte, und nur die beiden erschöpften Körper, die noch immer eng umschlungen unter dem Sternenhimmel lagen, erzählten von der großen Lust, die in den vergangenen Stunden erweckt und schließlich befriedigt worden war. Als die frühe Morgensonne zu den Fenstern hereinschien, erhob sich der Aktmaler, holte seinen Skizzenblock und einen weichen Bleistift und begann mit schnellen Strichen, das festzuhalten, was in seinem Kopf noch immer präsent war. Die Kommissarin jedoch bekam von all dem nichts mit. Sie lag in einen sanften Schlummer gehüllt unter der Decke, die Walter irgendwann geholt hatte, und träumte. Hin und wieder flatterten ihre Augenlider, doch ihr Körper blieb dabei ganz entspannt. Sie träumte noch immer, als Walter sein Werk beendete und in seine Wohnung hinaufging, um Frühstück zu machen. Erst als er mit einem Tablett voller kulinarischer Köstlichkeiten zu ihr ans Bett zurückkam, erwachte sie, blinzelte, rekelte sich und lächelte ihn glücklich an.

„Guten Morgen Frau Kommissarin. Gut geschlafen?"

„Gut geschlafen und herrlich geträumt", schwärmte sie und bettete ihren Kopf auf seinen Schoß.

„Ich hab uns Frühstück gemacht, falls du hungrig bist", lachte er zu ihr hinunter und überlegte, ob er wohl dem Drängen, dass sich gerade in ihm bemerkbar machte, nachgeben sollte.

„Oh ja!" Franziska richtete sich auf und prüfte das Angebot auf dem Tablett, und Walter war froh, dass er nach einer schnellen Dusche die Boxershorts gewählt hatte. „Ich wusste gar nicht, dass du so was kannst", schwärmte sie und schob ihre Gabel in einen Berg Rührei mit Speck. Belustigt sah Walter zu, wie sie über das Essen herfiel.

„Es gibt vieles an mir, was du noch nicht kennst. Aber das sollten wir auf später verschieben. Um zehn fangen nebenan die Proben an." Bei diesen Worten sprang Franziska aus dem Bett und lief leicht panisch durch den Malsaal, um ihre Kleider einzusammeln, was Walter mit einem süffisanten Grinsen beobachtete.

Bis zu dem Moment, als sie seine Skizze fand. „Wann hast du das gemalt?"

„Als du geschlafen hast", antwortete er ehrlich.

„Und was hast du damit vor?" Er sah Entsetzen in ihren Augen, Angst. Das beunruhigte ihn. Das Letzte, was er wollte, war, sie bloßzustellen.

„Es ist für dich, damit du endlich erkennst, wie schön du bist."

Verlegen kam Franziska zum Bett zurück, küsste ihn dankbar und schlüpfte in ihre Unterwäsche. Als sie das Kleid richtete, fasste er nach ihrer Taille und zog sie zu sich. „Wir könnten doch oben ..."

Aber Franziska schüttelte den Kopf. „Wie wäre es, wenn du heute Abend zu mir kommst? Da gibt es keine Zuschauer, und ich mach auch das Handy aus. Versprochen."

Fast sah es an diesem Montagmorgen so aus, als habe sich der Sommer nach einer heftigen Hitzeepisode vorzeitig verabschiedet. Am Sonntagabend hatte ein leichter Nieselregen eingesetzt, der mit einer Kaltfront heraufgezogen war und über Nacht die Temperaturen um fünfzehn Grad senkte. Trotzdem herrschte im Dezernat an diesem Morgen eine dampfende Schwüle, und es würde Tage dauern, bis die Hitze aus den Räumen entwichen war. Doch das hektische Treiben der letzten Wochen würde nach und nach einer beschaulicheren Arbeitsweise weichen.

Schneidlinger hatte für den späten Vormittag eine Besprechung angesetzt, um neue Erkenntnisse zu erörtern.

Die Kollegen stöhnten unter der Last der neuen Aufgabe, und manch einer fand während der Recherche sogar Zeit, um sich auf der Homepage von Walter Froschhammer davon zu überzeugen, dass der neueste Kollegentratsch nicht nur ein Gerücht war und die Zeichnung, die man dort sehen konnte, tatsächlich große Ähnlichkeit mit Oberkommissarin Franziska Steinbacher hatte. Als Hannes sie dann auch noch wie beiläufig nach ihrem Date fragte und sie seinen eifersüchtigen Unterton diesmal nicht ignorieren konnte, beschloss Franziska, bei Ramona vorbeizufahren. Die Sekretärin hatte sich Urlaub genommen, bis der Fall Stelzer endgültig aufgeklärt war. Was nicht leicht werden würde, denn Robert machte einfach keine Aussage dazu, warum er die Tat auf sich genommen hatte.

„Ich weiß nicht, warum er das macht. Ich kenne ihn ja auch kaum. Ich meine, wir waren damals ja fast noch Kinder."

Franziska nickte und lächelte, woraufhin Ramona stöhnend den Kopf schüttelte. „Musst du eigentlich so unverschämt glücklich aussehen?"

Die Kommissarin schluckte. „Aber ich bin doch wie immer", rief sie entrüstet.

„Ach ja?“, fragte Ramona und sah sie lauernd an.

„Also, zurück zu Robert.“

„Franziska, jetzt glaub mir doch. Robert hat mir nichts gesagt. Ich weiß weder, warum er den Mord an Meistersänger auf sich nehmen wollte, noch wo er das Geld versteckt hat. Aber ich weiß eines: Er war schon immer ein Angsthase. Ist lieber weggelaufen, als sich einer Sache zu stellen. Ein Dieb ist er jedoch nicht. Wenn er sagt, das ist sein Geld, dann ist es das auch.“

Franziska hatte gerade die Glastür zum Büro passiert, als sie Schneidlinger mit seiner Espressomaschine unterm Arm im Besprechungszimmer verschwinden sah. Ertappt sah sie auf ihre Uhr. Verdammt, sie hatte bei Ramona vor lauter Reden die Zeit vergessen! Rasch schlüpfte sie hinter ihrem Chef durch die Tür und setzte sich auf den freien Platz neben Hannes.

Obermüller war da und auch Gruber, der neben Annemarie Michl saß, die gerade vom Chef den ersten Kaffee gereicht bekam und anerkennend bemerkte: „Was hätte ich darum gegeben, wenn mir der alte Brauser einmal so einen Kaffee angeboten hätte!“

Sie lächelte versonnen, und sie war nicht die Einzige, die in diesen Tagen an den Alten gedacht hatte, der seit damals nicht ein einziges Mal zu Besuch gekommen war.

In den vergangenen zwei Wochen hatten sich alle recht gut an den Neuen gewöhnt, und ein Chef, der Kaffee zubereiten konnte, war bestimmt nicht der Schlechteste.

Ein Klopfen an der Tür ließ die Runde aufhorchen. Es waren Karl Winter und einer seiner Kollegen.

„Du kommst schon heute? Ich dachte, du hast noch in München zu tun." Schneidlinger sah den Kollegen verdutzt an.

„Der frühe Vogel und so, du weißt schon." Winter ließ sein meckerndes Lachen erklingen und setzte sich ungefragt zur übrigen Runde. „Oh, Kaffee! Wer ist denn für den Ausschank zuständig?"

Schneidlinger erhob sich und bediente seine Maschine. „Gibt's was Neues?"

„Kann man so sagen, mein Lieber. Mhm, ausgezeichnet." Winter deutete auf seine Tasse und die perfekte Crema. „Xaver Mautzenbacher war ein Perfektionist und zudem einer, der sich völlig sicher fühlte. Etwas Besseres kann uns in unserem Geschäft ja eigentlich nicht passieren."

Selbstzufrieden blickte er Schwertfeger an und wartete darauf, dass der ihm zunickte, bevor er erklärte: „Mautzenbacher hat alles protokolliert. Wann er was von wem erhalten hat, wo es hinging und so weiter. Ich will euch gar nicht mit Einzelheiten behelligen, aber eine Sache muss ich einfach ansprechen." Winter nahm einen Schluck Kaffee und verbrannte sich prompt die Zunge. „Uih, heiß!", stöhnte er und suchte nach einer Wasserflasche zum Nachspülen. Doch niemand fühlte sich zuständig. Nach einem Moment des Zögerns stellte er die Tasse auf den Tisch und erklärte, warum er gekommen war.

„Laut dieser Unterlagen hatte Mautzenbacher eine größere Menge Goldbarren gekauft. Das war eine Zeit lang ja eine der sichersten Anlagen, auch wenn der Preis inzwischen wieder gefallen ist", fügte er erklärend hinzu. „Jetzt haben wir das ganze Haus auf den Kopf gestellt, aber kein Gold gefunden. Und daher meine Frage an euch, die ihr ja den ganzen Fall untersucht: Wo könnten die Goldbarren hingekommen sein?"

„Tja, das ist in der Tat merkwürdig", warf Schneidlinger ein. „Es sah doch eigentlich so aus, als ob bei ihm – und damit auch in seinem Haus - alles zusammenläuft. Hast du denn einen Verdacht?"

Winter machte eine unschlüssige Bewegung. „Ich dachte eigentlich eher an eine Frau!" Unsicher sah er von einem zum anderen. „Nun ja. Es gab im ganzen Haus keinen Hinweis auf eine Frau! Aber er hatte doch eine, oder?"

Erst jetzt fiel Schneidlinger auf, dass er mit dem Kollegen bisher nicht über die ungewöhnliche Lebensweise des Toten gesprochen hatte. „Er hatte mehrere. Genau lässt sich das nicht sagen. Zwei Frauen haben sich anfangs als seine Lebensgefährtinnen ausgegeben, eine Verflossene kommt hinzu. Und eine Kurzbekanntschaft." Der Hauptkommissar musterte Winter, um zu ergründen, was er von dieser Lebensweise hielt.

Doch Winter lachte nur anerkennend. „Fleißiger Bursche, alle Achtung!"

„Sie haben nicht zufällig in den Karton geschaut, den Sie uns gebracht haben?", fragte Franziska.

„Nein", lachte Winter, bis er sah, dass das keiner im Raum komisch fand. „Gut, die Frauen interessieren mich jetzt auch nur, insofern sie die Goldbarren haben könnten", redete er sich aus der unangenehmen Situation heraus.

„Die könnten die bestimmt gut gebrauchen", erklärte Franziska. „Wenn ich nur an Elfriede Jackl und ihre Kinder denke."

„Bitte Frau Steinbacher, kommen Sie mir nicht wieder mit Ihrer Mitleidsmasche", polterte Schneidlinger grob dazwischen.

„Nein, ich glaube, sie meint etwas anderes", sprang Hannes seiner Kollegin zur Seite. „Als wir bei Elfriede Jackl waren, um ihr vom Tod ihres Mannes zu berichten, hat sie gerade ein großes Loch im Garten gegraben." Während Hannes weitersprach, sah er Franziska durchdringend an. „Vielleicht war das Haus am Anger genau so eine Inszenierung, wie die Wohnung in der Böhmerwaldsiedlung, und in Wirklichkeit haben die beiden noch immer ..."

Hannes brach ab, weil Franziskas Blick zu finster wurde.

„Glücklich und zufrieden auf seinem Anwesen gelebt?", fragte sie spöttisch. Hannes zuckte mit den Schultern.

„Hat sie denn gesagt, warum sie ein Loch gräbt?", fragte Winter und überhörte absichtlich den Disput. Eine Frau, die mit ihren Kindern von Sozialhilfe lebte, war nicht sein Problem. Irgendwann würden die Gläubiger des Toten kommen, und spätestens dann würde jemand alles, was Mautzenbacher zusammengerafft hatte, überprüfen wollen. Spätestens dann war es an der Zeit, das Gold vorzuweisen.

„Nein, und es war auch alles irgendwie ganz seltsam." Franziska schloss einen Moment die Augen und dachte an den Nachmittag. „Sie sagte, sie müsse tief graben, wegen der Wurzeln. Aber der Boden war ganz hart und trocken. Sie hat sich furchtbar gequält, doch als Hannes ihr helfen wollte, sagte sie nur, sie müsse es alleine schaffen", erinnerte sich die Kommissarin.

„Tief graben wegen der Wurzeln? Was wollte sie denn eingraben?", fragte Gruber interessiert.

Franziska und Hannes sahen sich an. „Das haben wir sie nicht gefragt. Sie schien sehr ängstlich an diesem Tag."

„Vielleicht fürchtete sie ein Metallsuchgerät", konterte Winter ungerührt.

„Also, ich weiß nicht." Die Kommissarin konnte sich einfach nicht vorstellen, dass Elfriede Jackl in ihrem Garten Gold vergrub. „Was ist denn mit dem Garten von Günther Meistersänger? Vielleicht war er ja schon nach dem Tod von Xaver Mautzenbacher in dessen Haus und hat das Gold mitgehen lassen", schlug sie vor. „Haben Sie dort nicht einen Spaten gefunden?"

„Schon. Nur, Günther Meistersänger hat nach dem Tod von Xaver Mautzenbacher alles verloren, was er als Einnahmequellen gehabt hatte. So wie es aussieht, wollte er sich in der Nacht zum Montag absetzen und bei einem Abstecher ins Mautzenbachersche Anwesen holen, was da zu holen war. Wenn er das Gold gehabt hätte, hätte er das doch nicht zurückgelassen, oder?“

„Und wo ist das ganze Geld, das die beiden erschwindelt haben?“, fragte Franziska ein wenig naiv.

„Ein Teil liegt im Ausland auf sicheren Konten, zu denen Meistersänger allerdings keinen Zugriff hatte.“

„Blieb ihm also nur das Gold“, beharrte Franziska.

„Und das ist weg.“ Obermüller konnte sich sein Grinsen nicht verkneifen, bis Karl Winter forderte, dass jeder verfügbare Beamte nach den verschwundenen Barren suchen müsse.

„Und wie stellen Sie sich denn das jetzt vor? Wir sind doch nicht im Wilden Westen!“ Er sah den Kollegen Gruber an, der sich aber nicht äußerte.

An seiner Stelle mischte sich der Oberstaatsanwalt ein. „Frau Steinbacher, Sie gehen mit dem Kollegen Obermüller noch einmal zu Frau Jackl. Fragen Sie sie, was sie vergraben hat, schauen Sie notfalls selbst nach. Für weitere Einsätze gibt es derzeit keine Begründung.“

Dann sah er Winter an. „Wir können hier auf einen bloßen Verdacht hin keine Großeinsätze veranlassen. Und das ist bei den Kollegen in München übrigens nicht anders.“

Nachdem alle Aufgaben verteilt waren, stand Hauptkommissar Schneidlinger allein am Waschbecken und starrte auf die eiligst zusammengestellten Tassen und Teller. Er war der Letzte im Raum, und zu gern hätte er jetzt in aller Ruhe abgespült und sich dabei den Gedanken hingegeben, die sich unaufhaltsam in ihm aufbauten und von denen er noch nicht wusste, wohin sie ihn führen würden. Er war, gelinde gesagt, verärgert, und er wusste eigentlich nicht so recht warum. Der Fall war geklärt. Ein Kapitalverbrechen war aufgedeckt worden, selbst wenn der Täter nicht mehr verurteilt werden konnte, weil er von einem alten Mann zur Strecke gebracht worden war. Und auch die ehemaligen Kollegen waren dank seines Hinweises einem großen Fall auf die Spur gekommen. Was jetzt noch fehlte, waren einzig ein paar Goldbarren – aber das schmälerte nicht ihren Erfolg.

Warum also kam Karl Winter daher und tat so, als wären sie dumme Hinterwäldler, denen er erklären musste, wie man arbeitet?

Gold suchen, dass er nicht lachte! Mautzenbacher konnte die Barren ja überall versteckt haben. Wer wusste, ob es sie überhaupt noch gab? Vielleicht hatte er sie selbst längst verkauft und einfach nur vergessen, sie von seinen Listen zu streichen.

Als er Karl Winter um Hilfe gebeten und dieser sofort zugesagt hatte, war er froh darüber gewesen. Aber je brisanter der Fall geworden war, desto mehr hatte der Kollege die Ermittlungen an sich gerissen. Auf einmal hatte Karl diktiert, wo und wie sie vorgehen würden. Der Hauptkommissar ließ vom Spülbecken ab, packte seine Espressomaschine zusammen und trug sie in sein Büro zurück. Doch noch bevor er dazu kam, wenigstens die Kaffeebohnen aufzufüllen und den Satzbehälter zu leeren, huschte der Oberstaatsanwalt hinter ihm zur Tür hinein.

„Guter Kaffee!“, lobte Schwertfeger und deutete auf die Maschine. Dann schloss er die Tür und forderte Schneidlinger auf sich zu setzen.

„Sie haben schon früher mit Karl Winter zusammengearbeitet?“, fragte Schwertfeger, und als der Hauptkommissar resigniert nickte, sagte Schwertfeger zu Schneidlingers größtem Erstaunen: „Ein unangenehmer Bursche. Wichtigtuer waren mir schon immer zuwider.“

Der Hauptkommissar grinste. „Ja, ich wusste gar nicht mehr, wie wichtig der sich nehmen kann.“

Verschwörerisch sahen die beiden Männer sich an. Eine Geste, die aus ihnen noch keine Freunde, aber zumindest ein vernünftiges Team machte.

„Vielleicht haben wir ja Glück und die Goldbarren liegen wirklich in dem Loch. Wenn nicht, muss sich Kollege Winter etwas einfallen lassen“, grinste Schwertfeger und stellte klar: „Unsere Aufgabe wird es jedenfalls nicht sein, für ihn den Handlanger zu spielen.“

Schon auf dem Weg zum Auto hatte sich Franziska eine Strategie zurechtgelegt, wie sie Elfriede Jackl ablenken würde, damit Obermüller heimlich das Loch aufgraben und nach dem Gold suchen konnte. Auf keinen Fall wollte sie der Frau sagen, wonach sie in ihrem Garten buddelten. Es musste blanker Hohn für sie sein, wenn sie erfuhr, dass der Vater ihrer Kinder sein Geld in Goldbarren steckte, während sie leer ausging und die Kinder mit Spenden von der Tafel ernähren musste.

Und würden sie doch auf Gold stoßen, bliebe immer noch genug Zeit, um sich etwas einfallen zu lassen.

Jetzt saß Franziska auf einem wackeligen Küchenstuhl und verfolgte gerührt, wie Elfriede Jackl den inzwischen leeren Korb, in dem die Kommissarin Spielsachen und Süßigkeiten für die Kinder mitgebracht hatte, hin und her schob.

„Ach, damit haben Sie ihnen aber eine Freude gemacht“, versicherte sie nun schon zum dritten Mal, und Franziska begann unruhig auf ihrem Stuhl herumzurutschen. Die Kinder waren mit ihrer Beute längst die Treppe hinauf und ins Kinderzimmer gerannt. Was trieb Obermüller nur so lange? So ein Loch auszugraben musste für einen Mann wie ihn doch eine Kleinigkeit sein.

Auf einmal hörte sie ein Klopfen und gleich darauf seine schweren Schritte im Flur. Einen Augenblick später erschien er in der Küchentür. Weiß wie die Wand hielt er sich am Türrahmen fest. So hatte sie den Kollegen noch nie gesehen.

„Das musst du dir selbst ansehen!“, forderte er und vermied es, zu Elfriede Jackl hinüberzublicken.

„Mein Kollege Obermüller“, stellte Franziska ihn schnell vor, bevor sie aufstand.

Im Hinausgehen hörte sie den Kollegen zu Elfriede Jackl sagen: „Ich muss Sie leider bitten hierzubleiben.“

Obermüller hatte die Erde sauber aufgehäuft. Der Spaten lehnte an dem Baum, unter dem sich das Loch befand, und die Blumen, die er aus der Erde geholt hatte, bildeten einen kleinen Kreis an der Seite. Zögernd ging Franziska näher. Auf einmal befiel sie ein mulmiges Gefühl. Seit sie davon gesprochen hatten, dass im Garten von Elfriede Jackl möglicherweise Goldbarren vergraben lagen, hatte sie sich zwar heftig dagegen gewehrt, an diese Möglichkeit zu glauben, andererseits hatte sie sich aber auch nicht damit beschäftigt, was in dem Loch wirklich vergraben sein könnte.

Es war wirklich sehr tief, wie Elfriede Jackl damals, als sie gegraben hatte, gesagt hatte. Als die Kommissarin endlich über den Rand blickte, sah sie nichts außer einem himmelblauen Stoff. Flauschstoff. Wie eine Kinderdecke.

Franziska kniete sich auf die Stelle, an der auch Obermüller zuvor gekniet haben musste, und beugte sich hinunter. Die Decke, auf der noch vereinzelte Erdkrümel lagen, war oben zusammengeschlagen. Vorsichtig hob sie einen

Zipfel in die Höhe und ließ ihn gleich darauf erschrocken wieder fallen.

„Oh mein Gott!“, rief sie und schloss die Augen. Als sie sie wieder öffnete, lag die Decke unverändert da. Es war kein Trugbild gewesen. Was sie gesehen hatte, war real.

Aus ihrer Jackentasche holte sie ein Paar Handschuhe und streifte sie über. Dann hob sie die Decke samt dem Inhalt vorsichtig aus dem Loch.

Der Junge war sehr klein, und auf den ersten Blick schien es, als schlafe er. Ganz friedlich. Lange starrte die Kommissarin auf das winzige Bündel Mensch in ihrem Arm und wollte einfach nicht begreifen, was sie sah. Er war so neu, so unberührt, und doch schien alles, was sich in diesem Moment in ihrem Kopf abspielte, unmöglich.

Vorsichtig, als könnte sie ihn wecken, legte sie das Bündel auf den Boden und rief den Notarzt an. Vielleicht konnte ihr Dr. Buchner alles ja erklären, vielleicht würde er aber auch nur sagen: „Das können die in München besser entscheiden.“

Während sie auf den Notarzt wartete, rollten ihr Tränen der Trauer und der Wut über die Wangen.

Sie hatten Gold gesucht und dabei einen toten Säugling gefunden. Ein Kind, das nicht den Hauch einer Chance gehabt hatte. Wie konnte das Leben nur so gnadenlos ungerecht sein?

Auf einmal hatten alle von ihr wissen wollen, woher das Kind stammte, das sie in ihrem Garten gefunden hatten. Warum es tot war, aber vor allem: warum sie es vergraben hatte.

Doch wie sollte sie ihnen das erklären?

Sie wusste ja selbst nicht, wie es gekommen war, dass sie wieder ein Kind erwartete, von einem Mann, der sie nur besuchte, um sie zu quälen. Einen, für den sie nicht die Mutter seiner Kinder war, sondern nur eine billige Nutte, mit der man machen konnte, was man wollte. Einen Mann, dem sie gehörte, weil er sich einfach nahm, was er wollte. Brutal und rücksichtslos.

Selbst nachdem er weggegangen war, lebte sie noch immer in großer Angst vor ihm, was auch der Grund dafür war, dass sie ihn niemals für eine seine Gräueltaten angezeigt hatte. Resigniert zuckte sie die Schultern.

Während der gesamten Schwangerschaft hatte sie vor allem Angst, dass er es erfahren würde. Dass er zu ihr kommen würde, um das Kind aus ihr herauszuprügeln. So, wie er es schon beim Letzten versucht hatte. Sie sei eine Nutte, hatte er geschimpft, würde sich mit jedem herumtreiben und sich dann auch noch einen Braten in die Röhre schieben lassen. Aber nicht mit ihm! Und dann hatte er zugeschlagen. Wieder und immer wieder. Bis sie halb bewusstlos am Boden gelegen hatte. Bis dieser nervige Freund von ihm gekommen war und sie damit unwissend gerettet hatte.

Diesmal war sie ihm wie durch ein Wunder entkommen, und zum Schluss hatte sie sich sogar auf ihr Kind gefreut. Schließlich konnte so ein kleiner Mensch ja nichts dafür, dass er so einen Vater hatte.

Doch dann ging alles sehr schnell. Der Junge kam zu früh und drängte sie damit zu einer Entscheidung. Sie hatte das Baby in die Klappe legen wollen und sich immer wieder vorgestellt, wie es jemand finden und zu sich nehmen würde, der nichts von seiner Vergangenheit wusste, um es mit viel Liebe durchs Leben zu führen. Doch dann war der kleine Junge da und sie konnte sich gar nicht mehr daran erinnern, dass die anderen auch so winzig gewesen waren. Sie hatte ihn an sich gedrückt, ihre ganze Liebe in diese Umarmung gelegt, ihre ganze Sehnsucht nach einem guten Leben.

Irgendwann hatte sie die Kraft verlassen. Sie hatte ihn ja hergeben wollen, aber sie konnte es nicht. Vielleicht hatte sie ihn einfach zu lange an sich gedrückt, um zu weinen und zu trauern. Und um Abschied zu nehmen.

Dankbar hatte sie genickt, als die Polizistin versprach, jemand zu schicken, der sich um ihre Jungs kümmern würde.

Als sie gehen musste, blickte sie kurz zu dem Platz hinüber, wo sie ihr Kind vergraben hatte. Es war ein schöner Platz. Mit Blick auf den Garten und die Donau. Sie hätte sich so sehr gewünscht, dass der Kleine dort liegen würde, damit er immer in ihrer Nähe war und sie besser auf ihn aufpassen konnte.

Aber mit dem Wünschen hatte sie noch nie so viel Glück gehabt.

Der dicke Polizist hatte sich dann noch ein bisschen in ihrem Haus umgesehen. Er war eigentlich ganz nett und machte ihr keine Vorwürfe. Sie hatte keine Ahnung, wonach er suchte, aber als sie im Auto saß und man sie in die Polizeiinspektion brachte, da stellte sie sich vor, wie es sein müsste, von so einem Mann beschützt zu werden. Aber andererseits war Xaver ja jetzt tot. Vor wem hätte der dicke Polizist sie also beschützen sollen?

„Danke, dass es so schnell ging!“ Die Kommissarin war mit Hannes ins rechtsmedizinische Institut gefahren, um dort im Büro von Professor Anton Wassly auf das Ende der Obduktion zu warten.

„Ja, nur leider kann ich Ihnen nicht mit Sicherheit sagen, ob der Junge erstickt wurde oder von allein aufgehört hat zu atmen. Sicher ist nur, dass er nach der Geburt gelebt hat. Die Lungen sind voll geöffnet."

Er reichte Franziska einige Fotos, die der Kriminalfotograf während der Obduktion gemacht hatte. Auf dem großen Edelstahltisch wirkte der kleine Mensch noch verlorener.

„Die Geburt liegt auf jeden Fall Wochen, wenn nicht Monate zurück." Der Professor deutete auf ein Foto, dass die Rückseite des Kindes zeigte. „Sehen Sie hier, das sind Spuren von Gefrierbrand. Das Kind wurde also über einen längeren Zeitraum großem Frost ausgesetzt. Nach dem Zustand der Zellen zu urteilen, würde ich sagen, es muss sich um einen Permanentfrost gehandelt haben."

„Also kein Erdloch?", fragte Franziska.

„Nicht bei den jetzigen Außentemperaturen. Ich tippe auf eine Gefriertruhe."

„Haben Sie denn schon feststellen können, ob Elfriede Jackl die Mutter ist?", erkundigte sich Franziska.

„Ja, in diesem Fall war das wirklich eine sehr einfache Sache, und wir haben sogar den Vater ermitteln können."

Verdutzt sah die Kommissarin den Rechtsmediziner an. „Wie ging denn das so schnell?"

Der Professor schob die Fotos zusammen und öffnete seinen Laptop. „Die Obduktion fand ja schon gestern Abend statt, und da der Vater vor Kurzem selbst auf meinem Tisch lag, hatten wir die Proben natürlich schon gespeichert."

„Aber woher wussten Sie ..."

Professor Wassly lächelte nachsichtig. „Ihr Chef gab uns den Tipp. Er meinte, wir sollten das auf jeden Fall überprüfen."

Auf der Rückfahrt nach Passau sprach keiner ein Wort. Was sollten sie auch sagen? Erst als sie mit hängenden Köpfen auf ihren Bürostühlen saßen und mit einer Tasse Tee versuchten, wieder zur Ruhe zu kommen, zumindest bis zu dem Zeitpunkt, an dem Obermüller das Zimmer betrat, wurde ausgesprochen, was alle seit dem gestrigen Tag dachten.

„Oh, Franziska, hätten wir das Loch doch bloß zugelassen", resümierte der Ermittler traurig und ließ sich auf der Schreibtischkante nieder. Er hatte schon so viel gesehen, und doch sah man ihm an, wie nahe ihm das alles ging.

„Wo ist sie jetzt?", fragte Franziska.

„Eine Psychologin kümmert sich um sie. Sie hat die ganze Zeit über nur gesagt: Ich habe das alles doch nicht gewollt!"

„Aber warum hat sie dann immer noch ... ich meine, sie hatte Sex mit ihm, obwohl er sie so hängen ließ." Hannes sah Franziska fragend an, so als müsste eine Frau ihm das erklären können.

„Vielleicht hatte auch nur er Sex mit ihr", räumte die Kommissarin ein.

„Du meinst ..."

„Mensch, Hannes, wir haben doch gesehen, zu was der fähig war. Das war eine perverse Bestie!"

„Ja, und genauso wurde er abgestochen", erinnerte Obermüller gerade, als Franziska ihm rüde ins Wort fiel: „Oh nein, Obermüller, da mache ich nicht mit. Ihr könnt doch jetzt nicht die Frau dafür verurteilen!"

„Keiner will sie verurteilen. Aber weißt du, als was Elfriede Jackl arbeitet?

„Als Küchenkraft. Obermüller, was soll das?"

„Und weißt du auch, wo sie arbeitet?", fragte der Ermittler vorsichtig nach.

„Keine Ahnung."

„In der Jugendherberge."

„Im Oberhaus?“, fragte Hannes ungläubig.

„Exakt.“

„Oh, nein!“ Franziska ließ den Kopf in die Hände sinken. „Wie bist du darauf gekommen?“ Sie hob den Kopf wieder und sah Obermüller forschend an.

„Ich habe eine Lohnabrechnung gefunden.“

Mit einem Satz sprang Franziska auf und sofort wurde ihr schlecht. Sie hatte seit gestern Abend nichts mehr gegessen, aber sie hatte auch keinen Hunger. Der war ihr spätestens beim Anblick der winzigen Leiche vergangen.

„Wo willst du denn jetzt hin?“, fragte Hannes besorgt.

„Zur Jugendherberge. Ich muss das klären. Ich werde nicht zulassen, dass die Frau ohne Beweise vorverurteilt wird.“

Besorgt über das emotionale Verhalten seiner Kollegin erhob sich Hannes ebenfalls. „Ich komme mit!“

„Seit wann arbeitet Frau Jackl bei Ihnen?“, fragte Franziska als Erstes, um herauszufinden, wie viel der Herbergsvater über die junge Mutter wusste.

„Ziemlich genau seit drei Monaten. Und ich muss gleich sagen: Elfriede, oder Sunny, wie wir zu ihr sagen sollten, ist sehr fleißig.“ Er warf einen Blick in Richtung Küche und fuhr dann fort. „Wobei es bestimmt nicht immer einfach für sie war, mit den drei Kindern, meine ich.“

„Kam Sie Ihnen in letzter Zeit irgendwie anders vor?“

„Nein, eigentlich nicht. Na ja, außer kürzlich. Da war sie auf einmal verschwunden. Ganz plötzlich. Das war so gar nicht ihre Art. Ich hab sie dann am nächsten Tag zur Rede gestellt, und sie entschuldigte sich und sagte, es sei etwas mit den Kindern gewesen. Ich habe sie dann nicht weiter gefragt, weil, na ja, Schwamm drüber. Sie ist am nächsten Tag dann auch länger geblieben."

„Wissen Sie noch, wann genau das war?", hakte Hannes nach.

„Ich glaube, es war am Montag. Ja, stimmt, Montag. Sunny kann ja an den Wochenenden nicht arbeiten, und es war gleich am Anfang der Woche." Der Herbergsvater lächelte. „Aber es besteht wirklich kein Grund, jetzt noch darauf herumzureiten."

„Wissen Sie denn auch noch, um wie viel Uhr das war?", blieb Hannes trotz der Versicherung hartnäckig.

„Also, es war auf jeden Fall nach zwei und vor drei. Aber genau kann ich es Ihnen nicht sagen."

„Können wir uns vielleicht mal das Foto ausleihen?" Hannes deutete auf die Fotogalerie im Flur.

„Ja, schon, aber wofür brauchen Sie das denn?"

„Wir müssen nur noch etwas abklären, ich bringe es gleich wieder zurück."

„Willst du herausfinden, ob Elfriede Jackl im Oberhaus war?", fragte Franziska, während sie auf den inneren Burghof zugingen, und wusste doch, dass sie genau das machen mussten.

Hannes stöhnte. „Ja, genau das werden wir jetzt machen. Und wir tun das nicht, weil wir so gemein sind, sondern weil das unser Job ist."

Petra Meisel hatte das arme Mädchen gesehen. Sie war sich zwar im Nachhinein nicht mehr sicher, ob es am Mordmontag war, wie sie den Tag benannte, oder einen Tag später, aber sie erinnerte sich gut an sie.

Nachdem sie sich verabschiedet hatte, rief Franziska bei Gruber an und bat ihn herauszufinden, in welcher Kita die Kinder von Elfriede Jackl untergebracht waren. Vielleicht würde sie dort erfahren, dass tatsächlich etwas mit den Jungs gewesen war, die Mutter sie am Montag um zwei Uhr abgeholt hatte und somit nicht in der Lage gewesen war, Xaver Mautzenbacher im Oberhaus zu töten. Es war eher der Versuch, Elfriede Jackl zu entlasten, als die Chance, ein fehlendes Alibi zu ermitteln.

Noch während sie den Burgberg hinunterfuhren, rief der Ermittler zurück.

„Die Kinder wurden an dem Tag sogar später abgeholt als sonst. Das wird dort genau vermerkt."

„Danke", antwortete Franziska lahm.

„Ach, noch was. Karl Winter hat angerufen und gefragt, was denn jetzt mit dem Gold ist. Hat dem keiner Bescheid gesagt?"

Franziska sah zu Hannes, der das Gespräch mithörte. „Sag ihm wir hätten andere Sorgen", rief der ins Handy, aber Franziska wiegelte ab.

„Wir fahren hin. Weil, wenn ich ehrlich bin, dann möchte ich ihm das ziemlich gern ins Gesicht sagen."

Tatsächlich parkte sein Wagen vor Mautzenbachers Anwesen, als sie zwanzig Minuten später dort eintrafen.

„Alles okay?", fragte Hannes, doch die Kommissarin nickte nur, stieg aus und ging zum Haus. Die Tür stand offen, und zunächst sahen die beiden keinen der Kollegen. Erst als sie die Kellertreppe hinunterstiegen, hörten sie von unten gedämpfte Stimmen. Und als sie in den Flur einbogen, der in einen großen Kellerraum mündete, entdeckten sie Winter, wie er sich über einem Plan gebeugt mit einem Kollegen beriet.

„Frau Steinbacher, Herr Hollermann, was kann ich für Sie tun?" Winter hatte sich aufgerichtet und sah die beiden herausfordernd an.

Franziska ging näher und beugte sich nun ihrerseits über den Plan.

„Sie suchen noch immer nach dem Gold?“, fragte sie und zeigte auf die Planquadrate, in die das ganze Grundstück eingeteilt war.

„Nun ja, nachdem Sie keinen Erfolg hatten und der Staatsanwalt uns ...“

„Wie bitte? Sie sagen, wir hätten keinen Erfolg gehabt? Wir haben ein totes Kind aus dem Garten geborgen!“ Franziska bedachte Karl Winter mit einem Blick, bei dem andere ans Sterben denken würden.

„Frau Steinbacher, es ist überaus bedauerlich, dass Sie statt des Goldes ein totes Kind gefunden haben. Aber so wie es aussieht, hat das eine nichts mit dem anderen zu tun, und daher hat die Suche für uns jetzt höchste Priorität.“

„Und genau das ist der Unterschied zwischen uns beiden! Sie kennen nur Fakten, Beweise und Listen. Ich dagegen beschäftige mich mit Menschen, mit Schicksalen. Und wissen Sie was? Ich bin froh darüber, weil es würde mich ankotzen, wenn ich ...“ Franziska war so schön in Rage geraten, dass sie erschrak, als Hannes sie am Arm nahm und wegzog.

„Wolltest du nicht versuchen, noch mit Elfriede Jackl zu sprechen?“, fragte er so leise, dass nur Franziska ihn verstehen konnte.

„Ja, stimmt“, gab sie nach, und die beiden verließen grußlos den Keller.

Als sie wieder im Sonnenlicht standen, holten sie erst einmal tief Luft. Dann endlich gestand Hannes seiner Kollegin: „Ich wäre da unten beinahe geplatzt!“

Franziska nickte. „Ich auch.“

„Nein, das meine ich nicht. Ich meine den Keller. Du hast dir den Plan doch auch angesehen, oder?“

„Ja, schon.“

„Und ist dir nichts aufgefallen?"

Irritiert zuckte Franziska mit den Schultern.

„Mann, Franziska! Aus dir könnte wirklich noch eine gute Polizistin werden, wenn du nur nicht immer gleich alles so persönlich nehmen würdest!"

Franziska schnaubte, antwortete aber nicht.

„Während du ihn zur Schnecke gemacht hast, habe ich mich im Keller umgesehen. Und ich glaube, ich habe etwas entdeckt."

„Äh, ja?"

„Erinnerst du dich noch, als Erwin Weinerl uns erzählt hat, wie er Meistersänger niederschlug?"

„Ja."

„Und weißt du auch noch, dass er davon sprach, dass die Wasseruhr bei ihm im Keller ist, weil der Keller unter seinem Haus früher zum gesamten Haus gehörte?"

„Ja", bestätige Franziska.

„Was einst zusammengehörte, wurde durch eine Mauer getrennt. Genau das fiel mir ein, als ich erst auf den Plan und dann auf die Mauer geschaut habe." Hannes lachte. „Ich könnte wetten, die suchen in den nächsten Tagen das ganze Grundstück ab und stehen vielleicht direkt vor ihrem Schatz ..."

„... der sicher vor jedem Zugriff in der Mauer versteckt wurde! Was du ihnen aber nicht sagen wolltest ..." Die Kommissarin grinste.

„Im Bericht wird sowieso sein Name stehen, da kann er es doch auch selbst suchen, findest du nicht?"

Jetzt war es Franziska, die ihren Kollegen zum Auto zog. „Komm, ich möchte wirklich noch mit Elfriede Jackl sprechen."

In ihrer Kindheit hatte Sunny gelernt, dass man zu jeder Zeit und ausführlich über alles reden konnte. Auswirkungen gab es meist keine, aber es tat der Gruppe gut, immer wieder über das, was sie bewegte und aufregte, zu sprechen.

Später dann, als sie so gerne jemandem von all dem erzählt hätte, was sie erleiden musste, hatte es niemand gegeben, der für sie da war.

Daran dachte sie, als sie im Zimmer der Kommissarin saß und sich zum ersten Mal seit Langem angenommen fühlte. Und so erzählte sie der netten Polizistin aus einem Leben, das so fröhlich begonnen und dann eine so tragische Wendung genommen hatte. Sie sprach von Gewalt und Missbrauch, von der Liebe zu ihren Kindern und von der Angst, als sie erneut schwanger geworden war. Und dann erzählte sie von dem Tag, an dem sie den Kleinen auf die Welt gebracht hatte, ganz allein und viel zu früh.

Sie hatte das Kind in die Babyklappe legen wollen, doch nach seinem Tod kam das nicht mehr infrage. Ein totes Kind wollte niemand, um ein totes Kind konnte sie sich nur selbst kümmern. Doch, wo sollte sie es verstecken? Der erste Ort, der ihr inmitten des kalten Winters einfiel, war die Gefriertruhe unten im Keller. Dort, wo die Früchte des Sommers lagerten. An einem Platz, an dem Xaver niemals nachschauen würde. Also packte sie den Kleinen erst in eine Decke und dann in einen dunklen Müllsack, um ihn in sein kühles Grab zu legen. Für einen Abschied blieb ihr keine Zeit, sie musste sich beeilen, denn bald schon würden ihre Kinder nach Hause kommen. Die Trauer zerriss ihr fast das Herz, doch die Fröhlichkeit der Großen – sie erschienen ihr auf einmal so groß! – nahm sie gefangen und half ihr über die nächsten Wochen. Jede Wunde würde mit der Zeit schon heilen, dachte sie, doch in ihrem Fall nährte sie nur die Schuldgefühle. Wie hatte das nur passieren können? Sie zermarterte sich das Hirn und verwischte dabei Ursache und Wirkung.

Und dann kam der Tag, an dem sie zufällig in dem Moment aus dem Fenster der Jugendherberge sah, als Xaver unter ihr über das Pflaster spazierte. Sommerleicht, gut gelaunt und in Eroberungsstimmung. Sunny kannte das bei ihm. Und es machte sie wütend. Denn, wenn es mit seiner Eroberung nicht klappte, dann kam er und lud seine schlechte Laune bei ihr ab. Beschimpfte und vergewaltigte sie, und jedes Mal hatte sie Angst um ihre Kinder, auch wenn sie inzwischen die Tür gut abschloss.

Von ihrem Platz am Fenster verfolgte Sunny seinen Weg. Sah, wie er nach rechts zur Burg abbog und gemächlich den Berg hinaufschlenderte. Er hatte Zeit.

Woher sie gerade in diesem Moment den Mut für einen derart kühnen Plan nahm, wusste sie nicht. Er war einfach da, setzte sich fest und breitete sich in ihr aus. Sie würde ihm folgen, jetzt sofort, um zu sehen, mit wem er sich traf, und dann würde sie sich vor allen Leuten vor ihm aufbauen und sagen, was er getan hatte. Natürlich würde das Folgen haben, nichts im Leben blieb ohne Folgen. Aber so würde sie ihm zumindest diese Eroberung verderben und nicht erst hinterher dafür büßen müssen. Dann, wenn sein Vergnügen keinen Spaß mehr machte.

An der Kasse war er noch immer allein, und es sah auch nicht so aus, als würde er auf jemanden warten. Nachdem er ein Ticket gekauft hatte, ließ er sich den Weg zum Rittersaal erklären und ging dann, ohne sich umzusehen, die Treppe hinauf. Sunny hatte kein Geld dabei und musste warten, bis eine größere Gruppe sich um den Schalter versammelte, um ungesehen die Treppe hinaufzulaufen. Als sie oben ankam, sah sie gerade noch, wie Xaver einen Blick auf eine Tafel warf und sich dann blitzschnell einer Holztür zuwandte. Da er aber noch immer allein war, beschloss sie ihm einen Vorsprung zu lassen. Endlich öffnete sie die Tür, trat in einen Arkadengang und sah, wie an dessen Ende eine Glastür ins Schloss fiel. Lag der Treffpunkt hinter dieser Tür?

Als eine kleine Gruppe näher kam, nutzte sie die Gelegenheit und folgte ihr in den nächsten Raum. Vor ihr stand ein Wohnturm, wie man ihn im Mittelalter gebaut hatte, und rundherum hingen Vitrinen mit alten Werkzeugen. Sie las auf einem Schildchen neben einer der Vitrinen, dass es selbst auf einer Bischofsburg nicht ohne Frauen ging, jedenfalls nicht ohne Prostituierte, und schüttelte den Kopf.

Nur Xaver, den sah sie nicht. Wo, verdammt, hatte er sich verabredet?

Die Gruppe blieb in dem Saal stehen, und so setzte sie ihren Weg allein in die Kältekammer fort, die veranschaulichte, wie unromantisch das Leben auf einer Burg einst gewesen war. Zweimal musste sie dafür eine Schiebetür öffnen, und zweimal dachte sie, jetzt habe sie ihn eingeholt. Doch sie hatte Pech. Xaver war nirgends zu sehen.

Also spähte sie in Mauerspalten und hinter finstere Gesellen mit langen Waffen, schlich durch Gänge und Treppenhäuser. Immer wirrer wurde der Weg, den sie nahm und von dem sie wusste, dass er ihn gegangen sein musste, weil sie ihn sonst getroffen hätte. Als sie auf den inneren Burghof hinaustrat, sah sie ihn endlich um eine Ecke schleichen. Noch immer allein hielt er auf den Burgbrunnen zu, bis er es sich im letzten Moment anders überlegte und nach links zum Fürstenkeller abbog. Er öffnete die schwere Tür und ging, ohne sich umzusehen, hinein und die steile Treppe hinunter. Als Sunny die Tür ebenfalls öffnete und hinunterspähte, war er bereits verschwunden.

Doch dann hörte sie gedämpfte Stimmen und sah sich bestätigt.

Unten angekommen wartete jedoch nur die Bruderschaft der Salzhändler, die als Installation eine feierliche Prozession abhielten. Hinter ihnen verbarg sie sich und lauschte.

Die Stimmen hatten sich entfernt, eine Tür schlug zu, dann war es still. Zu still.

War sie allein, oder war er noch hier?

War er allein, oder hatte die andere auf ihn gewartet?

Gab es sie überhaupt? Und wer würde diese Frau sein?

Zweifel an dem, was sie hier tat, begannen an ihr zu nagen, aber bevor sie diese zuließ, vernahm sie seine Schritte ganz deutlich auf dem Pflaster. Sie kannte seinen Gang, und sie hatte gelernt, ihn zu fürchten.

Fünf schmale Stufen ging es hinunter, ein neuer Raum, niedriger als die anderen. Eine Holztür, die gerade ins Schloss fiel. Dahinter Xaver. Und der Grund, warum sie ihm gefolgt war. Sunny drückte gegen die Tür. Sie war schwer, aber sie schaffte es, sie zu öffnen. Sie tauchte in die Dämmerung ein. Gehörte dieser Raum zum Rundgang?

Während sie noch versuchte, sich im Halbdunkeln zu orientieren, stand er auf einmal hinter ihr und lachte höhnisch.

„Sunny, wie schön!"

Erschrocken drehte sich Sunny um und wich zurück. Hinein in die Dunkelheit des Raums. Er war allein, und für eine Flucht war es jetzt zu spät. Xaver hatte die Tür geschlossen und stand breitbeinig davor. Sein Lachen war widerlich.

„Du hast mich vermisst!"

Sie schüttelte den Kopf, sagte aber nichts. Wo war denn jetzt ihr kühner Plan?

„Ich wusste die ganze Zeit, dass du es bist. Ich kann dir gar nicht sagen, wie mich das erregt hat."

Wenn er so etwas sagte, wusste Sunny gewöhnlich, dass sie verloren hatte. Und sie wusste dann auch, was als Nächstes kam.

„Na, komm schon, jetzt wehr dich doch ein bisschen! Du weißt doch, wie sehr ich es mag, wenn du es mir schwer machst."

Und dann begann er, die üblichen Versprechen herunterzubeten.

„Ich mach's auch nicht so schlimm wie beim letzten Mal", flüsterte er mit schmeichelnder Stimme. „Aber es ist nun mal so, dass ich keine lieber quäle als dich!"

Entschlossen legte er eine Hand auf seine Gürtelschnalle. Diese Geste hasste sie am meisten, weil sie diesen Gürtel so sehr hasste.

„Nein", entgegnete Sunny mit fester Stimme und war selbst verwundert, wie entschlossen sie klang.

„Habt ihr das gehört?" Er tat, als kommentiere er für ein interessiertes Publikum. „Die kleine Nutte will es nicht besorgt bekommen!" Dann wandte er sich wieder ihr zu. „Was willst du dann?"

„Ich will, dass du ein für alle Mal aus meinem Leben verschwindest", erklärte sie mutig.

Sie hatte gewusst, dass er sich nicht einfach umdrehen und gehen würde, aber als er zu lachen begann, erschrak sie doch.

„Aber das kann ich nicht. Ich brauche dich! Vor allem jetzt, wo du mich so erregt hast."

Er machte einen Schritt auf sie zu, und Sunny wich entsetzt weiter in den Raum hinein. Nur weg von ihm! Ihre Augen hatten sich an das Zwielicht gewöhnt, und sie konnte sehen, wie sein Blick sie bereits auszog. Wie er sein Vorgehen plante.

„Na, nun hab dich doch nicht so. Es war doch immer so schön mit dir!"

Er streckte die Hand aus. Sie war groß, genau wie er, und er würde Sunny mir nichts dir nichts in seinen Schraubstock nehmen. Es würde keine Chance geben, ihm zu entkommen. Wieder tastete seine Hand unter dem Sakko nach dem Gürtel, und Sunny wusste, was er vorhatte. Voller Entsetzen flog ihr Blick durch den Raum. Es gab keine Hintertür. Sie saß wirklich in der Falle.

Im Nachhinein war sie sich sicher, dass er sie bereits vor der Kasse gesehen, absichtlich mit sich gelockt und in den dunklen Keller geführt hatte. Doch während sie ihm nachgeschlichen war, hatte sie gedacht, sie täte es heimlich und könne jederzeit wieder umdrehen.

Wie sehr sie sich doch geirrt hatte!

Als ob er sie damit beruhigen könnte, begann er, auf sie einzureden. „Sunny, ich kenne dich jetzt schon so lange. Mach dir doch nichts vor, du wirst mir nicht entkommen! Dazu habe ich die Spiele mit dir zu sehr genossen!“ Er versuchte sich in einem beschwichtigenden Lächeln, aber seine Gier verriet ihn. „Du bist meine kleine Lissy. Finde dich damit ab, und komm her! Glaub mir, du wirst mir viel Spaß machen.“

Sie ließ ihn reden. Versuchte nicht hinzuhören. Wusste, dass er sich gerade selbst in Fahrt brachte. Das Reden gehörte bei ihm dazu. Er brauchte das, musste sich damit bestätigen.

Der Raum, in den er sie gelockt hatte, gehörte nicht zur Ausstellung. Die Wände waren abgeräumt, und in der Mitte lag ein großer Haufen, wovon auch immer, mit einer Plane abgedeckt. Schlampig, wie sie fand, denn eine der Stangen lugte hervor. Einladend. Vorsichtig zog sie daran. Eine Stange war besser als nichts, denn Xaver öffnete gerade seinen Gürtel, und sie stand praktisch mit dem Rücken zur Wand. Als sie die Stange mit beiden Händen ergriff und herauszog, blitzte auf einmal ein Metallschild auf. Sie hatte nicht nur eine Stange, sondern eine Lanze gefunden! Uralt, aber sehr stabil. Lang und spitz und wie geschaffen, um einen wie Xaver auf Distanz zu halten.

Doch als er aufsah und entdeckte, was sie in Händen hielt, lachte er nur. „Ach, Sunny, was soll das jetzt?“

„Bleib, wo du bist!“, schrie sie und meinte es genauso.

„Sunny, du weißt, dass du damit nichts erreichen kannst.

Jetzt gib mir das Ding! Wer weiß, vielleicht fällt mir ja noch ein, was ich damit machen könnte."

Er grinste. Widerlich!

Dann ging alles ganz schnell. Sie stellte sich mit der Waffe in Positur, während er energisch auf sie zukam. Sie umgriff den Schaft der Lanze fester. Mit aller Kraft, mit ihrem ganzen Mut, trotz aller Verzweiflung, während er über die kleine dumme Sunny lachte, die so etwas nie tun würde. Sie stützte das Ende der Stange an der Wand ab, während er hineinlief. Sie ließ los, und er realisierte, dass sie ihn getroffen hatte.

„Du mieses kleines Luder!", schrie er, mit einer Stimme, die nicht mehr zu seinen harten Worten passte, und riss sich das Blatt aus dem Bauch. Blut spritzte hervor und hätte Sunny getroffen, wenn sie nicht blitzschnell an ihm vorbeigesprungen wäre. Er sackte zu Boden.

„Hilf mir! Ich blute!", jammerte er.

Doch sie hatte die Tür erreicht, riss sie auf und schlüpfte hinaus. Draußen sah sie den Schlüssel, drehte ihn herum, so wie sie es zuhause jeden Abend machte, und lief davon. Die fünf Stufen hinauf, vorbei an der Bruderschaft der Salzhändler. Und erst als sie die erste Kellerstufe erreicht hatte, blieb sie stehen, verschnaufte und lauschte. Aber hinter ihr war alles ruhig.

Am oberen Ende der Treppe betrachtete sie ihr Spiegelbild in der Glastür, richtete ihre Kleidung und ging langsam und ein wenig beschwingt davon. Dabei galt ihre Freude einzig und allein der Tatsache, dass sie zum ersten Mal in ihrem Leben Nein gesagt hatte.

Epilog

Wochen später

Erstaunt blickten Hannes und Franziska über das kleine Gartentor, das gar nicht mehr verrostet war, sondern in einem satten Rot leuchtete. Im dahinterliegenden Garten war eine große Kaffeetafel mit Geschirr und Kuchenplatten, Saft und Süßigkeiten aufgebaut. Der Rasen war frisch gemäht, das Schaukelgerüst gestrichen, und die Haustür strahlte in frischem Blau. Als Samantha Halmgaard die beiden entdeckte, kam sie lachend herüber und bat sie, einzutreten.

„Schön, dass Sie kommen konnten“, freute sie sich und führte die Kommissare zum Haus. „Wir pflanzen noch ein paar Herbstblumen in die Kübel, damit nachher alles für den Empfang fertig ist.“

Die Museumsdirektorin hatte am Vormittag im Präsidium angerufen und gefragt, ob die beiden vielleicht Lust hätten, an einer kleinen Begrüßungsfeier für Sunny teilzunehmen. Verwundert hatte Franziska zu Hannes geblickt und dabei ihrer Schilderung gelauscht. Gemeinsam mit Katja und Susanne hätte sie sich in den vergangenen Wochen um die Kinder gekümmert und das Haus renoviert, hatte die Direktorin erzählt. Das waren sie ihnen einfach schuldig.

„Xaver mag ein Schwein gewesen sein, aber seine Kinder sind wirklich süß und können ja nichts dafür“, erklärte Samantha Halmgaard, während sie an dem Baum vorbeigingen, wo Obermüller das Grab ausgehoben hatte.

„Dr. Meier-Fürstenstein“, fuhr sie fort, und Franziska zuckte bei der Erwähnung des Namens zusammen, denn der Anwalt war gefürchtet wie kein anderer, weil er schon so manchem Polizisten seine Nachlässigkeit aufgezeigt hatte, „sagt, man würde Sunny kaum belangen, schließlich sei sie mehrmals von ihm vergewaltigt, betrogen und bedroht worden und habe nur aus Notwehr gehandelt. Wir werden aber auf jeden Fall für sie aussagen." Sie zeigte zum Haus, und jetzt entdeckte Franziska auch Katja Kesselmeyer und Susanne Tröger, die mit dem Einpflanzen beschäftigt waren.

„Jungs, kommt mal raus, Besuch ist da", rief Katja Kesselmeyer ins Haus, und sofort stürmten drei Jungs durch die Tür. „Niklas, Florian und Benjamin", stellte sie die Kinder der Größe nach vor.

„Hallo", grüßten Franziska und Hannes und überreichten jedem ein kleines Geschenk. Die Kinder bedankten sich artig und verschwanden wieder.

„Haben Sie ihnen das beigebracht?", fragte Franziska erstaunt.

„Ja, weil man ohne Erziehung einfach nicht gut durchs Leben kommt." Katja Kesselmeyer lächelte Samantha Halmgaard verschwörerisch zu. „Sunny ist ein ganz lieber Mensch, und ich wünsche ihr von ganzem Herzen, dass sie über all das, was er ihr angetan hat, hinwegkommt. Aber bei ihren Kindern reicht es einfach nicht aus, sie mit Liebe zu überhäufen."

„Dafür bist ja du jetzt da", mischte sich Susanne Tröger ein und zog ihre Gartenhandschuhe aus, um den Kommissaren die Hand zu geben.

„Ja, mach ich gern", lächelte Katja Kesselmeyer.

„Sagen Sie", druckste Susanne Tröger herum. „Bevor Sunny nachher kommt ... Stimmt es eigentlich, dass Xaver seine eigene Mutter getötet hat?"

„Abgefackelt", verbesserte die Kesselmeyer frech.

„Ja", erklärte die Kommissarin nüchtern. „Zunächst schien es ja nur ein Gerücht zu sein, aber ich bin dann zum alten Mautzenbacherschen Anwesen gefahren, um mir den abgebrannten Schuppen beziehungsweise das, was davon nach so vielen Jahren noch übrig war, anzusehen. Eigentlich war es ja egal, weil Xaver Mautzenbacher dafür ohnehin nicht mehr belangt werden kann. Jedenfalls traf ich eine alte Nachbarin, weit in den Achzigern, aber noch sehr klar im Kopf, und die sagte, sie habe das damals beobachtet, aber nichts gesagt, weil der arme Junge ja fast schon dazu getrieben worden war. Die Mutter eine Hure, der Vater ein Schläger, wie sollte aus dem Jungen da was anderes werden, als ein Brandstifter?"

„Na ja", mischte sich Katja Kesselmeyer ein. „Nicht jeder, der als Kind geschlagen wird, zündet seine Mutter an!"

Franziska nickte. „Vielleicht wollte sie sich damit auch nur rausreden. Ich meine, schließlich hat dem kleinen Xaver von den Nachbarn niemand geholfen, sondern wie so oft weggesehen."

„Die Weinerls waren kürzlich da. Sie wollten so gern die Kinder von Xaver kennen lernen, aber ich habe ihnen gesagt, dass ich das nur erlaube, wenn sie nichts von ihm erzählen. Immerhin weiß bisher keiner, wieviel die drei Jungs von den Taten ihres Vaters mitbekommen haben ..."

„Wie geht es den Weinerls?", fragte Hannes dazwischen.

„Ganz gut. Sie wollten den Kindern das Anwesen vermachen, aber weil es eine Schenkung war und alles, was Xaver besessen hatte, eingezogen wurde, wird es zur Tilgung der Schulden herhalten müssen", wusste Samantha Halmgaard.

„Letztlich brauchen die Kinder auch nichts von dem, was sich Xaver erschwindelt hat", erklärte Susanne Tröger mit leiser Stimme. „Wir alle verdienen genug, um sie zu unterstützen."

Anerkennend nickte Franziska und sah sich dann verwundert um. Urplötzlich waren die Jungs in heller Aufregung zum Gartentor gestürmt. Als sie hinübersah, erblickte sie Obermüller, der sofort von den dreien umringt wurde. „Wie wäre es mit einem Fußballspiel unter Männern?“, fragte er und sah Hannes auffordernd an.

„Zu fünft?“, fragte der zurück.

„Nein, natürlich nicht. Ich spiele mit“, rief Samantha Halmgaard, kickte ihre Pumps von den Füßen und rannte los.

Liebe Krimifreunde,

die Dreiflüssestadt Passau bleibt ein mörderisches Pflaster und im nächsten Fall von Franziska Steinbacher und Hannes Hollermann wird es sogar noch ein bisschen unsicherer. Denn die Passauer Altstadt wird vom Hochwasser bedroht. Kein guter Zeitpunkt, um in einem der Häuser, direkt an der Donau, eine Leiche zu finden.

Doch damit nicht genug. Bald schon gibt es eine weitere Leiche und damit jede Menge Arbeit für das Team.

Wie es die beiden findigen Kommissare schaffen auch diesen Fall aufzuklären, erfahren Sie ab Herbst 2013.

Für Sie heißt das: Seien Sie wieder dabei, wenn die Mordkommission Passau ermittelt, wenn Kriminalhauptkommissar Schneidlinger die Fäden in die Hand nimmt, und Franziska noch immer nicht weiß, woran sie mit ihrem Walter eigentlich ist.

Nur eines ist gewiss: Auch dieser Fall wird wieder gnadenlos spannend sein.

Darauf mein Wort.

Herzlichst Ihre

Dagmar Isabell Schmidbauer

Konstruktive Kritik bitte unter:
dagmar.schmidbauer@renumero.de

Lesen Sie auch den ersten Teil der Passau-Krimi-Reihe von Dagmar Isabell Schmidbauer

„Marionette des Teufels" ist wirklich beste Krimiunterhaltung auf hohem Niveau und überzeugt durch eine komplexe, ausgereifte Story, einen fesselnden Schreibstil und authentisch agierenden Charakteren.

LovelyBooks

Marionette des Teufels

Kriminalroman

So hatte sich Kriminal-Hauptkommissar Berthold Brauser die letzten Wochen vor seiner Pensionierung nicht vorgestellt:
Als die Leiche der Sopranistin Sophia Weberknecht in ihrer Wohnung gefunden wird, beginnt für ihn und sein Team eine nervenzerreißende Jagd nach ihrem Mörder.
Jeder im Umkreis kommt als Täter infrage – besonders die Mitglieder des Passauer Opern-Ensembles wissen offensichtlich mehr, als sie bereit sind zuzugeben.
Und dann ist da ja auch noch der rätselhafte Tod von Klaus Wallenstein, der schlimm zugerichtet in seinem Auto auf einem Parkplatz gefunden wird.
Dem Hauptkommissar wird bald klar, dass beide Fälle zusammenhängen.
Aber das Wie und Warum soll zur größten Herausforderung in Brausers Berufsleben werden – in die er auch noch persönlich verwickelt wird.

ISBN 978-3-943395-00-6

Weitere Bücher der Autorin:

Dann stirb doch selber

Kriminalroman

Magdalena und Harry genießen das Leben in vollen Zügen, ihre Welt ist die der Yuppies: Parties, schnelle Wagen, viel Geld, Erfolg um jeden Preis. Freizügiges, unbeschwertes Leben eben.
Dann plötzlich der Bruch, Harry verunglückt mit seinem Auto tödlich. Ein Schicksalsschlag, der Magdalenas Leben vollkommen verändert. Und dann die bohrenden Fragen der Kommissarin Klara, die nicht locker lässt: Woher die blonden Haare in Harrys Wagen kommen? Warum er seine Hände beim Aufprall nicht am Lenkrad hatte? Woher er kam und wohin er wollte? Als schließlich die Obduktion Barbiturate in Harrys Körper nachweist, bekommen die Zweifel erst Recht Oberhand.

„Durch einen perspektivischen Kunstgriff hat Dagmar Isabell Schmidbauer mit „Dann stirb doch selber“ einen flotten Krimi geschaffen: Stakkatohafte Szenen statt längerer Kapitel beschleunigen die Handlung. Ständiger Perspektivenwechsel zwischen den beiden Hauptfiguren Magdalena und Klara lässt den Leser gleichzeitig von zwei Seiten rätseln und ermitteln. Ebenso atmosphärisch ist die Provinzialität des Passauer Umfeldes beschrieben, auch ohne Weißbier und Blaskapelle. Lebendig wird der Krimi jedoch erst durch die teilweise skurrilen und doch alltäglichen Figuren wie den dicken Sägewerkbesitzer, den undurchsichtigen Kommunalpolitiker und die liebenswerte pragmatische Edel-Prostituierte aus der Nachbarschaft. So wie sie den Fall schildert, könnte er überall spielen – vielleicht sogar in der Realität“, schreibt Peter Lausmann in „Rheinische Post“

„Mit ihrem zweiten Roman hat sich Dagmar Isabell Schmidbauer in die S-Klasse der deutschen Krimiautoren eingetragen. Ihr temporeicher Parallellauf aus zwei Erzählperspektiven knistert von der ersten bis zur letzten Seite – vor Spannung und Erotik“, schreibt Jakob Hübner im Szenemagazin „Diva“

Tote Engel

Kriminalroman

Es ist eine frivole Welt, in der sich die beiden Freundinnen Amanda und Rebecca über Schönheitsoperationen, Männer und ihre prickelnsten Erlebnisse auslassen. Prosecco trinkend planen sie die Hochzeit von Amanda und denken gar nicht darüber nach, wie schnell sich alles verändern kann. Doch der Schnitt kommt schnell und er kommt brutal. Eben flirtete der elegante Gast noch mit der Hotelbesitzerin und gleich darauf liegt er erdrosselt am Boden seines Zimmers. Für die ermittelnden Kommissare gleicht das Szenarium einer Hinrichtung, doch nicht nur die Spuren im Zimmer werfen ständig neue Fragen auf. Was eben noch heil und beschaulich war, wird gleich darauf zu einer Bedrohung und sicher ist bald schon niemand mehr; weder vor dem Täter, noch vor den Verdächtigungen der Ermittler. Als dann auch noch die wichtigste Zeugin verschwindet und nur noch in kleinen Häppchen ihre Beweise abliefert, ist dennoch klar, der eigentlich zu ermittelnde Mord war nur das Geringste, in Wirklichkeit steht ein viel größeres Verbrechen im Raum: Kinderpornografie. Aus dem Opfer wird ein Täter und der hatte keine Skrupel, so scheint es. Doch was ist mit dem Mörder, wird er vor weiteren Opfern zurückschrecken? Für die Kommissare beginnt ein Wettlauf mit der Zeit, sie müssen Ergebnisse abliefern, bevor es weitere Unschuldige trifft, denn in diesem brutalen Spiel darf es keine Zeugen geben, und so sind bald viele in Gefahr.

„Die Autorin erzählt raffiniert, sinnlich und humorvoll. Sie begeistert mit ihrer lebendigen Sprache und einem absolut schlüssigen Plot. Diesen gnadenlos spannenden Krimi würzt sie geradezu genial mit einer leichten Prise Frivolität, einem starken Schuss Regensburger Lokalkolorit und einer großen Portion Menschlichkeit. Selten habe ich einen Krimi gelesen, der so akribisch und verspielt an der Nase herumführt.“ Wolfgang Gonsch für das Online-Magazine how2find.de